Heinrich Steinfest
Wo die Löwen weinen

PIPER

Zu diesem Buch

Drei Männer, die unterschiedlicher nicht sein könnten, und ein Hund in einer Stadt, in der sich die Tragödie der Welt zur grandiosen Posse verdichtet. Sie alle führt das Schicksal mitten hinein in die Bodenlosigkeit eines umkämpften Großprojekts. Ein Archäologe wird auf eine geheimdiensthaft-kryptische Weise nach Stuttgart gerufen und wittert seine große Chance: Bei Probebohrungen im Schlossgarten wurde eine rätselhafte antike Apparatur gefunden. Ein Durchschnittsbürger, den die Wut über das Leben, seine Ungerechtigkeiten, der Zorn über die Willkür der Mächtigen zum Scharfrichter und Scharfschützen macht: präzise, geduldig, gefährlich. Der Münchner Kommissar Rosenblüt, der auf der Spur eines Falles in seine schwäbische Heimatstadt zurückkehren muss, wo er bereits einmal den hohen Herren zu nahe getreten ist und daher die Stadt eigentlich für immer hinter sich lassen wollte. Und ein Hund, ein rätselhafter, etwas verfetteter Streuner, dessen größtes Talent Heinrich Steinfest in seiner exzellenten, witzigen Sprache so beschreibt: „Niemand konnte so gut sitzen wie er. Eigentlich war es ein ästhetisches Verbrechen, diesen Hund zur Bewegung zu zwingen."

Heinrich Steinfest wurde 1961 geboren. Albury, Wien, Stuttgart – das sind die Lebensstationen des erklärten Nesthockers und preisgekrönten Kriminalautors Heinrich Steinfest, welcher den einarmigen Detektiv Cheng erfand. Er wurde mehrfach mit dem Deutschen Krimi Preis ausgezeichnet, erhielt den Stuttgarter Krimipreis 2009 und den Heimito-von-Doderer-Preis. „Ein dickes Fell" wurde für den Deutschen Buchpreis 2006 nominiert. Zuletzt erschien sein Roman „Die Haischwimmerin".

Heinrich Steinfest

WO DIE LÖWEN WEINEN

Kriminalroman

Piper München Zürich

Mehr über unsere Autoren und Bücher:
www.piper.de

Von Heinrich Steinfest liegen bei Piper vor:
Cheng. Sein erster Fall
Tortengräber
Der Mann, der den Flug der Kugel kreuzte
Ein sturer Hund. Chengs zweiter Fall
Nervöse Fische
Der Umfang der Hölle
Ein dickes Fell. Chengs dritter Fall
Die feine Nase der Lili Steinbeck
Mariaschwarz
Gewitter über Pluto
Gebrauchsanweisung für Österreich
Batmans Schönheit. Chengs letzter Fall
Die Haischwimmerin
Wo die Löwen weinen

Bibliografische Information der Deutschen Nationalbibliothek
Die Deutsche Nationalbibliothek verzeichnet diese Publikation in der
Deutschen Nationalbibliografie; detaillierte bibliografische Daten sind im
Internet über http://dnb.d-nb.de abrufbar.

Ungekürzte Taschenbuchausgabe
Piper Verlag GmbH, München
Oktober 2012
© 2011 Konrad Theiss Verlag GmbH, Stuttgart
Umschlaggestaltung: semper smile, München, nach einem Entwurf
von Stefan Schmid Design, Stuttgart
Umschlagfoto: Stefan Schmid
Satz: primustype Hurler, Notzingen/Kösel, Krugzell
Gesetzt aus der UV Charter
Papier: Munken Print von Arctic Paper Munkedals AB, Schweden
Druck und Bindung: GGP Media GmbH, Pößneck
Printed in Germany   ISBN 978-3-492-27406-7

Diese Geschichte ist selbstverständlich frei erfunden.
Eine Stadt namens Stuttgart hat also nie existiert.

Inhalt

Vorspann: Die Dinge, Tiere, Personen und ihre Handlungen   9

Teil I 13

  1 Tränen 14
  2 Ein Lauscher namens Kepler 21
  3 Strahler 70 32
  4 Goethes Déjà-vu 44
  5 Die eine Maschine 58
  6 Die andere Maschine 64

Teil II 81

  7 Mann & Angst 82
  8 Die Rückseite des Mondes 108
  9 Landaus Busen 122
  10 Auf der Suche nach der blauen Fee 132
  11 Gott tritt auf 151
  12 Mach und die Melancholie 164
  13 Die Frau im Spiegel 179
  14 Vergißmeinnicht 194

Teil III 205

  15 Koralle und Gewalt 206
  16 Kopfschuß 215
  17 Ein Hund steht still 232
  18 Räder und Seile 254
  19 Pfeil ohne Bogen 267
  20 Ich will sehen! 277

Epilog.. 299

Abspann: Die Menschen, die Tiere, die Schirme, ihr Schicksal,
ihr Ende und ihr Anfang 308
Der Autor in eigener Sache – ausnahmsweise 314

Vorspann:
Die Dinge, Tiere, Personen und ihre Handlungen

Die Hauptmänner

Rosenblüt, der Kommissar. Ein in die Jahre gekommener Robert Redford und elitärer Kriminalist, der dem lieben Gott versprochen hat, nie wieder nach Stuttgart zu reisen. – Versprechen kommen in die Welt, um gebrochen zu werden.

Hans Tobik, der Stuttgartforscher. Ein Mann, der den Mächtigen die Angst zurückbringen möchte, auf daß sie sich wieder in Menschen verwandeln.

Wolf Mach, der Archäologe. Mach ist der Österreicher, denn für jede Geschichte braucht es einen Österreicher. Der Österreicher symbolisiert das Leben und den Tod.

Kepler, der Hund. Vermutlich die Reinkarnation des Mischlingsrüden Lauscher, der einst den Detektiv Cheng begleitete. Dieser Kepler begleitet nun Rosenblüt. Wie Lauscher ist er, weil völlig untierisch, das perfekte Tier: philosophisch – ohne ein Wort zu sagen, ohne ein Zeichen zu setzen, ohne auch nur mit dem Schwanz zu wedeln, philosophisch dank purer Anwesenheit.

Die Hauptfrauen

Alicia Kingsley, Wolf Machs Aufpasserin. Ein lebendig gewordener Panzer von polarer Schönheit. Höchstwahrscheinlich englisch, höchstwahrscheinlich Androide. Jedenfalls gefährlich. Gefährlich für wen, das ist die Frage.

Teska Landau, Kriminalhauptmeisterin, Rosenblüts Assistentin. Eine kleine, blasse Person, die eine neue Stuttgarter Leidenschaft kultiviert: Courage. Und zwar eine kluge Courage.

Der Schloßgarten-Mechanismus, ein vorchristliches Artefakt. Eine schlafende Maschine. Steckt unverrückbar in der Erde.

Die Nebenmänner

Felix Palatin, wie Kingsley womöglich Androide, aber keiner von der netten Sorte. Von der Stadt Stuttgart beauftragt, das Entfernen der schlafenden Maschine zu überwachen und die Dinge nicht aus dem Ruder laufen zu lassen. – Aber welche Dinge halten schon am System der Ruder fest?

Lynch, Türke in München. Cineast und elitär wie Rosenblüt. Förderer einer Hip-Hop-Band. Vermittler krummer Geschäfte, die sowieso nie ein Ruder gesehen haben.

Sami Aydin, Lynchs Cousin in Stuttgart-Bad Cannstatt. Nicht minder elitär. Macht den Eindruck, trotz seiner Jugend genauso alt wie Cannstatt zu sein, Cannstatter Urgestein im eigentlichen Sinne. Logischerweise Waffenhändler.

Doktor **Thiel,** Rosenblüts ehemaliger Mitarbeiter in Stuttgart, dort jetzt Dezernatsleiter für Organisierte Kriminalität. Zyniker, aber reinen Herzens. Holt Rosenblüt zurück in die Landeshauptstadt, wie um einen Giftpfeil ins Herz der finsteren Mächte zu schießen.

Doktor **Gotthard Fabian,** emeritierter Professor der Geologie in Stuttgart. Haupt der Burschenschaft der Adiuncten – unnahbar, grandios, verdächtig. Ein Lodenanzug, ein Mann.

Doktor **Christoph Uhl,** Professor der Geologie in München. Der Überfall auf seinen Sohn **Martin** ruft Rosenblüt auf den Plan. Der Überfall ist die Wunde, die bis nach Stuttgart aufreißt und nicht zu bluten aufhört.

Die Nebenfrauen

Aneko Tomita, Rosenblüts Lebensgefährtin. Japanerin in München. Fotografin. Zeichnet sich durch die maskuline Eigenschaft aus, ständig unterwegs zu sein.

Doktor **Ursula Procher,** Rosenblüts Chefin als Leiterin des Kriminalfachdezernats 1 in München. Eine Frau, die auf ihre Zehen aufpaßt.

Die Unerklärlichen

„Ratcliffe" (auch „York"), der Projektsprecher von Stuttgart 21. Ist niemals in dieser Geschichte sichtbar und dennoch das Ziel von Spott und Verachtung. Nicht zuletzt das Ziel einer Kugel.

Die weinenden Löwen, fünf an der Zahl. In deren Zentrum befindet sich der „Gott aus der Maschine", der **Deus ex machina** der Geschichte. Dieser besitzt eine frappante Ähnlichkeit mit dem Schloßgarten-Mechanismus.

Die Stuttgart-21-Betreiber, darunter Stuttgarts politische Elite, die gerne das Herz der Stadt in Schutt und Asche legen würde mit dem nicht ganz unrichtigen Argument, es handle sich dabei um ein Infrastrukturprojekt. Eine Elite, die zudem bemüht ist, Gott in Schutt und Asche zu legen, auch wenn das *kein* Infrastrukturprojekt ist.

Teil I

Schächte! Warum sind es immer Schächte?

Sigourney Weaver in Dean Parisots Film *Galaxy Quest – Planlos durchs Weltall*

Was soll denn das hier? Ich versteh überhaupt nicht,
für welchen Zweck da so ein Haufen stampfender,
krachender Dinger mitten im Weg steht.
Ich meine, dafür gibt es keinen vernünftigen Grund.
Das ist überhaupt nicht logisch. Wieso ist das da?

Nochmals Sigourney Weaver im selben Film, konfrontiert mit einer zwar funktionslosen, jedoch mit lebensgefährlichen Elementen ausgestatteten Tunnelröhre

Der Autor, der diese Folge geschrieben hat,
sollte selbst da durch.

Abermals Sigourney Weaver nach der aufreibenden Überwindung jener Röhre

1   Tränen

Ein erster warmer Strahl traf sein Gesicht. Ihm kam vor, als tippe ein Geist ihm gegen die Stirn, nicht unfreundlich, nicht aggressiv, sondern in der Weise, mit der man ein Aschenkreuz auf die Stirn gemalt bekommt. Gewiß, die Fastenzeit war längst vorbei, der Juni ging zu Ende, und ein heftiger Sommer – eine Entzündung von Sommer, eine leprőse Hitze – bestimmte das Leben der Stadt. Doch anstatt sich zu verstecken, strömten die Leute nach draußen, freilich wenige so früh wie er. Er liebte die Zeit der Morgendämmerung, wenn das Licht im Zweifel war und die Welt menschenleer.

Er war mit seinen fünfzehn Jahren ein wenig ein Misanthrop, aber keiner von der schlimmen Sorte. In seinem Köpfchen spukten keinerlei Gewaltphantasien, er war kein Außenseiter, kein Waffenfreak, er war bloß von schwächlicher Statur. Der Umstand einer frühen Geburt hatte sich über die ganze Zeit erhalten, nicht nur körperlich, auch geistig. Allerdings war er kein Depperl, sondern ein guter Schüler und höchst talentierter Schachspieler. Trotzdem – er empfand so vieles in seinem Leben als eine Verspätung. Und als einen Ausdruck falscher Verortung. Im Brutkasten statt im Bauch zu sein. Wenn er seine Mutter sah, ihre energische, vitale Art, mit der sie alles und jeden organisierte, dann wurde er das Gefühl nicht los, sie habe ihn mit Absicht so früh in die Welt entlassen, um eben diesen Bauch loszuwerden, diese Behinderung beim Organisieren. Natürlich ließ er seine Mutter dies nicht fühlen und glaubte auch gar nicht, diese gänzlich fremde „liebe Frau" aus der Fassung bringen zu können. Er war der Sohn, sie die Mutter, mehr war da nicht zu sagen.

In erster Linie kam er so früh an die Isar, um Sport zu treiben. Nicht, daß er ein großer Freund der Körperertüchtigung war, aber er erkannte angesichts seiner knöchernen Gestalt die Notwendigkeit, Muskeln auszubilden, wenn die Muskeln schon nicht von selbst kamen. Er verhielt sich in dieser Hinsicht durchaus pragmatisch. Er war zu klein, und er war zu dünn. Ersteres mußte er dem lieben Gott überlassen, zweiteres konnte er selbst in die Hand nehmen. Und tat es eben, verzichtete jedoch auf eins dieser Studios in der Art von Hamsterställen. Da war es ihm lieber, seinen Wecker auf halb fünf zu stellen, in den Trainingsanzug zu schlüpfen und über die Brücke und hinunter zum Fluß zu laufen, den er bei sich immer nur das „Tiroler Wasser" nannte. Er fühlte sich auf eine irrationale Weise mit dem österreichischen Ursprung der Isar verbunden, als sei dort die Welt besser. Kein Wunder, daß ihm der Ausdruck „heiliges Land Tirol" gefiel. Allerdings war er noch nie in diesem heiligen Land gewesen. Er dachte manchmal, daß er dorthin zum Sterben gehen würde. Vielleicht stand Tirol für den Mutterbauch, den er zu früh hatte verlassen müssen.

Vor dem Sterben aber ist das Leben und sind die Liegestütze. Er kniete sich auf den noch kühlen, feuchten Boden, atmete mehrmals kräftig durch und ging dann in Parallelposition zur Erde. Zehn Stück, saubere zehn Stück, das mußte er hinbekommen. Bei jedem Abwärts-tauchen küßte er das Gras, verharrte einen Moment im Kuß und im Anhalten der Luft, bevor er sich kräftig ausatmend nach oben stieß. Ein Schmerz zog sich durch seine Arme. Jener Schmerz, der Muskeln produzierte. Also war es gut so.

Was nicht so gut war, war der plötzliche Druck auf seinen Schulterblättern. Seine Arme knickten ein, und sein Gesicht tauchte ins Gras. Zum Küssen kam er nicht mehr, statt dessen schmeckte er die Erde. Da unten war es noch tiefe Nacht. Einen Moment dachte er, etwas in der Art eines plötzlichen Herztodes hätte ihn ereilt als Strafe dafür, dümmliche Gymnastik zu betreiben. Aber er lebte. Jemand nannte ihn *schwul*. Jemand befahl ihm, sich umzudrehen. Er drehte sich um. Über ihm waren mehrere Gesichter, zinnoberrot im Licht der über München aufgegangenen Sonne.

Das war jetzt der Moment, da er sich wünschte, viel früher in seinem Leben mit dem Krafttraining begonnen zu haben. Wobei sehr fraglich war, ob eine noch so intensive Liegestützerei geholfen hätte, es mit diesen Gestalten aufzunehmen: fünf Burschen, junge Türken, die ärmellose Shirts trugen, damit man ihre Oberarme besser sehen konnte. Schöne Oberarme, geradezu poliert, braun, glänzend, Bronze im warmen Schein, heldische Gestalten, mit denen etwas ordentlich schiefgelaufen war. Auch die Silberkettchen und die Sonnenbrillen glänzten. Eine Gangstertruppe wie aus dem Bilderbuch von MTV, als würden sie gleich zu tanzen anfangen. Aber sie tanzten nicht, sondern redeten im Klang jener Sprache, die aus einem Rasenmäher zu kommen schien. Eine Sprache im latenten Zustand der Selbstverarschung. Die Jungs, aus deren stark verzogenen Mündern Worte wie „Arschnloch" und „Scheißndreck" behende schlüpften, vermittelten den Zustand einer zur Gänze materialisierten Karikatur. Und genau darin bestand ja ihre Macht: kein Theaterstück zu sein, keine Überhöhung, keine auf ein Blatt Papier gezeichnete Überzeichnung, kein Videoclip, sondern leibhaftig. Die Karikatur in Fleisch und Blut und Kult. Allerdings doch um einiges kunstvoller und verspielter, als ihre Freunde, die Neonazis, das hinbekamen. Was nun für Martin, der da im Gras lag und das Zittern seiner Beine nicht unter Kontrolle bekam, wenig von Bedeutung war: der gewisse Reiz dieser Selbstverarschung mittels eines Soziolekts. Er verstand kaum etwas von dem, was man ihm entgegenspuckte, zu rasch wurden die von sch-Lauten dominierten Salven abgeschossen. Aber wahrscheinlich sollte er sowieso nichts verstehen, das Bedrohliche ergab sich aus dem Geheul eben jenes Rasenmähers.

Das war tatsächlich der springende Punkt: wie sehr nämlich die Würde dieser Stänkerer und Schläger daraus erwuchs, beim anderen – dem „Bastard", der „Mißgeburt" – Angst hervorzurufen. Auf diese Weise bekamen sie den Respekt gezollt, den ihnen die Integrationsbeamten nicht hatten verschaffen können. Nur, daß der Respekt nicht ihrer orientalischen Aura galt, sondern dem Messer, das da aus ihrer Sprache ragte, genauer: dem Messer aus der Tasche. Dem Mörderblick, der Breitbeinigkeit, dem Kriegsschmuck. Ja, sie waren Krieger in einem ganz unheiligen Krieg, krasse Krieger, im Sinne der Verwandtschaft von kraß und gräßlich. Wenn sie sich gegenseitig fragten „Was geht ab, ey?", dann hätte man das eigentlich wörtlich nehmen müssen. In der Tat ging ihnen etwas ab. Denn der Krieger, jeder Krieger, entwickelt sich aus einem Defizit, einer Lücke. Immer dort, wo ein Vakuum entsteht, ein Loch, eine Spalte, keimt der Krieger hoch.

Die anderen Jungs, die, welche so offenkundig deutsch aussahen, sollten sich fürchten. Davor fürchten, blöd in der Straßenbahn herumzustehen und in die falsche Richtung zu glotzen. Wobei mit „den" Deutschen gar nicht die mit den Springerstiefeln gemeint waren, die ja derselben Gattung angehörten und bloß eine andere Varietät der Respekt-durch-Angst-Gruppe darstellten. Martin hingegen war ein braver Junge mit Rehaugen, „so 'n Spasti aus Villaville", keiner von der Straße, sondern aus begütertem Haus: blaß, mit dünnen, blonden Haaren, androgyn, im Nobelghetto beheimatet, in den Privatschulen, dem Klavierunterricht, der Fürsorglichkeit putzfrauengeputzter Badezimmer.

Martin war in eine Elite eingesperrt, ohne dafür aber ein echtes Bewußtsein zu besitzen. Er verfügte im Grunde über keine Sprache, mit der er sich identifizierte, außer der Sprache des Schachspiels. Doch wer verstand die schon? Ein paar ältere Herren, mit denen er sich im Park traf, ein paar Leute, mit denen er über das Netz Kontakt hatte, aber bereits seine Eltern wußten nicht, was er meinte, wenn er eine bestimmte Lebenssituation mit der Robatsch-Verteidigung verglich. Ganz klar, dieses Schachzeug war nicht ihre Idee gewesen. Für sie war Schach wie Lyrik, beides ganz okay, da partikelhafter Teil einer höheren Bildung, jedoch nichts, mit dem man Furore machen konnte, wurde man nicht Schachweltmeister oder Büchnerpreisträger. Wobei seine Eltern im Grunde auch auf einen Büchnerpreisträger verzichten konnten, weil man das ja nur einmal wurde.

„Arsch hoch, Schwuchtelgoi!" sagte der, der hier der Anführer zu sein schien und eine Spur älter wirkte, vielleicht siebzehnjährig.

Goi? Martin war irritiert. Hatte er sich verhört? Wie kam ausgerechnet ein Türkenjunge dazu, ihn einen Goi zu schimpfen? Nun, er war ja auch einer, dennoch … Die fünf Kerle traten jetzt nahe an ihn heran, er spürte ihren Atem, stand da wie in einem warmen Gebläse. Einer griff ihm in die Seitentasche seiner Laufweste und zog das Handy heraus, ein anderer das kleine Portemonnaie mit Ausweis und etwas Geld darin und dem Schlüssel zur Wohnung.

„Lachscht du, du Penner? Willscht du was aufs Maul?"

Nein, er hatte ganz sicher nicht gelacht. Dennoch senkte er den Blick, starrte hinunter auf den Boden und dachte: „Verdammt, ich will mich nicht anpissen." Das war seine Angst: die Kontrolle über seine Blase zu verlieren. Nicht, weil ihm das schon mal passiert war, aber er war ja auch noch nie in einer derartigen Situation gewesen.

Als hätte einer von den Türkenjungs genau das vermutet, genau diese konkrete Angst vor einer Selbstverstümmelung mittels ungewollten Harnlassens durchschaut, wies er Martin an, sich auszuziehen. Martin rührte sich nicht. Ein anderer, der bisher im Hintergrund geblieben war, mischte sich ein. Mit Ruhe in der Stimme, einem fast wehmütigen Klang, frei vom Rasenmäherton der anderen, meinte er: „Komm, Goi, bring's hinter dich, is' ja nicht zu ändern."

Doch Martin verharrte in seiner Versteinerung. Er war jetzt bereit, sich Schmerzen zufügen zu lassen. Lieber das, als sich nackt auszuziehen. Er sagte: „Nein." Er sagte es in der gleichen Weise, mit der man in aussichtsloser Position ein Remis anbietet in der Hoffnung, der Gegner sei zu faul oder zu müde für ein anstrengendes Endspiel.

Aber das hier war ja nicht anstrengend, nicht für die Jungs, die nun begannen, Martin zu stoßen, gar nicht heftig, ein lässiges Anrempeln bloß.

„Ey, schieb mal den Wecker rüber!" rief einer. Er meinte die Armbanduhr.

„Nein", wiederholte Martin leise, tonlos. Das war jetzt kein Remis mehr, was er anbot. Er bot an, sich köpfen zu lassen. Seine Stimme war dünnes Papier, über das der Wind pfiff, der die Buchstaben verwehte.

Einer kam von hinten und legte seinen Arm um Martins Hals. Er zog die Armschlinge zu. Zwei andere fixierten den Oberkörper und drückten ihre Knie gegen Martins Schenkel, während ein dritter die Uhr vom Handgelenk löste. Eine schöne Uhr, die sein Großvater Martin geschenkt hatte. Seine Mutter hatte ihm geraten, die Uhr nicht zu tragen. Aber eine Uhr nicht zu tragen, war ihm so komisch erschienen wie die Leute, die Brot kaufen, um dann die Rinde wegzuschneiden.

Der letzte näherte sich, der mit dem ruhigen Tonfall, kniete sich vor Martin hin und ging daran, die Schnürsenkel seiner Sportschuhe zu öffnen. Er tat auch dies erstaunlich behutsam, kontrolliert, als wollte er Martin nicht verletzen. Vielleicht schonte er aber auch nur die Schuhe. Jedenfalls entfernte er ein Kleidungsstück nach dem anderen von Martins erstarrtem Körper. Es glich einem Zauberkunststück, wie er die Schuhe, Socken und Trainingshose von diesem menschlichen Fossil löste. Es war, als schäle er eine Orange. Wozu gleichermaßen gehörte, daß er mit einem Messer Martins Sweater von unten nach oben aufschnitt. Auch dies bedächtig, sorgsam, geometrisch. Auf die gleiche Weise entfernte er abschließend noch die Boxershorts, fügte alle Teile zu einem Pakken zusammen und schmiß ihn in hohem Bogen in die Isar.

Von fern sah Martin einen Jogger. Aber er war zu weit weg. Und Schreien ging nicht.

Nach einer Weile wurde er losgelassen, die Angreifer traten zur Seite. Martin war nun völlig nackt. Der Orangenschäler hob sein Messer an, richtete es auf Martins kleines Glied und bemerkte: „Oh fick dich, Mann, der is' schon beschnitten!"

Alle fünf lachten. Einer erklärte, Martin habe ein Scheißglück, seine Vorhaut bereits los zu sein. Da könne man sich das sparen. Schade drum. Ein anderer meinte was von wegen „dann schneid dem Spasti halt ganze Schwanz runter". Woraufhin sie sich in einer Weise angrinsten, in welcher der Ernst und der Spaß sich verschränkten und es für das Opfer keine Möglichkeit gab, die beiden auseinanderzuhalten. Das Grinsen der fünf glühte kreiselnd. Doch gleich darauf, mit einer unerwarteten Plötzlichkeit, wandten sie sich um und gingen.

Es war kaum anzunehmen, daß sie ernsthaft vorgehabt hatten, eine spontane Zirkumzision vorzunehmen. Es war allein um die

Demütigung gegangen, eine Demütigung, die sich jetzt fortsetzte, indem Martin frierend und nackt im Gras stand, minutenlang unfähig sich zu bewegen, völlig in seiner Scham eingeschlossen. Die so lange zurückgehaltenen Tränen flossen nun rasch. Gläserne Perlen, wie auf diesem Foto von Man Ray, schmerzhaft groß, Tränen, die beim Rinnen ein rollendes Geräusch verursachten. Tonnen von Tränen. Lauter als das Schluchzen aus dem Mund. Er empfand eine große Leere dort, wo einst seine Armbanduhr gewesen war. Geradezu durchtrennt. Er konnte die Hand kaum noch fühlen. Dafür jedoch den warmen Urin an seinen Beinen. Er wäre jetzt gerne für einen Moment tot gewesen. Fünf oder zehn Minuten. Wie am Ende eines Schachspiels, wenn die Figuren mit einem Handstreich vom Brett befördert werden. Aber das spielte es nicht. Der Tod verschenkt keine Zeit.

Kurz darauf wurde er von zwei Joggern entdeckt. Sie zogen ihre Jacken aus und hüllten den Jungen ein, dann riefen sie die Polizei.

2   Ein Lauscher namens Kepler

Rosenblüt hatte eigentlich beschlossen gehabt, Stuttgart für immer hinter sich zu lassen. Ein frommer Wunsch! Obgleich einige Jahre ja alles gutgegangen war. Nicht, daß er ein richtiger Freund von München geworden wäre. Die Stadt war ziemlich abhängig vom Wetter beziehungsweise schien sie in einem chamäleonartigen Gleichklang mit dem Wetter zu sein. Lachte die Sonne und strahlte der Himmel, dann auch die Stadt. War das Wetter beschissen, dann München dito. Das war schlimmer als in den anderen Städten, die sich ja oft gegen schlechtes Wetter wenigstens zu wehren versuchten, bemüht waren, sich vom Wetter nicht völlig herunterziehen zu lassen. München aber ... egal. Er war hier gut aufgehoben, bewohnte eine Dachgeschoßwohnung nahe dem Englischen Garten, war mit einer japanischen Fotografin liiert und wurde von den Kollegen im Kriminalfachdezernat 1 respektiert, mitunter sogar geschätzt.

Auch wenn üblicherweise Strafversetzungen in Richtung Provinz erfolgen, so war in seinem Fall die Degradierung mittels München geschehen. Der Wechsel von einem Bundesland in ein anderes widersprach zwar den Regeln, andererseits konnten die beiden Dienstherren damit die Weichheit der Regeln unterstreichen. Zudem meinte man Rosenblüt auf diese Weise besser und eindringlicher strafen zu können, als ihn in eine baden-württembergische Wüstenei abzukommandieren. Man hoffte, in München würde ihn das Schicksal von Wollsocken ereilen, die in einen nimmer endenden 90-Grad-Waschgang geraten waren.

Rosenblüt hatte sich nämlich nach erfolgreichen Jahren als leitender Ermittler mit seinen Stuttgarter Vorgesetzten angelegt, indem er entgegen einer Weisung von höchster Stelle in einem wichtigen Fall weitergeforscht hatte. Er war in dieser Sache von seiner eigenen Sturheit überrascht gewesen. Schließlich war er weder ein geborener Revoluzzer noch ein Don Quichotte, eher zählte er zu den dandyhaften Genießern. Keiner, der die Welt zu verändern suchte. Er glaubte nicht an Veränderbarkeit. Vielmehr begriff er die Verwandlungen der Welt in die eine oder andere

Richtung als bloße Schaukelbewegung. – Die Schaukel hängt immer am gleichen Baum, sie fliegt nie davon, sosehr man das, am jeweils höchsten Punkt angelangt, auch glauben mag.

Rosenblüt war Polizist geworden, weil er das Odeur dieses Berufs mochte. Die Kriminalistik hatte einfach besser als vieles andere geduftet, an dem er als junger Mann geschnuppert hatte. Etwa Kunstgeschichte, wo sein Vater, Professor in selbigem Fach, ihn gerne gesehen hätte. Doch die Kunstgeschichte hatte verdorben gerochen, die Kriminologie hingegen frisch und verführerisch, geradezu frühlingshaft, trotz der meist häßlichen Thematik. Das war freilich nicht das Vokabular, um es anderen zu erklären. Aber für ihn selbst war es genau so gewesen. – Aus dieser tiefen, geradezu kreatürlichen Beziehung zu den diversen Erscheinungsformen des Verbrechens hatte sich dann wohl der Umstand ergeben, daß fast jeder es unterließ, selbst noch im Privatbereich, Rosenblüt mit seinem Vornamen anzusprechen, sondern immer nur mit „Kommissar" oder „Rosenblüt" oder „Kommissar Rosenblüt". Einer seiner Freunde hatte einmal gesagt: „Vornamen sind was für normale Menschen." Schwer zu sagen, ob das ein Kompliment gewesen war.

Wie auch immer – Rosenblüts Ehrgeiz war zu jeder Zeit gewesen, Fälle zu lösen und nicht etwa die Verlogenheit des Systems zu offenbaren. Weisungen gehörten nun mal zum Spiel dazu, selbst wenn sie den Duft seines Berufs beeinträchtigten. Da hätte er im Fach der Kunstgeschichte, deren Bösartigkeit gerne übersehen wird, mindestens soviel aushalten müssen. Aber er war in diesem einen Moment wie blind gegen das drohende Schicksal gewesen, hatte die Ermordung einer jungen Prostituierten nicht auf ein milieubedingtes Allerweltsverbrechen herunterspielen lassen und in der Folge begonnen, die Rolle einiger bedeutender Herren in dieser Sache zu untersuchen. Und das, obwohl er mehrmals aufgefordert worden war, Ruhe zu geben. Offiziell wie unter vier Augen. Dazu kam, daß Rosenblüt in einem anderen Fall, dem sogenannten Zweifelsknoter Skandal, die Machenschaften des BND aufgedeckt hatte, nicht zu aller Freude, wenngleich Rosenblüt dabei das Herz der Öffentlichkeit erobert hatte. Aber öffentliche Herzen sind die, die rasch verwelken, verschrumpeln, zerbröseln, und als Rosenblüt aus Stuttgart verbannt und nach München geschickt wurde, war da kaum einer gewesen, den das aufgeregt hatte.

Auch Rosenblüt nicht, der froh gewesen war, aus der Landeshauptstadt fortzukommen, allerdings aus eher privaten Gründen. Er war ein gutaussehender Mann, so in der Robert-Redford-Richtung, blond und kompakt, wie einem After-Shave-Flakon entstiegen – und jemand, der diesen Vorteil zu nutzen wußte. Doch leider nicht optimal, wenn man das Optimale als das Ganzheitliche sieht. Denn in all den Jahren in Stuttgart hatte er sich schwergetan, eine Beziehung ordentlich zu Ende zu führen. Beziehungsweise war er der absurden Theorie gefolgt, durch das Betreiben einer neuen Beziehung automatisch die alte erledigt zu haben, was ein Irrtum ist, ein bekannter. Viele kennen ihn und machen fröhlich weiter.

Mit seinem Wechsel nach München hatte Rosenblüt somit nicht nur viele verwelkte, sondern auch einige blutende Herzen zurückgelassen. In der neuen Stadt hingegen begegnete er einer Frau, die ihn von genau dieser Unart heilte, indem sie seine absolute Treue einforderte. Nun, das hatten die meisten anderen ebenfalls getan. Aber diesmal war es anders. Rosenblüt erkannte nicht nur den tiefgehenden Reiz dieser Person, er erkannte vor allem, in einem Alter angelangt zu sein, in dem von allen Winkeln aus, erst recht dem Winkel der Liebe, die Gefahr der Lächerlichkeit drohte. *Eine* Frau mußte absolut genügen. Und diese eine genügte ja auch: Sie hieß Aneko, Aneko Tomita, aus Kyoto stammend, fünfzig Jahre schön, ein Gesicht wie aus einer Billardkugel herausgeschnitzt. Sie war einst eine erfolgreiche Judokämpferin gewesen, Teilnehmerin an zwei Olympischen Spielen, hatte dem Sport aber mit einer gewissen Verachtung den Rücken gekehrt, um nach Europa und in die Fotografie zu wechseln, Modefotografie, Architekturfotografie und manchmal auch Sachen, die man als Pornografie bezeichnet hätte, hätte man sie nicht als Kunst bezeichnen müssen.

Rosenblüt kümmerte sich nicht um die Arbeit seiner Freundin. Und sie sich nicht um die seine. Die beiden hatten zu wenig Zeit füreinander, um sich auf diese Weise zu belästigen, den eigenen

Kram, die eigene Bedeutung ausbreitend. Nein, wenn sie zusammen waren, dann genossen sie die Stunden: Essen, Natur, Liebe, manchmal Kino, manchmal Einkaufen, manchmal ein bißchen Fesseln, ohne jedoch übers Ziel hinauszuschießen. Die gemeinsame Wohnung, die eher in die japanische Richtung tendierte, wurde von einer älteren Dame in Schuß gehalten, die im Nachbarhaus wohnte und als eine der größten Jägerinnen von Staub in die Geschichte hätte eingehen müssen, wäre je eine solche Geschichte geschrieben worden. Aber leider wurde Geschichte nun mal von Mördern geschrieben, nicht von Putzfrauen.

„Bin ich die Liebe deines Lebens?" fragte Aneko gerne.

„Absolut", antwortete Rosenblüt ebenso gerne.

Es war somit alles in bester Ordnung.

Daß es bei dieser Ordnung nicht bleiben würde, begriff Rosenblüt in dem Moment, als da der Hund vor ihm stand.

„Verdammt, Lauscher, was tust *du* hier?!" entfuhr es Rosenblüt mit einem Stöhnen angesichts einer Kreatur mit langen Ohren und kurzen Beinen, die etwas schräg nach außen standen, die Beine, um den angefetteten Körper stabil zu halten. Der Hund erinnerte an einen Zwerg, der früher einmal ein Kraftsportler gewesen war, Ringer oder Gewichtheber, und dessen Kraft nun gerade noch ausreichte, selbst das Gewicht zu sein und von der Erde getragen zu werden. Gewichte sind in der Regel eher statische Objekte, weshalb solche Zwerge oder Hunde es vorziehen, stillzustehen.

Auch dieser Hund stand still und schaute aus seinen von Schäferhundohren flankierten Dackelaugen zu Rosenblüt hoch. Rosenblüt war bei diesem Anblick automatisch der Name Lauscher eingefallen – Lauscher, so hatte der Hund von Markus Cheng geheißen, einem Wiener Privatdetektiv chinesischer Abstammung, der in der BND-Geschichte eine entscheidende Rolle gespielt hatte. Aber Lauscher konnte es ja gar nicht sein. Rosenblüt wußte, daß Chengs Hund vor Jahren gestorben war, altersschwach, inkontinent, blind und taub. Das alles galt für diesen Hund hier nicht. Obgleich er kein junger Hund mehr war, war er sowenig ein Greis wie ein Geist. Dennoch sah er dem Rüden, der Lauscher gewesen war, zum Verwechseln ähnlich, dem Lauscher von damals.

Welch dummer Zufall! Nun gut, solche Dinge geschehen, müssen aber nicht ernst genommen werden. Darum sagte sich Rosenblüt: Das hat nichts zu bedeuten. Gleichzeitig dachte er: Was aber, wenn doch?

Rosenblüt herrschte den Hund an, um auch wirklich gehört zu werden: „Geh weg!" Und, noch lauter: „Hau ab, du Mistvieh!"

Das Mistvieh haute nicht ab. Zudem hatte das Mistvieh keine Hundemarke. Und da war niemand, der etwa nach ihm gerufen hätte. Nein, er stand eisern vor dem Kommissar, welcher natürlich einen Bogen um ihn hätte machen können. Aber der Bogen gelang ihm nicht, und so stand Rosenblüt seinerseits da wie angewurzelt, keine zwanzig Meter von seinem Wohnhaus entfernt, gleichwohl unfähig, die rettende Flucht anzutreten.

„Was sollen wir mit einem Hund?" fragte Aneko am selben Abend.

„Ich weiß es nicht", antwortete Rosenblüt.

„Du solltest ihn ins Tierheim bringen."

„Ich glaube, er ist kein Tierheimhund."

„Aha. Glaubst du also."

„Ich will damit sagen, er gehört zu denen, die man nicht abschieben kann."

„Soll ich dir beweisen, daß man das kann?" fragte Aneko, die nichts gegen Tiere hatte, solange sie nicht ihre Haare und sonstigen Dreck auf blendendweißen Designersofas verteilten.

„Das glaube ich gerne", sagte Rosenblüt, „daß du das kannst. Aber der Hund ist ja nicht wegen dir da, sondern wegen mir."

„Soll das heißen, er ist ein Bote? Ein göttliches Zeichen?"

„Ich weiß es nicht. Ich weiß nur, daß er dazugehört."

„Wo dazugehört?"

Rosenblüt konnte es nicht erklären. Er schwieg, wobei er einen Blick aufsetzte, der wohl Mitleid erzeugen sollte.

Aneko legte nach: „Frau Kepler wird toben."

Frau Kepler war die Frau gegen den Staub. Nun, ganz sicher würde sie toben. Doch Rosenblüt schwieg fortgesetzt. In dieses

Schweigen hinein grunzte der Hund in der seufzenden Weise philosophischer Ohnmacht. Er bettete seine Schnauze auf das Parkett und schloß die Augen.

„Er gehört sicher zu jemand, der ihn sucht", meinte Aneko.

Rosenblüt schüttelte den Kopf. „Er gehört zu mir. Ob ich will oder nicht."

„Ach was, du kennst ja nicht mal seinen Namen."

Richtig, der Name. Sollte er ihn Lauscher nennen? Nein, lieber nicht. Er sah sich um, als sei irgendwo im Raum der Name versteckt. Sein Blick fiel auf die Klimtzeichnung an der Wand. Doch Hunde nach berühmten Malern zu benennen, war Blödsinn. Er hielt weiter Ausschau. In diesem Moment klingelte es. Der Hund rührte kein Ohr und keine Wimper. Er war ja auch nicht hier, um zu wachen oder sonstwas Sinnvolles zu tun. Er war nicht einmal ein Bote, sondern die Botschaft selbst.

Aneko ging zur Türe und öffnete sie. Es war Frau Kepler. Sie brachte die Abrechnung für den Monat.

Kepler? Genau! Das war der Name! Der Hund hieß Kepler, obschon es im ersten Moment komisch erscheinen mochte, wenn sowohl die Putzfrau als auch der Hund diesen Namen trugen. Zudem konnte man der Ansicht sein, daß, wenn es Blödsinn ist, Haustiere nach Malern zu benennen, es nicht minder Blödsinn ist, sie mit den Namen von Astronomen auszustatten. Dennoch! Für Rosenblüt stand die Sache fest.

„War das Frau *Kepler*?" fragte er scheinheilig, den Namen der Putzfrau betonend und mit einer als beifällig getarnten Bewegung den Kopf schwenkend, um hinüber zu dem dösenden Hund zu sehen. Und wirklich, sowenig das Geklingel den Mischling aus seiner Ruhe geholt hatte, die deutliche Betonung des Namens führte dazu, daß seine Lider kurz hochklappten, als sei er eben gerufen worden.

Man kann sich solche Dinge natürlich einbilden. Doch auch die Einbildung besitzt eine Gravitation, die unbestechlich ist.

Am nächsten Morgen brach Rosenblüt etwas später ins Büro auf, und es war nun ein echter Zufall, ein dummer dazu, daß er gerade in dem Moment nach dem Hund rief – der quasi über Nacht *sein* Hund geworden war –, als Frau Kepler, die zum Reinigen der Böden gekommen war, den großen Wohnraum betrat.

„Ja bitte?" fragte sie, etwas irritiert, weil sie es eigentlich gewohnt war, mit „Frau" tituliert zu werden. Dann sah sie den Hund. Der Schock war doppelt. Der Hund an sich und weil sie zudem begriff, wer hier mit „Kepler" gemeint gewesen war.

„Oh ... das ist ... ungünstig", stammelte Rosenblüt, „aber ich kann wirklich nichts dafür, daß der Hund so heißt."

Und das stimmte ja, wenn auch nicht auf den ersten Blick.

„Bleibt der hier?" fragte Frau Kepler voller Verachtung für Hunde, die nach Menschen hießen.

„Ja. Ich weiß, daß das mehr Arbeit macht. Aber wir bezahlen es natürlich."

Doch Frau Kepler erklärte knapp und mit der eindringlichen Wirkungsweise einer rasch verabreichten Injektionsnadel: „Ich bespreche das mit Frau Tomita."

„Wie Sie wünschen." Rosenblüt schob seinen Hund in den Flur hinaus.

„Hör zu, Kepler", sagte er, als sie im Aufzug standen, „manchmal wäre es gut, sich zu beeilen, ich habe nicht immer Zeit." Dann dachte er: „Verdammt, jetzt rede ich schon mit dem Köter. Das sollte ich mir gar nicht erst angewöhnen."

Als wäre das möglich.

„Der schaut ziemlich komisch aus", urteilte ein Kollege aus Rosenblüts Mannschaft. Rosenblüts Sekretärin hingegen beugte sich zu Kepler hinunter und sprach mit ihm in jener entspannten Art, mit der sich Frauen nur mit Tieren und schwulen Männern unterhalten: in einer Vertrautheit allein zur Freude Gottes. Auch vermied sie es vorerst, nach den Umständen zu fragen, die diesen Hund in dieses Büro geführt hatten, bereitete ihm einen Platz in der Ecke und kramte ein Leckerli hervor, als züchte sie selbige in ihrer Handtasche. Zu Rosenblüt sagte sie nur, die Chefin habe nach ihm gerufen. Es eile.

„Den Hund lass' ich da", erklärte Rosenblüt.

Wie damals bei Lauscher würde dies ohnehin die Regel werden. Auch Kepler war kein Freund großer und häufiger Bewegungen. Er stand, saß oder lag. Auf diese Weise füllte er einen bestimmten Raum. Im Moment kleidete er perfekt die Ecke aus, die Rosenblüts Sekretärin ihm liebevoll zugewiesen hatte. In solchen Augenblikken besaß Kepler die Wirkung eines Objekts von Joseph Beuys. Wozu also den Ort wechseln? Nur, um in eine andere, vielleicht sehr viel schlechtere Ecke zu gelangen?

Menschen freilich fühlen sich von schlechteren Ecken magisch angezogen. Oder unterliegen dem Sachzwang. Rosenblüt also mußte nach oben, zu Polizeirätin Doktor Ursula Procher, die fast gleichzeitig mit seiner Ankunft in München die Leitung des Kriminalfachdezernats übernommen hatte und deren unnahbare Art Rosenblüt durchaus zu schätzen wußte. Er brauchte keine gute Freundin als Chefin.

„Die beiden Herren kennen sich ja", sagte Procher, nachdem Rosenblüt eingetreten war. Die Herren, die sich kannten, gaben sich die Hand. Bei dem anderen handelte es sich um einen Beamten des Kriminaldauerdienstes, einen Hauptkommissar Svatek.

Man nahm Platz. Procher lehnte sich zurück und überließ es dem KDD-Polizisten zu erklären, weshalb man hier zusammengekommen war.

Am Vortag war Svatek von einer Streife angefordert worden. Zwei Jogger hatten einen fünfzehnjährigen Jungen entdeckt, der nackt am Ufer der Isar stand, weil er, wie er angab, von einer fünfköpfigen Bande attackiert, bedroht und sodann ausgezogen worden war. Man hatte ihm eine Beschneidung angedroht, sich aber auf Grund des Faktums, daß eine solche bereits vorlag, damit begnügt, ihn verängstigt und gedemütigt und bar seiner Kleider zurückzulassen.

„Sie können sich denken, wie verstört der Bursche war", sagte Svatek. „Wir haben ihn nur kurz befragt und dann so schnell wie möglich nach Hause gebracht. Beide Eltern waren da. Vermögende Leute, aber weder superreich noch prominent. Die Mutter ist

Anwältin, der Vater Geologe, hat hier einen Lehrstuhl, was Geologisches halt."

Svatek machte eine Pause, wirkte unsicher. Er äußerte, bei der Sache sofort ein komisches Gefühl gehabt zu haben.

„Komisches Gefühl?"

„Ja, ich weiß schon, mit komischen Gefühlen sollte man zum Arzt gehen und nicht die Kollegen belästigen."

Rosenblüt nickte. Dieser Meinung war er auch.

Desungeachtet berichtete Svatek weiter, daß die Eltern des Jungen auf ihn den Eindruck gemacht hätten, als seien sie bereits informiert gewesen. Nicht aber von der Streife. Bei aller Betroffenheit hätten sie kontrolliert gewirkt, in der Art von Leuten, die sich abgesprochen haben. Und deren Ziel es ist, die Polizei soweit als möglich herauszuhalten.

„Ich bitte Sie, Herr Svatek", wandte Rosenblüt ein, „eine Anwältin und ein Geologe, solche Leute haben sich von Natur aus im Griff. Da muß schon mehr passieren. Ich kann noch nichts Komisches erkennen. Das Kind wurde schließlich nicht entführt. Es wurde gequält, das ist sicher schlimm. Aber solche Überfälle geschehen leider nun mal, das muß ich Ihnen nicht sagen. Die Jugend spinnt heutzutage."

„Das tut sie, keine Frage. Aber das ist es nicht. Ich sage Ihnen, die Eltern haben *gewußt*, daß wir kommen und ihren Sohn bringen. Sie kennen mich, Rosenblüt, ich bin kein Phantast. Ich sage Ihnen, daß da was faul ist."

„Aber der Sohn lebt doch, oder?" fragte Rosenblüt, mit den beiden Zeigefingern auf sich weisend und solcherart bekundend, lediglich für vorsätzliche Tötungsdelikte zuständig zu sein.

Es war jetzt Procher, die das Wort ergriff. Sie bat Rosenblüt, sich kurz die Zeit zu nehmen, den Jungen und die Eltern ein zweites Mal zu befragen. Nur, um sicherzugehen.

Rosenblüt schaute noch immer verwirrt. Endlich rückte Procher damit heraus, sie sagte: „Die Eltern sind Stuttgarter. Sie sind erst vor einem Jahr nach München gekommen. Wegen des Lehrstuhls."

Rosenblüt öffnete seine Hände zu einer fragenden Geste. „Ja

29

und? Was wollen Sie mir damit sagen? Daß das Tansanier sind, die leider Gottes nur Suaheli sprechen, und weil ich auch ein Tansanier bin, muß ich jetzt ..."

„Herr Hauptkommissar Rosenblüt", unterbrach ihn Procher mit einer Stimme von der Art einer knisternden Bluse, „wir wollen uns in dieser Sache auf den Instinkt des Kollegen Svatek verlassen, ohne gleich alle Pferde scheu zu machen. Sie opfern eine halbe oder eine Stunde Ihrer Dienstzeit und verschaffen sich einen Überblick. Danach geben Sie mir einen Bericht, den ich weiterleite. Wir wollen Fehler vermeiden. Es stimmt, ein komisches Gefühl ist zu wenig. Genau darum möchte ich Sie bitten, dort hinzufahren, um das Gefühl des Kollegen zu bestätigen oder zu entkräften. Sie können das, Sie sind der Richtige. Und daß Sie aus Stuttgart stammen, daß Sie dort ein Held waren, daß Sie ein Gefühl für Ihre Landsleute haben ... nun, ein Nachteil ist das doch wirklich nicht."

„Ein Held? Hm! – Was meinen Sie, was ich mit den Eltern des Jungen veranstalten sollte: ein schwäbisches Opferritual?"

„Ob ich so was gutheiße, hängt von der Art des Opfers ab." Frau Doktor Procher hatte völlig ernst gesprochen.

„Also gut, geben Sie mir die Adresse, und ich schau mir diese Bantu-Neger an."

„Lieber Herr Kollege", sagte die Dezernatsleiterin, „könnten Sie vielleicht Ihre Ausdrucksweise mäßigen? Sie sind doch sonst nicht so."

„Es hängt wohl mit Stuttgart zusammen. Ich fühle mich verkrampft, wenn ich den Namen dieser Stadt höre."

„Sie sind dort aufgewachsen. Jeder fühlt sich verkrampft, wenn er an die Heimat denkt. Das ist trotzdem kein Grund, so zu reden."

„Stimmt, da haben Sie recht", meinte Rosenblüt und erhob sich. Im Stehen fragte er, ob es Hinweise auf die fünf Typen gebe, die den kleinen Uhl angegriffen hatten.

„Noch nicht", sagte Svatek, hielt Rosenblüt aber eine Mappe hin: „Hier sind die Aussagen des Jungen. Ziemlich spärlich. Dazu die Aussagen der Eltern, noch spärlicher. Außerdem ein paar Fakten über die beiden. Ich habe mich da schon mal kundig gemacht."

„Na gut." Rosenblüt nahm die Akte, dankte knapp, empfahl sich und verließ das Büro.

Rosenblüt kannte das Gerücht, die verheiratete Frau Doktor Procher sei mit einem aus dem KDD liiert. Jetzt glaubte er es auch.

Zurück an seinem eigenen Schreibtisch, sah er sich die Aussage des Jungen an, Martin Uhl. Die Beschreibung der fünf Angreifer reduzierte sich auf den Sachverhalt, sie hätten das typische Türkendeutsch gesprochen, Sechzehn-, Siebzehnjährige, trainierte Kerle, Kraftkammer, Goldkettchen, einer mit Schnauzer, einer von ihnen der Anführer. Doch genauer wurde der Bericht nicht, bloß das gestohlene Handy sowie der Inhalt der Geldbörse waren ebenso exakt beschrieben wie die Kleidungsstücke, die in die Isar geworfen worden waren. In Ermangelung einer genauen Täterbeschreibung war gewissermaßen eine genaue Opferbeschreibung vorgenommen worden. Auch über die Eltern, Gabriele und Christoph Uhl, hatte Svatek einiges zusammengetragen. Allerdings nichts, was sich auf den ersten Blick angeboten hätte, ein Verbrechen zu erklären, welches über den sadistischen Raubüberfall einer Jugendbande hinausging und etwa Dinge wie Erpressung einschloß.

Rosenblüt machte sich auf den Weg.

„Kann ich den Hund hierlassen?" fragte er seine Sekretärin, eine junge Frau, die in der Tat lieber in einem Zoofachgeschäft gearbeitet hätte. Sie nickte, merkte aber an, daß man so einen Hund hin und wieder füttern und hin und wieder auf die Straße führen müsse und daß dieser hier nicht einmal über ein Halsband und eine Marke verfüge.

„Könnten Sie das für mich erledigen?" bat Rosenblüt und erklärte, der Hund sei ihm zugelaufen.

„Wie heißt er überhaupt?"

„Kepler."

„Klingt wie der Name einer Waschmaschine oder einer Autovermietung", fand die junge Frau.

„Ist aber nicht mehr zu ändern", erklärte Rosenblüt. „Sie machen das für mich, oder?"

„Alles", antwortete sie. Sie meinte damit den Hund, nicht den Mann.

3   Strahler 70

Rosenblüt wollte den Herrn Professor Uhl in seinem Büro im Department für Geo- und Umweltwissenschaften aufsuchen, erfuhr aber, Uhl sei bereits wieder nach Hause gefahren, um dort mit einigen Mitarbeitern ein Seminar vorzubereiten. Er werde erst am späteren Nachmittag in der Uni zurückerwartet.

Ohnehin war es Rosenblüt lieber, Uhl in seinem privaten Bereich zu sprechen. Um so privater, desto unsicherer wurden die Menschen. Desto leichter zu knacken. Denn das Private verriet sie, die Vase auf dem Tisch, die Bilder an der Wand, der Geschmack, der Geruch. Viele Büros hingegen waren abstrakt zu nennen, trotz Schmuck hier und da.

„Ich habe jetzt wirklich keine Zeit für Sie", wurde Rosenblüt von Uhl an der Türe des dreistöckigen Jugendstilgebäudes empfangen, dessen untere zwei Etagen er bewohnte. „Außerdem wüßte ich nicht, was da noch zu bereden wäre. Sie sollten lieber diese Verbrecherbande finden, die meinem Sohn das angetan hat."

„Bei allem Respekt, Herr Uhl", meinte Rosenblüt, „aber das ist doch eine Phrase."

„Was ist eine Phrase?"

„Dem Polizisten sagen, was er zu tun hat. Sage ich Ihnen denn, wie Sie ein Erdbeben zu berechnen haben? Seien Sie also so gut, mich hereinzulassen. Ich bin nicht gekommen, um im Freien zu stehen, so schön der Tag auch ist."

Uhl zögerte. Dann gab er nach, trat zur Seite und ließ den Kommissar ein. Er hatte wohl begriffen, daß man jemanden wie Rosenblüt nicht abwimmeln konnte. Daß für einen solchen Mann nur entweder Feierabend oder Gefahr im Verzug bestand. Und für Feierabend war es einfach noch zu früh.

„Nun gut. Ich sage meinen Mitarbeitern kurz Bescheid", erklärte Uhl und bat Rosenblüt, vorzugehen. Dieser ging vor, und zwar in einen großen, hellen Raum, der hinaus auf eine steinerne Treppe wies, hinter der ein kleiner Garten mit Springbrunnen lag.

„Wer hat heutzutage noch einen Springbrunnen?" bemerkte Rosenblüt, nachdem auch der Hausherr eingetreten war.

Uhl erläuterte: „Eigentlich wollte der Vermieter einen Pool bauen lassen. Ich konnte ihm das ausreden. Allerdings ist er dafür mit der Miete noch weiter in die Höhe gegangen. Verrückt, aber wahr."

„Wäre die Welt normal, wäre ich nicht hier, oder?"

„Da haben Sie leider recht", äußerte Uhl und fragte den Kommissar, für welche Polizeiabteilung er eigentlich tätig sei.

„Das wollen Sie nicht wissen", antwortete Rosenblüt.

Uhl stutzte. „Wie Sie meinen. Setzen wir uns."

Sie setzten sich. Uhl schenkte Wasser in zwei Gläser und schob eines über den tiefstehenden Glastisch auf Rosenblüts Seite.

Der Kommissar sagte: „Ich will offen sein. Meine Vorgesetzten meinen, daß Sie mit mir lieber reden werden als mit jemand anderem."

„Wieso sollte ich?"

„Nun, Sie sind Schwabe, und ich bin Schwabe. Auch wenn wir beide nicht so reden, denn weder stehen wir auf einer Volksbühne, noch sitzen wir im Landtag."

„Rosenblüt! Ich dachte mir schon, den Namen zu kennen. Sie waren eine Weile eine kleine Berühmtheit."

„Was mir allerdings nicht unbedingt bekommen ist. Dafür darf ich jetzt im schönen München sein", sagte Rosenblüt, wie man lästert: Die Gesundheit eines Roggenbrotes relativiert sich, wenn einem die Zähne darin steckenbleiben.

„Ihre Vorgesetzten spinnen", kommentierte Uhl.

„Ganz sicher tun sie das, wenigstens in diesem Punkt. Andererseits kann ich das ja schlecht in meinen Bericht schreiben. Nein, Sie und ich müssen vorher schon miteinander reden."

„Ja worüber denn, Herrgott noch mal! Mein Sohn ist überfallen, mißhandelt und beraubt worden. Am schlimmsten aber ist, daß er da nackt am Ufer stehen mußte. Die Nacktheit ist für Jungs in diesem Alter ohnehin ein Problem. Das öffentliche Nacktsein fürchterlich."

„Absolut richtig. Deshalb denke ich auch, daß es in erster Linie darum ging. Nicht um die paar Wertsachen, nicht darum, ein paar Ohrfeigen zu verabreichen, nein, es sollte eine Warnung sein, eine deutliche."

„Von was reden Sie da?"

Rosenblüt entschied sich für die spekulativ-direkte Weise, indem er sagte: „Sie haben einen Anruf erhalten. Man hat Ihnen gesagt, was mit Ihrem Sohn geschehen ist."

„Nein, Ihre Kollegen haben Martin hergebracht, ohne uns vorzuwarnen."

„Ich rede nicht von meinen Kollegen. Ich rede von den Leuten, die Ihnen erklärt haben, daß Ihrem Sohn beim nächsten Mal mehr passieren könnte, als nackt am Fluß zu stehen und sich zu schämen."

„Wie können Sie ...?" Uhl riß sich zusammen. Er klemmte seine Zungenspitze zwischen die Lippen, als versuche er, sie zu häuten. Für einen Moment machte er einen geisteskranken Eindruck. Und in der Tat, sein Verstand war gefährdet. Die Angst ums eigene Kind läßt niemanden gesund bleiben.

Er mühte sich mit seiner Stimme ab, als er jetzt Rosenblüt fragte: „Wie kommen Sie auf einen solchen Unsinn? Denken Sie, ich werde erpreßt? Meine Güte, wir wohnen ganz hübsch. Aber wir sind keine Unternehmer, keine Millionäre."

„Es gibt viele Gründe, erpreßt zu werden", befand Rosenblüt, der ja bereits wußte, der richtigen Spur zu folgen.

Uhl tat einsichtig und gestand spöttisch ein Liebesverhältnis zu einer türkischen Studentin. Er bemerkte: „Die hat natürlich ein paar Brüder, die jetzt für Ordnung sorgen wollen?"

„Das ist sicher eine Möglichkeit von vielen", antwortete Rosenblüt. „Aber mich interessiert nur die eine relevante."

Uhl schwieg. Schließlich sagte er: „Auch wenn Ihnen das nun verdächtig vorkommen mag, ich brauche einen Schluck Alkohol."

„Bringen Sie mir einen mit", bat Rosenblüt.

Nun, es war zwar Vormittag, und angeblich tranken Polizisten nicht im Dienst. Doch Rosenblüt hatte vor einem Jahr mit dem

Sport aufgehört und mit dem Trinken angefangen. Ohne zu übertreiben, weil er ja auch beim Sport nicht übertrieben hatte. Ein Schluck hin und wieder tat ihm gut. Wo früher zwanzig Sit-ups gewesen waren, war jetzt ein Glas Wein. Seinem Rücken ging es seither bedeutend besser.

Uhl schenkte Rotwein in zwei Gläser, reichte eines Rosenblüt. Nicht, daß sie miteinander anstießen, aber sie nickten sich zu, ihre Gläser nickten sich zu. Eine kleine Stille benetzte den Raum, wie Regen, der in der Luft stehenbleibt. Uhl ergriff als erster das Wort. Er sagte: „Selbst wenn Ihr Verdacht stimmt, und er stimmt *nicht*, dann wäre es doch sicher so, daß ich eindringlich davor gewarnt worden wäre, die Polizei zu informieren. Bedenken Sie: Mein Sohn ist gesund und in Sicherheit. Warum sollte ich riskieren, daß sich daran etwas ändert? Nur, um Ihnen den Gefallen zu tun, vor Ihren Vorgesetzten als cleverer Ermittler dazustehen?"

„Sicher, da wären Sie schön blöd. Nein, wenn schon ein Gefallen, dann natürlich einer, den Sie sich selbst tun. Denn das Problem ist, daß der tiefere Sinn der Polizeiarbeit darin besteht, Recht auch dort zu schaffen, wo dies gar nicht erwünscht ist. Es kümmert die Polizei nicht, wenn Opfer und Täter sich einig geworden sind. Die Polizei mischt sich ein, ob das gewollt ist oder nicht. Daran führt kein Weg vorbei. Aber Sie, Herr Professor, können die Sache steuern."

„Indem ich mich Ihnen anvertraue? Was bedeuten würde, daß Ihre Vorgesetzten recht hatten, auf diese dümmliche Schwabenkarte zu setzen."

„Stimmt. Das wäre der negative Aspekt."

„Und der positive?"

„Ich bin ja nicht nur Schwabe, sondern auch ganz allein gekommen. Womit ich sagen will: Es ist ein Unterschied, ob ein versammelter Haufen von Polizisten hier herumtappt oder ein einzelner Mann mit aller Diskretion und Vorsicht und Fürsorge den Fall behandelt."

„Noch einmal: Für welche Abteilung arbeiten Sie?"

„Wie in Stuttgart. Mord."

„Niemand wurde ermordet."

„Und das soll so bleiben. Meistens kommt die Polizei zu spät, das ist ihr Schicksal, vor allem im Fall von Tötungsdelikten. Wo ich hinfahre, sehe ich Tote. Es hat etwas für sich, daß es diesmal anders ist."

„Es könnte ein böses Omen sein, daß Sie hier sind."

„Es könnte ein gutes sein", erwiderte Rosenblüt. „Einmal einen Fall zu übernehmen, wenn es noch *nicht* zu spät ist."

Uhl schenkte nach. Es war ein guter Wein, wobei Rosenblüt Trinker genug war, um zu erkennen, daß in manchem guten Wein ein mickriger Geist steckte, ein Spießer, ein Angeber, ein Ignorant.

Uhl überlegte. Man sah ihm an, wie sehr er sich quälte. Sein kahler, kantiger Schädel offenbarte einen rötlichen Glanz mit welligen Streifen von kaltem Grün. – Das kommt nämlich vor, daß Menschen aussehen wie auf expressionistischen Gemälden.

„Wenn ich mit Ihnen rede", begann Uhl mit Vorsicht in der Stimme, „wie sehr kann ich mich darauf verlassen, daß Sie kein Unglück über mich und meine Familie bringen?"

„Das Unglück ist doch schon da, Herr Uhl. Und es geht nicht fort, indem Sie mich rauswerfen. Ich kann das Unglück sehen. In Ihrem Gesicht. An Ihren Händen. An der Art, wie Sie Ihr Glas halten."

Der solcherart Durchschaute blickte zur Seite. Dann atmete er tief ein und führte am eintretenden Luftstrom vorbei seine Worte. Leise, zögerlich zuerst, als sei viel zuviel Luft im eigenen Mund, allmählich aber hörbarer und deutlicher. Es stimme, sagte er, in der Tat habe er einen Anruf erhalten. Ein Mann, der seinen Namen nicht genannt habe, hätte erklärt, dem Jungen gehe es gut. „Sie können sich denken, daß ich sofort gefragt habe, wie das zu verstehen sei. Wieso gut? Ich dachte an einen Unfall."

Indes sei ihm rasch klar geworden, wie der Anrufer es meine, als dieser sagte, dem „kleinen Martin" wäre nichts Schlimmes zugestoßen, aber doch Schlimmes genug, um sich gut vorzustellen, wie schlimm es noch werden könnte. Um dann anzufügen: „Hätte ich ein solch schönes Haus wie Sie, Professor, eine solche Frau, ein

37

solches Kind, keine Sorgen weit und breit, ich würde aufpassen, daß es dabei bleibt. Ich würde nicht den Helden spielen. Klar, es gibt geborene Helden. Aber ... sind *Sie* einer? Können Sie Schmerzen aushalten? Opfer bringen? Ich glaube nicht. Als Held sind Sie Amateur. Ich rate Ihnen, halten Sie Ihren Mund. Die Maschine geht Sie nichts an. Vergessen Sie alles, was damit zusammenhängt. Verstanden?"

„Ich habe geschworen", fuhr Uhl fort, „verstanden zu haben. Natürlich habe ich das! Doch dann hat der Kerl plötzlich begonnen, englisch zu sprechen."

„War das seine Muttersprache?"

„Nein, nein, er war eindeutig Deutscher, Türkischdeutscher, unverkennbar."

„Und was hat er da auf englisch gesagt?"

„Nur zwei Sätze. Klang so, als würde er jemanden zitieren, ungefähr so: ‚You will hear me one more time, if you do good. You will hear me two more times, if you do bad.' Dann hat er aufgelegt. Können Sie damit etwas anfangen?"

„Eigentlich nicht", antwortete Rosenblüt. Aber das stimmte nicht. Statt jedoch seine Ahnung preiszugeben, fragte er: „Der Anrufer hat von einer ‚Maschine' gesprochen. Was für eine Maschine denn?"

Doch Uhl verweigerte sich. Er sagte: „Hören Sie, Herr Rosenblüt, ich habe Ihnen von diesem Anruf erzählt, damit Sie aufhören, mich zu bedrängen. Gut, Sie wissen jetzt, daß hinter alldem mehr steckt als ein bloßer Raubüberfall. Es geht um meine Familie. Es gibt Leute – und ich habe keine Ahnung, wer diese Leute sind –, die darauf bestehen, daß ich in einer bestimmten Sache meinen Mund halte. Also werde ich ihn halten. Kein Wort über die Maschine. Da können Sie mich foltern, soviel Sie wollen. Ich habe Ihnen das nur erzählt, weil mir klar war, daß Sie keine Ruhe geben werden. Und daß es schlecht für mich ist, wenn hier jeden Tag ein anderer Polizist auftaucht und Fragen stellt. Ich hoffe, Sie begreifen nun, wie ernst es ist. Ich bin jetzt nicht nur in der Hand von diesen Leuten, sondern auch in *Ihrer* Hand, Herr Kommissar Rosenblüt."

„Das sehe ich und werde mich danach richten. Trotzdem wäre es gut, wüßte ich, worum sich alles dreht. Beim Begriff Maschine tauchen in meinem Kopf verwirrend viele Eintragungen auf."

„Kein Wort darüber. Begreifen Sie doch. Ich weiß ja nicht einmal, ob wir vielleicht abgehört werden."

„Von wem denn, bitte schön?"

„Von denen, von Ihnen, von jemand Drittem, was weiß ich. Das einzige, was für mich zählt, ist, daß meinem Jungen nie wieder etwas Derartiges zustößt. Stellen Sie sich vor, er hat wirklich geglaubt, diese Kerle würden ihm seinen Penis abschneiden! In jedem Alter wäre das ein Schock. Aber wenn einer fünfzehn ist, kann ihn so eine Angst ruinieren. – Ganz offen gesprochen: Ich pfeife auf Recht oder Unrecht. Ich will nur meinen Sohn schützen. – Können *Sie* ihn denn schützen, meinen Sohn? Erzählen Sie mir bloß nicht, Sie können das!"

„Also gut", gab sich Rosenblüt geschlagen und trank sein Glas in der Manier jener aus, die sich viel mehr vor dem gern unterschätzten Schluck-zu-wenig fürchten als dem oft zitierten Schluck-zu-viel. Er erhob sich, trat kurz an die hohe Scheibe und schaute auf den gepflegten Garten und den mietpreiserhöhenden Springbrunnen. Dann wandte er sich um und folgte Uhl aus dem Raum.

Der Hausherr öffnete die Eingangstüre und streckte die Hand aus. Rosenblüt ergriff sie. Kurz zuckte er zusammen. Aus dem einfachen Grund, weil sein Gehirn einen Kontakt registrierte, der nicht zu erwarten gewesen war – Papier statt Haut. In der Innenfläche der Uhlschen Hand befand sich ein gefaltetes Stück, das nun den Besitzer wechselte.

Rosenblüt unterließ eine Bemerkung. Schlimm genug, daß er gezuckt hatte. Das geschah jetzt hin und wieder. Bei allem selbstsicheren Auftreten meldete sich das Alter. Nicht nur aus dem Winkel der Liebe.

„Machen Sie's gut, Herr Uhl", sagte Rosenblüt und ging.

Der Professor sah ihm nach, schweigend, erneut die Zunge zwischen die Lippen klemmend. Die grünen Streifen auf seinem blanken Schädel aber waren verschwunden. Er war jetzt wieder frei von Kunst, kein blauer Reiter mehr, sondern ein grauer Geologe.

Erst als Rosenblüt in seinem Wagen saß, öffnete er die Faust und entfaltete den Zettel. Selbiger war aus einem Magazin herausgerissen worden. Das Papier besaß die Festigkeit und den Glanz aller Kostspieligkeit. Vor dem Hintergrund einer mehrfarbigen, jedoch im Ausschnitt undefinierbaren Grafik stand ein einziger Begriff: Stuttgart 21.

„Herrgottsack!" entfuhr Rosenblüt nun doch ein schwäbischer Fluch, eine für diesen Dialekt typische Beschwörungsformel. Das Humorige solcher Ausdrücke war bitterernst, die Komik spitz und scharf und sadistisch. Eine Komik von der Art eines herabsausenden Fallbeils. Den meisten Spaß hatte das Fallbeil selbst. – Es war Rosenblüt stets peinlich, wenn ihm eine derartige Phrase entglitt, selbst wenn er alleine war. (Er gehörte zu den Menschen, die den Verdacht hegten, man sei *nie* so ganz alleine. Daß das völlige Alleinsein auf einem Aberglauben der Aufklärung beruhe.)

Stuttgart 21 also. Für Leute, die von dieser Stadt keine Ahnung oder bloß aus der Ferne ein paar verwaschene Eindrücke gewonnen hatten, klang dieser Terminus (wie auch sein gängiges Kürzel S 21) wie ein zwischenzeitlich überholter Werbespruch oder Filmtitel aus den 70er oder 80er Jahren des vorigen Jahrhunderts, als man sich die Zukunft noch gigantisch vorgestellt hatte: augenbetäubend, glitzernd, selbst die Katastrophe ein Wegweiser, das Weltall ein offenes Tor. – Wenn man sich Filme wie *2001* und seinen Nachfolger *2010* ansieht und dies mit der Realität von 2001 und 2010 vergleicht und auf der anderen Seite Orwells *1984* mit dem tatsächlichen 1984, muß man feststellen, daß die Eroberung des menschlichen Geistes um einiges leichter zu sein scheint als die Eroberung jener „unendlichen Weiten".

So gesehen war es verständlich, daß sich ein Uneingeweihter bei der Bezeichnung Stuttgart 21 an die Zahnpasta *Strahler 70* erinnert fühlen mochte, jene Zahnputzcreme, die mit einem gar wundersamen Poem gelockt hatte: „Strahlerküsse schmecken besser / Strahlerküsse schmecken gut! / So ein Strahlerkuß / ist ein Hochgenuß / und was sich küßt, das liebt sich / ja das macht strahlersüchtig! / ..." Etwa zur gleichen Zeit war auch noch die *Creme 21* auf den Markt gekommen, deren Benutzern die Werbung eine „junge Haut" versprochen hatte. Aber Versprechen kommen primär in die Welt, um gebrochen zu werden. Sowenig die Phantasien von Raumschiffen und Mondstationen und fliegenden Stadtbahnen sich verwirklicht hatten, sosehr waren die Gebisse und die Haut der Menschen aus den 70er Jahren dem Zahn der Zeit erlegen. Man hätte also meinen können, bei Stuttgart 21 handle es sich um eine längst verblaßte Träumerei, einen nicht mehr ganz frischen Strahlerkuß, ein zu Tode gewaschenes Riesenstück weißer Wäsche. Doch das war der Irrtum derer, die sich nicht auskannten.

Rosenblüt *kannte* sich aus. Natürlich tat er das. Damals, als er die Stadt verlassen hatte, hatten sich erste Bürgerproteste gegen dieses getarnte Immobilienprojekt, gegen diese Verwandlung eines oberirdischen Kopfbahnhofes in einen unterirdischen Durchgangsbahnhof unüberhörbar gerührt. Überraschende Proteste in einer Stadt, deren Bürger sich über so lange Zeit lediglich in der Kunst ohnmächtigen Schulterzuckens geübt hatten. Eine Kunst, die man wie alle Kunst besser oder schlechter ausüben kann. Doch die Virtuosität körpersprachlicher Bruddelei war den immer lauter werdenden und zum Schrecken der Politik auch noch sachverständigen, ja geradezu im Sachverstand kulminierenden Einmischungen der Bürger gewichen. Während anderswo in Europa die Eliten eher die Wut der Vorstädte, der Wohlstandsverlierer fürchten mußten, waren sie in Stuttgart mit einer wachsenden Gruppe rebellierender Fachleute konfrontiert. Und wer noch kein Fachmann war, der wurde es.

Nirgends auf der Welt hatten die Menschen derart viel Ahnung von Bahnhofsarchitektur, Gleiswesen, Fragen der Statik und Tektonik, der Finanzmathematik und Steuerkalkulation, der Luftbelastung im Zuge städtischer Verbaustellung und was da sonst noch dazugehörte. Es war kaum noch möglich, jemandem zu begegnen, der nicht in diesen Thematiken bewandert war. Mitunter nervte das. Jeder zweite ein selbsternannter Architekt, jeder dritte ein versierter Denkmalschützer, von den Rechenkünstlern ganz zu schweigen. Diese Leute konnten einen vollquatschen, bis man bewußtlos umfiel. Schlimm! Aber alle diese Leute hatten – und das war nun wirklich der Punkt –, ja sie hatten recht, sie hatten die Mathematik auf ihrer Seite, die Geometrie, die Physik, letzten Endes die Naturgesetze. Und genau dieser Kenntnisreichtum drängte so viele auf die Straße, auch wenn die wenigsten zum Demonstrieren geboren schienen. Ihr Demonstrationsgehabe wirkte unbeholfen, als hätten sich ein paar Kricketspieler auf eine Eistanzfläche verirrt. Aber sie blieben auf dieser Eisfläche, hielten sich so aufrecht es ging und analysierten wortreich die Beschaffenheit des gefrorenen Wassers, auf dem sie da standen.

Diese nach langer Selbstbrütung aus besagter ohnmächtiger Schulterzuckerei herausgeschlüpften Menschen fürchteten nicht nur um ihre Stadt, sondern gleichermaßen um die Erkenntnisse, die sie sich erworben hatten. Was sie erlebten, war ein Gegenbeweis für jene alte Theorie, die Macht würde von den Wissenden ausgehen. Denn die Wissenden waren sie ja selbst. Somit war der Schwindel offenkundig: Jeder konnte erkennen, wie sehr die Macht auch ganz ohne Wissen funktioniert und daß jener Gedanke Nietzsches Bestand hat, der die Macht als Folge des Willens sieht. Der Wille erzeugt die Macht, nicht das Wissen, nicht die Bildung. Und nirgends ist der Bildungsbürger machtloser als in deutschen Landen. Doch diese Leute dort in Stuttgart hatten sich entschlossen, die Bildung ins Gefecht zu werfen. Sich selbst und ihr Wissen. Sosehr sie nerven mochten, ihr Verstand blühte. Der blühende Verstand wiederum machte den Politikern und Investoren schwer zu schaffen, weil der Verstand ja nicht zu Hause blieb, sondern sich auf die Straße begab. Das war man vom Verstand nicht gewohnt, dieses eher unbiedermeierliche Aufbegehren.

Das alles war an Rosenblüt recht spurlos vorübergegangen. Er hatte die Diskussion und die zunehmend heftigeren Auseinandersetzungen nur so nebenbei wahrgenommen, war auch viel zu sehr in seine Münchner Arbeit und das Münchner Leben verstrickt gewesen, um sich darum zu kümmern, was in seiner Heimatstadt ablief. Allerdings bestand Kontakt zu einigen Kollegen von früher, etwa zu Doktor Thiel, seinem ehemaligen Assistenten.

Der Jurist Thiel war ein typischer Vertreter jener ersten Generation von Befürwortern eines Neubaus, die in der Zwischenzeit umgefallen waren. Und wie es schien, sogar gerne umgefallen waren. Thiel hatte anfangs argumentiert, daß ein derart umfangreiches Projekt Chancen für eine Neuorientierung der Stadt biete und eine Großstadtwerdung ermögliche. Auch er litt ein wenig unter dem Verdacht, als Stuttgarter in der „Provinz" zu leben. Dann aber war ihm bewußt geworden, was für ein Geist das ganze Projekt bestimmte und daß es mitnichten darum ging, einen Bahnhof unter die Erde zu kriegen, sondern soviel Geld als möglich. Die Gigantomanie der geplanten Höhlenarchitektur ergab sich aus der inneren Logik einer gewollten Verschwendung. Gewollte Verschwendung war ein wichtiger Bestandteil modernen Wirtschaftens. Viele Zweige, allen voran die Bauwirtschaft, hätten ohne die Philosophie des Verschwendens nicht auf die Weise existieren können, wie sie existierten. Das war natürlich nicht neu, schon gar nicht für den Akademiker Thiel. Aber er empfand sich selbst als „realpolitisch" und akzeptierte eine gewisse Ausgewogenheit zwischen der Verschwendung, die einigen nutzte, und den in der Verschwendung einsitzenden Kernobjekten, die allen nutzten.

Doch bei Stuttgart 21 war alles anders. Endlich einmal sollte die Verschwendung ganz aus sich alleine bestehen und sich nicht erst mittels eines Kerns rechtfertigen. Die Verschwendung sollte völlig frei sein von den Feigenblättern des Sozialen und Demokratischen. Sie sollte nackt und echt sein. Darum war es hier so wichtig, daß die geplanten Zerstörungen an Gebäuden und Natur, das Verpulvern finanzieller Mittel, die zwangsläufige Verschmutzung von Luft und Grundwasser keinem wirklichen Nutzen dienen durften. Sie mußten zweckfrei bleiben, um die Verschwendung in absoluter Reinheit darstellen zu können. Das, was an dieser Stelle entstehen sollte, war schlichtweg ein Kunstwerk zu nennen, nicht wegen der überholten Architektur und kindischen Animationen, sondern weil es den unverfälschten Willen verkörpern würde. – Man könnte natürlich meinen, daß die Kunst ins Museum gehört oder beim Überschreiten gewisser Kosten im Kopf des Künstlers verbleiben soll.

Doch selbst mit Ironie war die Sache nicht auszuhalten. Nach und nach mußte Thiel angewidert feststellen, wie sehr im Fall der Stuttgart-21-Planung das absichtsvolle Unvermögen der Verantwortlichen eine walzerartige Verbundenheit mit der steten Steigerung der mutmaßlichen Kosten einging. Auf eine perverse Weise geradezu harmonisch.

Thiels Widerwillen verfestigte sich vor allem wegen der millionenschweren Propaganda der Projektbetreiber, einer Propaganda, die gewissermaßen das Konzept der geplanten Verschwendung durch sich selbst illustrierte. Ärgerlich, daß diese Millionen nicht aus den Taschen der Betreiber kamen. Aber was wäre andererseits von einem Künstler zu halten, der seine eigene Kunst bezahlt?

Aus einer jener zahlreich produzierten Hochglanzbroschüren schien auch der herausgerissene Ausschnitt zu stammen, den Rosenblüt da in seiner Hand hielt. Offensichtlich hatte ihm Uhl auf diese Weise doch noch einen Hinweis geben wollen.

Erneut lag dem Kommissar ein schwäbischer Fluch auf der Zunge – im Schimpfen wird der Mensch zum Heimattier –, aber er schluckte ihn hinunter. Zurück blieb ein samtiger Geschmack, wie man ihn von der Haut einer Marille kennt. Es fröstelte Rosenblüt. Er startete den Wagen und fuhr los.

4   Goethes Déjà-vu

Am Abend desselben Tages saß Rosenblüt in Frau Doktor Prochers Büro, diesmal allerdings fehlte Svatek. Procher war feierlich gekleidet. Sie mußte noch auf einen Empfang. Jemand bekam einen Preis. Diese Preisverteilerei war eine richtiggehende Landplage geworden, ganz egal, ob im Bereich der Kunst oder Politik oder Wissenschaft. Ein Mensch ohne Preis mußte sich bereits als Versager fühlen. Umgekehrt war es gar nicht so einfach, der Preisflut zu entkommen. Es geschah ja nicht nur, daß Leute Preise und Auszeichnungen erhielten, die sie keineswegs verdienten, sondern manchmal verdiente der Preis den Preisträger nicht, so daß eine Peinlichkeit für den entstand, der einen ungeliebten Preis annehmen mußte, um nicht als unfreundlich zu gelten und irgendwann mit einem Unfreundlichkeitspreis bedacht zu werden.

Auch Procher hatte bereits drei, vier Preise zu Hause herumstehen. An diesem Abend aber war sie nur Gast und konnte sich darum Zeit lassen. Es gab Wichtigeres zu tun. Eine Entscheidung mußte getroffen werden. Im Grunde war es die übliche Wahl zwischen laut und leise. Zwischen Ermittlung auf allen Ebenen oder jenen geschickten Interventionen einzelner, die dann fast privat anmuten, mitunter illegal, sosehr sie von oben gedeckt sein mochten.

Procher vergabelte ihre Finger zu einer zeltförmigen Haube und erklärte: „Das ist eine saublöde Geschichte. Solange Uhl nicht bereit ist, uns eine konkrete Auskunft zu geben, können wir wenig unternehmen, außer nach denen zu suchen, die den Überfall begangen haben. Eine Erpressung ist nicht nachweisbar, eine Entführung liegt nicht vor. Es ist schon so, wie Uhl wohl meint: wenn Opfer und Täter sich arrangieren, stehen wir dumm da. Ich wüßte ja nicht einmal, welche Abteilung das übernehmen sollte."

„Na, wenigstens steht fest, daß kein Mord vorliegt. Ist also nicht unser Bier", erklärte Rosenblüt, der übrigens auch schon zwei Preise erhalten hatte. Schwer zu sagen, für welchen er sich mehr genierte, weshalb er auch tunlichst bemüht war, sich diesbezüglich auszuschweigen.

„Richtig. Ein Mord fehlt. Aber trotzdem ..."

„Trotzdem was?" fragte Rosenblüt mit einer Schärfe in der Stimme, die ihm eigentlich nicht zustand.

Procher überhörte den anmaßenden Ton und erklärte, daß sie sich in dieser Sache direkt an den Polizeipräsidenten gewandt habe. Man sei zusammen mit dem Leiter der Abteilung Einsatz zur Überzeugung gelangt, es wäre am besten, wenn er, Rosenblüt, sich weiter um diesen Fall kümmere. Procher sagte: „Gewissermaßen ohne Blaulicht, ohne Hundestaffel. Dafür mit Diskretion. Das ist doch Ihr Ding, oder? Sie sind ja mehr der Detektivtyp, wenn ich das sagen darf, und ich meine es als Kompliment."

Rosenblüt stöhnte. „Und das alles nur, weil ich aus Stuttgart stamme?"

„Sollte ein Stuttgarter Bezug in dieser Geschichte stecken, und ich fürchte das ein wenig, dann ist es kein Nachteil, daß Sie sich mit den Schwaben auskennen."

„Haben Sie vergessen, daß man mich dort quasi hinausgeworfen hat?" rief Rosenblüt seiner Vorgesetzten in Erinnerung.

„Das war eine rein politische Entscheidung", entgegnete Procher, „die nicht von allen begrüßt wurde."

„Aber von allen getragen wurde."

„So ist die Politik. Sie ist mitunter eine Krankheit, mit der wir uns alle anstecken. Andererseits gibt es nichts, wovor Sie sich fürchten müssen. Sie sind jetzt Münchner."

„Meinen Sie im Ernst, das würde mich vor dem Krankwerden verschonen?"

„Nicht in bezug auf München selbst, natürlich nicht, aber in bezug auf Stuttgart. München ist der Impfstoff gegen den Stuttgarter Virus."

„Also, liebe Frau Doktor, das ist mir zu kompliziert."

„Ich will damit sagen, daß eine spezifische Immunität vorliegt, die Sie schützt, falls Sie gezwungen wären, wegen dieser Sache in Ihre Heimatstadt zu reisen."

„Gott behüte mich davor, dorthin zu müssen!"

„So groß der Groll?"

„So groß der Groll", bestätigte Rosenblüt.

„Nun, der Groll gehört dazu", dozierte die Frau Doktor. „Er schafft in der Regel ein höheres Bewußtsein als die Zuneigung."

Rosenblüt dachte: „Meine Güte, die Procher wird langsam ein bißchen schräg." Um aber seine Stimme nicht erneut ungebührlich zu erheben, unterließ er einen Kommentar.

Procher stand auf, zupfte ihr Kleid an den Hüften zurecht, überprüfte ungeniert in einem Handspiegel ihr Make-up und wies Rosenblüt an, sich in den nächsten Tagen der Uhl-Geschichte anzunehmen. Herauszubekommen, wie akut der Fall wirklich sei und inwieweit man weitere Behörden involvieren müsse oder nicht.

„Soll ich das alleine machen?"

„Ja, ich würde Sie in dieser Sache gerne solo sehen."

„Damit, wenn etwas schiefgeht, der Dreck an *mir* hängenbleibt", weissagte Rosenblüt.

„Da ist sicher etwas dran", meinte Procher mit entwaffnender Ehrlichkeit und betonte, wie sehr sie Rosenblüt schätze.

Legg mi doch am Arsch, dachte Rosenblüt und hielt seiner Chefin beim Verlassen des Raums die Türe auf.

Unten am Parkplatz verabschiedeten sie sich. Procher stieg in ihren Wagen und fuhr los. Rosenblüt startete ebenfalls, dann aber fiel ihm ein, daß er ja einen Hund hatte. Er ging noch mal nach oben ins Büro. Seine Sekretärin, Frau Hamburger, saß am Schreibtisch und las in einem Buch, Kepler gegen ihre Beine gelehnt.

„Warum haben Sie mich nicht angerufen?" fragte Rosenblüt, der ein Handy mittlerweile nicht nur besaß, sondern es nach mehreren Klagen auch ständig eingeschaltet ließ.

„Wozu Sie anrufen?" gab sich Hamburger ungnädig. „Damit Sie mir sagen, wo Sie gerade sind und wieso Sie keine Zeit haben, Ihren Hund zu holen? In zehn Minuten wäre ich gegangen und hätte ihn mit mir genommen. Er ist ein süßer kleiner Kerl."

„Finden Sie wirklich, *süß* sei das richtige Wort? Eher ist er ungewöhnlich. Ausgesprochen unproportioniert."

„Stimmt schon, doch bei Hunden ist das nicht so schlimm wie bei Männern."

Da hatte Frau Hamburger ganz sicher recht. Rosenblüt dankte ihr, auch dafür, Kepler mit einem Halsband aus grünem Samt, einer Hundemarke sowie einer Leine ausgestattet zu haben, obgleich er ganz sicher kein Leinenhund war. Gebürstet war er zudem. Perfekt. Hamburger haßte Excel, aber sie liebte Tierpflege. Sie sagte: „Wenn Sie ihn nicht mögen, den Hund, kann er bei mir bleiben."

„So einer paßt nicht zu Ihnen", stellte Rosenblüt fest. Nicht, daß er vorhatte, der blutjungen Frau Hamburger ein Kompliment zu machen. So hübsch sie war, war das kein Grund, nett zu sein, wenn auch höflich reichte. Aber in der Tat paßte ihr langbeiniges Auftreten nicht mit einem kurzbeinigen Wesen zusammen. Dennoch bekräftigte sie: „Ich nehme ihn jederzeit."

„Danke", sagte Rosenblüt. Und an Kepler gerichtet: „Komm!"

Nicht, daß Kepler sich gerne von den zart bestrumpften Damenbeinen löste, aber ebenso wie sein Herrchen akzeptierte er die schicksalhafte Notwendigkeit ihrer beider Verbindung. Auch Kepler ahnte, daß er kein Botschafter war, sondern qua seiner Erscheinung die Botschaft selbst. Und daß, wenn darin Damenbeine langfristig eine Rolle spielen sollten, es die von Aneko Tomita sein würden. Sowenig Aneko sich zur Zeit für einen kleinen Hund dieser Art begeistern mochte. Noch war sie viel zu sehr auf die möglichen Verschmutzungen konzentriert und übersah darum sein bonsaiartig kunstvolles Zurechtgestutztsein.

Gut, in dieser Nacht war Rosenblüt allein mit Kepler, weil Aneko an den Ammersee gefahren war, um dort Georg Baselitz zu fotografieren. Rosenblüt bereitete Kepler einen mit alten Decken gefüllten Karton als Schlafstätte, doch mitten in der Nacht stand er auf und trug den so gut wie bewußtlosen Hund hinüber aufs Sofa. Dabei war der Karton vielleicht sogar gemütlicher gewesen, weil gleich einem Nest. Aber mitten im Schlaf hatte Rosenblüt die Erkenntnis ereilt, daß es nicht anging, Kepler in einen Karton zu stecken, als wäre er ein Obdachloser. *Das* war er ganz sicher nicht.

Am nächsten Tag genehmigte sich Rosenblüt ein ausgiebiges Frühstück auf seiner Terrasse und gab währenddessen telefonische

Anweisungen an seinen Assistenten. Nichts, was mit der Uhl-Sache zu tun hatte. Denn gemäß Prochers Anweisung würde er seine Mitarbeiter völlig heraushalten, um so mehr, als es ja gar nicht in ihr Ressort fiel, solange da nicht irgend jemand bewegungslos in seinem Blut lag.

Danach wählte Rosenblüt die Nummer eines Informanten, des Betreibers einer Innenstadtbar und Kenners der Szene. Er firmierte allein unter dem Namen Max. Von den Behörden vor die Wahl gestellt, wegen einer aufgedeckten Steuerhinterziehung den Weg des Ruins zu gehen oder sich in sinnvoller Weise als Edelspitzel zu betätigen, hatte sich Max gegen den Ruin entschieden und war klug genug gewesen, seine Gönner nicht zu enttäuschen. Allerdings kontaktierte Rosenblüt diesen Mann so selten wie möglich. Damit nicht etwa das Moment der Abhängigkeit auf die falsche Seite kippte und man kein Verbrechen im Rotlichtmilieu mehr ohne den guten Max klären konnte. Schlimm genug, daß sich die meisten Unterweltler für die besseren Polizisten hielten und meinten, ihre Geschäfte, gleich ob Prostitution oder Drogen oder Diebstahl, würden eine ordnende Kraft im unordentlichen Gefühlsleben der Bürger darstellen. Rosenblüt hielt wenig davon, die Kriminellen in dieser Anschauung auch noch zu bestätigen. Er hielt Distanz zu ihnen. Keine Verbrüderung, keine Vorteilnahme, nur das Notwendige.

Eine Stunde später stand Rosenblüt in der Mitte von Maxens Bar. Zwei Putzfrauen fuhren mit nassen Lappen über den dunklen Boden. Hinter der Theke thronte der Besitzer und kontrollierte die Gläser. Er war berüchtigt für seinen Sauberkeitsfimmel. Angeblich hatte er einem Gast den Arm gebrochen, nur weil der neben das Klo gepinkelt hatte. Nun gut, nicht wenige gequälte Hausfrauen hätten wohl ausgerufen: „Brich ihm auch noch die Beine, damit er beim Pinkeln nicht stehen kann."

„Darf ich Ihnen etwas anbieten, Herr Kommissar?" fragte Max.

Verdammt, schon wieder war es Vormittag. Die beste Zeit, um zu trinken. Rosenblüt erbat sich einen Cognac. Unterließ es jedoch, eine bestimmte Marke zu nennen. Das hätte Max beleidigt. Max servierte immer nur das Beste.

Rosenblüt genoß einen ersten, warmen Schluck, dann sagte er: „Es geht um eine Bande Jugendlicher. Fünf Türken."

Jetzt war Max doch noch beleidigt. Er protestierte. Was, um Himmels willen, sollte er mit irgendeiner Türkenbrut zu schaffen haben? Er sei Geschäftsmann, er sei sich seine eigene Bande, er brauche niemanden, der ihm die Drecksarbeit abnehme.

Rosenblüt hätte gerne geantwortet: „Aber deine Buchhaltung, Max, hättest du vielleicht doch jemand anders machen lassen sollen." Doch er blieb beim Sie und wollte von Max wissen, welche Leute er aus dem Milieu kenne, die sich solcher Halbstarker bedienen würden.

„Ich halte Abstand zu den Muselmanen", behauptete Max.

„Das glaube ich Ihnen ja. Aber ein paar Namen kennen Sie trotzdem, nicht wahr? Ich meine Männer, zu denen es paßt, für gewisse Aufträge sechzehnjährige Burschen zu engagieren: Einschüchterungen, Erpressungen, Straßensachen. Ich denke, das ist doch sicher eine Art von Markenzeichen, für solches Zeug nicht die großen, sondern die kleinen Buben heranzuziehen."

Max seufzte in der Art all der Menschen, die die besseren Zeiten vermissen. Er meinte: „Die Minderjährigen sind manchmal wirklich schlimmer als die Alten. Ohne Hemmung." Er nahm einen Schluck, sah versonnen hinüber auf den feucht glänzenden Holzboden und nannte sodann vier Leute, die ihm spontan einfallen würden. Aber da mochte es natürlich noch einige andere geben, von denen er nichts wußte.

Einer der vier Namen stach überdeutlich hervor. Rosenblüt wiederholte ihn: „Lynch?"

„Ja, stimmt schon", gestand Max. „Klingt nicht sehr türkisch. Aber ich glaube, dieser Lynch nennt sich so nach einem amerikanischen Regisseur. Er ist ein verrückter Kinofan. Wenn er redet, weiß man nicht, ob er sich das selbst ausgedacht hat oder ob es aus einem Film stammt."

„Sie scheinen ihn ja ganz gut zu kennen."

Max verzog sein Gesicht zu einer Beule und erklärte: „Der ist wirklich nicht mein Freund. Er ist Türke und unberechenbar. Außerdem noch gebildet. Ein absoluter Besserwisser."

„Wo finde ich ihn?"

„Ich brauche nicht zu betonen, daß mein Name nicht fallen darf?"

„Nein, das brauchen Sie nicht zu betonen", versicherte Rosenblüt.

Max offenbarte: „Lynch besitzt einen kleinen Laden in der Goethestraße."

„Was für einen Laden?"

„Einen Ramschladen. Im Hinterzimmer aber macht er seine richtigen Geschäfte. Er führt da ein illegales Wettbüro. Offensichtlich hat er sich mit Ihren Kollegen arrangiert. Das soll hin und wieder vorkommen, oder etwa nicht?"

„Wie heißt der Laden?" fragte Rosenblüt.

„Déjà-vu."

„Wieder nicht sehr türkisch."

„Lynch ist flexibel", warnte Max. „Flexibel und gefährlich. Seien Sie auf der Hut!"

„Danke, Max", sagte Rosenblüt. Er meinte den Cognac, nicht den Rat. Er machte sich daran, das Lokal zu verlassen.

„Könnten Sie bitte drüben gehen", ersuchte der Barbesitzer, „dort, wo noch nicht gereinigt wurde."

Es war ja nicht böse gemeint, weshalb Rosenblüt ihm die Freude machte.

Als er nach draußen wechselte, war der morgendliche Dunst vom Himmel verschwunden. Das Blau war klar und rein. Licht von allen Seiten. Auf dem Gehweg saß Kepler. Mit Halsband, aber ohne Leine. Natürlich hatte er kein Schild um, auf dem stand, er sei der Hund eines Kriminalpolizisten. Doch Rosenblüt war überzeugt, daß so oder so niemand diesen Hund stehlen würde. Weniger darum, weil Kepler ein wenig fett und ein wenig unförmig war, sondern seiner Aura wegen. Dieser Hund war eindeutig unstehlbar. Niemand hätte es gewagt. Jetzt mal abgesehen von der Frage, was ein Vorüberkommender mit diesem Tier überhaupt hätte anfangen können. Wobei es schon stimmt, daß die meisten Diebstähle auch ohne Nutzen begangen werden. – Überall auf der Welt werden Dinge entwendet, die zwar den Beraubten ärmer machen, den Räuber jedoch nicht reicher. Das ist eins von den vielen Unglükken auf dieser Erde, auf die sich die Menschen spezialisiert haben.

Rosenblüt hielt Kepler die Türe zum Wagen auf. Kepler drehte seinen breiten Hintern eine Weile hin und her, zögerte, war bemüht, eine Ideallinie anzusteuern, versteifte seinen Schwanz in der Art eines Giftstachels, nahm sodann einen kurzen Anlauf und sprang auf den Nebensitz. Es war ein guter Sprung für einen Hund mit solchen Beinen. Beine, die wie Schalldämpfer direkt an seinen Leib geschraubt schienen.

„Na, dann fahren wir mal in die Goethestraße und sehen uns Mr. Lynch an", sagte Rosenblüt und lächelte. Er fühlte sich ganz gut. Er verfügte über eine Spur, und die war nicht dumm. Denn Uhl hatte ihm ja erzählt, der anonyme Anrufer habe auf englisch erklärt, daß Uhl, wenn er sich richtig verhalte, bloß noch einmal von ihm hören werde, wenn aber nicht, es auch ein zweites Mal geben werde. Über das verschlüsselt Bösartige dieser Drohung hinaus hatte Rosenblüt sofort den Eindruck gehabt, der Ausspruch sei ihm vertraut. Ohne ihn freilich zuordnen zu können. Doch in dem Moment, da Max erwähnt hatte, der Besitzer des Déjà-vus würde sich nach einem amerikanischen Regisseur „Lynch" nennen, hatte es geklingelt. – David Lynch! Richtig! Und war es nicht dessen Film *Mulholland Drive*, wo eine solche Äußerung fällt? Richtig! Nur daß in diesem Film nicht von „hören", sondern von „sehen" die Rede ist: „You will see me one more time, if you do good. You will see me two more times, if you do bad." Richtig! So lautete der Satz, mittels dessen im Film eine der Figuren zu der Einsicht gezwungen wird, wieviel es besser wäre, sich den Wünschen undurchsichtiger und brutaler Mächte zu fügen. So, wie nun auch Uhl sich zu fügen hatte.

„Ein Zufall ist das nicht", sagte Rosenblüt zu Kepler. Er merkte jetzt gar nicht mehr, daß er mit einem Hund redete.

Lynch sah nicht aus wie Lynch. Er war ja auch kein Amerikaner und kein Regisseur, zudem um einiges jünger und um einiges dunkler als David Lynch, ferner fehlte ihm die hochstehende, etwas idiotisch anmutende Haarwelle des Filmemachers. Allerdings trug er sein weißes Hemd in derselben Weise wie sein Namensvorbild, den obersten Knopf geschlossen, aber krawattenlos, woraus sich ein puppenhafter Eindruck ergab.

„Sind Sie Lynch?" fragte Rosenblüt den Mann, der vor dem kleinen Laden stand und in einer damenhaften Weise seine Zigarette in die Luft hielt. Wobei der Filter nach außen und die Glut nach innen standen, so, als würde er einer unsichtbaren kleinen Person die Zigarette in den Mund halten. Oder bloß die Luft mitrauchen lassen. – Die Raucher wurden immer komischer, was nicht verwundern darf. Alle verfolgten Gruppen werden komisch, egal ob Ethnien oder Berufsgruppen oder eben Anhänger ehemals gelittener Rituale.

„Ob Sie Lynch sind, habe ich gefragt", erinnerte Rosenblüt.

Doch Lynch antwortete mit einer Gegenfrage: „Ist das *Ihr* Hund?"

„Wollen Sie ihn kaufen?"

„Wieviel verlangen Sie?"

„War nicht ernst gemeint", sagte Rosenblüt.

„Dann sollten Sie nicht fragen. So was kann in die Hose gehen. Das ist wie mit den Leuten, die einen Killer anheuern und es sich dann anders überlegen."

„Kann man Sie denn anheuern?"

„Wer will das wissen?"

„Ich bin Kommissar Rosenblüt", verkündete Rosenblüt.

„Dann brauchen Sie ja keinen Killer, oder?" Lynch redete beinahe völlig akzentfrei, da war nichts Bayrisches, keine Kanak Sprak, keine Mischsprache. Da war nur ein kleiner exotischer Klang, der jedem seiner Wörter einen kurzen Stoß verlieh. Wie beim Brustschwimmen, wenn die Beine nach hinten schnellen.

Rosenblüt sagte: „You will see me one more time, if you do good. You will see me two more times, if you do bad."

Lynch schmunzelte. Dann drehte er den Zigarettenfilter zu sich her und nahm einen Zug. Er erkundigte sich: „Ist das eine Warnung?"

Rosenblüt nickte.

„Denken Sie, Sie könnten mir Schwierigkeiten machen? Irrtum, das können Sie nicht. Ich habe schon alle geschmiert, die ich schmieren muß. *Sie* muß ich nicht schmieren."

Rosenblüt meinte: „Lassen Sie uns hineingehen."

„Wozu?"

„Ich will einkaufen."

„Und wenn ich nichts verkaufen will?"

Doch Rosenblüt wies mit dem Finger auf das Innere des Ladenlokals, in das er sich nun begab. In der Tat war der ganze Raum mit Ramsch vollgestopft: Computerteilen, Textilien, Rekordern, DVDs, Aquarien mit echten Fischen.

„Unter welche Kategorie fällt dieses Geschäft eigentlich?" fragte Rosenblüt den hinter ihm stehenden Lynch.

„Gebrauchtwaren."

„Sind das denn gebrauchte Fische?"

„Die sind nur als Schmuck gedacht", erklärte Lynch und dämpfte seine Zigarette in einem der vielen Aschenbecher ab, die im Raum verteilt standen. Bojen im Sturm. Er fragte: „Wollen Sie meine Dekoration kaufen?"

„Dafür ist mein Budget zu bescheiden."

„Gut, daß Sie das einsehen, Kommissar. – Was kommissionieren Sie eigentlich?"

„Mordfälle."

„O lala! Wenn ich einen toten Fisch finde, rufe ich Sie an."

„Ist mir bekannt, daß Sie gut im Telefonieren sind. Diese fünf Jungs – Sie wissen, wovon ich rede –, also wenn ich will, stöbere ich die Burschen auf. Und wenn ich die Kerlchen dann gefunden habe und denen ein wenig drohe, was machen die wohl? Sie schicken mich zu Ihnen. Also bin ich gleich hierhergekommen."

„Muß ich wissen, wovon Sie reden?"

„Wäre gut."

„Wieso? Weil Sie mich sonst zusammenschlagen?"

„Na, wenn Sie mich so fragen: Lieber würde ich Ihnen eine Kugel durch den Kopf jagen. Ich kann dann besser von Notwehr sprechen."

„Wenn ich tot bin, erfahren Sie rein gar nichts."

„Ich fühl mich dann aber vielleicht besser. Mitunter genügt das für den Tag."

„Sind Sie wirklich so hart, wie Sie tun?"

„Och, eher würde ich sagen, ich stehe unter Erfolgsdruck. Das macht mich launisch. – Wissen Sie, jemand hat über Sie gesagt, Sie seien unberechenbar. Das bin ich ebenfalls. Ich weiß selbst nicht, wozu ich alles imstande bin, wenn ich mich in die Ecke gedrängt fühle. – Also, guter Mann, können wir miteinander reden oder nicht?"

„Wie sind Sie auf mich gekommen?"

„Das Lynch-Zitat aus *Mulholland Drive*."

„Ja, Scheiße, es war einfach zu verführerisch. Außerdem hätte ich nicht gedacht, daß mich so was verrät. Die Polizei ist auch nicht mehr das, was sie einmal war."

„Die Bildung schlägt überall zu", bestätigte Rosenblüt. „Das kann man am besten an Ihnen selbst sehen."

„Danke", sagte Lynch.

„Kein Grund, mich zu küssen. Sagen Sie mir lieber, was ich wissen muß."

„Werden Sie meinen Namen heraushalten?"

„Für so was bin ich berühmt. Im Ernst."

Lynch machte ein verkniffenes Gesicht. Er fühlte sich sichtlich unwohl. Ganz klar, Rosenblüt war keiner, den man bestechen konnte. Das waren die Übelsten. Drei Leute von dieser Sorte hätten gereicht, das ganze Busineß in diesem Land zugrunde zu richten. Ein Glück, daß es drei von dieser Sorte nicht gab. Aber auch der eine war schlimm genug. Lynch sagte: „Der Auftrag kam aus Stuttgart. Zumindest glaube ich das. Man hat mich genau angewiesen, was zu tun ist. Uhl sollte einen Denkzettel erhalten. Einen deutlichen, dennoch harmlosen."

„Harmlos? Sein Sohn ist ein Nervenbündel!"

„Der kleine Arsch soll sich nicht so haben. Meine Jungs haben ihn doch kaum angerührt. Etwas Angst gehört freilich dazu. Sonst wär's ja sinnlos."

„In Ihrem Anruf an Uhl war von einer Maschine die Rede", zielte Rosenblüt auf den entscheidenden Punkt.

„So lautete mein Auftrag", erklärte Lynch. „Dem Herrn Professor klarzumachen, daß er die Sache mit der Maschine vergessen soll. – Fragen Sie mich nicht, *was* für eine Maschine. Ich weiß es nicht. Wäre auch schön blöd, mir das zu sagen. Uhl hat verstanden, worum es geht, das hat genügt. Reden Sie mit *ihm*."

Rosenblüt ignorierte die Empfehlung und erkundigte sich nach Lynchs Auftraggebern.

„Keine Ahnung."

„Das glaube ich Ihnen nicht. Sie machen einen solchen Job nicht, wenn Sie nicht wissen, für wen Sie das tun."

„Ich weiß es wirklich nicht", sagte Lynch und machte diese Aussage dadurch glaubhaft, daß er erklärte, einer seiner Cousins hätte die Sache vermittelt. „Das war meine Versicherung. Ich erhielt einen Anruf, eine genaue Anweisung, das war es auch schon."

„Wo lebt der Cousin, hier in München?"

„Nein, in Stuttgart. Darum denke ich ja, daß die Auftraggeber von dort stammen. Eine Vermutung, mehr nicht."

„Wieviel haben Sie kassiert?"

„Zwanzigtausend."

„Das ist eine nette Summe."

Lynch zuckte mit den Schultern und meinte: „Im nachhinein betrachtet, ist das echt zu wenig. Angesichts dessen, daß ich mich jetzt mit Ihnen herumschlagen muß. Das hat mir leider vorher keiner gesagt. Hätte ich's gewußt, hätte ich zuerst das Doppelte verlangt und dann abgelehnt."

„Die Tränen und die Seufzer, die kamen hintennach", ging Rosenblüt erneut in die Bildungsoffensive, diesmal Heine zitierend. Und legte, etwas verwirrend, noch Rückert drauf: „Vor Gott ist keine Flucht als nur zu ihm."

Lynch zitierte zurück, natürlich aus einem Film: „Gott ist ein Luxus, den ich mir nicht leisten kann."

„Schön", sagte Rosenblüt anerkennend, wollte nun aber den Namen des Stuttgarter Cousins erfahren.

„Bei allem Respekt", antwortete Lynch. „Das geht zu weit."

Rosenblüt indes meinte: „Ich kriege es doch ohnehin heraus."

„Na, dann kriegen Sie es eben heraus. Aber nicht durch mich."

„Was ist eigentlich mit den Jungs, die Sie da auf den Weg geschickt haben?"

„Was soll mit denen sein? Ich bin ihr Mentor. Die würden sonst nur Unfug machen. Ich halte sie davon ab, zu dealen, dumm rumzuhängen oder Autos zu knacken. Die machen Musik, wirklich gute Musik. Keine typische Hip-Hop-Scheiße. Schon auch Hip-Hop, aber ohne Scheiße. Die machen Filmmusik. Das war meine Idee. Die ganzen Klassiker neu vertonen. Die kommen noch groß raus."

„Doch bis sie groß rauskommen ..."

„Werden Sie nicht moralisch, Kommissar. Wir sind keine Monster. Hin und wieder ein Job, das muß sein. Denken Sie, ich kann von dem Schrott leben, der hier herumsteht? Ich würde viel lieber ein Kino aufmachen. Aber – surprise: Das einzige Kino, das einer wie ich aufmachen dürfte, wäre ein Sexkino."

„Ja, das ist schade. Ein gutes Kino wäre sicher fein", sinnierte Rosenblüt. „Wo man wochenlang nur Woody-Allen-Filme zeigt. Und die alten Franzosen. Mittags schon *Letztes Jahr in Marienbad*. – Aber genug geträumt. Wenn Sie mir den Namen Ihres Cousins nennen, brauche ich keinen Kollegen bemühen. Ich will Sie und Ihre musizierenden Knaben und Ihre Verwandtschaft weitestmöglich verschonen. Also muß ich Ihren Cousin sprechen können, ohne vorher den ganzen Apparat in Gang zu setzen. Die Kollegen in Stuttgart etwa."

Lynch überlegte. Er zündete sich eine weitere Zigarette an, dann nannte er einen Namen. Er ergänzte: „Ich werde meinen Cousin vorwarnen."

„Darum bitte ich", sagte Rosenblüt, nickte Lynch zu und verließ den Laden. Draußen wartete wie gehabt Kepler. Wie er da saß, auf seinem massiven Hintern, wirkte er perfekt. Niemand konnte so gut sitzen wie er. Eigentlich war es ein ästhetisches Verbrechen, diesen Hund zur Bewegung zu zwingen.

Aber Verbrechen geschehen.

„Ich fahre morgen nach Stuttgart", sprach Rosenblüt in den Hörer hinein.

„Ach was?" erwiderte Aneko. „Du nimmst hoffentlich deinen Köter mit!"

Nun, es war schon einigermaßen verführerisch, sich vorzustellen, den *Hund* Kepler der *Frau* Kepler zu überlassen. Darin lag ein großer Reiz, in solcher Zweieiigkeit und Zweieinigkeit von Namen und Begriffen. Wenn, zum Beispiel, eine Frau Rose eine Rose in der Hand hielt oder ein Herr Winter erklärte, heute habe der Winter begonnen, oder ein Mädchen namens Mercedes einen Mercedes fuhr. Oder eben eine Frau Kepler panisch bemüht war, einen Hund gleichen Namens daran zu hindern, in der Wohnung Haare zu verteilen. Rosenblüt lächelte bei diesem Gedanken. Aber er sagte: „Natürlich nehm' ich ihn mit. Er soll doch sehen, woher ich stamme."

„Zu der Ehre bin ich noch nicht gekommen", bemerkte Aneko.

„Sei froh."

„Warum bist du eigentlich so gegen diese Stadt? Du haßt sie ja richtig."

„Ich liebe sie", antwortete Rosenblüt.

„Und mich? Liebst du mich auch?"

„Anders. Besser. Ohne Bitterkeit."

„Schön", meinte Aneko, wünschte eine gute Nacht und legte auf.

Rosenblüt ging auf die Terrasse und sah hinüber auf den Park, der im letzten Rot lag. – Wenn Rot stirbt, entsteht ein Schwarz von der Art eines Witwenschleiers. Man ahnt ein Gesicht, dessen trauernder Ausdruck jedoch eine bloße Vermutung darstellt. Wer weiß, ob es nicht lacht, das Gesicht.

In den Witwenschleier hinein murmelte Rosenblüt: „Wenn das nur gutgeht."

5   Die eine Maschine

„Geht es denn nicht etwas präziser?" fragte Wolf Mach.

„Nein, nicht am Telefon", antwortete der Mann, der Mach in dessen Büro in der Kasseler Orangerie erreicht hatte. „Glauben Sie mir, es lohnt sich. Wir würden uns sonst kaum die Mühe machen, Sie aus dem Schlaf zu holen."

Das war dreist, denn es war vier Uhr am Nachmittag. Doch Mach ignorierte den rauhen Charme dieser Bemerkung und erkundigte sich: „Wann soll ich kommen?"

„So rasch als möglich. Sie sind nicht der einzige auf unserer Liste."

„Was für eine Liste?"

„Die Liste derer, die in Frage kommen."

Mach seufzte. Offensichtlich war er gezwungen, nach Stuttgart zu reisen, wollte er erfahren, worum es sich handelte. Der Anrufer, der irgendeine Funktion in irgendeinem städtischen Planungsbüro innehatte, beharrte darauf, ominös und kryptisch zu bleiben.

Wolf Mach betreute als leitender Wissenschaftler die Sammlung des Astronomisch-Physikalischen Kabinetts in Kassel und galt als ein führender Experte für prähistorische Artefakte und frühe Informationstechnik. Vor Kassel war er einige Jahre in Athen gewesen, um am „Antikythera Mechanism Research Project" mitzuarbeiten, nicht im Auftrag einer der beteiligten Universitäten, sondern als Angestellter des Sponsors Sunssun, eines IT-Unternehmens, welches das Projekt technisch ausgestattet hatte und im Gegenzug wenigstens wissen wollte, was da so ablief.

Die Sunssun-Leute hatten ihm, der damals noch als kleiner, frisch promovierter Dozent an der Wiener Uni tätig gewesen war, die Chance gegeben, eins der faszinierendsten Objekte für menschlichen Forschergeist zu studieren: ein antikes Artefakt, das man 1900 vor der griechischen Insel Antikythera aus einem Wrack geborgen hatte, welches siebzig Jahre vor Christi Geburt dort gesunken war und das mittlerweile im Archäologischen Nationalmuseum von Athen gewissermaßen festsaß, bewacht von einem tonnenschweren Computertomographen, da es viel zu heikel gewesen wäre, das Ding durch die Welt zu schleppen und in noch mehr Fragmente zu zerschlagen, als dies ohnehin schon der Fall war.

Es war Liebe auf den ersten Blick gewesen, als Mach bereits mit vierzehn Jahren auf eine Abbildung dieses Objekts gestoßen war, eines Gebildes, das zu jenen Gegenständen und Tieren und Menschen gehörte, die es eigentlich gar nicht hätte geben dürfen. Zumindest nicht nach aktuellem Wissensstand. Denn der sogenannte Mechanismus von Antikythera, auch gerne als der „erste Computer der Welt" geführt, stellte nicht bloß ein Gerät dar, um die Bewegung der Himmelskörper zu berechnen, sondern war ausgestattet mit einem Differentialgetriebe – was in etwa so war, als hätte einer in einer Taschenuhr des siebzehnten Jahrhunderts eine Knopfzelle entdeckt.

Betrachtete man diese „Maschine" mit ihrer „Fähigkeit", Sonnen- und Mondfinsternisse ebenso wie Olympiaden oder das Erscheinen von Tierkreiszeichen am Sternenhimmel genau vorausberechnen zu können, ihre präzise und fortgeschrittene Machart, die eingeritzten Zeichen, die in der Art einer Gebrauchsanweisung ihre richtige Nutzung beschrieben, berücksichtigte man vor allem den Umstand, daß hier selbstverständlich von einer *runden* Erde die Rede war und möglicherweise von einer runden Erde, die *nicht* das Zentrum bildete, und bedachte man zuletzt, daß nach der Anfertigung dieser Apparatur mehrere Jahrhunderte lang so gut wie nichts Vergleichbares hergestellt worden war – ja dann drängte sich unweigerlich die Frage auf, wieso die Menschheit in weiterer Folge in so viele dunkle Löcher gefallen war, anstatt, wie es eigentlich ihrer Natur hätte entsprechen müssen, die Erkenntnis fortzuführen und aus der einen genialen Maschine die nächste geniale Maschine herauszuziehen. – Kurzum: Eingedenk der Großartigkeit dieses Mechanismus hätte man in unseren Tagen längst über intergalaktische Raumschiffe oder die Technologie des Beamens verfügen müssen, und nur das seelische Unglück wäre dann noch genau so gewesen, wie es heute ist.

Das war einer der vielen Punkte, der die Wissenschaft interessierte: nicht nur die völlige Enträtselung der Maschine und ihrer Herkunft, sondern auch die Einordnung in eine Welt, die imstande gewesen war, solche Gerätschaften hervorzubringen. Denn natürlich war davon auszugehen, daß die Gelehrten der Antike weitere derartige „intelligente Maschinen" hergestellt hatten, somit diese Kultur in einer Weise „fortgeschritten" gewesen war, wie man es sich bislang nicht hatte vorstellen können.

Leider nur hatte der Triumph der Römer auch in griechischen Landen dazu geführt, daß Objekte aus Bronze eingeschmolzen worden waren, um anderes, nicht ganz so Intelligentes herzustellen. Die Römer waren das Unglück gewesen. Das Glück hingegen hatte sich allein aus dem Zufall eines sinkenden Schiffes ergeben, dessen Ladung in den Schutz des Meeres geraten war, um zweitausend Jahre später von einer Menschheit entdeckt zu werden, die sich gerade auf ihre eigene römische Phase vorbereitete und in der Folge ihrerseits ganz groß im Einschmelzen sein würde.

Wie auch immer – bereits fünf Jahre nach ihrer Entdeckung, also 1905, hatte Albert Rehm, ein klassischer Philologe aus Augsburg, die Bedeutung dieser von den Umständen ihrer maritimen Lagerung angenagten Zahnradkonstruktion als astronomische Rechenmaschine erkannt. Allerdings sollte es dann nochmals weitere Jahrzehnte dauern, bis der Mechanismus vollständig durchleuchtet und analysiert war, was Anfang der 1970er Jahre endlich, dank Röntgenfotografie, einem gewissen Derek de Solla Price gelang.

Mach trug ein Bild dieses Engländers, der 1983 gestorben war, stets bei sich. Er wollte nie vergessen, was dieser Mann geleistet hatte, auch wenn nicht sämtliche seiner Annahmen bestätigt worden waren. Aber Price war sein Held. Und ein wenig hatte er ja selbst zum Helden werden wollen, indem er nach Athen gegangen war, um sich als Sunssun-Mann daran zu beteiligen, dem Gerät alle seine Geheimnisse zu entlocken beziehungsweise das Gerät zu deren Preisgabe zu zwingen. Denn in gewisser Weise war es zweifellos eine Konfrontation zwischen einem sehr alten Computer, dem antiken Analogrechner, und einem sehr neuen Computer, dem Tomographen. Der eine voller Wissen, der andere voller Begierde, dieses Wissen offenzulegen. Die Berechnung der Welt gegen die Durchleuchtung der Welt.

Das war jedenfalls ein wenig Machs Eindruck gewesen: daß die sieben Haupt- und fünfundsiebzig Nebenfragmente des wahrscheinlich einst aus siebenunddreißig Zahnrädern bestehenden Mechanismus sich wehrten, so wie man auch sagt, ein Organismus würde sich wehren. Gegen den Überfall, den Virus, das Eindringen. So gut dem Research Project eine Dekodierung des Geräts und seiner Gebrauchsanweisung gelungen zu sein schien, spekulierte Mach dennoch, daß die Maschine in einer von Ablenkungsmanövern bestimmten Art und Weise ein Wissen offenbart hatte, um ein anderes, noch viel wesentlicheres zu verbergen. Gleich einer schönen Frau, die mit langen Beinen und phantastischen Augen davon ablenkt, gar keine Frau zu sein, sondern ein perfekter Transvestit. Wenn man den Slip wegnahm, konnte man es sehen. Aber im Falle des Mechanismus war eben bislang nur Mach auf die Idee gekommen, überhaupt irgendwo einen Slip zu vermuten, hinter dem sich ein ganz anderes Geheimnis verbarg als das langer, glatter Beine und eines famos akzentuierten Augenpaars. Doch auch er konnte nicht sagen, wo dieser Slip sich befand und was dahinter zu erwarten war. Es war bloß ein Gefühl gewesen.

Gefühle in der Wissenschaft sind ähnlich riskant wie Liebe im Spinnenreich, weshalb Mach selbige Gefühle vor den Kollegen verbarg. So waren es dann Auseinandersetzungen mit seinem direkten Vorgesetzten von Sunssun gewesen, die zu einem Rauswurf aus dem AMR-Projekt führten. Seither arbeitete Mach an einem eigenen Erklärungsansatz für den Mechanismus, dessen Kern darin bestand, daß er nicht nur die fünf in der Antike bekannten Planeten berücksichtigte, sondern zudem Hinweise in der Inschrift verfolgte, die ein weit umfangreicheres Planetenmodell suggerierten und welche den gewagten Schluß zuließen, daß wer auch immer der Erbauer dieses Gerätes gewesen war, über eine Technik verfügt hatte, die angeblich erst zu Beginn des siebzehnten Jahrhunderts entwickelt und Fernrohr genannt worden war.

Da nun eine der drei weltweit bestehenden Rekonstruktionen in Kassel untergebracht waren, empfand es Mach als eine im Grunde so simple wie zauberische Verbindungslinie des Schicksals, als man ihn an das dortige Astronomisch-Physikalische Kabinett berief. Auch der Begriff des Kabinetts paßte, denn als gebürtiger Wiener war ihm dieses Wort so ungemein vertraut, und zwar in seiner Bedeutung als „kleines, einfenstriges Zimmer", als Ort allergrößter Privatheit, durchaus auch als finstrer Ort, allerdings eine Finsternis beherbergend, die kosmischen Ursprungs zu sein schien. Wenn der Wiener Mensch sich einen direkten Weg ins Weltall vorstellen konnte, wenn nicht sogar zu Gott, dann über eine versteckte Türe in seinem Kabinett. – Mach sagte gerne: „Eine Wohnung ohne Kabinett ist keine Wohnung, sondern ein Gefängnis."

Man konnte übrigens sagen, daß Machs Verdacht, die Maschine „verschweige mit Absicht" eine bestimmte, entscheidende Fähigkeit, insofern gleichermaßen für ihn selbst galt, als nämlich Sunssun vermutet hatte, ihr Angestellter würde einige Resultate seiner Forschung zurückhalten. Und da war ja auch etwas drangewesen. Immerhin hatte Mach entgegen einer vertraglichen Abmachung seine persönlichen Aufzeichnungen aus Athen und dem Einflußbereich seines Arbeitgebers hinausgeschmuggelt. Vor allem die Dekodierung einiger verwirrender Stellen der Inschrift.

Für Mach war es somit ideal, seine Arbeit in Kassel fortführen zu können, in der wunderbaren Orangerie, in der am meisten unterschätzten Stadt der Welt, wie er gerne sagte, umgeben von einer gediegenen Sammlung wissenschaftlicher Instrumente. Zudem Tür an Tür mit einem Planetarium. Nirgends war die Nähe von Kabinetten zu den Weiten des Weltalls deutlicher zu begreifen als in einem Planetarium. Das Planetarium war ein Kabinett mit einem großen Fenster, das natürlich angesichts des kosmischen Ausmaßes als ein kleines Fenster bezeichnet werden mußte.

Ein wenig hing Machs Entschluß, die „Einladung" aus Stuttgart anzunehmen und sich was auch immer anzusehen, damit zusammen, daß er das dortige Carl-Zeiss-Planetarium besuchen wollte. Würde diese Reise sich als Reinfall erweisen, dann sicher nicht der Besuch dieser pyramidal aufsteigenden Anlage, die zwar wie viele andere solcher Zweckgebäude einen ufoartigen Eindruck hinterließ, jedoch daran erinnerte, daß Aliens nicht per se böse und insektenhaft und militärisch zu sein hatten, sondern mitunter sanft auf einer Parklandschaft aufsetzten, um in der Folge Dinge zu treiben, die niemanden störten. – Wenn Aliens keinem auffallen, dann vielleicht weniger, weil sie sich so geschickt tarnen, sondern weil sie etwas praktizieren, womit wir einfach nicht rechnen, da es uns selbst gänzlich abgeht: Bescheidenheit.

Machs Vermutung war, daß man ihn nach Stuttgart beorderte wegen seiner Erfahrungen mit diversen computertomographischen Verfahren und weniger wegen der Schlüsse, die er etwa aus der Analyse der in Altgriechisch gehaltenen Gebrauchsanweisung gezogen hatte.

Nun, er würde sich noch so richtig wundern.

6 Die andere Maschine

Zunächst einmal staunte Wolf Mach über die junge Dame, die ihn vom Flughafen abholte. Sie hatte bei aller Hübschheit etwas Strenges und Unnahbares an sich: der schwarze Hosenanzug, die aufgesteckten Haare, die Sonnenbrille, die auf eine schlanke und schlangenhafte Weise athletische Erscheinung, dies alles ließ vermuten, daß ihre Funktion die einer Leibwächterin war. Dazu paßte ihre Wortkargheit. Wenn sie sprach, dann knapp und hart, wie etwa ein präzise geführter Hammer sprechen würde, der einem Nagel den Weg weist.

Mit dieser wegweisenden Stimme sagte sie: „Wir würden es gerne sehen, wenn Sie das Hotel nähmen, das wir für Sie ausgesucht haben."

Aber Mach bestand darauf, in die Danneckerstraße gebracht zu werden.

„Was ist dort?"

„Ich werde da wohnen, wenn Sie erlauben."

„Gut. Das muß ich weitergeben."

„An wen denn bitte? Wer ist das überhaupt, für den Sie arbeiten?"

„Für die Stadt natürlich. Ich bin beauftragt, Sie zu begleiten und für Ihre Sicherheit zu sorgen."

„Meine Güte", wunderte sich Mach, „ich wüßte nicht, wozu das nötig ist. Meine Sicherheit ist ungefährdet."

„Ich habe einen Auftrag. Eine Interpretation steht mir nicht zu."

„Sind Sie denn bewaffnet?" fragte Mach, während er sich die Türe zu der im Stile von Mörderwalen glänzenden Mercedeslimousine öffnen ließ.

„Selbstverständlich", antwortete sie.

„Das beruhigt mich jetzt aber sehr", meinte Mach spöttisch. Er fragte sich gerade, ob er in den falschen Film geraten war. Oder inwieweit das Ganze mit seinem Sunssun-Debakel zusammenhing.

Die Türe wurde geschlossen. Augenblicklich stellte sich eine

Stille ein, eine Mercedesstille, kühl, komfortabel, walbauchartig, freilich ohne den Geruch verwesenden Fisches. Irgendwann würden selbst die Särge in dieser Weise ausgestattet sein.

Nun stieg auch die Leibwächterin ein und startete den Wagen.

„Wenn wir jetzt beschossen werden", meinte Mach, „wird es schwierig sein, gleichzeitig zu steuern und zurückzuschießen."

Die Frau fuhr los, ohne zu reagieren.

„Aber Ihren Namen sagen Sie mir schon, oder?" erkundigte sich Mach. Er saß im Fond und blickte auf das dunkelbraune Haar, in dem ein rötlicher Ton einsaß. Schweres Rot, wie blutendes Erdöl. Er dachte sich: Die Lady besteht sicher aus vielen kleinen Stahlplatten.

Die Stahlplattenfrau äußerte: „Nennen Sie mich Kingsley."

„Kingsley wie der Schauspieler?"

„Nein, wie die Ethnologin."

„Ach ja", sagte Mach, der sich undeutlich daran erinnerte, daß eine Afrikaforscherin des neunzehnten Jahrhunderts so geheißen hatte.

„Wie ist das eigentlich", fragte Mach weiter, „jemanden zu beschützen, den man nicht mag?"

„Fürs Mögen werde ich nicht bezahlt. Auch nicht dafür, solche Fragen zu beantworten."

„Schon gut. Ich bin nur neugierig. Zum Beispiel würde ich gerne wissen, wer oder was mich bedroht."

Kingsley erklärte, daß es mitunter Bedrohungen gebe, die erst dann einen Namen erhielten, wenn es zu spät sei. Sicherheit sei ein Privileg, das nun mal einigen Menschen zustehe. Offensichtlich gehöre er, Mach, dazu. Wenigstens im Moment.

„Mein Stuttgarter Privileg", kommentierte Mach, der ja solche Behandlung weder von Wien noch von Athen oder gar Kassel gewohnt war.

Mach wollte nun wissen, wie der Plan aussehe.

„Zuerst bringe ich Sie in die Danneckerstraße", sagte Kingsley. „Sie haben eine halbe Stunde, um sich frisch zu machen. Danach fahre ich Sie zum Bahnhof. Dort treffen wir Herrn Palatin. Er gehört zum Mitarbeiterstab des Oberbürgermeisters. Er wird Ihnen alles Weitere erklären."

„Schön", meinte Mach.

Schön! Das Wort drehte sich ein paarmal im Kreis und verpuffte sodann wie viele dieser hingesagten Wörter, deren Sinn allein im Kreiseln und Verpuffen besteht.

Das Haus in der Danneckerstraße, zu dem sich Mach chauffieren ließ, befand sich in der ganz wunderbaren Halbhöhenlage. Ein Gebäude, das, wie auch die benachbarten Liegenschaften, weniger in den Hang gebaut als gesetzt wirkte, der Hang also eher einem Sitzmöbel gleich funktionierte, auf dem die Häuser nach langer Suche endlich zur Ruhe gekommen und in dieser Ruhe aufgeblüht waren.

Mach war mit einer Hamburger Verlegerin, einer älteren wirklichen Dame bekannt und hatte von dieser zufällig einen Anruf erhalten, kurz nachdem die Einladung nach Stuttgart erfolgt war. „Wohnen Sie doch bei meiner Freundin", hatte die Verlegerin gemeint, „sie würde sich sicher freuen. Das ist besser als im Hotel. Die Stuttgarter Hotels sind ein wenig verstaubt, finde ich. Vielleicht vom vielen Autoverkehr, ich weiß es nicht. Aber in der Danneckerstraße zeigt sich die Stadt von ihrer besten Seite. Es wäre schade, darauf zu verzichten."

Mach war noch nie ein Freund staubiger Hotels gewesen. Schon eher ein Freund wirklicher Damen, ohne je mit einer von ihnen intim geworden zu sein. – Wirkliche Damen sind unverwüstlich, gleich wie schlimm die Zeiten sind, gleich wie sehr jedes Benehmen und jeder Anstand sich auflöst und der Mangel an Geschmack die Armen wie die Reichen bestimmt (nur, daß sich zweitere freilich mehr Geschmacklosigkeiten leisten können als erstere). Stimmt, die wirklichen Damen retten nicht die Welt. Aber weniger, weil sie dazu nicht in der Lage wären, sondern weil auch die Weltretterei leider Gottes so oft ins Peinliche abgleitet. Sie retten ein paar Männer, manchmal, das muß ihnen genügen.

Eine derartige Person war ganz sicher auch jene, die nun Mach die Türe zu dem Haus in der Danneckerstraße öffnete. Natürlich konnte Mach nicht sagen, wie viele Männer von dieser Frau gerettet worden waren, womöglich kein einziger, aber die Würde ihrer Erscheinung, die Eleganz, mit der sie ihr Alter und die Wunden ihres Leben trug, vor allem das Raumgreifende ihrer Bewegungen war unübersehbar. Wobei dieser Griff nach dem Raum eben nicht brutal war wie bei vielen machtvollen Männern, die dem Raum gern ein Leid antun, sondern sie gab dem Raum eine kunstvolle Stütze und verzierte ihn gleichzeitig. Und bei all dem verzichtete sie auf eines nicht: auf den Humor.

Sie war die ehemalige Leiterin irgendeiner Kunststiftung und hatte das Haus, in dem sie alleine zu leben schien, mit Bildern und Objekten gefüllt. Aber ihre Sammlung war frei von jener Aufschneiderei, die noch dem schönsten Kunstwerk den Charakter eines diamantenverzierten Schlagstocks verleiht. Auch hingen hier ja kaum versicherungstechnisch relevante Meister der Moderne, sondern die Arbeiten von Freunden und all den jungen Künstlern, denen sie im Zuge ihrer Tätigkeit begegnet war. Die einzelnen Räume besaßen einen stark biographischen Charakter, es war weniger eine Kunstsammlung denn eine Lebenssammlung. Allerdings spürte Mach auch eine Traurigkeit in diesen Räumen, doch die steckt ja wohl in allen Zimmern der Menschen. Kein Zimmer ohne Schmerzen, ohne Tränen, ohne unerfüllte Träume. Was diesen Räumen hier aber fehlte, war die obligate Wut, die sich sonst wie Teer über jede Traurigkeit zieht, jede Ritze füllt und alles verklebt.

Am famosesten jedoch war zweifellos die steinerne Terrasse, die auf der straßenabgewandten Seite einen massiven Block bildete und gleichermaßen als ein Teil des Gebäudes wie des steil abfallenden Hanges gelten konnte. Man hatte an dieser Stelle einen grandiosen Blick auf den Talkessel, das Häusermeer der Innenstadt sowie die Hänge im Norden. Daß die Sonne schien, war keine Notwendigkeit, um diese Stadt zu mögen, deren Übersichtlichkeit auch an grauen Tagen attraktiv wirkte: weniger aneinandergeklebt denn aus einem Stück gehauen, obgleich das historisch gesehen nicht der Fall war.

„Herrlich!" jubelte Mach.

„Nicht wahr", meinte die Dame des Hauses und bot ihrem Gast einen Martini an, den sie auch sogleich servierte. Sie nahm sich ebenfalls einen. Dabei hielt sie das Glas in der Hand, als würde sie sich üblicherweise mit Kardinälen betrinken, um auch gleich eine Absolution zu erhalten. Nach einem ersten Schluck teilte sie bedauernd mit, für einige Tage verreisen zu müssen. Dabei stellte sie ihr Glas ab und sagte: „Ich bin aber sicher, Sie kommen mit dem Haus zurecht. Und das Haus mit Ihnen." Sie öffnete ihre Arme zu einer Palme und bekundete solcherart ihr absolutes Vertrauen zu Mach. Dann zeigte sie ihm sein Zimmer, einen Gästeraum, und betonte erneut, ihm würde das ganze Haus zur Verfügung stehen. Sie erklärte noch ein paar technische Details, offenbarte ein paar Geheimnisse die Küche betreffend (Küchen sind eigentlich die Feinde des Menschen, nicht nur wegen der Unfallträchtigkeit, die dort vorherrscht, und der vielen Mordinstrumente, allerdings lassen sich die Küchen mitunter was Nettes einfallen ... aber davon später), überreichte Mach einen Schlüsselbund, schrieb ihm ihre Handynummer auf, rief ein Taxi und war so rasch verschwunden, daß Mach für einen kurzen Moment erschrak, als müsse er fürchten, mit diesem zauberhaften Haus sei etwas nicht in Ordnung.

Er sah auf die Uhr. Draußen vor der Tür wartete Kingsley. Er öffnete seinen Koffer, wechselte Hemd und Jackett und putzte sich mitten am Tag die Zähne, was eigentlich nicht seine Art war. Auch nicht nach einem frühen Martini. Er fragte sich, wieso er das tat. Wegen Kingsley? Meinte er denn, die aus vielen Stahlplättchen zusammengesetzte Frau durch einen frischen Atem beeindrucken zu können? Blödsinn! Er lachte in den Spiegel.

„Wir sind spät", erklärte Kingsley. Sie hatte nicht im Wagen, sondern vor der Tür gewartet. Mach konnte nicht anders, als ihre makellose Figur zu betrachten. Nicht, daß ihm diese Frau keine Angst machte, aber das war es ja: lieber von ihr beschützt werden als umgekehrt.

Zum Bahnhof waren es mit dem Wagen nur wenige Minuten. Ein massives Gebäude, das die einen als Naziarchitektur empfanden, andere als kathedralisch und als Architekturjuwel, das indes in jedem Fall beeindruckte, so wie es da stand, so wehrhaft wie elegant, jedoch nicht auf eine stehende Weise, sondern liegend, hingestreckt, ohne darum lasziv zu wirken. Ohne wie so mancher jüngst gebaute Bahnhof, etwa der in Berlin, an einen riesigen Puff zu erinnern, den ein paar überirdische Zuhälter abgestellt hatten, um die Menschheit moralisch zu ruinieren. Nein, dieser Bau leugnete in keiner Weise seinen Zweck, der schließlich darin bestand, einen Kopf zu bilden beziehungsweise einen Nabel, denn genau so – *umbilicus sueviae,* der Nabel Schwabens – hatten die Architekten Bonatz & Scholer ihren Entwurf genannt. (Allerdings löste sich, wie so oft im ungerechten Leben, der Name Scholer später in Luft auf, so daß nur der Name Bonatz übrigblieb und seitdem allgemein vom „Bonatzbau" gesprochen wird, wenn von diesem Bahnhof, diesem Nabel mit Hirn die Rede ist.)

Apropos Urheberschaft. Es gibt den schönen Satz, der da lautet: „Wie groß der Anteil Scholers an den gemeinsamen Projekten war, läßt sich nicht mehr objektiv feststellen." Solche Sätze werden gerne gebraucht, um der Ratlosigkeit des Betrachters zu begegnen, wenn aus einem berühmten Namen ein völlig unbekannter Name herausbricht. – Hat Bert Brecht wirklich seine Bücher selbst geschrieben? Stammen Wittgensteins Ideen wirklich von ihm und nicht etwa von Paul Engelmann oder David Pinsent oder sonstwem? Hat Picasso gemalt oder vielmehr abgemalt? Hat Gerd Müller wirklich alle ihm angerechneten Tore allein erzielt? Ist ein abgefälschter Schuß, der ins Netz geht, dem Schützen zuzuordnen oder nicht eher dem Bein des unglücklichen Abfälschers? Oder eben: Ist der Bonatzbau in Wirklichkeit ein Scholerbau?

Wie auch immer. – Kingsley führte Mach in die große Schalterhalle, deren hoch aufsteigender Raum den letzten Zweifel nahm, nicht im Puff, sondern in einem domartigen Gebilde sich zu befinden, im Inneren eines zur Bauchnabelbildung fähigen Plazentiers von nicht geringer Erhabenheit.

Oben auf Gleishöhe, dort, wo ein Aufzug zur Aussichtsplattform des Bahnhofsturms führte, wurde Mach von jenem angekündigten Mitarbeiter des Bürgermeisters empfangen. Felix Palatin war ein etwa dreißigjähriger Mann, der möglicherweise wie Kingsley aus vielen kleinen widerstandsfähigen Kacheln zusammengesetzt war, Hitzeschilder wie bei den Spaceshuttles, deren Verlust bekanntlich fatale Folgen zeitigt. Aber Palatin war gewiß vorsichtig genug, sich immer und überall im richtigen Neigungswinkel zu bewegen und nicht etwa zu verglühen. Er reichte Mach die Hand, lächelte. Sein dunkles Haar, sein Anzug, seine Schuhe lächelten mit. Auch seine Brille, die, mit hauchdünnem Rand ausgestattet, seinen silbriggrauen Augen den schlierigen Glanz eines jener Martinis verlieh, deren Geschmack Mach trotz Zahncreme noch immer auf seiner Zunge hatte. Er meinte in der Tat, diesen Mann zu schmecken.

Palatin erklärte, wie froh er sei, daß Mach sich habe entschließen können, nach Stuttgart zu kommen. Er sagte: „Ich soll Ihnen die herzlichsten Grüße des Oberbürgermeisters ausrichten. Er ist gerade im Ausland, würde sich aber freuen, Sie demnächst persönlich kennenzulernen."

„Ich bin auch lieber im Ausland", meinte Mach.

Palatin ignorierte die Bemerkung, gab Kingsley ein Zeichen, und zu zweit leitete man Mach zum Aufzug. Sie fuhren zur Spitze hoch und traten hinaus auf die Plattform, die nach oben hin von einem Netz umspannt wurde, als wollte man verhindern, daß herabstürzende Engel die Besucher erschlugen. Über das Netz hinaus ragte – erstaunlich für Mach – kein Kreuz, nicht einmal ein Sendemast, sondern ein Mercedesstern. Das erschien ihm peinlich, diese Verbeugung vor dem Kapital an einer Stelle, wo man sich ja eher vor dem lieben Gott verbeugen sollte. Gleichzeitig wirkte der Stern hier oben frei von den üblichen Bezügen, eher als Stern an sich, der sich gnädig vom Himmel auf diesen Turm herabgesenkt hatte.

Doch das war es nicht, worauf Palatin hinwies, sondern er nahm den guten Ausblick zum Anlaß, eine Beschreibung des Projektes mit dem Namen Stuttgart 21 zu liefern. Mach war dieser signal- und signumhafte Ausdruck nicht gänzlich unbekannt. Zumindest hatte er ihn ein paarmal vernommen, wenn über die Zukunft der Deutschen Bahn diskutiert und gewisse Investitionen wegen ihrer Unsinnigkeit oder Unfinanzierbarkeit in Frage gestellt worden waren. Aber wirklich eine Ahnung, was sich hinter dieser Verbindung des Stadtnamens mit einer ehemals futuristisch anmutenden Zahl verbarg, hatte er nicht. Um so leichter fiel es Palatin, dieses Projekt als ein absolut notwendiges, ein diese Stadt in eine bessere Zukunft führendes vorzustellen: die Verwandlung einer baufälligen Vergangenheit in eine so schnittige wie schneeweiße Zukunft, die Verwandlung des ganzen Geländes in ein schöneres, ein weltoffenes, ein europäisches Zentrum, was ein wenig so klang, als würde diese Stadt derzeit noch am Arsch der Welt liegen und nur dank des Kunstgriffes eines in die Erde versenkten Bahnhofs zum geistigen und weltlichen Mittelpunkt eines ganzen Kontinents mutieren.

Palatin schwärmte, aber er schwärmte auf eine kalte Weise, die dem Auswendiglernen geschuldet war. Er hätte genausogut als Pressesprecher der Bundeswehr auftreten können, ja selbst noch als Pressesprecher jener Leute, die sich gegen dieses Projekt stellten. So, wie eben auch Kingsley absolut jede Person beschützte, die zu beschützen man sie bezahlte.

Dies war nicht eigentlich unmoralisch zu nennen, sondern entsprach eher einem handwerklichen Ehrgeiz: Der Tischler ist in erster Linie an der Qualität des Tisches interessiert, nicht an der Qualität dessen, der einst an diesem Tisch sitzen wird. Und es ist sicher auch eine Wahrheit, daß sich Schriftsteller weniger über den Charakter ihrer Leser als über deren Anzahl Gedanken machen. Die Kingsleys und Palatins dieser Welt waren einzig und allein der Perfektion verbunden, indem sie entweder einen maßgeschneiderten Anzug herstellten oder aber einen Körper so lange zurechtbogen, bis dieser in den Anzug paßte, welcher sodann als maßgeschneidert gelten konnte. Natürlich wurden solche Leute gerne als herzlose Karrieristen bezeichnet, jedoch ergab sich die Karriere bloß in der Folge der von ihnen mit maschinenhafter Konsequenz durchgeführten Arbeit. Klar waren die Kingsleys und

Palatins käuflich, aber in ihrer Käuflichkeit auch unbestechlich und ohne jeden Dünkel gegenüber Neureichtum. Nie wären sie auf die Idee gekommen, einem Armen, der zu Geld gekommen war, ihre Arbeitskraft *nicht* zu verkaufen, sowenig es sie gestört hätte, hätte ein Heiliger sie engagiert. – Nun, die Heiligen sind leider selten, zudem macht das Geld gerne einen Bogen um sie herum.

Palatin schwärmte also kalt dahin, wobei er nicht zuletzt hervorhob, daß man den denkmalgeschützten alten Bahnhof vollständig erhalte – bis auf die Seitenflügel. Was dann doch ein wenig nach der Logik einer intelligenten Granate klang, die ein hübsches Gesicht unbeschadet läßt, aber Hände und Füße wegsprengt, weil man auf Hände und Füße ja auch sehr viel leichter verzichten kann als auf den Schädel.

„Das ist ja schön und gut", unterbrach Mach die Ausführungen Palatins, „aber haben Sie mich wirklich herkommen lassen, damit ich Sie zu Ihrem grandiosen Plan beglückwünsche?"

„Geduld, bitte", bat Palatin, ohne sein gläsernes Lächeln einzubüßen, „es ist von Vorteil, wenn Sie die Zusammenhänge verstehen, bevor wir uns dem eigentlichen Thema zuwenden." Sodann skizzierte er mit dem Finger das zukünftige Baugelände, das sich quer zum bisherigen Gleisvorfeld und damit parallel zu dem übrigbleibenden „Kopfteil" dahinziehen sollte, um tief in den angrenzenden Schloßgarten einzudringen.

Man begab sich wieder in das Innere des Turms und betrat einen mit Plänen und Modellen ausgestatteten Ausstellungsraum, wo Mach das soeben Beschriebene in der illustrierten Form sauber zusammengezimmerter Modelle vor Augen geführt wurde. Natürlich war dies alles Marke Schöne-neue-Welt, allerdings die Neu-Welt einer vergangenen Zeit, wie aus einer Episode der frühen *Raumschiff-Enterprise*-Filme oder der *Orion*-Serie. – Eingedenk jener Kostüme von Superhelden und Raumschiffgenerälen hatten diese Pläne ohne Zweifel etwas Pyjamahaftes. Pyjamahaft und spielzeugartig.

Palatin sprach weiter von den Vorteilen und zukunftsweisenden Aspekten dieses Projektes, ohne darauf einzugehen, wieso ein

1994 vorgestelltes Projekt erst – geschweige denn *überhaupt noch* – sechzehn Jahre später zur Realisation gebracht werden sollte. Als man sich kurz darauf in jenen mittleren Teil des Schloßgartens begab, der ebenfalls den Bauarbeiten zum Opfer fallen sollte und mit ihm auch an die dreihundert Stück uralter Bäume, erwähnte Palatin immerhin, daß es Proteste seitens einiger Bürger gebe. Soviel wußte Mach bereits, daß er sagen konnte: „Was ich so gehört habe, ist die halbe Stadt dagegen."

Nun, es war mehr als die halbe Stadt, aber Palatin lächelte wie über ein kleines Mißgeschick, eine technische Panne, die in den Herzen und Hirnen einiger Leute zu falschen Signalen geführt hatte. Er sagte: „Ihr Eindruck täuscht. Dieser sogenannte Protest erschöpft sich in einer Gruppe greiser Herrschaften, Menschen, die sich schwertun, loszulassen. Sie stehen am Ende ihrer Tage und verwechseln nun den antiken Bahnhof mit dem eigenen Leben. Sie verteidigen nicht das Gebäude, nicht den Park und die Bäume, sondern allein sich selbst. Das ist ein psychologisches Dilemma, das wir lösen werden."

„Darum haben Sie *mich* aber nicht holen lassen."

„Wir haben noch ein anderes Problem, eines, das weit mehr wiegt als ein paar randalierende Rentner und Pensionäre. Darum sind Sie hier, wegen der anderen Sache", erklärte Palatin und zeigte auf die ausgedehnte Wiesenfläche, an deren Rändern jene hohen, alten Bäume aufragten, die der Zukunft dieser Stadt im Weg standen. – Das tun Bäume seit jeher, sie stehen dem Menschen, seinem wirtschaftlichen Trieb im Wege, und es ist wirklich ein Unglück, daß diese Gewächse über gewisse Fähigkeiten verfügen, die wiederum andere Menschen dazu bringen, sie heiligzusprechen. In der Tat muß man sich fragen, wieso Gott ausgerechnet einen Sauerstofflieferanten in die Welt gesetzt hat, nur, um ihn dann ständig der Bauwirtschaft im Weg stehen zu lassen.

Gut, es gab auch Leute, die gerade das mochten. Der ganze Park war voll von Menschen, die im Gras saßen oder lagen, einige in Badekleidung, die jungen Männer mit nackten Oberkörpern, Scheiben durch die Luft werfend, ballspielende Kinder, Spaziergänger, Parkbankbenutzer, das Stimmengewirr eines wabenartig kompakten Biergartens, und überall ein Eindruck von Barfüßigkeit, auch bei denen, die ihre Schuhe anbehielten. Ein Rest von Kühle steckte im Boden, die Kühle eines Winters, der ebenfalls nicht hatte sterben wollen und sich hartnäckig, von einem lungenkranken Frühling und ein paar warmen Tagen kaum behindert, bis in den beginnenden Juni gehalten hatte. Um so stärker war nun die Wirkung einer kräftigen, man möchte fast sagen, einer ausgeruhten Sonne. Die Hitze erwies sich als schwebende Ameisenburg. Es wuselte und stach. Der Sommer demonstrierte seinen Fleiß.

Hinter einer Gruppe von Bäumen erkannte Mach jetzt den oberen Teil jener mit Glasplatten locker eingehüllten und von einer metallenen Trägerkonstruktion gehaltenen Pyramide, welche das Carl-Zeiss-Planetarium beherbergte. Und er war nicht schlecht erstaunt, als seine beiden Begleiter ihn genau in jenes Gebäude führten und somit sein ursprünglicher Gedanke, nämlich im schlimmsten Fall wenigstens dieses Planetarium besuchen zu dürfen, sich sogleich erfüllte. Allerdings wurde er entgegen seiner Erwartung weder dem Direktor des Hauses vorgestellt noch in den Kuppelsaal mit seinem aus den Zeiss-Werken stammenden großen Projektor gebeten, sondern man bewegte sich am Eingangsbereich vorbei in einen recht bieder gestalteten, etwas vernachlässigt anmutenden Warteraum und gelangte zu einer unauffälligen, aber verschlossenen Türe. Palatin zog einen Schlüssel aus der Tasche und schloß auf. So kam man in eine kleine Halle, die hinüber zum angegliederten Vortragssaal führte, welcher ... nun, dieser Saal bildete zusammen mit einer Münchner Putzfrau und einem kurzbeinigen, langohrigen Hund eine romantechnische Trinitas, dadurch nämlich, daß auch er, der Saal, den Namen Kepler trug: Keplersaal also.

Der hohe, dunkle Raum lag im sparsamen Licht weniger Spots, die den Sitzreihen einen samtigen Ausdruck verliehen. Als schlafe hier ein riesiges, totes Stofftier. Gleich beim Eingang befand sich der kurze, um die Ecke führende Abschnitt einer Betonverkleidung, vor den sich Palatin stellte und auf Brusthöhe in sein Jackett faßte. Im gleichen Moment bildete sich eine Ritze in eben dieser

Betonwand, und eine Aufzugtüre glitt zur Seite. Offenkundig hatte Palatin mittels Signal deren Öffnung veranlaßt – was eigentlich mehr beeindruckte als diese biometrischen Geschichten mit Netzhautscan und Fingerabdruck.

„Here we are", sagte Palatin und bat Mach einzutreten.

„Wen besuchen wir eigentlich – Doktor No?" fragte Mach angesichts der etwas überraschenden Verwandlung einer Betonwand. Angesichts des Bühnenbildhaften, des Verdachts, alles hier bestehe aus Pappmaché und Styropor.

Der Aufzug allerdings war echt. Er setzte sich tonlos in Bewegung und brachte die drei Personen tief unter die Erde, wo man nun in einen gleichfalls betonierten Stollen hinaustrat.

„Sie bauen schon?" staunte Mach.

„Leider nein, zumindest nicht in unserem Sinn", sagte Palatin und präzisierte, daß vor einiger Zeit an dieser Stelle Probebohrungen vorgenommen worden waren. Ganz offiziell, um die geologische Schichtung exakt feststellen zu lassen. Denn die Situation des Geländes sei nicht ganz einfach, wer hier graben wolle, müsse den Boden kennen.

„Und? Kennen Sie ihn jetzt?"

„Das tun wir. Unglücklicherweise ist die Firma, die mit den Bohrungen betraut war, auf etwas gestoßen. Einen Widerstand. Und zwar einen massiven. Wobei wir damals nicht ahnen konnten, *wie* massiv."

„Sie reden jetzt nicht vom Widerstand der Demonstranten?"

„Gott behüte, die würden uns hier unten wirklich noch fehlen! – Zuerst dachten wir an irgendwelche Objekte, die man während des Zweiten Weltkriegs an dieser Stelle vergraben hatte. Einen Bunker vielleicht. Aber davon hätten wir eigentlich wissen müssen. Blieb noch die beunruhigende Möglichkeit einer Fliegerbombe. Keinesfalls wollten wir eine sichtbare größere Grabung vornehmen, um was auch immer aus der Erde zu heben. Also wurden die Probebohrungen offiziell zu Ende geführt und die Löcher geschlossen. Und dann sind wir diesen Weg gegangen, den Sie hier sehen."

„Einen teuren Weg."

„Unter uns gesagt, Herr Mach, die Schwaben sind lange nicht so sparsam, wie alle meinen. Dieses Gerücht wurde einst in die Welt gesetzt, um von der Welt in Ruhe gelassen zu werden. Sparsamkeit hat etwas Abweisendes. Genau das soll sich aber ändern. Wir werden dieses Gerücht aus der Welt schaffen, damit uns die Welt wieder liebhat. Außerdem beweist unser Handeln, wie umsichtig und behutsam wir mit einer solchen Schwierigkeit umzugehen verstehen. Ohne gleich ‚Feuer' zu rufen."

„Na ja, manchmal brennt es aber."

„Richtig. Wir schreien jedoch nicht, wir löschen."

Und indem Palatin, der Löschmeister, das sagte, gelangte man an einen durchsichtigen Plastikvorhang. Die Lamellen zur Seite schiebend, betraten die drei Personen einen Raum von der Größe zweier Wohnzimmer und mit einer Höhe von etwa vier Metern. In der Mitte, im Licht mehrerer Scheinwerfer, befand sich ein kubisches Objekt, umgeben von modernen Apparaturen, die offenkundig dessen Erforschung dienten. Mehrere Personen in Schutzanzügen standen im Raum und sahen nun zu den Eingetretenen herüber.

Mach starrte fassungslos auf den Gegenstand in der Mitte, welcher den kränklich grünen Farbton oxydierter Bronze besaß. Jetzt begriff er. Gleich auf den ersten Blick erinnerte diese Konstruktion an den Mechanismus von Antikythera, nur daß diese Apparatur hier um einiges größer war, etwa die Ausmaße eines Kleiderschranks besaß, vollständig erhalten schien und noch sehr viel komplexer wirkte als jener Analogrechner, mit dem sich Mach schon so lange beschäftigte und dem er mit mehr Liebe zugetan war als irgend etwas anderem.

Allerdings wurde Mach auch schlagartig bewußt, daß er mitnichten der Mann war, der vor allen anderen die Reputation besaß, an diesen Ort geholt zu werden und einen Sensationsfund zu bekunden. Da gab es ganz andere Koryphäen, die dafür eher in Frage kamen. Und darum sagte er, Ruhe in seine Stimme zwingend: „Was tue ich hier?"

„Uns helfen", erklärte Palatin.

„Inwiefern?"

„Sie sehen ja, worauf wir gestoßen sind, und ich darf Ihnen versichern, es ist keine Fälschung und kein Scherz. Dieses Ding, welchem Zweck es auch dienen mag, ist echt, und es ist alt. So alt wie das Artefakt in Athen. Ihr Baby."

„Es ist nicht mehr mein Baby. Man hat mich aus Athen rausgeworfen", erinnerte Mach. „Wissen Sie das nicht?"

Palatin ignorierte die Bemerkung und meinte: „Wir haben hier eine wunderbare Entdeckung gemacht, gar keine Frage, aber ich muß es so deutlich sagen: Wir können diese Entdeckung an dieser Stelle nicht brauchen. Wir wollen kein Museum bauen, sondern einen Bahnhof."

„Was fürchten Sie denn? Auf noch mehr von diesen Maschinen zu stoßen? So in der Art einer Tonkriegerarmee?"

„Das wollen wir nicht hoffen. Diese eine Kiste bereitet uns schon genug Kopfzerbrechen. Sie werden nämlich feststellen, daß das Objekt nicht einfach nur schwer ist, wie man sich das bei einer derartigen Menge von Metall gut vorstellen kann, sondern wir stehen vor dem Problem, daß dieser Bronzeklotz sich nicht bewegen läßt. Ich meine es genau so, wie ich es sage. Keinen Millimeter. Wir haben es mehrmals versucht, mit verschiedenen Gerätschaften, auf die sanfte und auf die harte Tour, doch alles umsonst. Wir kriegen – Sie verzeihen, daß ich mich so ausdrücke – das Scheißding einfach nicht in die Höhe."

„Das ist nicht wahr", schmunzelte Mach.

„Das ist so wahr, daß wir Sie hergerufen haben."

„Ich bin nicht der Beste."

„Aber der Geeignetste. Wir geben Ihnen eine Chance, die Chance Ihres Lebens. Dieses Ding mag ja ein Wunderwerk antiker Wissenschaft und verblüffender Feinmechanik sein, und keine Frage, daß die Mathematiker und Archäologen in aller Welt sich vor Glück in die Hose machen werden, wenn sie es zu Gesicht bekommen. Aber bitte woanders. Was wir an diesem Ort benötigen, sind Baumaschinen und keine astronomischen Rechner. Wir haben so viele neue Computer, wir brauchen keinen alten. Was ich sagen will, ist also: Wenn es Ihnen gelingt, das Ding von der Stelle zu kriegen, überlassen wir es Ihnen, ich meine, die Maschine ist dann Ihre Maschine, egal, wo Sie sie wieder aufstellen möchten. Wir können sie ein paar hundert Meter weiter nordwestlich erneut vergraben, das wäre dann eine wirklich sehr, sehr kleine Lüge und würde so gut wie nichts am Fundort ändern. Aber es wäre Ihre Entscheidung. Wenn es sein muß, dürfen Sie das Ding auch nach Kassel mitnehmen und dort finden. Wir würden das arrangieren. Auf jeden Fall wären Sie der Entdecker. Sie könnten auf diese Weise Ihren Freunden bei Sunssun einen schönen Denkzettel verpassen und nebenbei in die Wissenschaftsgeschichte eingehen."

„Sunssun also! Daher weht der Wind. Sie haben mich geholt, weil Sie meinen, mit einer gekränkten Seele wäre es leichter, einen Schwindel zu treiben."

„Schwindel? Ich bitte Sie, Herr Doktor Mach, ich biete Ihnen die Exklusivrechte für eine Sensation an, und Sie machen jetzt ein Theater wegen der paar Meter, um die wir den Kasten verschieben wollen! Wir leiten auch das Grundwasser um, wir fällen Bäume und pflanzen dafür woanders neue. Hören Sie auf, pingelig zu sein, wenn Sie die Möglichkeit haben, sich dem ganz Großen anzunähern. Und tun Sie nicht so, als hätten Sie Skrupel. Wir wissen, daß Sie damals in Athen Unterlagen haben mitgehen lassen."

„Es waren meine eigenen Aufzeichnungen."

„Welche abzugeben Sie sich vertraglich verpflichtet hatten. Aber keine Angst, das interessiert uns nur insofern, als wir Ihren Ehrgeiz schätzen. Niemand von den Verantwortlichen in dieser Stadt sitzt im Vorstand von Sunssun. Wenn Sie verstehen, was ich meine. – Also, nehmen Sie an?"

„Und wenn nicht?"

„Dann fahren Sie eben wieder nach Hause, und wir fragen jemand anderen, der vielleicht mehr Interesse hat, berühmt zu werden."

„Haben Sie nicht Angst, ich könnte alles ausplaudern?"

„Nein, die Angst habe ich nicht."

Mehr sagte Palatin nicht. Er lächelte nur. Aus diesem Lächeln resultierte eine Pause. Eine unangenehme Pause. Für Mach unangenehm. Das Ungesagte war überdeutlich zu sehen und zu hören und zu riechen. Es roch wie feuchte Zündhölzer. Mit denen kann man zwar keinen Brand legen, aber nach einiger Zeit bringt einen der Gestank um. Mach begriff, daß man mit Palatin nicht spielen konnte, er war kein kuscheliger kleiner Hund und auch kein freundlicher Delphin, der durch Ringe sprang und sich mit autistischen Kindern unterhielt. Nein, Palatin war ein Elitesoldat. Wenn es etwas zu eliminieren gab, eliminierte er es.

Mach folgerte darum, daß es nur ein Ja oder ein Nein für ihn gab und daß er, gleich wofür er sich entschied, anschließend den Namen Stuttgart und die Zahl 21 für immer aus seinem Gedächtnis würde verbannen müssen. Was ja manchen Leuten aus viel nichtigeren Gründen schon gelungen war.

Ja oder nein!

„Sei nicht blöd!" riet ihm seine innere Stimme.

Er nickte. Nein, blöd wollte er wirklich nicht sein.

Teil II

Wir müssen nämlich böse sein, hihi, haha, hoho,
bis jemand kommt, uns zu befrei'n vom Hi-Haha-Hoho.

Die Drachen mit dem Lied „In der Stadt der Drachen"
im Film der Augsburger Puppenkiste *Jim Knopf und Lukas der Lokomotivführer*

Es ist immer so. Man versteht nie etwas.
Eines Abends endet es damit, daß man daran stirbt.

Eddie Constantine in Jean-Luc Godards Film *Alphaville*

7   Mann & Angst

Zum dritten Mal in seinem Leben war er durchdrungen von einem derartigen Gefühl der Wut. Doch diesmal stand die Wut nicht plötzlich vor ihm, Nase an Nase, feixend, frech, sondern sie hatte sich entwickelt, wie man sagt, ein Gesicht entwickelt sich, wird präziser, ausgeprägter, reifer. Ihm war somit vergönnt, mehr als bloß die Nase dieser Wut zu spüren und ihre bösen Augen blitzen zu sehen – er erkannte das gesamte Antlitz. Diese Wut spiegelte eine Geschichte wider. Die eigene Geschichte wie auch die des Typus, den man Verlierer nennt. Keinen Verlierer erster Güte, dessen Weg von Beginn an in die Sackgasse führt, auch keinen dieser genialisch anmutenden Unglücksraben, die schon in der Jugend einen Kult damit treiben, auf falsche Pferde zu setzen, nein, einen durchschnittlichen Loser, einen Kleinbürger mit einem kleinbürgerlichen Versagen.

1948 in Ulm auf die Welt gekommen, war er mit zwei Geschwistern in einer „intakten Familie" aufgewachsen, die ihm zwar Schutz geboten hatte, aber auch nicht mehr. Liebe war das nicht gewesen, sondern nur jener Verzicht auf Schläge und drakonische Strafen, die manche bereits als Liebe begreifen. Man kann sagen, daß der kleine Hans immer sauber gewaschen, anständig gekleidet und gut genährt war und seine ältere Schwester ihm jeden Abend eine Gutenachtgeschichte vorgelesen hatte. Es waren allerdings nicht *die* Geschichten gewesen, die er gerne gehört hätte, und man kann sagen, daß dieser Makel das Leben von Hans Tobik bestimmte, wie das vieler Menschen, die immer die falschen Geschichten erzählt bekommen.

Er hatte die Schule ohne Katastrophen und ohne Höhepunkte absolviert, ging nach dem Abitur in die freie Wirtschaft, arbeitete anfangs als Büroangestellter, bevor er Reisender wurde. Kein Staubsaugervertreter, kein Keiler, sondern Verkäufer im Außendienst, wobei er den Begriff des Reisenden sehr mochte. Er war gerne unterwegs, traf gerne neue Menschen, trug gerne die Nachricht von einem revolutionären Produkt in die Welt hinaus, auch wenn diese Welt über Bayern und Baden-Württemberg nicht hinausführte. Es war nun mal eine kleine Welt, in der er sich aber wirklich auskannte: das Eigentümliche mancher Orte, das Unverwechselbare der Regionen und der Menschen, die hier lebten und die man so unterschiedlich behandeln mußte, als hätte man es mal mit Höhlenbewohnern, dann wieder mit einem auf Bäumen lebenden Volk zu tun. Er hätte eigentlich nicht sagen können, daß er dieses Land und diese Leute mochte, empfand sich aber gleich einer Zwiebel in dieses Stück Erde gesetzt. Sosehr er ein Reisender war, war er eben ein gebundener Reisender.

Zum Gebundensein gehört nicht zuletzt die Ehe. Also heiratete er. Sicher nicht die Erstbeste, aber gewissermaßen, wie fast alle Menschen, die Zweitbeste. Dabei ergaben sich durchaus Momente der Leidenschaft und Euphorie und zeitweise eines Vertrautseins, doch auch diesmal fehlte das Gefühl der Liebe. Erneut bekam er andere Geschichten vorgelesen als die, die ihn interessierten. Allerdings war er klug genug zu begreifen, daß seine Frau ebensowenig die Geschichten erzählt bekam, die *sie* hätte hören wollen. Außerdem, und darin bestand das größte Unglück, blieb die Ehe kinderlos. Zu einer Adoption oder dergleichen hatte man sich nicht durchringen können, sondern darauf vertraut, daß es einmal klappen würde. Aber es klappte nicht. Irgendwann fiel ihm der abwesende Blick seiner Frau auf, genauer: er registrierte die generelle Nachlässigkeit, mit der die bis dahin so penible Person den Dingen begegnete, vor allem dem Ding, das sie selbst war. Nun, so sind die Damen halt, wenn sie die fünfzig überschreiten, dachte er sich, entweder sie gehen ins Sportstudio, oder sie bleiben daheim beim freundlichen Alkohol. Ja, natürlich bemerkte er, daß sie trank. Zwar selten so viel, daß er es für bedenklich gehalten hätte, nie lallte oder wankte sie, sondern war bloß ein wenig ungeschickt, wirkte verträumt und gleichgültig. Aber wenn sie lachte, schien es, als lachte sie nicht über die Bemerkung der anderen, sondern über etwas, was nur sie selbst hatte sehen können. Als trüge sie eine Zauberbrille, mit der man in eine andere Welt schaute.

Es war einer von den warmen Maitagen, als Tobik sich mit seiner Frau in der Stadt traf. Sie gingen gemeinsam zu Karstadt. In dem Punkt waren sie sich absolut einig, daß man nur dort einkaufen konnte, da nur dort das Personal der Kundschaft mit jener Höflichkeit begegnete, die zwischen penetranter Arschkriecherei, der Herabwürdigung von Käuferin oder Käufer sowie dem Generalverdacht des Ladendiebstahls eine vernünftige Mitte bildete. Bei Karstadt war das Ehepaar Tobik wirklich zu Hause, bummelte wie durch einen vertrauten Garten und sah, was da alles Neues aus dem Boden sproß.

An besagtem Maitag „pflückten" die beiden in der Geschirrabteilung eine Suppenterrine und ein paar tiefe Teller, bezahlten, verließen das Kaufhaus und begaben sich auf einen nahegelegenen Platz, in dessen Mitte Tische und Stühle zweier Lokale standen, die im Freien servierten. Um den Platz führte eine Straße, die jedoch nur für gewerbliche Zwecke benutzt werden durfte. Es war eine Menge los um diese Zeit, und die Tobiks waren froh, daß gerade ein Tisch frei wurde. Sie setzten sich, bestellten Kaffee, und Hans erzählte von seiner Arbeit. Nicht, weil er sich und seine Arbeit überschätzte, aber er hätte wirklich nicht gewußt, worüber er sonst hätte reden können. Seine Frau saß da und genoß einfach die Sonne auf ihrer Haut. Sie wirkte zufrieden, vielleicht wegen der hübschen Terrine und der tiefen Teller. Irgendwann stand sie auf, sagte nicht, warum, und bewegte sich hinüber zum Lokaleingang, offensichtlich um die Toilette aufzusuchen. Weshalb sie gezwungen war, die Straße zu überqueren. Das war der Moment, da ein Fahrzeug um die Ecke kam. Tobik sah das Auto und sah seine Frau. So langsam seine Frau sich bewegte, in dieser schwerelosen Art vom ersten Alkohol patinierter Nachmittage, so rasch war der Wagen unterwegs, kein Lieferwagen, sondern eine Jaguarlimousine. – Wie sich später herausstellen sollte, war das Ziel des Fahrers ein Herrenausstatter am Platz gewesen, wo er einen Anzug abzuholen gedachte. Die Frage, inwieweit er über eine Berechtigung verfügt hatte, die Ladezone zu benutzen, würde niemals eine Klärung erfahren. Nun, diese Frage würde auch nie richtig gestellt werden. Was der Person des Fahrzeuglenkers zu schulden war, seiner Bedeutung in dieser Stadt und außerhalb dieser Stadt.

Tobik sah also den Wagen und sah seine Frau und erkannte die Kreuzung der Linien. Er rief, er schrie, doch sie war bereits außer Hörweite. Sie drängte sich durch die enge Stelle zwischen einem mit Menschen besetzten Tisch und dem Gemäuer eines Brunnens und trat auf die Straße. Der Wagen erwischte sie. Sie flog durch die Luft. Eine Gummipuppe wäre nicht anders geflogen. Sie schlug auf den Beton auf. Beinahe hätte der Wagen sie auch noch überfahren. Worauf ein Zyniker wohl gemeint hätte: Die arme Seel' rührt sich eh' nicht mehr.

Tobik lief zu seiner Frau, die da mit verdrehten Gliedern am Boden lag. Blut tropfte aus ihrer Nase. Das war es auch schon. Dennoch wußte er augenblicklich, wie es um sie stand. Das Abwesende in ihrem Blick war verschwunden, obgleich er nicht leer war, wie gerne von Toten gesagt wird. Viel eher war dieser Blick voll zu nennen, so, wie man sich vielleicht vorstellt, daß ein mehrstündiger Film auf ein einziges Foto von unendlicher Dichte komprimiert ist: ein Foto, in dem jede Sekunde eines Lebens steckt.

Das Folgende, was nun geschah, wurde ebenfalls zum Gegenstand der späteren Untersuchung, einer Untersuchung, die einerseits zwar die Möglichkeit einer Klage gegen den Verursacher zu berücksichtigen hatte. Andererseits aber führte die Unfallerhebung genau in die andere Richtung, diente also dazu, eine Klage zu verunmöglichen. Indem man nämlich daran ging, ein Geschehen zu rekonstruieren, eine Geschichte zu belegen, in welcher den Fahrer des Jaguars nicht die geringste Verantwortung traf am Tod der Frau.

Tobik jedoch war in diesem Moment zum Witwer geworden. Er bekam keine Luft, mußte schreien, um atmen zu können, stürzte sich brüllend auf den Mann, der aus dem Wagen gestiegen war, nannte ihn einen Mörder, einen Teufel, ging ihm an die Kehle, wurde aber von mehreren Passanten zurückgehalten und rasch darauf von einem Polizisten überwältigt, der um die Ecke gestanden war, als hätte er dort das Eintreffen der Zukunft abgewartet.

Ähnlich dem Arzt, der nun herbeieilte, um eine dieser ersten Hilfen zu gewähren, die nicht helfen, aber ein Bild aufrechterhalten.

Weitere Polizisten kamen dazu, die Rettung erschien, jemand aus dem Rathaus, lauter Leute, mit denen der Unfallfahrer sich unterhielt, als würde er hier die Ermittlungen leiten. Und in gewisser Weise tat er das ja wohl. Wobei er keineswegs das gefühllose Monster markierte, natürlich nicht, sondern sich erschüttert zeigte, daß diese arme Frau ihm, der damit doch schwerlich habe rechnen können, vors Auto gesprungen war. Und zwar in einer Weise, die sich nur erklären ließ, wenn man einen Selbstmordversuch voraussetzte. Unmöglich für ihn, den Fahrer, der Passantin auszuweichen oder rechtzeitig den Wagen abzubremsen.

Diese Version war es in der Tat, die sich dann durchsetzte. Durchsetzte gegen Tobiks Überzeugung, seine Frau sei mitnichten lebensmüde gewesen, vielmehr hätte das Unglück vermieden werden können, wäre der Fahrer nur ein wenig langsamer gewesen. Darauf bestand er. Und zwar mit Recht. Doch die überraschend angeordnete Obduktion von Tobiks Frau brachte eine Wahrheit zutage, die sehr viel mehr wog als eine Geschwindigkeitsüberschreitung, die zudem von niemandem außer Tobik beobachtet worden war und auf Grund einer gewissen Schlamperei bei der Vermessung des Bremsweges auch von der Polizei nicht bestätigt werden konnte. Nein, was zählte, war das schockierende Faktum, daß Johanna Tobik im Moment ihres tödlichen Unfalls derart mit Medikamenten vollgepumpt gewesen war, daß im Vergleich dazu die paar Gläser Wein, die sie am Nachmittag konsumiert hatte, kaum ins Gewicht fielen.

Dieser Umstand eines Zuviels an Arznei wäre bestens geeignet gewesen, sich Johannas gewisse Unaufmerksamkeit beim Überqueren der Straße zu erklären, die Unfähigkeit, den herbeibrausenden Wagen wahrzunehmen, aber ... nun, genau das Gegenteil geschah: Man wollte unbedingt davon ausgehen, daß sie diesen Wagen sehr wohl gesehen hatte und im einzigen „richtigen" Moment auf die Straße gesprungen war, um überfahren zu werden. Die Tabletten, sodann die Aussagen ihres Arztes bestätigten eine schwere Depression. Mit einem Mal stand Hans Tobik im Mittelpunkt der Betrachtung, denn schließlich war *er* der Mann gewesen, der den Zustand seiner Frau nicht erkannt, diesen Zustand möglicherweise sogar verursacht hatte. Man hielt ihm vor, sich reinwaschen zu wollen, indem er ein Fehlverhalten des Fahrers behauptete. Eines Fahrers, den er attackiert, den er mehrmals vor Zeugen mit dem Tod bedroht hatte, selbst noch, als er bereits im Gewahrsam der Polizei gewesen war. „Ich bring' dieses Schwein um!" Immer wieder dieser eine Satz. Doch der auf diese Weise Angegriffene zeigte sich rücksichtsvoll, erklärte, Tobiks Verzweiflung zu verstehen, und unterließ es, die bezeugten Drohungen als solche ernst zu nehmen und Anzeige zu erstatten. Von der Höhe seiner ungefährdeten Position aus zelebrierte er Großzügigkeit und Mitgefühl.

Am Ende blieb es dabei. Es wurde festgestellt, daß Johanna Tobik erfolgreich einen Suizid herbeigeführt und der Fahrer in keiner Weise den Unfall verschuldet hatte.

Das alles traf Tobik in vielfacher Weise, weil er ja tatsächlich die Krankheit seiner Frau nicht bemerkt hatte, ihre über die gelegentliche Trinkerei weit hinausgehende Medikamentensucht, ihre Angstzustände, ihre Erschöpfung, ihr Leiden am Leben, nicht einmal die körperlichen Symptome dieses Leidens, die häufigen Entzündungen, den Reizdarm, das Stottern hin und wieder, all die Dinge, die er, wenn sie ihm mal aufgefallen waren, unter Frauenkrankheiten, unter klimakterischen Beschwerden verbucht hatte.

Freilich änderte all das nichts an seiner Gewißheit, daß Johanna sich nie und nimmer hatte umbringen wollen. Sie war an diesem Tag geradezu vergnügt gewesen, zwar sediert, das stimmte schon, doch ganz sicher war sie nicht vor das Auto gelaufen, um zu sterben. Diese Version war allein manifestiert worden, um einen bedeutenden Wirtschaftstreibenden der Stadt zu schützen. Bürger aus dieser Kategorie gehörten zu denen, die U-Bahnen eröffneten, aber nicht mit ihnen fuhren, Gesetze verabschiedeten, sich aber nicht an sie hielten. Hätten sie die Gesetze für ihresgleichen geschaffen, hätten die ganz anders ausgesehen. Doch Gesetze waren sowieso nur für die Blöden. Solche Leute hingegen waren Könige. Könige in modernen Zeiten. Zeiten allerdings, in denen es selbst den Majestäten nicht gestattet war, so einfach den nächstbesten Passanten über den Haufen zu fahren. Weshalb also der Passant zum Täter gegen das eigene Leben stilisiert werden mußte. Behauptete Freitode gehören zum beliebten Repertoire bei der Freisprechung von Königen.

So sah das Tobik, und er sah es mit Wut und Verzweiflung. Daneben kämpfte er aber gleichermaßen mit seiner ungeahnten Trauer über Johannas Tod, ungeahnt darum, weil immerhin die Mutmaßung bestanden hatte, daß, wo keine Liebe ist, auch der Schmerz sich in Grenzen hält.

Doch der Verlust war eklatant. Tobik begriff, was es hieß, alleine zu sein. Wie häßlich es war, in eine Wohnung zu kommen, die nicht für eine, sondern für zwei Personen geschaffen worden war, woran sich trotz aller Umräumerei nichts zu ändern schien. Der Tod seiner Frau hatte eine Lücke geschlagen, die sich nicht füllen ließ. Sowenig er imstande gewesen wäre, Johanna zu porträtieren, ihr beschreibend gerecht zu werden, sosehr litt er unter ihrem Weggehen, ihrem Verschwinden. Er begriff die Welt als einen einsamen Kontinent, einsam trotz der vielen Menschen und Termine und Ablenkungen. Seine Frau war die andere Person auf diesem Kontinent gewesen. Und jetzt war sie fort.

Er ging weiter auf Reisen und versuchte, sich in Arbeit zu flüchten. Aber das hatte er schließlich schon vorher getan. Und selbst für den Fleißigen hat der Fleiß irgendwo seine Grenzen, und die Grenze wirft ihn zurück auf die banalen Umstände des Alltags. Sogar die längste Liste ist einmal abgehakt.

Dann kam, Jahre danach, auch noch der eigene Unfall. Tobik befand sich auf der Heimfahrt von Bruchsal nach Stuttgart. Er hatte im Zuge eines langen Verhandlungsgesprächs zwei, drei Gläser Wein getrunken und wäre gut beraten gewesen, ein Hotelzimmer zu nehmen. Aber es war ja erst später Nachmittag gewesen, mitten im Sommer, hell und klar. Das Gewitter hingegen, in das er geriet, verdunkelte den Tag. Er drosselte das Tempo, so vernünftig verhielt er sich schon. Leider war dies praktisch nur die halbe Vernunft, weil die ganze darin bestanden hätte, den Wagen an der nächstbesten Stelle anzuhalten. Statt dessen fuhr er weiter, geriet ins Schlittern, geriet von der ungnädigen Fahrbahn, rutschte über eine Böschung, überschlug sich und prallte gegen einen Baum. – Später sagten Freunde gerne zu ihm: Du hättest tot sein können. Er antwortete gerne: Ich hätte genausogut unversehrt sein können. Ja, vielleicht stimmte das, vielleicht hätte er mit dem einen berühmten Kratzer aus dem demolierten Wagen steigen können, Faktum jedoch war, daß er eine schwere Verletzung seines Beines davontrug. Er würde nie wieder normal gehen können. Seitdem hinkte er, nicht überdeutlich, dennoch war dies kaum zu verbergen. Keine Therapie, keine Übung, kein Trick konnten daran etwas ändern. Das machte ihn noch nicht zum vollständigen Krüppel und war eigentlich kein Argument, um nicht weiter als Verkäufer im Außendienst tätig zu sein, aber irgendwie eben doch. Sein Vorgesetzter schlug vor, daß man sich einvernehmlich trenne und Tobik mit seinen achtundfünfzig Jahren und seiner partiellen Invalidität in den Vorruhestand trete. Tobik indes wehrte sich, wollte nicht aufhören, argumentierte, daß ja nicht sein Sprachzentrum, sondern nur sein Bein betroffen sei und dieses ihn nicht hindere, in gewohnter Art die Produktpalette wortreich und überzeugend zu präsentieren.

„Nichts für ungut, bester Kollege", meinte sein Vorgesetzter, „aber ich glaube, Sie vergessen völlig, was wir verkaufen, nämlich medizinische Apparaturen. Ich will nicht sagen, daß man, um einen neuen Herzschrittmacher zu offerieren, die hundert Meter in zehn Sekunden laufen muß. Trotzdem wäre es von Vorteil, allein schon den Eindruck zu vermeiden, hundert Meter wären eine schier unlösbare Aufgabe."

„Soll ich Ihnen hundert Meter vorgehen?"

„Sie müssen nicht beleidigt sein. Es geht um ein simples psychologisches Phänomen. Wenn eine Hautcreme beworben wird, zeigt man ein Gesicht, das diese Hautcreme gar nicht nötig hat. Produkte für Kranke werden von Leuten vorgestellt, die gesund aussehen. Wenn Sie aber hinkend vor unsere Kunden hintreten, erscheinen Sie als der lebende Beweis, daß die Medizin doch nicht ganz soweit ist, wie sie sein sollte. Stimmt natürlich, unsere Abnehmer sind selbst Mediziner oder verwalten ein Krankenhaus, dennoch sind es Menschen, in deren Köpfen eine spontane Reaktion erfolgt. Und gerade, weil es Ärzte sind, werden sie vor allem Ihr Bein sehen und weniger unsere neue Insulinpumpe."

Tobik war gedemütigt, zudem verblüfft ob solcher Offenheit. Er sagte: „Wie können Sie nur so reden?"

„Seien Sie doch froh. Ich mache Ihnen wenigstens nichts vor. Wir unterbreiten Ihnen ein gutes Angebot. Oder wollen Sie wirklich, daß wir die Frage behandeln, weshalb Sie auf einer Dienstfahrt Alkohol im Blut hatten? Sie hätten sich das schon vorher überlegen müssen. Und um es klar zu sagen, der junge Kollege, der während ihrer Rekonvaleszenz ihr Gebiet übernommen hat, konnte großartige Ergebnisse erzielen. – Wir wissen doch beide, mit achtundfünfzig ist es vorbei. Früher waren da die Leute längst tot."

„Die Freude hätte ich Ihnen wohl auch noch machen sollen."

„Ganz im Gegenteil. Sie dürfen hundert werden, wenn Sie mögen. Nur nicht dort, wo Sie im Weg stehen. Niemand sollte im Weg stehen. Es gibt einen falschen Platz, um alt zu werden. Und einen richtigen. Finden Sie den richtigen Platz, und seien Sie froh, damit früher anfangen zu dürfen als andere."

Tobik hätte sich weiter wehren können. Hätte nachweisen können, wie gut auch ein Hinkebein imstande war, in Süddeutschland herumzufahren und medizintechnische Neuheiten vorzustellen. Aber wozu? Was nützte es, etwas zu beweisen, was keiner bewiesen haben wollte? Ganz gleich, was er unternahm, er würde letzten Endes den kürzeren ziehen. Selbst ohne Unfall wäre er demnächst abserviert worden und an irgendeinem ungeliebten Schreibtisch gelandet. Zudem hatte er in all den Jahren nicht schlecht verdient und war bestens abgesichert. Wovor er sich vielmehr fürchtete, war einfach die viele freie Zeit, die da aufzog, hatte ihm doch schon die wenige freie Zeit einen Horror verursacht. Er würde sich etwas einfallen lassen müssen.

Vorerst aber dominierte ein Gefühl der Niederlage, des Versagens. Der Verlust der Arbeit hatte im Grunde den Verlust der eigenen Frau bestätigt. Etwas oder jemanden nicht halten, nicht wirklich an sich binden zu können, auch wenn dem Verlust Unbeeinflußbares vorausgegangen war. – Wobei es eine weitere Ironie darstellte, daß der Mann, der damals seine Frau niedergefahren und getötet hatte, nachweislich keinen Tropfen Alkohol im Blut gehabt hatte. Was nichts daran änderte, daß er mit überhöhter Geschwindigkeit in einer Ladezone unterwegs gewesen war, ja, man könnte sagen, gerade die Nüchternheit, mit der er dies getan hatte, hätte gegen ihn sprechen müssen. Tat es aber nicht. Während er selbst, Tobik, eingedenk der drei Gläser Rotwein und des schlechten Wetters sein Fahrtempo deutlich reduziert hatte. Doch es hatte halt nichts genutzt. Im Stile des Spruchs: Was immer du machst, es ist immer das Falsche.

Das Unglück stand ganz eng an seiner Seite und lächelte ihn an. Davon abgesehen war da zunächst einmal nichts, auf das Tobik sein Bindungsbedürfnis hätte übertragen können. Keine Kinder, keine Tiere, nicht einmal etwas, was die Menschen Hobby nannten. Aber Tiere und Hobbys kann man sich selbstverständlich zulegen, auch wenn sich das einfacher anhört, als es ist.

Erstaunlich viele Bekannte meinten: „Geh halt Golf spielen." Das wurde langsam zum Synonym für eine Art Begrabensein bei lebendigem Leib. Wofür er sich nun wirklich nicht begeistern konnte. Nicht mal versuchsweise. Er hatte es mit dem Sport sowenig wie mit den Tieren. Am ehesten ... gut, er hatte sich in all diesen Jahren nicht nur als Reisender in Sachen Medizintechnik, sondern auch als Forschungsreisender empfunden, als jemanden, der die Menschen und das Land studiert hatte, ohne darum gleich zum Landeskundler geworden zu sein. Würde er auch nicht mehr werden. Zudem hatte er beschlossen, das Reisen im bisherigen Maßstab bleibenzulassen. Nein, er wollte die kleine Welt, in die er ein-

91

gedrungen war, noch ein wenig kleiner machen, sie auf die Stadt reduzieren, in der er seit Jahrzehnten lebte: Stuttgart.

Er wurde zum Stuttgartforscher.

Aus dem Interesse für diese Stadt erwuchs zum ersten Mal im Leben des Hans Tobik ein Gefühl der Liebe. Nicht bloß diese Herzchenliebe, mit der auf T-Shirts eine Zuneigung bekundet wird, die vor allem dramatischen Orten wie New York oder Berlin gilt, sondern jenes tiefe Empfinden für einen Ort, dessen Magie man erkennt.

Tobik wurde klar, daß die Stadt einen lebenden Organismus darstellte, in der Art eines Korallenriffs, eine Lebensgemeinschaft von Architektur, Natur und Mensch. Die spezielle Topographie der Stadt, der glückliche Umstand der vielen Hanglagen und damit die Möglichkeit, oben auf den Hügeln stehend das Gefüge als Ganzes oder Zusammenhängendes betrachten zu können, führte dazu, daß er Stuttgart als ein lebendiges, atmendes Wesen begriff.

Mit einem Wesen kann man befreundet sein oder in Feindschaft leben. Nicht wenige Leute in dieser Stadt, so kam es Tobik vor, empfanden sich als Gefangene dieses Ortes. Vor allem jene, welche die Schönheit eines Riffs gerne mit seiner Größe verwechselten, somit meinten, ein mittelgroßes Riff sei automatisch auch ein mittelmäßiges, ein großes immer auch ein bedeutendes. Weil diese Leute nun aber ständig von ihrem Ehrgeiz getrieben waren und gleichzeitig die eigene Bedeutungslosigkeit im Blick hatten, gaben sie der Stadt die Schuld. Sie behaupteten eine Provinzialität Stuttgarts, um sich die eigene Provinzialität zu erklären. Tobik freilich wußte, daß dies ein Irrtum war. Er erkannte die Würde des Ortes und die Würdelosigkeit derer, die meinten, die Stadt würde sie gar nicht verdienen, während in Wirklichkeit *sie* die Stadt nicht verdienten.

Für Tobik entbehrte es nicht einer gewissen Komik, daß ausgerechnet der höchste Repräsentant dieser Stadt todunglücklich schien, hier leben zu müssen. In seinem Blick lag eine ständige Trauer sowie ein Glitzern der Wut darüber, nicht woanders sein zu dürfen, weil man woanders leider gerne auf ihn verzichtete. So gesehen war er ein auf der falschen Insel Gestrandeter, der die Eingeborenen dieses Eilands zu missionieren suchte. Nicht aber, indem er mit ihnen redete – sein Ekel vor den „Nackten" war viel zu groß –, sondern indem er Predigten verschickte. Predigten, in denen er mit der Sprachgewalt eines Moulinex-Zerkleinerers ankündigte, aus der Insel eine gewaltige Parkgarage machen zu wollen. Alles gedachte er zu verwandeln. Niemand sollte später erkennen, je auf einer Insel gelebt zu haben. Für diese geplante Verwandlungstat wollte der gestrandete Prediger nun geliebt und geachtet werden. Doch die Liebe war ausgeblieben, und die einzige Verwandlung, die geschehen war, war das Umschlagen der Achtung in Verachtung gewesen. – Der Gestrandete verstand die Welt nicht, zog sich tief in das Innere seiner Kirche und seines Geistes zurück und dachte verbissen darüber nach, wie er die Nackten am nachhaltigsten würde bestrafen können.

Tobik hingegen erforschte inzwischen mit Leidenschaft diese Insel, unterließ es jedoch, Mitglied in einem diesbezüglichen Verein zu werden. Er war – um es deutlich zu sagen – nicht auf der Suche nach einer neuen Partnerin, die er in einem solchen Verein hätte kennenlernen können. Er hatte seine Liebe ja bereits gefunden, allen Ernstes, indem er tagtäglich mit der Gelassenheit dessen, der die Macht seiner defekten Gliedmaße respektiert, mit den öffentlichen Verkehrsmitteln die Stadt und ihre Ausläufer bereiste, fotografierte, Skizzen anfertigte, Notizen machte und in der Folge in den Archiven stöberte, um die Historie offenzulegen und die gewachsene Riffstruktur besser zu verstehen, das Glück und das Leid, das sich aus den ständigen Interventionen der Riffbewohner ergab.

Das klingt nun ausgesprochen konservativ und war es ja auch. Aber was hieß denn heutzutage schon „konservativ", was hieß „modern", ganz abgesehen von „demokratisch" oder „gebildet"? Die Wörter und Begriffe hatten ihre alte Bedeutung verloren, verwandelten sich, mutierten zu spinnenhaften Gebilden, wo sich jeder das Spinnenbein aussuchen konnte, das ihm gerade in den Kram paßte. Die Frage war somit nicht mehr, ob jemand „konservativ" oder „modern" war, sondern auf welche Weise konservativ und auf welche Weise modern. – Gut, das war schon immer die Frage gewesen, aber noch nie so deutlich wie in dieser Phase gejagter und jagbarer Wörter.

Tobiks Konservatismus bezog sich auf einen gewissen Respekt. Man könnte auch sagen: auf eine Höflichkeit gegenüber den Gegenständen. Höflichkeit schien genau das zu sein, was etwa die Natur vom Menschen einforderte. Kein Mangel schien größer als jener der Höflichkeit. Die Welt krankte an diesem Mangel. Wobei es keineswegs an Verbeugungen fehlte. Man verbeugte sich, und dann schoß man. Man verbeugte sich vor dem Leben, vor Gott, vor der Natur, dann schoß man. Tobik wollte an die Verbeugung auch eine faktische Höflichkeit anschließen. Also nicht dem Wunder einer Blume ein Gedicht widmen, um sodann mit dem Rasenmäher über das arme Ding drüberzufahren. Sein Konservatismus hieß folglich Konsequenz. Die Konsequenz, sich entweder für das Gedicht zu entscheiden oder für den Rasenmäher.

Um es aber klar zu sagen: Tobik war kein Trottel. Er wußte, daß ein Riff wachsen, daß es sich verändern mußte. Daß man nicht alles erhalten konnte, bloß weil es alt war. Daß jede Zeit dem Riff seinen Stempel aufdrückte. Ein Riff *zerstören* war allerdings etwas anderes. Das war zwar nicht weniger ein Stempel, aber ... aber der Punkt war doch: Zuerst stirbt die Frau. Dann stirbt der Beruf. Und dann soll auch noch der Bahnhof sterben.

Jeder braucht etwas, an dem er sich aufhängen kann. Warum nicht ein Bahnhof? Um so mehr, wenn dieser als Kunstwerk gilt, ja ein solches in der Tat ist, ein wesentlicher Beitrag zur Architekturgeschichte der Moderne und zudem in Verbindung mit einer benachbarten Parkanlage jene erwähnte riffartige Lebensgemeinschaft besonders schön zum Ausdruck bringt.

Wie viele andere in dieser Stadt, und zwischendurch sogar die Deutsche Bahn, hatte Tobik nie geglaubt, daß man dieses Projekt einer Bahnhofsvergrabung jemals in die Tat umsetzen würde. Viel zu lange lagen die Entwürfe und Planungen zurück, zu sehr schien alles erdrückt vom Gewicht der Milliarden, weil ja gerade der

Wahnsinn in der Welt besonders teuer ist. Das zeigt sich immer wieder. – Aber das kümmert den Wahnsinn nicht, er drängt sich vor, er besitzt eine gewisse Attraktivität, was man gut am Krieg sehen kann. Über wenig wird so gerne gesprochen. Das ganze zwanzigste Jahrhundert scheint, abgesehen von dem bißchen kubistischer Malerei und dem bißchen Kafka und Freud und einer nicht einmal hundertprozentig gesicherten Mondlandung, allein aus dem Ersten und dem Zweiten Weltkrieg bestanden zu haben. Der Wahnsinn ist eine Prinzessin, die so lange herumzickt und auf den Tisch schlägt, bis man ihr sämtliche ihrer abstrusen Wünsche erfüllt. Es ist ihr Privileg, sich durchzusetzen. Man betet sie sogar an, zumindest, wenn man ein Prinz ist oder sich als solcher wähnt.

Nun war der Stuttgarter Tobik zwar kein Prinz, aber das nützte ihm nichts, denn zum Prinzip der Prinzessin gehört es, selbst jene zu dominieren, die nicht an ihre Schönheit glauben. Das gefällt ihr noch viel besser, als sich um die dämlichen Prinzen zu kümmern. Die größte Lust ergibt sich daraus, jemandem eine Torte aufzudrängen, die er überhaupt nicht essen möchte.

Man hatte also entschieden, das Projekt eines neuen, in jeder Hinsicht unterirdischen Bahnhofs durchzuziehen. Die Stuttgarter Bevölkerung zu fragen, was sie davon hielt, darauf hatte man lieber verzichtet. Die Umfragen standen inzwischen schlecht, die ganze Stimmung war mies. Man wollte sich bei der Legitimierung des Projekts lieber auf die Mitglieder des Landtags und des Gemeinderats und anderer Parlamente verlassen, die darin geübt waren, noch so vergiftete Torten zu verdauen. Sie lebten vom Gift. Sie hatten eher ein Problem, wenn in einer Torte die ungiftigen Anteile überwogen.

Bei Leuten wie Tobik war das freilich anders. Sein Magen war konventionell. Was Tobik sehr bald dazu brachte, sich jenen Bürgern anzuschließen, die gegen die Pläne einer schönen neuen Bahnhofswelt Sturm liefen. Im Grunde war er kein Freund solcher Zusammenkünfte, solcher Verbrüderungen, er genoß es in keiner Weise, dicht gedrängt mit anderen zu stehen und Parolen zu rufen. Bei ihm war da kein Gefühl wohltuender, herzerwärmender Soli-

95

darität, sondern Tobik sah allein die unbedingte Notwendigkeit eines öffentlichen Aufbegehrens, einer öffentlichen Auseinandersetzung über die Kosten und die Folgen des Projekts. Er wollte, daß jeder die Prinzessin hinter den politischen Phrasen der Politik sah: das dünne, blasse, wütend aufstampfende Mädchen mit dem lächerlichen Krönchen auf dem tausendfach frisierten Scheitel, dieses Königskind, das bereit war, mit einer Riesenschere bewaffnet die Welt zu zerschnipseln.

Natürlich war Tobik nicht überrascht, daß die politisch Verantwortlichen das Privileg der Prinzessin mit absolut jeder Methode durchzusetzen gewillt waren und keine Scheu zeigten, sich der Schwindelei zu bedienen. – Die Kunst des Schwindelns war eine allgemeine, praktiziert von jedermann, so wie auch jedermann die Kunst des Schwindelns vom Verbrechen der Lüge strikt trennte. Gutes Schwindeln galt ja nicht mal als Halblüge, sondern als kluge Kommunikationsform, die Wahrheit hingegen als dumpf.

Die guten Schwindler verachteten die Lügner gleichermaßen wie die, die sich etwas aus der Wahrheit machten, denen, wie es hieß, auch noch der kreative Geist fehlte. Ein strenger Kritiker hätte jetzt den Projektbetreibern vorwerfen können, beim Fälschen der Zahlen, bei der Manipulation der Expertisen und gerichtlichen Entscheide sowie der Vertuschung der wirklichen Interessen ohne jene Virtuosität vorgegangen zu sein, die einen guten Schwindler auszeichnet. Ebenso übrigens wie die Gabe des guten Schwindlers, die Geschichte, die man anderen auftischt, präzise im Kopf zu behalten und nicht im Zuge ständig neuer Auftischungen in Widersprüche zu geraten, als hätte man gleichsam zwei Frauen die Ehe versprochen, zudem Frauen, die sich kennen. Dank derartiger Ungeschicklichkeit wird der Schwindler zum schlechten Schwindler, schlimmer noch, zum Lügner und verliert den Respekt.

Freilich besteht die Macht einer prinzessinnenhaften Politik nicht zuletzt darin, als Folge solcher Entlarvung nicht gleich abdanken zu müssen. Das wußte Tobik so, wie er wußte, daß selbst eine drohende Wahlniederlage dann nicht zur Umkehr zwang, wenn die Umkehr als noch viel größere Niederlage empfunden wurde denn der Verlust von Stimmen.

Um so deutlicher ihm der Verstand dies alles vor Augen führte, um so stärker keimte die Wut. Die Wut war ein Pilz, ein ungebrochen in ihm wachsender, sich ausdehnender Schwamm, aber der Verstand blieb bestehen, mehr noch: der Verstand analysierte die Wut. Die Wut wiederum war resistent gegen solche Analyse, weil auch sie nicht dumm war. Im Gegenzug analysierte sie ihrerseits die Vernunft: deren Verharren, deren Untätigkeit, deren Mangel an Blut und Leidenschaft. Sie sagte zur Vernunft: Ja klasse, du bist vernünftig! Und wie weit hat dich das gebracht? Bist du in der Lage, ein Magengeschwür zu heilen? Oder bist du gar selbst der Grund für das Magengeschwür?

So richtig in Wallung kam Tobiks Wut, als ausgerechnet ein Sozialdemokrat für die S-21-Betreiber die Funktion als Sprecher übernahm, um eine immer kritischer werdende Öffentlichkeit von der Notwendigkeit, der „Alternativlosigkeit" und vor allem der „Unumkehrbarkeit" des Projekts zu überzeugen. Tobik selbst war noch wenige Jahre zuvor Mitglied dieser Partei gewesen, für einen Handlungsreisenden nicht gerade selbstverständlich. Zudem waren weder seine Eltern noch seine Großeltern Rote oder auch nur annähernd Rote gewesen. Seine Entscheidung für diese Partei war im Grunde ebenfalls eine des Verstands gewesen. Der Verstand hatte gesagt, daß letztlich nur der soziale Friede eine Gesellschaft menschenwürdig erhalte und daß die Möglichkeit zu einem solchen Frieden allein durch die Sozialdemokraten gewährleistet sei. Es war diese gewisse Vorsicht des reformerischen Geistes gewesen, die Tobik bejaht hatte. Auf Revolutionen konnte er verzichten, auf neue Ausgrenzungen und neue Epochen. Der Protest der Achtundsechziger hatte ihn kaltgelassen, die RAF-Geschichte abgestoßen. Überdies hatte er da bereits im Berufsleben gestanden und die heftigen Kontroversen als einen Kampf abseits des Realen empfunden. Gewiß, das waren richtige Proteste und später dann richtige Tote gewesen. Trotzdem waren sie ihm unwirklich erschienen, wie fürs Fernsehen geschrieben. Der Terror in Wirklichkeit ein TV-Terror, zeitweise versetzt mit komödiantischen Brüchen auf allen Seiten, damit es etwas zum Lachen gab. Einmal hatte er gesagt: „Ich glaube, dieser Baader ist ein Schauspieler." Die anderen hatten natürlich gedacht, Tobik finde, Baader habe schauspielerische Qualitäten. Aber er hatte es anders gemeint, ohne sich jedoch weiter zu erklären, um nicht als meschugge dazustehen.

Gut, *das* war ihm erspart geblieben. Nicht erspart geblieben war ihm hingegen, mit ansehen zu müssen, wie die Sozialdemokratie sich in eine reaktionäre Null verwandelt und dann selbst angezündet hatte, ohne wirkliche Not eigentlich. Und diese Null verbrannte jetzt. Aber es war ein langsames Verbrennen, Zeit genug, noch da und dort mitzumischen, Posten zu besetzen, Staatstragendes zu spielen, Worte zu stemmen, leichte Worte, die nicht ins Gewicht fielen.

Der Mann, der nun als Sprecher eines in erster Linie von der CDU und CDU-Leuten und CDU-nahen Investoren getragenen Projekts fungierte, vertrat symbolhaft den „modernen Geist" der Sozialdemokraten, deren Anbiederung an die Macht, deren kindhaftes Dabeiseinwollen in höchsten Gremien, deren Hang zu Vernunftehen, Ehen, an deren Ende sie alleingelassen dastanden: verbraucht, welk, kaum noch in der Lage, das Rot auf ihrer Krawatte vom Schwarz in ihrem Herzen zu unterscheiden.

Tobik vermied es, diesen Mann, der auf Fotos gleich einem humanoiden Geschenkkorb posierte, bei seinem Namen zu nennen, was immer das erste ist, was man tun kann, um seine Abscheu auszudrücken: den Namen des anderen verschweigen. Es ging ihm allerdings ebensowenig darum, dem Verachteten einen dämonischen Titel angedeihen zu lassen, denn dieser Mann war frei von Dämonie, von überirdischen Qualitäten, er war kein Teufel. Sein ganzes Wesen, selbst noch seine mimosenhafte Eitelkeit waren vollkommen erdgebunden, frei von Metaphysik. – Auch das zeichnete den Niedergang der Sozialdemokratie aus: es war ein unkünstlerischer, man könnte sagen, ein unästhetischer Niedergang, nichts, was sich zur Verfilmung geeignet hätte. Keine Helden, keine Heldinnen, sowenig ein Bruce Willis wie ein Heinz Rühmann, keine Jeanne d'Arc, keine Rosa Luxemburg, keine vom Alkohol lädierte und dennoch zauberhafte Simone Signoret, keine wirkliche Dame, sondern einzig und allein Funktionäre, die bleiern in ihren Funktionen steckten – dicke Füße in zu schmalen Schühchen, sehr chinesisch, sehr deprimierend.

Nichtsdestotrotz benötigte Tobik einen Namen oder eine Bezeichnung für diesen verachteten Sozialdemokraten und Projektsprecher. Und so nannte er ihn „Ratcliffe", nach dem Getreuen von Shakespeares Richard III. (wobei Tobik die Verfilmung des Engländers Loncraine im Sinn hatte, mit dem fulminant bösen Ian McKellen als skrupellose „bucklige Kröte" Richard). Bezeichnenderweise fehlte in der ganzen Stuttgarter Bahnhofsverschwörung ein Bösewicht von solchem Kaliber, weder der schwächliche, sich vor seinen Bürgern geradezu verbergende Oberbürgermeister noch der in Karikaturen seiner selbst versinkende ehemalige Ministerpräsident, nicht einmal dessen Nachfolger – ein Mann von der Schönheit einer dorischen Säule, mit der ein Unglück geschehen war – konnten eine richardartige Diabolie verkörpern. Sie waren keine Königsmörder, sondern bloß Stadtmörder. Sehr zutreffend hingegen erschien der Vergleich mit jenem Ratcliffe, der so farblos wie treu seinem Herrn in den Untergang folgt. Auch wenn Tobiks Ratcliffe ein Ratcliffe ohne einen Richard war, außer man war gewillt, den geplanten Bahnhof als die Personifizierung Richards III zu begreifen.

Ratcliffes eiserne Position bestand in der Anschauung, der Widerstand der Bevölkerung gegen ein Projekt, einen Plan, eine Reform, ein Programm resultiere allein daraus, dieses Projekt, diesen Plan, dieses Programm nicht eingehend und werbewirksam genug „kommuniziert" zu haben. Denn das Programm konnte nicht falsch sein, nur die Propaganda dazu. Somit ignorierte die Politik, daß die Bürger möglicherweise in der Lage waren, einen Fehler zu erkennen, eine Bedrohung wahrzunehmen, eine Katastrophe zu riechen. Nein, wenn die Ratcliffes dieser Welt eine Schwäche eingestanden, dann eben die ungenügender Vermarktung. – Wäre die Politik ein Arzt gewesen, dann einer, der ein von Krankheit befallenes Organ leugnet und dafür ein Werbebüro beauftragt, die Gesundheit des Patienten bilderreich zu schildern. Die Politik war schlimmer als die Zeugen Jehovas, welche die Krankheit zwar ebenfalls unbehandelt ließen, aber wenigstens als göttliche Fügung begriffen.

Genau dieses Konzept radikaler Leugnung kranker Zustände vermittelte Ratcliffe, der ja als Regionalpolitiker einigen Erfolg vorweisen konnte, dessen joviale Volksnähe, dessen sozialdemokratisch-unverbindliche Art, Schultern zu klopfen und mit den „kleinen Leuten" zu fraternisieren, so lange Zeit gut angekommen war. Aber jetzt war das eben anders. Keine Schulterklopferei half mehr, weil viele Menschen begonnen hatten, auf ihre Schultern achtzugeben, sich nicht betatschen, sich nicht einfangen ließen und statt dessen auf die Frage nach der Stärke geplanter Tunnelwände, der Bedrohung der Mineralwasserquellen, der merkwürdigen Zusammenstellung der Gutachter, dem nicht minder merkwürdigen Zustandekommen von Gerichtsurteilen und Ausnahmeregelungen, den Auswirkungen der geplanten Baugrube mitten im Herzen der Stadt, seinem zentralsten, auch sensibelsten Punkt, kurz, auf diese und viele andere Fragen Antworten verlangten. Und nicht etwa Phrasen von einer glorreichen Zukunft, in der man dank Durchgangsbahnhof schneller ein Flugzeug würde erreichen können. Denn leider kommen Flugzeuge nicht nur manchmal zu spät, sondern starten auch höchst selten früher als vorgeben. Wozu also zeitiger am Flughafen sein? Um was zu tun? Parfüme einzukaufen? Nervös auf und ab zu rennen? Ausschau zu halten? Nach einem Wunder? Nach der Liebe des Lebens? Aber wollte man der Liebe seines Lebens nicht eher unter ein paar alten Bäumen begegnen?

Fragen über Fragen!

Ratcliffe jedoch war Fragen nicht gewohnt. Sein Selbstverständnis bestand darin, genau zu wissen, was für die Leute am besten sei, ihr künftiges Glück zu verwalten und es in lieblichen Tönen zu beschreiben. Ratcliffe war ein Minnesänger, während seine Gegner sich zusehends eines technischen Vokabulars bedienten. Darin bestand Ratcliffes Tragödie: mit den so gerne zitierten „mündigen Bürgern" konfrontiert zu sein, das absolut letzte, was er brauchen konnte. Dieser Umstand machte ihn ungnädig und ungeschickt, er verlor immer mehr jene souveräne Gabe, sich den Schultern fremder Menschen zu nähern, verlor seinen Humor, seine Aura, sein Siegerlächeln. Was angeblich auch damit zusammenhing, daß die eigene Mannschaft ihn hängenließ, es versäumte, Ratcliffe mit jenem Wissen zu versorgen, das ihn in die Lage versetzt hätte, die gestellten Fragen einigermaßen zu beantworten. Fragen, die ja nach und nach auch von den Journalisten an ihn herangetragen wurden, da selbst eine noch so gleichgeschaltete Presse nicht umhinkam, ihren öffentlichen Auftrag zu erfüllen und das Märchen von der Unabhängigkeit am Leben zu erhalten.

Ratcliffe stand in der Ecke, angeschlagen, aus dem Cut blutend, allerdings nicht wie diese Boxer, die vor lauter Schlägen gegen den Schädel gar nicht mehr wissen, was los ist, und nur noch von einem gnädigen Ringrichter vor einem Unheil bewahrt werden können, nein, Ratcliffe erkannte seinen Zustand, begriff vor allem, daß, wenn er auch noch so viel Geld in die Propaganda steckte, dies die Resistenz der Bevölkerung nur noch verstärken würde.

Freilich war er gezwungen, selbige Propaganda fortzuführen, schließlich war sie Teil vereinbarter Geschäfte, aber er sah ihren Unnutzen. So trüb sein Blick anmuten mochte, vor seinem geistigen Auge stand ganz klar die einzig effektive Möglichkeit, die sich jenseits aller Hochglanzbroschüren bot: nämlich die Gegner des Projekts zu kriminalisieren. Denn es herrschte schließlich Krieg, und im Krieg wäre es dumm gewesen, die Wahl der Mittel moralischen Kategorien unterzuordnen. Vorgetäuschte Überfälle waren ein legitimes Manöver des Kampfes. Vor allem angesichts jener Auseinandersetzungen, die noch drohten, dann, wenn der Abriß der Seitenflügel des denkmalgeschützten Bahnhofs und das Fällen der teuren und geschätzten Bäume im Mittleren Schloßgarten anstanden. Es würde absolut vorteilhaft sein, bis dahin die Integrität der Projektgegner untergraben zu haben.

Die Schwierigkeit dabei war leider der so oft belächelte hohe Altersschnitt vieler Bürger, die zu den montäglichen Protestversammlungen erschienen und die man nur schwer als gewaltbereite Chaotentruppe denunzieren konnte. All diese Damen und Herren hätten besser in die Oper gepaßt – wohin sie möglicherweise nach den Veranstaltungen auch gingen –, als auf der Straße zu stehen und Sprüche zu skandieren, die sich auf das Widerstandsrecht und die Widerstandsnotwendigkeit bezogen. Diese Leutchen waren für Ratcliffe ein echtes Unglück, er hätte sie gerne ins Altersheim verbannt; allerdings waren es eben nicht nur alte und ältere Menschen, die hier rebellierten.

Glücklicherweise war es möglich, eine jede Person zu kriminalisieren, außer vielleicht Mutter Teresa. – Aber wer war schon eine Mutter Teresa? Es blieb darum ein Alptraum Ratcliffes, wenn ihm die unbeugsame Schar der Montagsdemonstranten als eine Ansammlung der im typischen Weiß mit blauen Streifen gekleideten Schwestern vom Orden der Missionarinnen der Nächstenliebe erschien. Nun, ganz so schlimm war die Wirklichkeit nicht beziehungsweise noch nicht. Dennoch begannen Ratcliffe und seine Mannen, die Gewalt ins Spiel zu bringen, nicht die eigene, vorerst.

Als erstes ging Ratcliffe an die Presse, um zu erklären, daß per E-Mail eindeutige Drohungen gegen ihn und seine Familie gerichtet worden seien. (Jemand entgegnete ganz richtig, daß man eigentlich zur Polizei und nicht zur Zeitung gehen sollte, wenn man bedroht wird.) Auch gab es erste Meldungen über einen Vandalismus im Anschluß an die Demonstrationen, zudem wurde die Zurückerstattung von Ratcliffes Werbebroschüren zur „Müllattacke" stilisiert, nicht zuletzt verlangte man von den Projektgegnern, sich von linksradikalen Kräften zu distanzieren, Kräfte, die hier nur ärmlich blühten, was manch einer bedauerte, aber es war nun mal so.

Tobik war überzeugt, daß das wenige, was Ratcliffe bisher vorgelegt hatte, vor allem die Drohungen gegen seine Person, eine

Fälschung darstellte. Eine Fälschung, der weitere folgen würden, bis hin zu Provokateuren, die man einschleusen würde, um ein bestimmtes Vorgehen der Polizei zu rechtfertigen. Es war ein altes Prinzip der Politik – wenn partout keine Steine flogen, irgendwann jemanden zu engagieren, der Steine warf.

Das Gewalttätigwerden der Demonstranten war für Ratcliffe eine absolute Notwendigkeit.

So wie Tobik keinem Heimatverein angehörte und er kein Mitglied einer der den Protest vorantreibenden politischen Gruppen geworden war, gehörte er zunächst auch zu keinem dieser inneren Kreise sich austauschender, sich ins Private verlaufender Aktivisten. Es waren allein die Argumente der Fachleute, der Geologen, der Umwelt-, Bahn- und Finanzexperten, der Historiker, der Städteplaner und Architekten, die ihn anzogen.

Die politisch Bewegten hingegen betrachtete er mit Vorsicht. Sie mochten ja auf der richtigen Seite stehen, aber Tobik witterte ihre Eitelkeit, ihr Bedürfnis, weniger ein Projekt zu verhindern und einen Bahnhof zu schützen, als der eigenen Karriere Auftrieb zu verleihen. Sicher, das war schwer auseinanderzuhalten, das Engagement und der persönliche Nutzen des Engagements. Zudem war Eitelkeit kein alleiniges Vorrecht etablierter Macht.

Andererseits meinte Tobik diesen grundsätzlichen Hang des politisch bewegten Menschen zu erkennen, irgendwann einen Verrat zu begehen. Hineingesogen zu werden in die Höhle des Realpolitischen, wo die Schatten an den Höhlenwänden als das Wirkliche empfunden wurden. Darum war es auch so schwer, die Politik, ihr surreales Erscheinungsbild – die brennenden Giraffen, die weichen Uhren, die toten Plätze, vornehme Leute, die auf Klomuscheln sitzen und dabei ihr Abendessen einnehmen – überhaupt zu begreifen. Jemand, der in die Politik ging, erlag, selbst wenn er vorher ein Held der Straße gewesen war, selbst wenn er Wale und Bäume gerettet hatte, dem surrealen Wirbel innerhalb der Höhle, den goldenen Schatten, der Magie der langen Raumfluchten, nicht zuletzt dem Gefühl, als Höhlenbewohner ein auserwähltes Wesen zu sein.

Einmal in diese Höhle geraten, tat man sich schwer, wieder ins grelle Licht der Sonne zu treten. Man wurde süchtig nach den Schatten, ihrer Tiefe, dem Glanz, dem warmen Schein der Fackeln, die diese Schatten warfen, ein samtiges, ein geradezu päpstliches Licht, so viel angenehmer als eine brutale, unlenkbare Sonne.

Das Unverständliche, die Fremdheit der in der Politik Beheimateten, hing mit der völlig anderen Daseinsform zusammen, womit nicht nur ein hohes Salär, Gemälde an den Wänden, ein Dienstwagen, Privatschulen für die Sprößlinge, Putzfrauen, Kindermädchen, die ewige Präsenz in den Medien gemeint ist. Ist dieses Leben in Wirklichkeit doch viel mehr ein geheimes als ein öffentliches, denn im Geheimnis manifestiert sich die Anziehungskraft einer in der politischen Höhle zugebrachten Existenz.

Wie auch immer – für Tobik waren Politiker Menschen, die sich mit Absicht vergiften ließen, um in die Höhle eingelassen zu werden. Manchmal nahmen sie den Umweg über eine Revolution, eine Bürgerbewegung, eine aufrechte Haltung in dunklen Zeiten. Aber es war eben nur ein Umweg.

Was nun im Zuge der Auseinandersetzungen um ein Stuttgarter Architekturjuwel für Tobik wie für die meisten anderen offenkundig wurde, war die Fähigkeit der Politik, die Justiz für die eigenen Interessen in die Pflicht zu nehmen. Etwas im Grunde Normales, weil ja die Justiz einen wesentlichen Baukörper der politischen Höhle darstellte und ganz sicher nicht geschaffen worden war, um Gerechtigkeit in die Welt zu bringen. Das hatte schon der liebe Gott nicht getan, wieso also eine Frau mit verbundenen Augen*?

---

* Es stimmt, daß zunächst eine römische Göttin mit dem Namen Justitia das Licht der Welt erblickte und erst sehr viel später, nämlich in der zweiten Hälfte des neunzehnten Jahrhunderts, dieser Name passenderweise an einen dunklen, trostlosen Stein im All, einen Asteroiden mit der Ordnungszahl 269, überging.
Es stimmt aber auch, daß die allbekannte Augenbinde der Jungfrau Justitia ursprünglich als Beweis für ihre Blindheit und Einseitigkeit gedacht war und erst nachträglich die Lüge in die Welt gesetzt wurde, die abgedeckten Augen würden für ihre Unabhängigkeit stehen. Als wollte man die Beißwerkzeuge der räuberischen Wanderameise in eine Art Strickwerkzeug zur Herstellung allerliebst verzierter Tischdeckchen uminterpretieren.

Die Projektbetreiber erfuhren folgerichtig vor Gericht eine ähnliche Geborgenheit, die ein Kind im Schoße einer liebenden Mutter erfährt, die auch ohne verbundene Augen blind ist, weil sie sonst keine gute Mutter wäre. Die Liebe ist Trieb und Instinkt. Für jene, die von dieser Liebe nichts wußten, ergaben sich daraus nur schwer verständliche Urteile, wie jenes zur Verhinderung eines Bürgerentscheids, nachdem über sechzigtausend Leute gegen das Projekt unterschrieben hatten. Oder die negative Bescheidung der Urheberrechtsklage des Mannes, der als Enkel des Architekten Paul Bonatz zu verhindern versuchte, daß ein angeblich denkmalgeschütztes Gebäude amputiert und ausgeweidet wurde, als spiele man *Alien I–IV* nach.

Wobei hinter all den juristischen Floskeln der Urteilsbegründungen klar hervorstach, daß dieses Projekt schon darum nicht zu kippen war, weil hier banalerweise bereits viele Geschäfte vereinbart worden waren, weil hier Leute Geld verteilt hatten und vor allem noch viel mehr Geld versprochen hatten und es einfach nicht anging, augenzwinkernd geschlossene und unterzeichnete Verträge wieder zurückzunehmen. Es waren absichtsvoll voreilige Selbstknebelungen erfolgt, welche die liebende Mutter Justitia nun dankbar als Argument anführen konnte, ganz in der Art des Dürrenmattschen Diktums „Was einmal gedacht wurde, kann nicht mehr zurückgenommen werden", nur, daß man „gedacht" durch „versprochen" ersetzen mußte.

Dies alles war zudem gedeckt von einer Mehrheit im Gemeinderat, deren einzelne Mitglieder freilich ebenso mehrheitlich aus der Bildung der Geschäftsvereinbarungen herausgehalten worden waren. Sie kannten von der schönen neuen S-21-Welt, für die sie gestimmt hatten, kaum mehr als ein paar nette, kleine Sperrholzmodelle und einige Computeranimationen, die allerdings nicht die künftige Baustelle zeigten, sondern ein Leben *nach* der Baustelle, ein Leben, das viele dieser Mandatare nicht mehr erleben würden ... egal – diese Leute waren lauter kleine Ratcliffes, die sich glücklich wähnten, in das Innere der politischen Höhle vorgedrungen zu sein und denen die Ansprüche der Bürger auf die Nerven gingen. Woraus wiederum ihre vielzitierte Arroganz resultierte.

Tobik hatte diese Arroganz erfahren. Seine frühen Versuche, mit den gewählten Volksvertretern ins Gespräch zu kommen, waren kläglich gescheitert. Es interessierte diese Leute nicht, was er zu sagen hatte. Entweder tätschelten sie auf die altbekannte Weise seine Schulter, als begegneten sie einem geistig behinderten Kind, oder sie zeigten die eigene kalte Schulter und verbaten sich eine Annäherung. Ganz klar, wenn ihn schon die kleinen Ratcliffes abservierten, wie sollte er je an den einen großen herankommen?

Na gut, damit war er nicht allein. Trotzdem geriet er immer mehr in eine Isolation. Denn der so diszipliniert gelebte Protest, dieser geradezu devot vorgetragene Verzicht auf Gewalt stieß ihn immer mehr ab, das ängstliche Distanznehmen zu jenen Mitstreitern, die – ja, meine Güte! – mal Eier geworfen oder Ticketautomaten beschädigt hatten, wenn dies nicht ohnedies die Tat bezahlter Agents provocateurs gewesen war.

Natürlich fragte sich Tobik: Was ist mit mir los? Immerhin war auch er ein Leben lang einer dieser Bürger gewesen, die völlig schreckhaft auf nichtstaatliche Gewalt reagierten. Er hatte sich stets gegen Aktionen gewandt, in welchen ein Eierwurf, gar Steinewurf vorkam. Doch etwas hatte sich geändert: Er verspürte dieses drängende Bedürfnis eines gewaltvollen Einbruchs in die Selbstherrlichkeit der Könige und Höhlenbewohner. Er verspürte den Drang, diesen Leuten, diesen Ministerpräsidenten und Bürgermeistern und Stadträten, diesen Herren der Wirtschaft, gekauften Gutachtern und die Erde verachtenden Bauunternehmern Angst zu bereiten. Wirkliche Angst und nicht jene, die einer wie Ratcliffe wegen ein paar böser Zuschriften vorspielte. Tobik dachte nicht an faule Eier und dachte nicht an die Armseligkeit aus dem Gehweg gebrochener Steine. Er dachte an eine sehr viel deutlichere Bedrohung. Er dachte an die Projektile, die, angetrieben von der Entscheidung, einen Abzug zu drücken, aus einer Mündung flogen, um gesuchte Ziele zu finden. Er dachte an eine Bedrohung, die uneingeschränkt wirkte.

Wenn er ehrlich mit sich war, so mußte er zugeben, daß dieses Bedürfnis, eine Gewehrkugel abzufeuern, eine Angst zu verbreiten, damals die ersten Blüten getrieben hatte, als seine Frau gestorben war. Nicht die Trauer hatte ihm dieses Gefühl beschert, sondern die Ohnmacht angesichts der völligen Absolution des Mannes, der Johanna überfahren hatte. Aber Gefühle kommen und gehen, Bedürfnisse erliegen Stimmungen und Launen, und schon gar nicht wollte er sich in die Reihe kaputter Menschen einordnen, die mit starker Bewaffnung Gerichtsgebäude stürmen, Saaldiener und Staatsanwältinnen umnieten und eigenen Schmerz in fremden verwandeln.

Doch das Gefühl hatte sich verändert, hatte die Temperatur gewechselt, vom Warmen ins Kalte. Gewiß, die Wut brannte ungebrochen, mächtiger denn je, aber sie schien nun in einen ordentlichen, einen vernünftigen Rahmen eingefaßt, somit eher Zorn als Wut zu sein. Tobik brauchte weder zu fürchten, ein Amokläufer zu werden, noch eignete er sich mit seinen zweiundsechzig Jahren zum Terroristen. Nein, was ihm vorschwebte, war die kaum an ein Alter, sondern maximal an eine ruhige Hand gebundene Funktion eines völlig im Dunkel verbleibenden Attentäters. Nicht ein Killer, denn ein Killer handelte im Auftrag. Statt dessen ein Attentäter, der frei von irgendwelchen Abhängigkeiten einen Plan erfüllte, der nur ihm vertraut war. Eine Furcht auslösend um der Furcht willen. Nicht, um die Welt zu retten oder zu ändern, sondern um einen höheren Grad an Gerechtigkeit herbeizuführen. Nämlich jene in Angst versetzend, denen diese Angst mangelt, weil sie ja Könige sind. Aber keine Könige von der Art, die sich gegenseitig köpfen lassen oder fürchten müssen, vom Volk aufgeknüpft zu werden, sondern eben vereinigte Könige und vereinigte Ratcliffes. Leute, denen die Angst abhanden gekommen war.

Tobik wollte ihnen diese Angst zurückbringen.

8   Die Rückseite des Mondes

Im Grunde war Hans Tobik der ideale Mann, wenn man davon absah, daß er nicht die geringste Ahnung von Waffen und deren Benutzung besaß. Normalerweise war es ja so, daß im Falle politischer Morde die sogenannten Einzeltäter eine Erfindung darstellten. Bei genauer Überprüfung ergab sich stets der Tatbestand eines Komplotts, während sich die namentlichen Einzeltäter als unglückliche Marionetten erwiesen: Lee Harvey Oswald in Dallas, James Earl Ray in Memphis, Gundolf Köhler in München, Josef Bachmann in Berlin und all die anderen, die gerade darum, weil sie Verrückte gewesen waren, sich so gut in eine Spielanordnung hatten einfügen lassen. Echte Einzeltäter waren äußerst selten, und sie waren der Alptraum für einen Staat, der sein Gewaltmonopol quasi auch auf den Einzeltäterbereich ausdehnte, also selbst bestimmen wollte, wann und zu welchem Anlaß jemand als scheinbar isolierter Psychopath durchdrehte und einen politisch motivierten Mord beging.

Tobik war ja mittlerweile zu dem Verdacht gelangt, daß Ratcliffe und seine Leute planten, eine Radikalisierung vorzutäuschen, die weit über das Zerstören von Fahrscheinautomaten hinausging, um Leute in Verruf zu bringen, die sich nicht einmal dazu hergaben, faule Eier zu werfen. Dieser herbeigeführten Radikalisierung, worin auch immer sie genau bestehen würde, wollte Tobik zuvorkommen. Er wollte das Spiel in seine Hand nehmen, er wollte der Geist sein, der auftauchte, noch bevor er gerufen worden war.

Das Unscheinbare seiner Person und Biographie, einschließlich des Entschlusses, in keiner Weise als Märtyrer zu fungieren, sondern als namenloser, auf ewig gesichtsloser Schatten, eigneten sich dafür ebensosehr wie das Faktum, niemals mit Waffen gespielt zu haben. Natürlich, er würde lernen müssen, mit solcher Gerätschaft umzugehen, aber er würde zu keinem Moment in das Raster fallen, in das Sportschützen oder Waffennarren unweigerlich gerieten.

Ganz ohne Kontakt konnte es freilich nicht ablaufen. Wenigstens eine Person würde er aufsuchen müssen, um an das nötige Instrument zu gelangen und in die Verwendung desselben eingeführt zu werden. Er brauchte jemanden, in dessen Denken diese ganze Stuttgart-21-Geschichte keine Rolle spielte und der somit gar nicht auf die Idee kam, einen Bezug herzustellen. Und den es, wenn doch, zumindest nicht kümmern würde. Gleichzeitig hielt es Tobik, der ehemals Reisende, für unklug, nun eine Reise zu tun, um anderswo eine Waffe zu besorgen. So unüberschaubar die Gruppe reisender Menschen auch zu sein schien, im nachhinein war das genau der Punkt, auf den sich die Kriminalisten gerne konzentrierten: die Bewegung des Gesuchten. Zu Anfang bestand allein die Bewegung, und erst in das Muster der Bewegung fügte sich das Bild des Gesuchten. So war es oft. Und darum blieb Tobik in Stuttgart und entschied sich, die „Fremde" am eigenen Ort aufzusuchen: die türkische Unterwelt.

Den Türken konnte diese Bahnhofssache gleichgültig sein, das hatte nichts mit ihnen zu tun, beschäftigte sie nicht, egal, wie lange sie hier schon lebten. Ob die größte Baustelle Europas entstand oder nicht, wer hier wen schmierte, ob die Stadt ihr Gesicht verlor, das alles spielte in ihrer Lebenswelt keine Rolle. Es fragte sie ja auch keiner. – Auf das Bild vom Korallenriff übertragen war es so, daß die Türken sicher nicht der Schönheit des Ortes wegen hierhergekommen waren, sondern auf Grund eines Phänomens, das als Riffparadoxon bezeichnet wird und in welchem die Üppigkeit der Riffe, also ihre beträchtliche Biomasse, der Ödnis der ozeanischen Umgebung gegenübersteht. Sprich, der Reichtum konzentriert sich auf einige nährstoffreiche Orte, was vielleicht mit einer bakteriellen Oxidation, ganz sicher jedenfalls mit dem Zustrom von Plankton zusammenhängt. Und das zieht logischerweise eine ganze Menge von Lebewesen an, gleich, ob sie aus Vorarlberg, Westrumänien oder Anatolien stammen, denen es aber am Arsch vorbeigeht, wie viele Wunden da in das Riff geschlagen werden und welche Traditionen den Bach runtergehen. So gesehen hatten es auch die meisten Stuttgarter Türken sowieso nicht mit Korallen oder Bäumen.

Tobik suchte eine türkische Gaststätte von der Art auf, in die Nichttürken normalerweise keinen Schritt tun. Er war jetzt tief im fremden Reich, ignorierte jedoch den Bannstrahl vieler Blicke, stellte sich an die Theke, bestellte ein Bier und gab sodann in der souveränen Art des Geschäftsmanns, der er einst gewesen war, zu verstehen, wonach er wirklich begehrte, nämlich nach einem Kontakt. Einem Kontakt zu jemandem, der für gutes Geld bereit sei, ein Präzisionsgewehr zu verkaufen, ohne darum irgendeinen Wirbel zu erzeugen. Einen Wirbel, der geeignet wäre, Spuren zu hinterlassen.

„Du könntest von der Polizei sein", meinte der Wirt.

Tobik zog einen Fünfhundert-Euro-Schein aus seiner Geldbörse, schrieb eine Handynummer darauf, schob den Schein über die Theke und sagte: „Stecken Sie das da unter Ihr Kissen, und schlafen Sie eine Nacht lang drüber. Morgen wissen Sie dann, ob Sie mich anrufen oder nicht."

Dem Wirt schien diese „metaphysische" Lösung zu gefallen, er nahm den Schein, ließ aber dennoch Tobik sein Bier bezahlen. Denn das Bier hatte ja mit der Sache nichts zu tun.

Am nächsten Vormittag klingelte Tobiks Wertkartentelefon, das er sich eigens für diesen Zweck besorgt hatte, genauer: er hatte es gestohlen. Das war der erste kriminelle Akt seines Lebens gewesen – eine miniaturhaft leise Ouvertüre. Er hatte es einer Dame im Restaurant, die gerade noch damit telefoniert hatte, vom Nebentisch geklaut. Mit der allergrößten Ruhe und Geschicklichkeit, als sei das Klauen eben auch Teil menschlicher Handfertigkeit und eventuelle Ungeschicklichkeit dabei bloß Ausdruck moralischer Skrupel. Solche Skrupel hatte Tobik nicht verspürt. Glücklicherweise war das Gerät noch eingeschaltet, so daß die Kenntnis einer PIN nicht nötig war. (Kein Wunder, denn deaktivierte Handys sind sowieso eine Seltenheit, es widerspricht ihrer Natur, zu schlafen, einmal nicht im Leben zu stehen, nicht jederzeit und überall bereit zu sein.) Wichtig war vor allem, daß die ehemalige Besitzerin die eigene Nummer gespeichert hatte, was ebenfalls nicht verwundern darf, ist doch die eigene Nummer selten die, die man auswendig kennt.

Dieses Handy also klingelte mit dem fröhlichen Ton irgendeines

Udo-Jürgens-Evergreens. Es meldete sich der Wirt, der offensichtlich einen guten Schlaf gehabt hatte und eine Adresse in Bad Cannstatt nannte. Dort solle Tobik um Punkt drei nachmittags erscheinen. „Fragen Sie nach Sami."

Kein Wort zuviel. Bilderbuchmäßig.

Kurz vor drei überquerte Tobik mit der Stadtbahn den Neckar und fuhr in den jenseits des Flusses gelegenen Teil der Stadt, wobei das Selbstverständnis dieses zwangseinverleibten Bezirks mehr in die Richtung ging, einen eigenen Planeten zu verkörpern, eine eigene Kultur, die sich von jener des erheblich jüngeren Reststuttgarts deutlich unterschied. Die Menschen in Bad Cannstatt schienen eine eher weltabgewandte, eigenbrötlerische Natur zu besitzen, trotz Mercedes-Benz-Welt und Mercedes-Benz-Arena. So, als diene der Autobau seit jeher dazu, den Beweis zu führen, wozu man ökonomisch imstande sei, während man sich in Wirklichkeit der altgewohnten Bezeichnung Neckarstadion verbunden fühlte und noch viel stärker dem gottgegebenen Umstand eines gewaltigen Vorkommens von Mineralquellen. Das Auto für die Welt, aber das Wasser für sich selbst. – Überzeugte Bewohner dieses Stadtteils als Stuttgarter zu bezeichnen, wäre so gewesen, als hätte man New Yorker als Amerikaner bezeichnet, was diese sich bekanntermaßen gerne verbitten.

Der in Ulm aufgewachsene, erst im Erwachsenenalter in die Landeshauptstadt gezogene und seither im konventionellen und recht magiefreien Stuttgarter Westen beheimatete Tobik hatte sich nie mit der Cannstatter Schrulligkeit anfreunden können. Zwar war er als Geschäftsreisender dort des öfteren gewesen, hatte aber die kurze Anfahrt „innerhalb der Stadt" stets als Auslandsreise empfunden – weniger einen Planeten besuchend als einen Mond. Richtig, einen Ur-Mond, da dieser Stadtteil immerhin als der älteste gelten durfte; zuerst der Mond, dann das System. Denn es ist festzuhalten, daß die meisten Städte eher ein Mondsystem darstellen, eine Ansammlung von Trabanten, von denen einige vergessen haben, daß sie Trabanten sind.

Wie auch immer, der Nicht-Cannstatter Tobik stand vor dem Haus, dessen Adresse ihm der Wirt telefonisch durchgegeben hatte. Auf der Gegensprechanlage prangten Namen, die ein Völkergemisch verrieten. Da Tobik nun bloß über einen Vornamen verfügte, drückte er auf einen der türkisch klingenden Familiennamen. Ohne daß sich jemand gemeldet hätte, sprang die Türe auf. Tobik betrat das Treppenhaus des Jahrhundertwendebaus, vernahm Musik und Stimmen und bewegte sich nach oben. Im ersten Stock stand ein Mann in der Türe und sah ihn fragend an. Tobik erklärte, zu wem er wolle.

„Ganz oben", sagte der Angesprochene und zog ein finsteres Gesicht, das genausogut Tobik selbst wie dem Umstand seiner Destination gelten konnte.

Im letzten Stockwerk angekommen, klopfte Tobik gegen eine klingellose Türe. Ein junger Mann öffnete. Man könnte auch sagen: Hier war eine Sonnenbrille, hinter der sich ein Mann verbarg. Tobik fragte den auf diese Weise Verborgenen, ob er Sami sei. Der verbrillte Türsteher gab keine Antwort, sondern tat einen Schritt zur Seite, damit Tobik eintreten konnte.

Es war eine große, helle Wohnung, in der nicht viel herumstand. Der alte Parkettboden knarrte. Aus einem der vielen Zimmer drang türkischer Hip-Hop, dazu Lachen, Frauenstimmen, aber Tobik konnte niemanden sehen. Am Ende des Gangs wurde er in einen hohen Raum geführt, mit hohen Atelierfenstern, durch die man auf die Rückseite des Bad Cannstatter Mondes schauen konnte, welcher an dieser Stelle nicht dunkel, sondern grün war, wahrscheinlich von den Algen, mit denen man hier seit langem Terraforming betrieb.

Den Raum dominierte eine gewaltige Stereoanlage, die trotz neuester Technik und aktuellem Design so ungemein massiv und gravitätisch an diesem Ort stand, als hätte sie bereits lange vor Bad Cannstatt existiert und als sei nach und nach alles Natürliche und Menschengemachte um diese akustische Urkonstruktion herumgebaut worden. Zuerst die Anlage, dann der Mond. Zuerst die mit gelbgrün leuchtenden Augen ausgestatteten Verstärker, der auf einem weißen Kubus aufsitzende Plattenspieler, die hoch aufragenden, schlanken Lautsprecherboxen, die schlangenhaft in den Boden tauchenden Kabel. Dann Bad Cannstatt. – Es war durchaus passend zu nennen, daß nichts zu hören war außer einem feinen Rauschen, feiner ging es gar nicht mehr: eine tausendfach gesiebte Stimme. Dazu kam, daß der Plattenteller sich zwar bewegte, ohne aber eine Platte zu beherbergen. Der Tonarm ruhte, die Regler ruhten, das Weltall atmete kaum hörbar, dafür aus jeder Pore.

Tobik wußte ein wenig Bescheid über solche High-End-Produkte und erkannte darum, daß hier ein kleines Vermögen thronte, das zudem noch einen guten Geschmack verriet.

Am anderen Ende des Raums befand sich ein alter Schreibtisch, nicht minder mächtig, hinter dem ein vergleichsweise kleiner Mensch saß, ohne Sonnenbrille, dafür mit dunklen Koteletten und dunklem Spitzbart, jedoch gebleichtem stoppeligen Haar, bläulich umränderten, schmalen, spitzen Augen und einem spöttischen Mund, der, wie sich zeigen sollte, auch spöttisch blieb, ganz gleich, welches Wort ihn jeweils verließ.

„Mein Name ist Lundquist", stellte sich Tobik vor, einen Decknamen wählend, der ihm erst im letzten Moment in den Sinn gekommen war. – Wobei die späte Wahl Absicht war, denn durchdachte Decknamen waren nicht ungefährlich. Sie verrieten oft die Persönlichkeit dessen, der sich da zu tarnen versuchte, wie man unschwer an dem Münchner Cineasten namens Lynch sehen konnte. Tobik hingegen hatte nicht die geringste Ahnung, wie er auf den Namen Lundquist gekommen war. Er hatte es weder mit Schweden noch Dänen. Es war allein der Klang, gleich einer Melodie, die einem in den Sinn kommt, ohne daß man sagen könnte, was für ein Lied das ist.

Der Mann, der Sami war – denn wer sonst sollte er sein? –, betrachtete sein stehendes Gegenüber mit schräggestelltem Kopf, einem Kopf, der ziemlich an El Greco erinnerte. Der ganze Mann war ein schmaler El-Greco-Mann und würde dann wahrscheinlich mit den Jahren ein Modigliani-Mann und im hohen Alter ein Giacometti-Mann werden, bevor er schließlich von jenem Raum ver-

113

schluckt werden würde, der blasenartig die beiden Lautsprecherboxen verband. Aber dafür war noch Zeit. Der El-Greco-Mann Sami erhob sich, ging auf Tobik zu und sagte: „Ich kenne Sie nicht, Lundquistquast, oder wie Sie heißen, warum sollte ich Ihnen etwas verkaufen, alter Mann?"

„Darum bin ich ja hier, weil Sie mich nicht kennen. Und genau so soll es bleiben. Ich möchte ein Präzisionsgewehr, und ich möchte, daß Sie mir erklären, wie damit umzugehen ist. Hege und Pflege und Anwendung. Wenn Sie dafür wissen müssen, wer genau ich bin und was ich tue, dann lassen wir es eben bleiben. Wenn aber nicht, zahle ich den Preis, den Sie verlangen, und werde Sie nachher nie wieder belästigen. Ich brauche nur *ein* Gewehr in diesem Leben und wüßte nicht, was Sie sonst noch für mich tun könnten. Ich will kein Türkisch lernen, wenn Sie verstehen, was ich meine."

Doch Sami erwiderte: „Mir haben schon viele Leute etwas versprochen und es dann nicht gehalten."

„Ja, so was führt zur Verbitterung, ich weiß. Um so schöner, wenn es einmal anders ist. Lassen wir es anders sein."

Sami blickte aus seinen kleinen Marzipanaugen zu dem höher gewachsenen Tobik auf, lächelte und sagte: „Muß ich befürchten, Sie morgen im Fernsehen zu sehen? Rubrik ‚Durchgeknallt'?"

„Keine Angst, das wird nicht der Fall sein, morgen nicht und auch sonst nicht", versicherte Tobik, der ernsthaft überzeugt war, die Dinge, alle Dinge im Griff zu haben. So bescheiden er auftrat, so selbstbewußt.

Sami zögerte. Er murmelte, als rede er mit jemandem Dritten. Vielleicht mit jemandem, der unsichtbar in der Stereoanlage hockte. Endlich tat Sami seinen Mund wieder ganz auf und sagte: „Na gut, alter Mann, machen wir den Deal. Allerdings müßte ich wissen, worauf Sie schießen wollen."

„Ich will treffen", erklärte Tobik, „darauf kommt es an. Aber sagen wir mal, ich möchte einen Punkt treffen."

„Und wo liegt der Punkt begraben? In einem Karnickel oder zwischen den Augen einer untreuen Frau? Oder wollen Sie einen Hubschrauber abschießen?"

„Sagen wir, ein Karnickel."

„Also ein weiches Ziel. Zumindest verglichen mit einem Hubschrauber oder einer Frau." Sami grinste. – Angesichts dieses Grinsens drängte sich die Frage auf, ob El Greco eigentlich je ein zynisches Wiesel gemalt hatte.

„Ich hätte da was im Programm, das passen könnte", sagte Sami, „wenngleich es keine Waffe für alte Männer ist. Andererseits, wenn ich selbst mal alt bin, will ich auch nicht ohne ordentliche Ausrüstung dastehen. Also: Ich hätte für Sie eine Arctic Warfare Covert, die ist schön zerlegbar, und Sie kriegen den originalen Koffer dazu. Die AWs sind die besten, wenn Sie mich fragen, alter Mann ... ich darf Sie doch alter Mann nennen?"

„Wenn es Ihnen Vergnügen bereitet, von mir aus."

„Gut", antwortete Sami, sagte nun aber kein einziges Mal mehr „alter Mann", als hätte er die Lust daran verloren. Statt dessen erklärte er, bei der AWC handle es sich um ein englisches Modell. Er würde immer nur mit Westmarken handeln, aus Prinzip und aus Aberglauben. Die russischen Waffen seien verhext. Bei dem einen Schützen würden sie hervorragend funktionieren, beim nächsten hingegen sich sträuben. Und: „Da kann man so gut zielen, wie man will, wenn eine Dragunow sich dazu entschließt, danebenzuschießen, dann schießt sie auch daneben."

Tobik fragte zurück: „Sie meinen, man müßte Russe oder Kommunist oder so was sein, um ein solches Gewehr erfolgreich zu bedienen?"

„Vielleicht, jedenfalls hat man sich früher erzählt, was man mit einer Dragunow alles Tolles anstellen kann. Als sie dann aber zu uns auf den Markt kam, haben die Freaks gestaunt, wie wenig sie mit dem Ding getroffen haben. Woran immer das liegt, es ist so. Wenn Sie also was Russisches wollen, müssen Sie runter in den ersten Stock gehen."

Tobik unterließ die Bemerkung, es handle sich bei diesem Haus offensichtlich um ein Einkaufscenter für illegale Waffen. – Was ja nicht zu überraschen brauchte: überall Konzentration, überall Verdichtung, je größer die Welt wurde, desto mehr schrumpfte sie.

„Die AWC", beschrieb Sami das von ihm angebotene Modell, „ist eigentlich ein ideales Wintergewehr, aber Sie wollen wahrscheinlich ohnedies nicht in einen Wüstenkrieg ziehen, oder? Im Ernst, man kann auch im Sommer gut damit arbeiten. Das Ding ist stabil, und es ist leicht, Sie überheben sich nicht, es fliegt Ihnen aber ebensowenig davon. Alles zusammen haben Sie sechs Kilo, das ist ein Baby, allerdings kein Embryo. Es steht auf zwei Beinen und verfügt über einen 16-Zoll-Lauf plus Schalldämpfer, Kaliber .308 Win, Unterschallmunition. Die offizielle Reichweite liegt bei dreihundert Metern, wobei die Frage stets lautet: Wer ist der Schütze, und wie ist das Wetter? Und ob das Karnickel herumtanzt oder ob es Salzsäule spielt. Ich könnte Ihnen auch eine AW50 anbieten, da treffen Sie ein Hasenohr noch auf zweitausend Meter, aber das Gerät hat fünfzehn Kilo. Eine Waffe für Soldaten, die sich stundenlang wo eingraben und davon träumen, einen Weitenrekord aufzustellen. Haben Sie das vor?"

„Eigentlich nicht", meinte Tobik und wollte wissen, ob er die AWC jetzt gleich zu Gesicht bekommen könne. Er verspürte eine gewisse Aufregung, die nicht der Situation, sondern tatsächlich dem Objekt zu verdanken war. Obwohl er bei der Bundeswehr gewesen war, konnte er sich nicht mehr an den Anblick eines Gewehrs erinnern. Eines Gewehrs in natura. Ihm schien, als geschehe etwas Erstmaliges, eine Begegnung.

Sami hatte sein Handy aus der Tasche gezogen, wählte eine Nummer und sprach nun etwas auf türkisch. Er redete schnell, nähmaschinenartig. Dann erklärte er: „Zehn Minuten", ging hinüber zu seiner Anlage und bediente den CD-Player. Eine Musik erklang, elektronische Töne, ungeordnet, haltlos, kleine und große Splitter, bevor diese Töne sich dann versteiften, verklumpten und ein Rapgesang einsetzte, aneinandergereihte Fragmente, wobei Tobik nicht hätte sagen können, in welcher Sprache hier eigentlich sprechend gesungen und gereimt wurde. Erst als ihm bewußt wurde, daß die Melodie, die dem Ganzen zugrunde lag, auf der gleichzeitig symphonischen wie psychedelischen Ouvertüre zur Serie *Raumschiff Enterprise* basierte, kam ihm die Idee, daß es sich bei dem Text dieser Hip-Hop-Version eines Fernsehklassikers um Klingonisch handeln mußte. Nicht, weil er diese Sprache so gut in Erinnerung hatte, aber es war eine logische Folgerung, und sie traf ja auch zu.

„Wie finden Sie das?" fragte Sami, und gab gleich selbst die Antwort: „Geiles Stück!" Woraufhin er weiter erläuterte, daß die Musik von einer jungen Gruppe stamme, die sein Cousin in München manage. Sie hätten sich darauf spezialisiert, Filmmusik zu covern. „Ohne Gewalt", sagte Sami, „die verstümmeln die alten Dinger nicht, die ganzen Hitchcocksachen, die Russen mit ihrer *Panzerkreuzer*-Musik, die Deutschen mit ihren Krimiintros. Die Jungs schlachten nicht, arbeiten ohne Messer, ganz fein. Machen noch Karriere."

Nun, auch Tobik, der zudem in idealer Position zu den Lautsprechern stand, fand das recht interessant. Man hörte sich ein paar Nummern an. Nach der *Enterprise*-Bearbeitung folgte die in einem – vom Klingonischen zuvor nur schwer unterscheidbaren – Wienerisch gehaltene Interpretation des *Dritten Manns* und sodann Morricones Todeslied, wobei ein Italienisch von sentimentaler Dehnung zur Anwendung kam. – Diese Jungs hatten es mit der Sprache. Nicht ungenial!

Als der Sonnenbrillenmann eintrat und einen handlichen Koffer auf den Tisch stellte, unterbrach Sami die Musik. Er gehörte offensichtlich zu denen, die nur entweder im Leben oder in der Kunst standen, aber die Untermalung des einen durch das andere ablehnten. Er gab seinem Domestiken ein Zeichen, und dieser verschwand. Dann legte er den Koffer flach hin, öffnete das Schloß und hob die obere Seite an.

Voilà! Da ruhten sie, die einzelnen Teile, eingefügt in die maßgeschneiderten Einbuchtungen des Schaumstoffs gleich fossilen Knochen in einer mikadoartigen Anordnung: der Schaft mit eingeklapptem Kolben und montierter Zieloptik, der Lauf und sein Schalldämpfer, das Zweibein, der Verschluß, das Magazin sowie eine Packung mit zwanzig Stück Munition.

„Liebe auf den ersten Blick, nicht wahr?" meinte Sami und

lächelte, als kommentiere er eine delikate Schweinerei. In der Tat bestätigte sich Tobiks nervöse Vorahnung: Der Anblick der Waffenteile hatte etwas Betörendes, so unschuldig und rein, wie sie in ihren offenen Särgen lagen, den Glanz ihrer metallischen Haut zur Schau tragend, und dabei sichtbar leichtgewichtig und handlich wirkten.

„Bauen Sie es zusammen", forderte Sami, „das kriegen Sie hin."

Tobik löste die Elemente vorsichtig heraus und fügte sie aneinander. Auch wenn dies keine Kunst war, überraschte trotzdem die Sicherheit, mit der er die Stücke verband, danach das Zehnermagazin füllte und einpaßte.

„Wie gesagt, erster Blick, wahre Liebe", spöttelte Sami und wurde dann sehr viel ernster, indem er die wichtigste Regel definierte: „Die einzige Berührung von dem Ding, die wirklich einen Sinn hat, ist, seinen Abzug zu drücken."

Womit er meinte, daß man, wenn das Ziel einmal erfaßt war und es nichts mehr zu verändern gab, darauf achten sollte, lediglich den einen Schußfinger zu benutzen, um das Risiko einer Verrückung zu minimieren. – Denn im Unterschied zu der aus emotionslosen Materialien bestehenden Waffe war der Schütze nun mal aus Fleisch und Blut und mit einem anfälligen Nervensystem versehen: Er schwitzte, zitterte, spürte den Windzug, vernahm den Schrei eines Vogels, vernahm, vor allem in ungünstigsten Momenten, die Stimme seines Gewissens. Zehn Finger waren sehr viel eher moralischen Bedenken ausgeliefert als der eine entschlossene Schußfinger. Mehr brauchte es im Moment des Abfeuerns einfach nicht.

Sami nahm das Gewehr und postierte es auf der fensterabgewandten Seite des Tisches, und zwar so, daß der Lauf der Waffe nach draußen zeigte, hinüber ins Grün und am Grün vorbei auf eine Häuserreihe. Den Kolben plazierte er auf einem Stapel Bücher und begann, die Zieloptik einzustellen. Dabei betonte er: „Entweder Sie lassen beide Augen offen, oder Sie suchen sich eine Augenklappe. Nie aber ein Auge zudrücken! Das ermüdet." Nun, das stimmte. Ohnehin war der Scharfschütze ständig Fallen der Ermüdung ausgeliefert.

Sami erklärte weiter, daß es sich bei diesem Zielfernrohr um ein völlig neues Modell handle, und beschrieb nun das Wesen dieses wohl wichtigsten Teils der Waffe und wie die Einstellungen vorzunehmen seien. Einigem von dem, was er sagte, konnte Tobik im Grunde nicht folgen, nickte aber stumm. Er würde wohl gezwungen sein, im Zuge oftmaliger Übung den Geist dieses Geräts zu begreifen. Tobik besaß einen guten Platz zum Üben, ein kleines, entlegenes, ziemlich verfallenes Haus auf einem besonders unwirtlichen Teil der Schwäbischen Alb, das er geerbt hatte, mit dem er aber bislang nichts hatte anfangen können. Nun jedoch erkannte er den Sinn dieser Erbschaft. – In der Regel gibt es sowieso nichts Sinnloses, sondern nur Dinge, die sich, vorerst noch, in beträchtlicher Distanz zu ihrem Sinn aufhalten. Im Leben fehlt eben oft ein Zielfernrohr, fehlen die optischen Linsen, die ein Gebilde so heranrücken lassen, daß die Verbindungslinie erkennbar wird.

„Schauen Sie mal durch", empfahl Sami, nachdem er die Justierung beendet hatte.

Tobik beugte sich herunter und näherte sein rechtes Auge dem Okular, ohne daß eine Berührung geschehen wäre. Eingefügt in das Fadenkreuz erkannte Tobik eine Frau ... sie saß ganz still, keine Bewegung, ihr Blick war auf das Kind gerichtet, das in ihrem Arm lag und an ihrer von einem weißen Tuch halb verdeckten Brust saugte. Es war wohl mitten im Trinken eingeschlafen, da es ebenfalls keine Bewegung erkennen ließ. Dennoch wirkte dies alles nicht wie eine Erstarrung oder Versteinerung von Mutter und Kind, sondern wie ein Innehalten der Zeit, als sei auch die Zeit mal froh darum, wenn Frieden herrscht und man diesen Frieden etwas in die Länge ziehen kann.

So viel zum romantischen Aspekt, denn natürlich war Tobik erschrocken, als er gesehen hatte, welches theoretische Ziel Sami für ihn ausgewählt hatte. Aber noch während der Schrecken wirkte, betätigte Sami einen Einstellring und rückte damit den Anblick des Ziels nach hinten, immer ein kleines Stückchen, so daß sich Tobiks Sehfeld vergrößerte und er nach und nach begriff, daß es sich bei der Frau und ihrem Säugling um eine Fotografie handelte, die

119

neben anderen Bildern auf einer Wohnzimmerwand hing. Familienfotos, Sehenswürdigkeiten, Schnappschüsse. Unterhalb davon befand sich ein Fauteuil, in dem ein alter Mann saß, der beim Zeitunglesen eingenickt war und deshalb ähnlich statisch wirkte wie die Fotos über ihm. Allerdings war bei genauer Betrachtung das leichte Auf und Ab im Zuge seiner Atmung zu erkennen. Dies war somit kein weiteres Bild, keine weitere Täuschung, sondern der Mann war echt und leibhaftig und somit in der Lage, erschossen zu werden.

„Es ist *immer* ein Bild, auf das Sie schießen", erklärte Sami, „solange Sie durch eine Optik schauen. Sie sehen keinen Hasen, sondern das Bild eines Hasen."

„Das ist kein Hase", zeigte sich Tobik streng, nahm sein Auge weg von dem Okular und blinzelte hinüber zu dem Haus, konnte aber nicht viel mehr erkennen als die Flecken einzelner Fenster. Er hätte nicht einmal ungefähr sagen können, auf welches davon die Waffe gerichtet war. Er drehte sich zu Sami hin und fragte: „Wieviel verlangen Sie?"

Der Waffenhändler nahm ein Blatt Papier und schrieb eine Zahl darauf, die er Tobik zeigte. Dann erklärte er, über diesen Betrag nicht zu diskutieren. Die Diskretion – und diese sei das eigentlich Kostspielige – sei im Preis eingeschlossen.

„Ich will auch gar nicht diskutieren", erklärte Tobik. „Ich zahle bar und sofort, ich habe genügend Geld dabei."

„Schau einer an", meinte der Waffenhändler, „Sie sind gut vorbereitet."

„Ich versuche immer, die Wege abzukürzen. Es reicht, wenn man sich ein einziges Mal begegnet. Beim nächsten Treffen hat es schon was von einer Ehe. Sosehr ich die Ehe für etwas Gutes halte, aber in unserem Fall ..."

„One night", ergänzte Sami.

Tobik nickte.

Zehn Minuten später verließ er das Haus mit dem Kunststoffkoffer in der Hand und nahm eine Stadtbahn, um den Cannstatter Mond zu verlassen und zurück in den Stuttgarter Westen zu gelangen. Niemand, der den Koffer dieses Mannes sah, hätte zu denken vermocht, daß sich darin die fürsorglich verwahrten Teile eines Präzisionsgewehres befanden, nicht nur wegen des fehlenden Geigenkastenformats, sondern weil man sich etwas Derartiges grundsätzlich nicht vorstellen konnte. – Man kann sich so viel nicht vorstellen. Wenn es dann aber geschieht, geschieht es in der Art eines Projektils, von dem man getroffen wird, ohne die weit entfernte Waffe und den weit entfernten Schützen bemerkt zu haben.

9   Landaus Busen

Rosenblüt stieg aus dem Zug. Er lächelte im Stil der Leute, die sich fragen, ob sie jetzt eigentlich glücklich oder verzweifelt sind, während sie eigentlich wissen müßten, daß beides der Fall ist. Und in der Tat erlebte Rosenblüt bei aller Aversion, die er diesem Ort gegenüber hegte, gleichermaßen ein Gefühl seligmachender Heimatliebe. Er empfand den Boden unter seinen Füßen als vertraut, geradezu verwandtschaftlich. Stimmt, seine Eltern waren tot, seine Geschwister längst an anderen Orten, die meisten Kontakte verflogen, aber dieser Erde – auch wenn diese Erde im Moment ein Bahnsteig war – entströmte ein irdischer Atem. Es war Rosenblüt, als werde er auf die Wange geküßt, freilich ohne eine wirkliche Berührung von Lippen, denn ein Bahnsteig mit Lippen, das hätte nun ein wahrlich wunderliches Bild ergeben. Nein, dieser Kuß war ein bloß gehauchter, wie man das tut, wenn man sich in die eigene Handfläche küßt und den solcherart aufgesetzten Lippenabdruck dem Zielobjekt entgegenbläst.

Wie gut, daß Rosenblüt jetzt alleine war und diese gewisse Innigkeit mit dem wiedergefundenen Ort seiner Kindheit und Jugend und den vielen Jahren seines Polizistenlebens ungestört blieb. Er hatte darauf bestanden, nicht abgeholt zu werden. Schlimm genug, daß ihm für seine Ermittlungsarbeit eine Stuttgarter Kollegin zur Seite gestellt wurde. Eine Kollegin, um die er nicht gebeten hatte und die ja ganz sicher nicht beauftragt war, Amtshilfe zu leisten, sondern ihm über die Schulter und auf die Finger zu schauen.

Richtig, die Stuttgarter Staatsanwaltschaft war aus vielen guten Gründen nervös ob Rosenblüts Auftauchen. Man empfand es als einen Affront, daß ausgerechnet ein Mann, den man aus der Stadt geworfen hatte, hierher entsandt wurde. Als eine typische Bösartigkeit der Münchner, die sich keine Chance entgehen ließen, das als Provinznest verachtete Stuttgart zu demütigen. Denn so lief es doch immer: Die Münchner spuckten den Stuttgartern in die Suppe. Anstatt aber die Suppe vernünftigerweise einfach wegzuschütten, versuchten sie in Stuttgart, es den Münchnern gleichzutun, versuchten sich ebenfalls im Suppenspucken, nur, daß sie leider nicht begriffen, wie wenig der Sinn des Suppenspuckens darin besteht, in die eigene Suppe zu spucken. – In dieser Hinsicht war Stuttgart gleich seinem Stadtoberhaupt autistisch.

In früheren Zeiten hatte Rosenblüt offizielle wie private Gäste gerne nahe des Südwestrundfunks untergebracht, und zwar im Parkhotel, einem geradezu wittgensteinhaft sachlichen Bau im Schatten des SWR-Komplexes (das schönste an diesem Komplex ist seit jeher der Schatten, den er wirft). Dieses Hotel, das vor allem dadurch geadelt war, daß hier einst Samuel Beckett ein Quartier gefunden hatte, war aber im Zuge eines Neubaus der SWRler niedergerissen worden, so, wie das nun mal ganz wesentlich zur Stuttgarter Kultur dazugehörte: die Zerstörung vor allem der magischen Orte, als wollte man die Magie aus dieser Stadt verbannen, als hätte man Angst vor all den Geistern, die in diesen Gebäuden vielleicht wohnten, vielleicht auch nicht. – Das angstvolle Niederreißen und Neubauen in Stuttgart hatte etwas von jenen zwanghaften Individuen, die sich nach jeder Berührung die Hände waschen oder nach jeder Intimität die Bettlaken in die Waschmaschine stopfen.

Ins Parkhotel konnte Rosenblüt also nicht mehr. Darum hatte er sich gleichgültig gegenüber der Frage gezeigt, wo er denn untergebracht werden wolle. Nun, das stimmte nicht ganz, da er gleichzeitig recht präzise geäußert hatte, in welchen Hotels er keineswegs absteigen würde, und das waren eine ganze Menge, angefangen vom Maritim bis zum Graf Zeppelin. Freilich, eine Herberge im Zentrum musste es sein. Und so war im Zuge eines Ausschlußverfahrens nur das Hotel am Schloßgarten übriggeblieben, ein vom Bahnhof wenige Minuten entfernter, zwischen der Parkanlage des Oberen Schloßgartens und der Königstraße gelegener weißer, hoher Bau. Man konnte fast meinen, Rosenblüt habe vergessen, sich auch diesem Hotel gegenüber ablehnend zu äußern, welches er ja kannte, somit um den ganzen Kitsch wußte, der dort herumstand, die vielen

Stoffe und Teppichböden und Staubfänger, der pure Sadismus gegen Allergiker. Dazu kam die obligate Atmosphäre der Bedeutsamkeit, die daraus resultierte, sich als Gast ein Zimmer leisten zu können, das man gar nicht selbst bezahlte. – Das erste, was geschieht, wenn die Apokalypse eintritt, wird sein, daß alle Leute ihre Hotelzimmer und Restaurantrechnungen aus der eigenen Tasche begleichen müssen. Diese Strafe werden alle verstehen.

Aber noch war es nicht soweit. Rosenblüt trat an die Rezeption, die wie ein vergoldetes und dank dieser Vergoldung erstarrtes Kaminfeuer die Gäste empfing. Hinter der Theke standen zwei junge Frauen, eine davon drehte sich zu Rosenblüt hin, setzte ein Lächeln in die Luft und sagte: „Mir geht es ausgezeichnet, danke, bitte!"

Rosenblüt war verwirrt. Gütiger Teufel, was war das für eine merkwürdige Art der Begrüßung? Die ihm bei aller Merkwürdigkeit sogar noch vertraut schien? Entfernt vertraut. Vielleicht aber hatte er sich verhört, denn was nun in der Folge geschah, war als normal zu bezeichnen. Er nannte seinen Namen, wurde sodann mit eben diesem angesprochen und als Gast des Hotels herzlich willkommen geheißen. Die Rezeptionistin ließ ihn ein Meldeformular unterschreiben, überreichte ihm zwei Kuverts und fügte eine Magnetkarte in eine Hülle aus weißem, glänzendem Karton, auf dem sie die Zahl 344 notiert hatte. Sie zeigte die Richtung der nur schwer übersehbaren Lifte an, erwähnte die Frühstückszeiten, verwies auf die Gastronomie im Haus und wünschte Rosenblüt einen angenehmen Aufenthalt.

Ich bin übernächtigt, dachte Rosenblüt und dachte also, sich die ungewöhnliche Begrüßungsformel bloß eingebildet zu haben. Er nahm seinen Koffer und ging auf den Aufzug zu. Dabei nickte er nach unten zu Kepler, jenem Hund, der die Reinkarnation eines Wiener Mischlingsrüden namens Lauscher darstellte. Kepler war ohne Leine, obgleich das wahrscheinlich in einem Hotel vorgeschrieben war, wie auch an anderen Orten, etwa in Fußgängerzonen und Unterführungen. Und genau in diesem Moment hörte er den Ruf der Rezeptionistin, die höflich darum bat, den Hund an die Leine zu nehmen.

„Das ist ein Polizeihund", erklärte Rosenblüt, wie man erklärt: Dornen sind spitz, weil sie stumpf nichts nützen würden.

Er ließ Kepler also ungebunden, und zusammen stiegen sie in den Aufzug. Eigentlich haßte Rosenblüt diese Hundebesitzer, die sich über jedes Recht erhoben und Stadt und Land mit ihren Kötern terrorisierten. Aber wie gesagt, Kepler eignete sich nicht für eine Leine und war mit einigem guten Willen als Teil einer polizeilichen Ermittlung anzusehen. – Hier wäre freilich einzuwenden gewesen, daß auch oder gerade Polizeihunde an die kurze Leine gehörten ... nun, das galt für diese blöden Schäferhunde.

Über das Zimmer 344 mußte Rosenblüt schmunzeln. Kein Zimmer, sondern eine sogenannte Parksuite. Altenglischer Stil auf zweiundvierzig Quadratmetern, als liege hinter den Fenstern nicht der Schloßgarten, sondern Loch Ness. Wie das ganze Hotel war auch die Suite in einem warmen Rotton gehalten. Wer kein Allergiker war, den überfiel hier die Schlafkrankheit. Immerhin waren die Fenster zu öffnen, was Rosenblüt sofort tat und die Sommerluft hereinließ, eine Luft, die allerdings nicht in der Lage war, Koffein zu ersetzen.

Darum begab sich Rosenblüt, nachdem er seinen Händen und seinem Gesicht etwas kaltes Wasser gegönnt hatte, mit seinem Polizeihund wieder nach unten, unterließ es jedoch, das überfüllte Café aufzusuchen und blieb statt dessen in der Lounge, die nach der Ballettlegende John Cranko benannt war. Eine Lounge, die es in sich hatte. Zwar standen auch hier die üblichen aus einem Kaminfeuer herausgezogenen Polstermöbel herum, aber der weite Raum war gegen die hohen Fenster hin mit einer Innenbepflanzung ausgestattet, welche gar nicht sosehr die jenseits der Scheiben gelegene Parkanlage zitierte als vielmehr eine Dschungellandschaft, wie sie zu Urzeiten an dieser Stelle gewuchert haben mochte. Eine echte Phalanx aus Zweigen und Blättern, fehlten bloß noch die Tiere und der Dampf der Tropen. Gewiß war es sehr viel netter ohne Schlangen und feuchte Hitze.

Rosenblüt nahm Platz und winkte einem Kellner. Dieser erschien, nickte leicht und begrüßte den Gast mit einem „Mir geht es ausgezeichnet, danke, bitte!"

Das hatte Rosenblüt schon befürchtet, daß nämlich das Argument geringen Schlafes nicht ziehen würde. Nein, es war kein Traum am Wirken, keine Einbildung, sondern einzig und allein eine komische Realität. Rosenblüt antwortete: „Ja, mir geht es auch gut, danke, bitte. Und außerdem hätte ich gerne einen Cappuccino."

Wenig später kam der Cappuccino. Und quasi im Schlepptau dieses Kaffees erschien zudem eine Frau, die Rosenblüt begrüßte, ohne jedoch zu erklären, daß es ihr ausgezeichnet gehe. Sie war ja auch keine Angestellte des Hotels, sondern jene Kriminalbeamtin, deren Auftrag offiziell darin bestand, Rosenblüt bei seiner Ermittlung behilflich zu sein.

Der Kommissar zeigte sich von seiner unfreundlichsten Seite, beklagte, doch gerade erst angekommen zu sein und derartige Überfälle nicht zu schätzen.

Die Frau – jünger als Rosenblüt, vielleicht dreißigjährig, zierlich, der verhungerte Typ, der Salattyp, der Vom-Fleisch-wird-mir-übel-Typ, der Typ, der lieber selbst vom Fleisch fällt, allerdings schöne Augen, weich, Kinderblick, aber kluger Kinderblick, Augen wie aus einer Träne geboren, als sei zuerst die Träne dagewesen, die Trauer, der Schmerz und dann erst das Auge, das die Dinge sieht, welche diese Trauer, diesen Schmerz verursachen – diese Frau also, die sich als Kriminalhauptmeisterin Teska Landau vorstellte, erklärte nun, keinesfalls einen Überfall vorgehabt zu haben. Sie zeigte auf die beiden Kuverts, die noch ungeöffnet vor Rosenblüt auf dem Tisch lagen und sagte mit einer Stimme, die auch nicht ganz frei war von der salzigen Süße vergossener Tränen: „In einem davon ist eine Nachricht von mir. Darin steht, daß ich Sie um vier Uhr in der Hotellounge abhole. Es ist vier, und hier ist die Lounge. Einen Überfall würde ich das nicht nennen."

„Ich bin noch keine dreiviertel Stunde im Land", erwiderte Rosenblüt. Dann fragte er, als sei das Öffnen von Kuverts auch in den folgenden Stunden unmöglich, was sich in dem anderen Umschlag befinde.

„Karten für die Oper, für morgen", erklärte Landau. „Falls Sie Lust haben."

Rosenblüt dachte: Mein Gott, immer diese Opernkarten. Eine Plage, die vielen Karten, die im Umlauf sind, die verteilt werden müssen wie Waisenkinder.

Darauf erkundigte er sich, ob er für sie, Landau, einen Kaffee bestellen dürfe. Sie nickte. Rosenblüt rief den Kellner herbei, der jetzt stumm die Bestellung entgegennahm.

„Ihr Hund?" fragte Landau und sah zu Kepler, ohne eine Anstalt zu machen, ihn anfassen zu wollen.

„Na, was denken Sie?" fragte Rosenblüt zurück.

„Er sieht nicht aus, als würde er zu Ihnen gehören."

„Sondern?"

„Das ist ein philosophischer Hund", stellte Landau fest.

„Sie unterschätzen mich", erklärte Rosenblüt, „wenn Sie mir die Philosophie abzusprechen versuchen."

„Vielleicht meinte ich nicht philosophisch, sondern sentimental", korrigierte sich Landau, die eigentlich mit Vornamen Diethild hieß, was kaum an Fürchterlichkeit zu überbieten ist, während die Koseform Teska ganz gut zu ihrer zarten, durchscheinenden, verlorenen Erscheinung paßte. Fragte sich bloß, wie diese Person, dieses Persönchen, im Kampf mit der Unterwelt verfuhr.

„Ein sentimentaler Hund also", überlegte Rosenblüt und sagte dann: „Na, da könnten Sie schon recht haben. Er ist eigentlich ein toter Hund, der aus welchen Gründen auch immer zurückgekommen ist."

„Sie meinen, er war schon einmal fast tot?"

Ja, wie meinte er es eigentlich? Statt einer konkreten Erklärung lieferte er eine vulgär-metaphysische. Er sagte: „Kepler ist wahrscheinlich ein österreichischer Hund, wenn Sie verstehen, was ich meine."

„Warum dann dieser Name?" fragte Teska Landau. „Kepler war Schwabe, nicht Österreicher."

Nun, da hatte Landau zweifellos recht. Denn obwohl Johannes Kepler erst in Graz und später in Linz gewesen war, um dort

Mathematik zu unterrichten, machte ihn das noch lange nicht zum Österreicher. (Auch Thomas Bernhard hat im Rahmen seiner vehementen Ober-österreicherverachtung angemerkt, der Astronom Kepler wäre ein toller Bursche gewesen, aber der sei ja auch aus Württemberg gekommen.) Andererseits konnte Rosenblüt schlecht zugeben, diesem Hund erstmals in München begegnet zu sein. War denn Johannes Kepler überhaupt je in München? War überhaupt jemand von Bedeutung je in München oder gar aus München? – Was Rosenblüt vor allem aber verschweigen wollte, war der eigentliche Hintergrund dieser Namensnennung. Kein Wort über eine Putzfrau. Wie üblich.

Er trank seinen Kaffee aus und sagte, es sei Zeit, hinüber nach Cannstatt zu fahren. Er wolle sich den Mann ansehen, bei dem der Münchner und der Stuttgarter Faden zusammenführten: Sami Aydin.

Die Kriminalhauptmeisterin hatte die Adresse von Aydin, wenn auch noch keine Information, wieso genau dieser für den Ex-Stuttgarter und Jetztzeit-Münchner Rosenblüt von Relevanz war. Aydin stand im Verdacht, verschiedene Formen des Schwarzhandels zu treiben, war jedoch ohne Vorstrafe. Kein unbeschriebenes Blatt, aber gewissermaßen ein mit Zaubertinte verfaßtes.

Teska Landau betonte, daß ihre Vorgesetzten es gerne gesehen hätten, wenn Rosenblüt im Vorfeld seines Auftretens einen Bericht verfaßt und nach Stuttgart geschickt hätte. Einerseits, um die Sache etwas vorzubereiten, andererseits, um sich auszukennen.

Worauf Rosenblüt erwiderte: „Exakt *das* war mir wichtig, daß hier niemand etwas vorbereitet. So in der Art von Warnschüsse abgeben und in Tatorten herumtrampeln und mögliche Zeugen verschrecken. Sie verstehen mich schon, oder?"

Nicht, daß sie eine Antwort gab, doch ihre Miene verriet, daß sie ihn ganz gut verstand. – War das ein Trick? Wollte sie sich bei ihm einschmeicheln? Rosenblüt dachte: Eigentlich ist sie ein häßliches Küken, aber vor ihren Augen und ihrem Blick muß man sich in acht nehmen. Gut, das denkt sich so einfach.

„Mein Wagen steht gleich vor dem Hotel", erklärte Landau.
Man ging nach draußen.

„Das ist ein Witz, oder?" zeigte sich Rosenblüt verblüfft.

„Warum soll das ein Witz sein? Das ist ein gutes Auto. Natürlich
werden wir damit keine Verfolgungsjagden hinkriegen. Aber dafür haben wir sowieso die Kollegen. Abgesehen davon, daß diese
Stadt ein lebendiger Stau ist. Ein Ferrari würde hier kaum etwas
bringen. Außer, um blöd aufzufallen."

„Also ich finde", meinte Rosenblüt, „daß man mit einem alten
VW-Bus heutzutage mindestens so auffällt."

„Schon. Aber nicht blöd."

In der Tat handelte es sich um einen in dunklem Polizeigrün
gehaltenen VW-T2-Kastenwagen, der sich in einem gepflegten Zustand befand, frisch lackiert, das weiß gestrichene VW-Emblem
wie eine flache Nase zwischen kreisrunden Augen. Zwei Taxifah-
rer standen bewundernd vor dem kompakten Vehikel.

Landau sagte zu Rosenblüt, er könne einsteigen, die Türen
seien unversperrt.

„Ist das vernünftig? Da steht ja nirgends angeschrieben, daß das
ein Polizeiauto ist."

„Grüne Autos werden nicht gestohlen", stellte Landau fest.
Mehr sagte sie nicht, sondern nahm auf dem Fahrersitz Platz, welcher mittels zweier Polster erhöht war. Kepler wurde in die Mitte
geschoben. Seine stehenden Ohren entwickelten im Licht eine
markante Transparenz und präsentierten eine Palette von Pfirsich-
farben.

Während Rosenblüt sich anschnallte und den Innenraum betrachtete, nicht zuletzt das tannenförmige Duftbäumchen, das
vom Rückspiegel hing, sagte er: „Mir kommt es vor, als hocke ich
in einem Zeitloch."

„Vielleicht ist es ja mehr eine Zeitfalle", meinte Landau und
startete den Wagen. Sie besaß diese typische Haltung autofahren-
der Frauen, nämlich, sich sehr nahe am Steuer aufzuhalten, die
Nase fast an der Scheibe, während Männer sich gerne nach hinten
lehnen, um auf diese Weise ihre souveräne Gelassenheit zu zeigen,

auch wenn man manchmal meinen könnte, sie haben eigentlich Angst vor dem Verkehr, vor dem eigenen Auto, Angst um ihre Nase.

Landau hatte ganz sicher keine Angst um ihre Nase, wie sie da hoch auf ihrer Unterlage saß und, wie alle VW-Bus-Fahrer, besten Blick auf die Straße hatte, ohne erst über eine lange Motorhaube schauen zu müssen.

Rosenblüt beachtete den Verkehr nicht. Er kannte ihn ja von früher. Straßenverkehr gehörte zu den Dingen, die niemals besser wurden, immer nur schlechter, egal, was getan und geändert wurde. Der Straßenverkehr gehörte zu den Naturkatastrophen, deren Sinn ganz sicher nicht darin bestand, auszubleiben.

Worauf Rosenblüt nun allerdings sehr achtgab, war Landaus Fahrweise, die eine hochkonzentrierte darstellte. Die zierliche Kriminalhauptmeisterin sprach kein Wort, war ganz in die Sache verstrickt, ganz damit beschäftigt, eine gute Position inmitten des heftig bewegten automobilen Schwarms zu erlangen und sich dem Ziel in effektiver Weise zu nähern.

Das zweite, dessen sich Rosenblüt bewußt wurde, war Landaus Busen. Diesen mochte er schon vorher bemerkt haben, doch erst jetzt war er in der Lage, richtig hinzusehen. Teska Landau hatte nämlich einen für ihren zarten, fast knabenhaft geraden Körperbau ziemlich großen Busen. Nun hatte Rosenblüt das zwar nicht zu interessieren, es interessierte ihn aber trotzdem. Ohne darum als ein Fetischist in der Busenrichtung gelten zu müssen, war es ihm gar nicht gleichgültig, was für einen Busen eine bestimmte Frau besaß. Sosehr dieser Körperteil ein Produkt der Natur und der Gene sein mochte, stellte er eben auch ein Zeichen dar, ein Merkmal, einen physiognomischen Ausdruck, wie man das bei Augen und Nasen und Mündern durchaus zu erkennen meint. Leider wird die weibliche Brust gerne auf ein simples Geschlechtsmerkmal reduziert, welches mal so und mal so ausfällt, wenige poetische und viele häßliche Beschreibungen erfährt, aber im Grunde niemals als Ausprägung einer charakterlichen Tendenz empfunden wird. Doch genau das ist der Fall.

Zumindest war dies Rosenblüts Anschauung, die irgendwo zu verlautbaren er sich freilich verkniff. Als Sexist dazustehen, wäre nicht so schlimm gewesen, als trotteliger Sexist sehr wohl. Obwohl Sexismus hier sicher nicht das Thema war, denn der meiste Sexismus ist Ausdruck einer Furcht, und Furcht hatte Rosenblüt überhaupt keine. Er fragte sich allein, wie er diese relativ große Brust am Körper dieser relativ kleinen und ausgesprochen schmalen Frau zu interpretieren habe. Die üppige, bewegliche Form, während sonst alles an diesem Körper wie von einer Stange gehalten schien, anders gesagt: als würde jeder Teil dieses Körpers von einem Büstenhalter gestützt werden, nur eben der Busen nicht (obgleich Teska Landau durchaus einen solchen trug).

Er sagte sich: Ich komme schon noch drauf.

10   Auf der Suche nach der blauen Fee

„Da wären wir", erklärte Landau, nachdem sie mit einer feinen Bremsung und ebenso feinen Parkierung den Wagen unmittelbar vor dem Haus, in welchem Sami Aydin wohnte, zum Stehen gebracht hatte. Sie stieg jedoch nicht gleich aus, sondern fragte Rosenblüt: „Können Sie mir sagen, was wir hier tun?"

Es versteht sich, daß Teska Landau darüber informiert war, daß der eigentliche Fall, der Münchner Fall, einen an die dortige Universität berufenen Stuttgarter Geologen namens Uhl betraf. Der Mann war offensichtlich eingeschüchtert worden, indem man seinen Sohn überfallen, beraubt und bedroht hatte. Nicht aber kannte Landau den Grund für diese Einschüchterung und inwieweit die Stuttgarter Herkunft des Professors und seiner Gattin, einer Anwältin, von Bedeutung war. Denn irgendwie mußte es das ja, weil Rosenblüt sonst kaum an den Ort seiner Demütigung hätte zurückkehren müssen. Auf diese Weise hatte er einige Personen aufgeschreckt, die eine späte Rache oder auch nur Rosenblüts famosen Spürsinn fürchteten.

Was aber spielte Sami Aydin für eine Rolle?

„Herr Aydin", erklärte Rosenblüt, „hat einen Cousin in München. Dieser Cousin nennt sich Lynch. Der Mann ist Cineast und Musikmanager und betreibt nebenbei ein illegales Wettbüro. Ein absolut elitärer Knabe, elitär und schräg, diese unglückliche Mischung aus Künstler und Zuhälter. Faszinierend, würde ein Vulkanier dazu sagen; leider bin ich kein Vulkanier. Unser Monsieur hat den Überfall auf Uhls Sohn organisiert."

„Von einem Lynch wissen wir nichts", stellte Landau fest.

„Davon weiß nur ich. Lynch ist auf freiem Fuß. Entsprechend meinem Konzept, die kleinen Fische im Wasser zu lassen, weil sie mir dort, und nur dort, nützlich sind. Ein Lynch im Gefängnis ist ein sinnloser Lynch. Nein, hätte ich den Herrn festsetzen lassen, hätte ich nie erfahren, daß ..."

Er unterbrach sich, schüttelte den Kopf wie über eine Dummheit und sagte: „Hören Sie, Frau Landau, das ist jetzt ein entscheidender Augenblick. Wenn ich mit Ihnen rede, Sie einweihe, anstatt Sie rauszuschicken, damit Sie mir einen Wurstwecken besorgen, und das könnte ich tun, glauben Sie mir, ich habe schon Kollegen so lange zum Wurstweckenholen abkommandiert, bis sie nicht mehr zurückkamen ... also, liebe Kollegin, wollen Sie als Spitzel für die hiesige Staatsanwaltschaft und für die Leute dienen, die vor Ort die Weisungen geben, oder wollen Sie mir helfen, den Fall auch wirklich zu klären?"

Landau drehte sich frontal zu Rosenblüt hin und betrachtete ihn mit ihren Kinderaugen, als zähle sie etwas, etwas in der Art von Jahresringen oder Narben oder wie viele Gabeln noch in der Bestecklade sind, so was halt. Dann sagte sie: „Sie wissen aber schon, daß ich für diese Stadt arbeite, Sie jedoch für eine andere?"

„Nun ja, entweder für die Städte oder für die Wahrheit."

„Ist das Ihr Ernst?"

„Wieso nicht? Vielleicht können Sie sich auf diese Weise einen Namen machen."

„Wie denn? Mit der Wahrheit?"

„Mhm."

„Ach ja? So wie Sie damals, als man Sie nachher aus Stuttgart entfernt hat?"

„Vielleicht wird es bei Ihnen anders sein, besser, glücklicher", orakelte Rosenblüt und lachte in der Art normalen Irrsinns.

Landau seufzte. Aber es war ein bejahendes Seufzen. Sie sagte: „Gut, machen wir es so. Sagen wir, es ist ein Spiel, und wir spielen zusammen. Ich helfe Ihnen, und Sie helfen mir. Arm in Arm ins Ziel hinein! Meine Vorgesetzten erfahren nur, was sie vorerst auch erfahren müssen, um nicht das Zittern zu kriegen. Mehr braucht nicht sein. Ich bin mit diesen Leuten sowieso nicht verheiratet."

„Und mit wem, wenn ich fragen darf, sind Sie verheiratet?"

„Mit meinem Auto, meinen beiden Katzen, meinen Balkonpflanzen, meinem kleinen Häuschen und den paar Büchern, die ich immer wieder von neuem lese."

„Welche wären das?" fragte Rosenblüt.

„Nein, so gut kennen wir uns noch nicht", erklärte Landau mit

133

einer plötzlichen Härte in der Stimme, einer Härte, die praktisch das vierte Grundelement dieser Frau neben ihrem Busen, den Kinderaugen und der steifen Schmalheit ihres Körpers bildete. In dieser Härte nistete auch ihre Intelligenz, die nicht gering war.

Rosenblüt vertraute ihr. Er sah, daß Teska Landau keine Lügnerin war. Nicht in diesem Moment. Sein Instinkt sagte ihm, daß er sich auf eine solche Frau würde verlassen können. Also setzte er sie in Kenntnis, sprach davon, daß jener Sami Aydin es gewesen sei, der den Auftrag nach München vermittelt habe, an seinen Cousin Lynch. Was nahelege, daß die eigentlichen Hintermänner in Stuttgart säßen und an Aydin herangetreten seien, um über dessen Münchner Kontakt dem Herrn Professor eine mehr als deutliche Botschaft zukommen zu lassen.

„Als ich bei Uhl war", sagte Rosenblüt, „hat er mit keinem Wort erwähnt, aus welchem Grund man ihm drohen würde. Er liebt seinen Sohn, darum hält er den Mund. Aber immerhin, er hat mir ein Stück Papier zugesteckt, den herausgerissenen Streifen einer Broschüre."

„Und?"

„Etwas mit Stuttgart 21. Ohne handschriftlichen Hinweis. Ohne Kommentar. Einfach nur der Schriftzug von dem Projekt."

„Haidenai!" seufzte Landau erneut. Aber diesmal war es ein abgründiges Seufzen. Sie sagte: „Wenn das wirklich zusammenhängt, dann ... Uhl ist immerhin Geologe."

Gut, das wußte Rosenblüt. Was er jedoch nicht wußte und nun von Landau erfuhr, war der Umstand, daß Uhl ursprünglich beauftragt worden war, ein Gutachten über die Bodenverhältnisse im Mittleren Schloßgarten abzugeben, betreffend der Schichten, betreffend des Wassers, der Bewegung im Erdreich, so was eben. Im Auftrag der Projektplaner, versteht sich. Später hatte es geheißen, Uhl hätte aus terminlichen Gründen absagen müssen. Allerdings wurde das alles nie richtig öffentlich, der Auftrag für das Gutachten sowenig wie die angebliche Absage. Auch Landau hatte nur davon erfahren, weil sie einen Typen aus dem Planungsbüro kannte, der ihr gegenüber gerne den Herrn Wichtig spielte, indem er ein paar Interna ausplauderte. Er protzte mit seinem Wissen. Viele Leute in der Stadt taten das, es war geradezu ein Sport geworden. Freilich hatte dieser eine es nur getan, um Teska Landau – die wahrlich nicht von jedermann als „häßliches Entlein" angesehen wurde, und auch Rosenblüts diesbezügliche Anti-Haltung bröckelte zusehends –, um sie also zu beeindrucken. Sie hatte den Aufschneider zwar widerwärtig gefunden, konnte nun aber froh sein, ihm zugehört zu haben.

„Sie können sich vorstellen", erklärte Landau, „daß niemand sich hier wünscht – ich meine, niemand von offizieller Seite –, daß die Sache mit dem Gutachten irgendwas mit Uhls Problemen in München zu tun hat. Private Probleme, das wäre schön: Eifersucht, Erbschaftsstreit, Bruderzwist. Ein Jammer nur, daß Uhl keinen Bruder hat. Und wenn jetzt auch noch herauskommt, daß die Einschüchterungsversuche gegen ihn und seine Familie tatsächlich mit dem Projekt zusammenhängen, mit einem Gutachten, von dem es heißt, es sei nie erstellt worden, dann wäre das genau die Scheiße, von der gerne gesagt wird, man bleibe in ihr stecken."

„Die Untersuchung von Exkrementen war noch nie sonderlich appetitlich", kommentierte Rosenblüt. „Und darum sind wir hier. Herr Aydin wird uns hoffentlich die Freude machen, unsere Befürchtungen zu bestätigen oder zu entkräften."

Keine Frage, auch Rosenblüt wäre eine private Bedeutung des Falls Uhl viel lieber gewesen als eine politische. Das Politische strahlte, aber weniger wie ein Kindergesicht, sondern eher wie eins dieser Atommüllager, die keiner vorm eigenen Gärtchen mag.

„Kommen Sie", sagte Rosenblüt, „gehen wir."

Sie verließen den Wagen, alle drei, um zu Aydin zu gelangen. Zwischen erstem und zweitem Stockwerk hielt Kepler plötzlich inne. Er wollte nicht mehr weiter oder konnte nicht mehr weiter. Nun war er aber weder ein ganz junger noch ein ganz alter noch ein behinderter Hund, auf daß sein Herrchen sich hätte veranlaßt sehen können, ihn nach oben zu tragen. Darum blieb Kepler einfach dort stehen, wo er stand, und Rosenblüt und Landau setzten zu zweit ihren Weg fort.

135

„Macht er das oft?" fragte Landau.

„Was?"

„Den Erstarrten spielen."

„Ja", sagte Rosenblüt und tat also, als wäre er seit langem mit diesem Tier zusammen.

In der letzten Etage angekommen, klopfte er an die Türe. Ein muskulöser Mann mit Sonnenbrille öffnete. Genaugenommen stellte er sich in den Weg.

Rosenblüt betrachtete ihn wie einen Werkzeugkasten, in dem zwar jede Menge Arbeitsgeräte steckten, aber kein einziger Schraubenzieher, und erklärte: „Sagen Sie Aydin, daß ich hier bin. Kommissar Rosenblüt. Er erwartet mich."

„Davon weiß ich nichts", entgegnete der schraubenzieherlose Im-Weg-Steher.

„Muß ich mir jetzt was ausdenken, um Ihnen den Arm auf dem Rücken zu verdrehen?" fragte Rosenblüt.

Das Muskelpaket lachte. „Kommissarle, Sie wären nicht mal imstande, mir einen Finger zu verdrehen."

Das mochte sicherlich stimmen. Aber auf Finger und Arme kam es gar nicht an. Aus dem Schatten Rosenblüts trat nun Landau vor und drängte den Sonnenbrillenmann zur Seite, ohne ihn auch nur berührt zu haben. Vielleicht war es ihr Busen, oder es waren ihre Kinderaugen, egal, sie verschaffte sich mit derselben Leichtigkeit Zugang zu dieser Wohnung, mit der eine Schwimmerin das Wasser teilt und mittels der Teilung vorwärtsdriftet. – Das war mehr als ein Vergleich. Rosenblüt begriff, es in der Tat mit einer Schwimmerin zu tun zu haben.

Die Schwimmerin trieb weiter durch die Wohnung. In ihrem Kielwasser Rosenblüt und der Sonnenbrillenmann, der sich beschwerte, drohte, aber nicht direkt eingriff.

So erreichten sie den hinteren, hohen Atelierraum mit jener vorzeitlichen Stereoanlage und dem alten, mächtigen Schreibtisch, hinter dem ein Mann saß, der in Wirklichkeit ein sprechendes El-Greco-Wiesel war.

„Was soll das!" Sami Aydin war aufgestanden und zeigte mit

dem Finger auf Landau, aus deren Schatten Rosenblüt erst hervortreten mußte. Aydins Bodyguard wollte etwas sagen, aber Landau wies ihn an, den Mund zu halten.

„Sie sind Rosenblüt?" fragte Aydin.

„Wer sonst?" antwortete der Kommissar.

Aydin gab seinem Leibwächter ein Zeichen, zu verschwinden. – Leibwächter sind die zweittraurigsten Gestalten auf der Erde, noch vor den Sicherheitsleuten in Fußballstadien, die mit dem Rücken zum Spielfeld stehen und zu einer grölenden Masse hochschauen.

„Nehmen Sie Platz", zeigte Aydin auf zwei Stühle, die zusammen mit den schlanken Stelen der Lautsprecherboxen ein präzises Rechteck bildeten.

Rosenblüt stellte Landau vor und sagte dann: „Sie wissen ja, wieso ich hier bin."

„Cousin Lynch hat mich angerufen. Wenn ich ihn das nächste Mal sehe, werde ich ihm darum ein Auge ausstechen."

„Wieso gerade ein Auge?"

„Sie wissen doch, wie verrückt der nach Kino ist. Da ist der Verlust von einem Auge wohl die richtige Strafe, finden Sie nicht auch?"

„Schon", gab Rosenblüt zu. „Doch das ist Ihre Sache, wie Sie einander strafen. Ich will nur herausbekommen, wieso man versucht hat, einen gewissen Professor Uhl einzuschüchtern. – Das ist kein Spaß, einen Jungen mitten in München sich nackt ausziehen zu lassen."

„Das war nicht mitten in München, sondern am Ufer der Isar, außerdem war das nicht meine Entscheidung. Und schon gar nicht kenne ich den Grund dafür."

„Das glaube ich Ihnen sogar", sagte Rosenblüt. „Sie kennen aber ganz sicher Ihren Auftraggeber. Und erzählen Sie mir jetzt nicht, Sie hätten bloß einen anonymen Anruf erhalten. – Sehen Sie, ich will es so halten wie bei Ihrem Cousin. Wenn Sie mir etwas geben, womit ich arbeiten kann, dann werde ich Sie aus dem Rest dieser Geschichte heraushalten. Und zwar zur Gänze."

„Wer soll Ihnen das glauben?"

„Ihr Cousin tut es, und er fährt gut damit."

„Das wird er nicht mehr sagen, wenn ihm ein Auge fehlt."

„Manche Filme", erklärte Rosenblüt, „lassen sich ohnehin besser einäugig betrachten."

„Naturellement, es gibt Filme, da sollte man am besten blind sein."

„Richtig, aber darum geht es jetzt nicht. Ich bin gekommen, weil ich einen Namen brauche. Habe ich den Namen, kann ich gehen. Kriege ich den Namen nicht, muß ich Ihnen drohen. Sie wissen schon, das Übliche von wegen, daß Sie nichts mehr in dieser Stadt tun können, ohne daß wir Ihnen auf die Füße treten."

„Wie wollen Sie das hinkriegen, Sie arbeiten für das Münchner Polizeipack. Das zählt hier nichts."

Es war nun Landau, die auf eine geradezu mütterliche Art erklärte, in dieser Konstellation die Stuttgarter Behörde zu vertreten und durchaus in der Lage zu sein, Aydin das Leben zu erschweren. Was sie gar nicht tun wolle. Sie halte es wie Rosenblüt: den Dialog zu pflegen und nur zuzuschlagen, wo sich das Schlagen wirklich lohne.

„Ich kann Ihnen etwas anbieten, was mindestens so interessant ist", köderte Aydin.

„Lassen Sie es bleiben", sagte Rosenblüt, „ich verzichte darauf, daß Sie uns irgendeinen kleinen Drogenkurier ausliefern."

„Nichts mit Drogen, keine Türken, keine Albaner, keine Russen. Ich glaube, Sie haben demnächst ein ganz anderes Problem am Hals. Einen Scharfschützen."

„Wie meinen Sie das?"

„Ich meine einen Attentäter, einen Mann, der sich auf die Lauer legt. Einen Mann mit Zielfernrohr, der Karnickel abknallt. Aber große Karnickel, prominente Karnickel, Karnickelkarnickel. Ich schwöre Ihnen, Sie haben einen Wahnsinnigen in dieser Stadt, der nicht wie ein Wahnsinniger ausschaut und nicht wie ein Wahnsinniger redet. Gehört zu keiner Gruppe, hat keinen Auftrag, ist nur sich selbst verpflichtet."

„Woher wollen Sie das wissen?"

„Er war hier, um ein Gewehr zu kaufen. Hat sich Lundquist genannt, war aber sicher kein Skandinavienmann. Eindeutig Schwabe. Der Mann hatte null Ahnung von Waffen."

„Ist das denn typisch schwäbisch, keine Ahnung von Waffen zu haben?"

„So hab ich das nicht gemeint. Egal, Sie können mir glauben, in der Zwischenzeit kennt er sich aus. Es sind die Laien, die richtig gefährlich werden. Die Profis dagegen, die Killer, Allah kerîm!, die erkennt man sofort, bei denen hängt ein Schild an der Brust wie bei den Kindern, wo draufsteht, daß sie keine Süßigkeiten essen dürfen. Einer wie dieser Lundquist hingegen ist vollkommen unauffällig. Eine Bombe, aber unsichtbar. Ein Virus, der noch Aids heißt, aber längst schon was ganz anderes ist."

Rosenblüt verzog den Mund zu einer schrumpeligen Frucht und stellte fest: „Sie wollen mir also einen Mann andrehen, dessen Verbrechen darin besteht, Ihnen ein Schießgewehr abgekauft zu haben. Anstatt meine eigentliche Frage zu beantworten. Ich bitte Sie, Aydin, es mag ja sein, daß Allah der Größte ist und keiner so anbetungswürdig wie er, aber hier bei uns regiert der liebe Christengott, und die Polizei dazu. Geben Sie mir, wonach ich begehre."

„Wenn ich das tue, werden die mich umbringen. Versprochen!"

„Ja, was denken Sie denn, Aydin? Daß Sie lange leben? So, wie Sie leben, so, wie Sie Geschäfte machen? Bei Ihnen gehört der frühe Tod dazu, auf die eine oder andere Weise. Das ist Ihr Schicksal, und das wissen Sie."

„Mag sein. Doch morgen oder übermorgen ist mir definitiv zu früh, Maestro Rosenblüt."

„Gut", sagte der solcherart Gepriesene, „trotzdem brauche ich eine Information, mit der ich hier zur Türe hinausgehen kann, ohne mich vor meiner Kollegin zu genieren. Einen Hinweis, mit dem ich weiterarbeiten kann, von mir aus etwas, wo keiner auf die Idee kommt, *Sie* hätten geredet. – Wie wäre es denn mit einem Rätsel?"

„Ein Rätsel?"

„Im Rätsel tarnt sich der Rätselgeber", philosophierte Rosenblüt.

Aydin überlegte. Ihm war schon klar, daß er Rosenblüt etwas in die Hand geben mußte. Keinen kleinen Albaner und keinen kleinen Russen und offensichtlich nicht einmal einen kleinen Attentäter, obwohl es sicher ein Fehler Rosenblüts war, dieses Angebot abzulehnen. Aydin drehte gedankenverloren sein schmales Handy gleich einem Kreisel über die Tischfläche. Seine Augen drehten mit. Dann hob er den Kopf und sagte: „Also gut, Maestro. Hier mein Rat und mein Rätsel: Gehen Sie hin, wo die Löwen weinen."

„Wo die Löwen weinen?"

„Genau, wo die Löwen weinen."

„Na gut", sagte Rosenblüt. „Das muß ich mir durch den Kopf gehen lassen."

„Werden Sie jetzt Frieden geben?"

„Wie kann ich Ihnen so was versprechen?" fragte Rosenblüt zurück. „Vielleicht ist es ja ein affiges Rätsel, das mich bloß in die Irre führen soll."

„Es ist ganz sicher nicht affig", beteuerte Aydin.

Rosenblüt erhob sich, gab Landau ein Zeichen. Sie gingen. Aydin blieb hinter seinem Schreibtisch zurück. – Es gibt Leute, deren Trick darin besteht, sooft als möglich den Ort, den Platz, die Position zu wechseln. Sami Aydins Trick schien offenkundig exakt aus dem Gegenteil zu bestehen.

Im ersten Stock saß noch immer Kepler wie einst Lauscher: jenseits der Zeit. Sein kurzes, bürstenartig festes Fell verfügte im Schein des Treppenhauslichts dieses Mal über einen Schimmer aus mehreren Violettvariationen. Ein Veilchenstrauß von einem Hund.

„Komm!" sagte Rosenblüt.

Unten dann im Auto, als Kepler wieder graubraun war und brav in der Mitte saß, fragte Rosenblüt seine Begleiterin: „Haben Sie einen Computer zu Hause?"

„Sicher."

„Ich würde ihn gerne benutzen."

„Das können Sie auch in meinem Büro tun oder in Ihrem Hotel. Oder ich gebe Ihnen mein Handy, da haben Sie ebenfalls einen Internetzugang."

Nun, Rosenblüt war selbst im Besitz eines solchen Handys. „Nein, bei Ihnen zu Hause", bat er, immer noch ohne echte Begründung, doch Landau ließ es gut sein, akzeptierte Rosenblüts Wunsch und startete den Wagen.

Landau bewohnte ein kleines Häuschen, das in einer Reihe anderer lieblicher Bauten stand. Zur Straßenseite hin erstreckte sich ein ebenes Stück Wiese mit Bäumen und Beeten, während zur Rückseite hin das Gelände steil abfiel und sich dem Betrachter der für diese Stadt so typische Panoramablick eröffnete.

Die Zimmer des einstöckigen Baus, den irgendein braver Mann in den 50er Jahren Stein für Stein errichtet hatte, waren mit viel Liebe zum Detail eingerichtet worden, ohne daß aber eine Fülle entstanden wäre. Die meisten der zahlreichen Dinge verfügten über genügend Platz zum Atmen. Dort hingegen, wo die Gegenstände eng aneinanderstanden, ergab sich eine Art von Mund-zu-Mund-Beatmung, im Stile einer Lebensrettung von Taucher zu Taucher. Was allerdings nirgends zu entdecken war – und dies war der eigentliche Grund für Rosenblüts Drängen gewesen, an diesem und keinem anderen Ort seine Recherche zu betreiben –, waren jene Bücher, von denen Landau erzählt hatte. Welche sie immer wieder zu lesen pflege. Zeitschriften ja, Noten auf dem Klavier, aber kein einziges Buch.

„Wo sind die Bücher?" fragte Rosenblüt, der schon auch nerven konnte.

Landau antwortete: „Hier steht der Computer." Dann ging sie in die Küche, bereitete Kepler eine Schüssel mit Wasser und öffnete eine Dose Katzenfutter. Ihre Katzen waren übrigens so unsichtbar wie ihre Bücher.

„Haben Sie irgendeine Idee, was mit den weinenden Löwen gemeint sein könnte?" rief Rosenblüt hinüber in die Küche, während er gleichzeitig den Computer startete.

„Hm! Eigentlich nichts, was sich auf Stuttgart beziehen ließe."

„Und ohne Stuttgart?"

„Na, da denke ich weniger an weinende, mehr an schielende Löwen."

Das Internet wiederum, welches Rosenblüt jetzt befragte, fragte umgehend zurück, ob er statt „weinende Löwen" nicht etwa „gähnende Löwen" meine, gab aber gleichermaßen rasch bekannt, daß eine Skulptur Rodins und ein kretischer Felsen diesen Namen trügen. Einen Moment später erinnerte sich Rosenblüt an die genaue Formulierung Aydins: wo die Löwen weinen.

Exakt diesen Satz gab er ein. Was er fand, war jedoch wenig hilfreich: die übliche Präsenz zweier Begriffe im selben Text, zum Beispiel einen deutschen Künstler, der mit seiner Installation „Was du liebst, bringt dich auch zum Weinen" den Goldenen Löwen der Kunstbiennale von Venedig errungen hatte. Oder der Vaihinger Löwe als Qualitätssymbol von Lemberger Weinen. Es wurde noch schlimmer: „Der König der Löwen. Ich mußte immer weinen, wenn ..."

Moment! König der Löwen?

Es war keineswegs so, daß Rosenblüt nun dachte, Aydins Rätsel hätte in der Tat etwas mit dem Walt-Disney-Film zu tun, aber möglicherweise besaß ja auch Aydin, ähnlich wie sein Cousin, eine cineastische Ader oder kopierte zumindest dessen Vorliebe, in Filmzitaten zu denken. Eine Tendenz, die Rosenblüt selbst durchaus nicht fremd war, sonst hätte er wohl kaum Lynchs Lynch-Zitat von wegen If-you-do-good-and-if-you-do-bad identifizieren können. Allerdings fiel ihm keine Filmszene ein, in der ein Ort beschrieben wurde, an dem Löwen weinten.

Rosenblüt holte seine Geldbörse aus der Hosentasche. Zwischen zusammengefalteten Rechnungen und obsoleten Fahrscheinen, die alle zusammen ein Versteck bildeten, kramte er einen Zettel hervor, auf dem er sich Lynchs E-Mail-Adresse notiert hatte, die ihm dieser gegeben hatte, unwillig, versteht sich, und nur für den Fall der Fälle.

So ein Fall war eingetreten. Rosenblüt mailte dem Cineasten

die Frage: *Wo ist der Ort, wo die Löwen weinen? Ihr Filmfreund Rosenblüt.* Mehr schrieb er nicht, um eine voreilige und irreführende Einschränkung zu vermeiden. Zugleich ging er davon aus, daß Lynch nichts über den Versuch seines Cousins wissen konnte, sich mit einem Löwenrätsel aus der polizeilichen Umklammerung zu befreien. Die beiden würden sicher eine ganze Weile auf Distanz bleiben. Möglicherweise hatte das Augenausstechen in dieser Familie eine gewisse Tradition.

Rosenblüt stand auf und begab sich hinaus auf die Terrasse. Die Sonne stand jetzt tief und verlieh jedem Gegenstand, jeder Blüte und jedem Blatt eine Transparenz ganz in der Art der von Adern durchzogenen Hundeohren. Dazu kamen lange Schatten, der Garten ein flachgedrücktes Fakirbrett. Rosenblüt setzte sich und spürte das eigene Durchleuchtetsein. Er fühlte sich ein klein wenig heilig und himmlisch. Da läutete sein Handy.

Rosenblüt drückte die Sprechtaste. Eine männliche Stimme meldete sich: „Ich würde sagen: Manhattan."

„Bitte?!"

„Wo die Löwen weinen."

„Verdammich, Lynch, woher haben Sie meine Nummer?"

„Also, ich finde, daß, wenn Sie mit meiner Mailadresse spielen, ich doch Ihre ach so geheime Handynummer haben darf. Das ist nur gerecht. Sie wissen schon: Gleichgewicht der Kräfte."

„Erstens bin *ich* der Polizist", erwiderte Rosenblüt, „und zweitens haben Sie mir Ihre Mailadresse gegeben, ich Ihnen aber nicht meine Handynummer."

„Nun ja, das hängt wohl damit zusammen", sagte Lynch, „daß eben *ich* der Kriminelle bin und somit logischerweise was Illegales tun muß, damit ich krieg', was ich brauch'. So hat alles seine Ordnung. Nicht in Ordnung ist dagegen, daß Sie sich aufregen anstatt sich zu freuen, wenn ich Sie anrufe und Ihnen etwas zustecke, was Sie offensichtlich selbst nicht herausbekommen."

„Sie haben recht, ich bin nur etwas erschrocken. Also, zurück zu den Löwen. Was sagten Sie?"

„Ich sagte Manhattan. Das ist der Ort, wo die Löwen weinen. So 'ne poetische Wendung, stammt aus *A.I.*, dem Spielberg-Film über dieses Roboterkind, das genauso wie Pinocchio ein richtiger Junge werden will und auf der Suche nach der blauen Fee ist."

„Und weiter?"

Lynch fuhr fort: „Na, bei dem magischen Ort, an dem die blaue Fee leben soll, handelt es sich doch um Manhattan, das im Meer versunken ist und dessen Hochhaustürme aus dem Wasser ragen. Und da heißt es dann, der Junge solle sich an den Ort begeben, wo die Löwen weinen. Die weinenden Löwen sind, wie sich zeigt, riesige Bronzestatuen, die die Art-Deco-Fassade eines dieser Gebäude als Wasserspeier schmücken und denen das Meerwasser aus den Mäulern und Augen strömt."

„Welches Gebäude ist damit gemeint?" fragte Rosenblüt.

„Keine Ahnung, man sieht zwar am Anfang die Twin Towers, und man erkennt das Chrysler, aber ich denke, das Löwengebäude könnte eine Erfindung sein. Wenn nicht, würde ich am ehesten schätzen, es ist das Rockefeller Center. Jedenfalls müßte ich da noch genau nachschauen."

„Tun Sie das bitte."

„Bin ich jetzt bei der Polizei?" fragte Lynch.

„Sagen wir, Sie gehören zu meiner inoffiziellen Mannschaft."

„Und mein Cousin?"

„Der ebenfalls. Übrigens wäre es besser, wenn Sie ihm in der nächsten Zeit ausweichen."

„Er hat sicher gedroht, mir ein Auge auszustechen. Das ist ein dämlicher, alter Spruch von ihm. Dabei ist er ein tuberkulöser Gartenzwerg."

„Wie auch immer. Besorgen Sie sich die DVD, und melden Sie sich gegebenfalls."

„Sir! Yes sir!"

Rosenblüt legte auf.

Eben trat Landau auf die Terrasse, neben ihr ein gesättigter Kepler (daß auch philosophische Hunde Nahrung brauchen, ist zwar enttäuschend, dennoch nicht unnatürlich), und stellte ein Tablett mit Kaffeegeschirr auf den Tisch.

Rosenblüt fragte: „Kommt Ihnen etwas in den Sinn, wenn Sie beim Begriff der weinenden Löwen an Wasserspeier denken? Brunnenfiguren oder Gebäudefiguren? Irgend etwas hier in Stuttgart? Kann auch eine Sache sein, die in Bezug zum Rockefeller Center in New York steht. Aber konzentrieren wir uns erst auf die Löwen. Skulpturen, vielleicht Stein, vielleicht Bronze, vielleicht Regenwasser, vielleicht Brunnenwasser."

Landau setzte sich. Eigentlich hätte auch sie – sie nämlich erst recht, so schmal und weißhäutig, wie sie war – im Abendlicht einen durchsichtigen Eindruck machen müssen, doch die Nachdenklichkeit, in die sie versank, bildete eine feste Schicht, durch die kein Licht zu dringen schien. Wenn Teska Landau nachdachte, dann wirkte sie in der gleichen Weise massiv und dunkel wie in den Momenten, da sie hinter dem Steuer ihres VW-Busses saß. Ja, es schien, als sei der Schatten, den sie über den Steinboden und ein Kopfstück hoch an die Hauswand warf, sehr viel heller als sie selbst. Der Schatten rötlich vom Licht, nur er. So verblieb sie eine ganze Weile in dieser Dunkelheit, bevor sie langsam ihr Haupt zu dem geduldig wartenden und in seinen Kaffee vertieften Rosenblüt drehte und ankündigte: „Das ist jetzt vielleicht sehr weit hergeholt …"

„Macht nichts", versicherte Rosenblüt, „manchmal ist der Weg nun mal weit. Richtig kann er trotzdem sein."

„Weinende Löwen, weinende Löwen – da war tatsächlich etwas mit einem Haus, einem Garten. Ich meine mich an eine solche Formulierung erinnern zu können. Aber keine offizielle Bezeichnung, sondern gewissermaßen eine polizeiinterne. Das muß viele Jahre zurückliegen, als ich eben erst in den Kriminaldienst eingetreten bin … jetzt fällt es mir wieder ein! Das war die Geschichte mit den Burschenschaftern."

Landau führte aus, daß im Süden der Stadt, am oberen Ende einer der für Stuttgart so typischen Hangtreppen eine Villa liege, ein Jahrhundertwendebau in bester Lage, welcher einer schlagenden Verbindung als Stammsitz diene, einer Verbindung mit dem Namen Adiunctus. Auf der Rückseite des Hauses befinde sich ein

145

Grundstück mit einem Garten und in diesem Garten ein von einer geometrischen Hecke eingeschlossener Brunnen im barocken Stil. Wenn die Erinnerung sie nicht täusche, seien es vier, fünf Löwen gewesen, nicht größer als kleine Hunde, die in Form von Wasserspeiern das kreisrunde Becken schmückten, wobei nicht nur aus den Mündern Wasserstrahlen brachen, sondern auch aus den Augen. Weinende Löwen halt. Die skurrile Idee eines namenlosen Brunnenbauers, was auch immer er der Welt damit habe sagen wollen.

„Es gab damals ein Problem mit einigen der Studenten, die dort wohnten", erzählte Landau, „und eine kleine Ermittlung. Ich glaube, es war nicht allein der Anblick der Brunnenfiguren, der einen Kollegen animiert hat, von weinenden Löwen zu sprechen, sondern auch die Beteuerungen und Interventionen einiger prominenter Fürsprecher unter ihren Alten Herren. Die Sache ist dann bald eingeschlafen."

„Worum ging es überhaupt?"

„Nichts wirklich Schlimmes, eine interne Schlägerei, ausnahmsweise ohne feste Regeln. Einer von den Füchsen – also einer ihrer Jungmitglieder – ist ziemlich übel zugerichtet worden."

„Gut und schön. Ich frage mich nur, wie jemand wie Aydin von so etwas wissen kann."

„Na ja, wenn er mit diesen Leuten zu tun hat, kennt er möglicherweise ihre Geschichte. Auch die, die nicht im Internet steht."

„Sagten Sie denn nicht, nur die Polizei hätte diese Formulierung gebraucht?"

„Vielleicht ist meine Vermutung ja Nonsens."

„Das glaube ich nicht", meinte Rosenblüt. „Jedenfalls haben wir einen Hinweis, etwas, womit wir arbeiten können. Nach dem Kaffee fahren Sie mich zu diesem Haus hoch."

„Was? Zu dem Adiunctenhaus?"

„Ja."

„Hören Sie, bei einem kleinen türkischen Schwarzhändler kann man vielleicht so einfach reinplatzen, aber sicher nicht in die ehrwürdige Villa farbentragender und pflichtschlagender Bundesbrü-

146

der. Was sollen wir denen denn sagen? Daß wir uns den Brunnen ansehen wollen? Außerdem ist es Abend."

Nun, das stimmte, es war Abend, da hatte Landau recht. Auch war es nicht so, daß Rosenblüt sich darüber freute, wie dank Aydins Rätsel eine Burschenschaft ins Blickfeld seiner Ermittlungen geraten war. Wäre er jetzt der Autor eines Romans gewesen, dann hätte er sich das Auftauchen einer studentischen Verbindung in seiner Geschichte untersagt. Diese Leute empfand er als wandelndes Klischee, als wandelnde Karikaturen obskurer Gesinnung sowie einer so reaktionären wie intimen Brauchtumspflege und geradezu infantiler Mutproben. Wie sie da ihre Mensuren pflegten und einen Kult aus der größten Dummheit machten, nämlich nicht zurückzuweichen, sondern aufrecht dazustehen und der Furcht zu widerstehen, im Stile derer, die über Schlangengruben springen, als sei es nicht das klügste, um solche Gruben weite Bögen zu ziehen. Das Zurückweichen als Niederlage zu definieren, war so vollkommen typisch für diese Gruppe junger und alter Herren, auch, daß es allein darum ging, Gesicht und Kopf des Gegners zu treffen und im günstigsten Fall jene hübschen Verletzungen zu verursachen, die als Narben, oder wenigstens gedachte Narben, etwas von einem nach innen gewandten Auge besaßen, einem Auge, das in der Zeit zurückschaute, zurück ins neunzehnte Jahrhundert, wohin sich viele Burschenschafter sehnten. Und zwar gerade darum, weil in der Öffentlichkeit Schmisse als etwas Obsoletes, Hinterwäldlerisches galten. Nun, das mochte man so oder so sehen, ebenso die Frage, inwieweit die einzelnen Verbindungen nicht bloß nationalistisches, sondern auch nationalsozialistisches Gedankengut vertraten oder insgeheim pflegten. Für Rosenblüt war es in jedem Fall so, daß diese Gruppierungen über die Generationen hinweg einen Klub gegenseitiger Hilfestellung und Vorteilnahme bildeten, eine Elite, deren Berechtigung sich aus dem Umstand des Einanderkennens, des Miteinanderverbundenseins ergab. Im Grunde handelte es sich um eine andere Form von Erbgesellschaft, deren wohl wichtigstes Element darin bestand, gewisse Positionen in Politik, Wirtschaft und Wissenschaft frei von unerwünschten Einflüssen zu halten.

All dies führte zu einem Bild, das sich schwerlich eignete, Stories zu entwickeln, in welchen die Burschenschafter die „Guten" verkörperten. Ihre autoritären Strukturen, die Lächerlichkeit und gleichzeitige Brutalität ihrer Rituale sowie eben ihre politischen und ökonomischen Seilschaften ließen sie in Filmen und Romanen als die Vertreter der dunklen Seite der Macht erscheinen. Dunkel und halt auch komisch. Zwischen einem wirklichen Altherrenfunktionär in voller Tracht und dem karikierenden Bildnis einer solchen Figur etwa bei George Grosz war kaum ein Unterschied festzustellen.

Kommissar Rosenblüt wäre dem Klischee gerne ausgewichen. Aber hier war nun mal kein Roman, er konnte die Sache nicht neu schreiben, war außerstande, die „weinenden Löwen" in „blutende Stiere" oder ähnliches zu verwandeln, um der ganzen Sache eine spanische Richtung zu geben beziehungsweise diverse Richtungen auszuprobieren: fliegende Rehe, verwirrte Salamander, nervöse Fische.

Darum insistierte er darauf, noch diesen Abend hinüber in den Süden der Stadt zu fahren, um sich das Verbindungshaus der Burschenschaft Adiunctus, der buchstäblich „eng Verbundenen", anzusehen: die Leute, den Brunnen, die Löwen.

„Wenn Sie darauf bestehen, bitte", sagte Landau mißmutig, bestand aber auf einigen Minuten, um sich frisch zu machen.

Rosenblüt konstatierte: „Sie sehen sehr viel frischer aus als ich."

Eine Bemerkung, die Landau überhörte. Sie ging zurück ins Haus, und Rosenblüt folgte ihr. Erneut nahm er am Computer Platz, um sich bezüglich der Adiuncten und ihrer Geschichte kundig zu machen. Ein Verfahren, das er eigentlich ablehnte: diese Vorbereitungen mittels Internet, auf daß man in der Folge mit einem unverrückbaren Wikipediabild sich dem Realen näherte und sich die wenigen Überraschungen daraus ergaben, das Glück oder Pech zu haben, daß im Realen eine Veränderung eingetreten war – so jung, so frisch, so unverdorben –, daß noch kein Streber dazu gekommen war, im Netz eine Aktualisierung vorzunehmen.

Eine Überraschung sollte es indes jetzt schon geben.

Zunächst war da nichts Auffallendes, das Gewohnte und Naheliegende eben: die Beschreibung des Burschenbandes, des Wappens, die Geschichte zwischen Gründung und Gegenwart, das studentische Fechten, nicht zuletzt die Betonung des Lebensbundprinzips, das sich am deutlichsten in jener eheartigen Regel manifestiert, welche erklärt, die Mitgliedschaft eines Bundesbruders ende erst mit seinem Tod. Dazu gab es Bilder des Adiunctenhauses und des Grundstückes, der Studentenzimmer wie der Gemeinschaftsräume, einen Blick auf die Stadt, in den Paukraum, auf den Garten, nicht zuletzt auf jene quadratische Heckenformation, in deren Innerem sich angeblich ein Brunnen befand, den fünf Löwen zierten. Das war soweit recht exklusiv, aber nicht weiter ungewöhnlich, auch nicht jener deftige Widerspruch, der sich aus der Maxime von der „Selbständigkeit des Denkens" einerseits und der burschenschaftlichen Praxis schmelzender wie verschmolzener Gehirne andererseits ergab. Das war nun wirklich kein Privileg derartiger Gemeinschaften, den freien Geist zu behaupten, aber jedem auf die Finger zu klopfen, der ein kritisches Gedichtlein verfaßte.

Die Überraschung ergab sich für Rosenblüt in dem Moment, da er – nicht auf der Website der Adiuncten, sondern eben bei der beliebten freien Enzyklopädie – eine Liste prominenter Mitglieder der Adiunctus-Burschenschaft entdeckte und einer dieser Namen mit der Prägnanz dreier hochgestreckter Finger in den Rosenblütschen Blick drang: Uhl. Christoph Uhl (*1956), Professor der Geologie in München.

Es gibt Spuren, dachte sich Rosenblüt, und es gibt Superspuren. Das ist eine Superspur. Wobei ihm aber auch klar war, daß Superspuren immer etwas Verdächtiges besitzen. Sie scheinen ausgelegt zu sein, damit arme Polizisten auf Irrwege und in finstere Abgründe geraten. Dennoch und trotz aller möglicher Gefahren – Rosenblüt konnte diese Spur nicht links liegenlassen. Und als nun Teska Landau die Treppe herunterkam, rief er sie zu sich und zeigte ihr, worauf er gestoßen war.

149

„Voll ins Schwarze, Bull's Eye! Und nicht einmal geheim", kommentierte Landau.

„Was ist schon geheim?" philosophierte Rosenblüt. „Die Dinge sind offene Bücher. Mitunter wäre man froh, ein Buch würde sich dadurch auszeichnen, daß es geschlossen bleibt."

Womit er ganz sicher recht hatte. Dennoch, Landau lächelte ob dieser Klage. Ihrer Heiterkeit nach zu urteilen, war sie bereits in der Freizeit angekommen. Zudem trug sie einen dunkelblauen Rock und eine gelbliche Bluse, deren Ausschnitt eine dezente Perlenkette in ein offenes Oben und ein spitz zulaufendes Unten teilte. Das halblange, hellblonde Haar befand sich unter der Kontrolle zweier Swarovski-Haarspangen.

Angesichts solcher Aufmachung fragte Rosenblüt: „Wollen Sie in die Oper gehen? Für morgen hätte ich eine Karte."

Landau ignorierte die Frage und hob den Autoschlüssel in die Höhe, als präsentiere sie den mumifizierten Zeigefinger des heiligen Christophorus.

„Gut, fahren wir", sagte Rosenblüt, wie man sagt, der moderne Fußball werde zwar immer schneller, habe aber etwa soviel Seele wie ein sehr flach geklopftes Kalbsschnitzel, das auch der größte Magier nicht wieder zum Leben erwecken könne.

Was für ein Abend! Der Himmel ein glänzendes Tuch in den Augen des Stiers.

11   Gott tritt auf

Die Hölle ist leer, alle Teufel sind hier!
William Shakespeare, *Der Sturm*

Das an seiner Frontseite schmale, hohe, mit einem mittigen Türmchen ausgestattete Adiunctenhaus, das tief in den Hang hineinführte, lag im Schein der Abendsonne. Die helle Fassade besaß den fiebrigen Glanz einer Errötung, wobei dieses Rot gar nicht wie das Spiegelbild einer turnusgemäß sterbenden Sonne wirkte, sondern eher aus dem Mauerwerk selbst zu stammen schien. Was an die erhitzten Backen tollender Kinder erinnerte, und das paßte ja nun ganz gut zu einer Burschenschaft: das Herumtollen als Alternative zu echter Bewegung, das kameradschaftliche Betrinken und Fechten als Alternative zu kleinbürgerlicher Sportlichkeit und proletarischer Körperkultur.

Rosenblüt läutete an der Türglocke. Ein junger Mann öffnete ihm. Rosenblüt stellte sich namentlich vor, erwähnte natürlich, von der Münchner Polizei zu sein, und betonte darum, daß ihm Frau Landau als Vertreterin der hiesigen Behörde zur Seite stehe. Einen Ausweis zeigte er nicht.

„Ja, und was wollen Sie?"

„Nun, ich würde gerne ein paar Fragen bezüglich dieses Hauses beantwortet haben."

„Was für Fragen?"

„Anders gesagt, ich möchte Sie bitten, uns hereinzulassen und jemanden zu holen, der sich eignet, mit mir zu reden. Ich denke nicht, daß Sie das sind, oder? Warum sollten wir uns also die Mühe machen?"

Der junge Mann biß sich auf die Lippe. Seine Augen verengten sich zu einer Klammer, die aber nur sich selbst klammerte. Er hätte Rosenblüt gerne zum Teufel geschickt. Allerdings fürchtete er, einen Fehler zu machen, irgendeinen. Jedenfalls bat er Rosenblüt und Landau einzutreten und führte sie in eine Halle, deren Färbung den Eindruck der Fassade bestätigte. Wobei es sich indes nicht um das kämpferische Rot handelte, welches Revolutionen versprach, sondern um das Rot, das in den Hölzern steckte, das Blut der Bäume.

Der junge Mann ließ Rosenblüt und Landau allein.

Das blieben sie nicht lange. Ein Mann betrat den Raum, wohl kaum der Hausmeister. Viel zu souverän war sein Schritt, so, als sei dieser Parkettboden einzig zum Vergnügen seiner Füße geschaffen worden. Und wenn auch mal andere Füße hier zu stehen kamen, dann bloß, weil er es zuließ. Er war ein kleiner Mann, in der Art dieser kleinen Männer mit großen Frauen, obgleich keine Frau zu sehen war. In seinem Gesicht steckte etwas Bäurisches, der Wille, die Natur zu beherrschen. Passend dazu trug er einen Lodenanzug, der seinem vielleicht achtzigjährigen Körper eine fellartige Struktur verlieh. Der Anzug als Haut, passend dazu die Krawatte, die gleich einem Appendix aus dem Kehlkopf dieses Mannes herausgewachsen war.

Er ging auf Teska Landau zu, verbeugte sich und küßte ihr den Handrücken, ohne freilich seine Lippen direkt auf die Damenhaut zu legen. Dann richtete er sich sehr gerade auf, schüttelte Rosenblüt die Hand und stellte sich als Fabian, Professor Doktor Gotthard Fabian, vor. Er sei der Vorsitzende des Altherrenverbands und damit auch der Vorsitzende des Bundeskonvents, des obersten Organs der Burschenschaft Adiunctus.

„Nicht, daß Sie denken, ich wohne hier. Aber ich habe heute einige Gäste. Eine kleine Runde alter Freunde. Wir sitzen draußen im Garten."

„Das ist schön, Herr Professor", säuselte Rosenblüt, „denn dieses Gartens wegen erlaube ich mir, Sie zu stören."

„Was Sie nicht sagen! Wären Sie von der Stuttgarter Polizei, könnte ich mir noch etwas zusammenreimen, aber ich frage mich schon, was die braven Bajuwaren unsere kleine Idylle kümmert."

„Das ist gar nicht so einfach zu erklären. Es geht um die Löwen."

„Löwen?"

„Löwen, die weinen."

„Sie meinen die Wasserspeier?"

„Genau."

„Sie sind jetzt aber nicht von einer Denkmalschutzeinrichtung des Münchner Polizeipräsidiums, von der ich noch nicht wußte, oder? Außerdem darf ich versichern, daß wir unserem Haus und diesem Garten und somit auch diesem Brunnen mit der größten Sorgfalt begegnen. Wir achten auf unser Erbe."

„Erfreulich", kommentierte Rosenblüt und erkundigte sich, ob es möglich wäre, sich die Löwen anzusehen und dabei ein wenig zu plaudern.

„Ich sagte Ihnen bereits, ich habe Gäste", erinnerte Fabian.

„Ihre Gäste will ich gar nicht sehen, nur den Brunnen. Und dann noch ein paar Worte zu Herrn Professor Uhl."

„Aha, daher weht der Wind. Unser Bundesbruder Uhl lebt ja derzeit in München. Was ihm vergönnt sein mag. Eine wunderbare Stadt, in der die Menschen aufrechten Hauptes zu gehen verstehen."

„Tun sie das denn in Stuttgart nicht?"

„Lieber Herr Kommissar, stammen Sie denn nicht selbst von hier? Sie sind doch *der* Rosenblüt, oder?"

Anstatt Fabian darüber aufzuklären, daß das Aufrechtsein Münchner Schädel mitunter den fehlenden Hälsen und damit einer gewissen Unbeweglichkeit der Köpfe zu verdanken war, fragte Rosenblüt erneut, ob er die Löwen sehen könne.

„Wenn Sie so darauf bestehen, will ich Ihnen die Freude machen."

Rosenblüt und Landau folgten dem so fest dahinschreitenden Emeritus durch die Räume und ließen sich ein wenig über die Geschichte des Adiunctenhauses erzählen: über die große Tradition der Verbindung, welche zu den Gründungsmitgliedern des Rheinischen Rings gehöre, sowie über die wichtige soziale Bedeutung des Hauses als Unterkunft für Studenten. Überhaupt die Jugend! Und damit auch das Prinzip des Lebensbundes, ein aus eben dieser Jugend hervorgesprossenes Gemeinschaftsgefühl, eine Verpflich-

153

tung den Bundesbrüdern gegenüber, die sich ein Leben lang erhalte, während ja so viele andere Verpflichtungen dem Sturm der Zeit und egoistischen Neigungen erliegen würden.

Rosenblüt schmunzelte. Er sagte: „Soweit ich gehört habe, gab es hier mal Probleme mit ein paar Ihrer Aktiven, die den Bund fürs Leben nicht eingehen wollten."

„Ach, Herr Kommissar, Ihr spöttischer Ton ist fehl am Platz. Das ist lange her. Und Reibungen gibt es immer und überall. Wir wären sonst keine Menschen. Sie müssen verstehen, daß wir zwar eine schlagende Verbindung sind, es aber verbieten, Ehrenhändel mit der Waffe auszutragen. Das ist ein wenig – wenn ich so offen sein darf – ein Zugeständnis an die moderne Zeit. Ein Zugeständnis, das ich nicht unbedingt befürworte, weil die moderne Zeit leider Gottes ein recht verkrampftes Verhältnis zum Begriff der Ehre hat. Als sei Ehre, erst recht persönliche Ehre, eine Schande. Wir büßen diese Tugend ein und halten das auch noch für einen Fortschritt. Bedauerlich! In dieser Hinsicht sind uns andere Kulturen heutzutage um einiges voraus."

„Sie mögen die Moderne nicht", konstatierte Rosenblüt. Man war soeben in den Garten hinausgetreten, ein von hohen Bäumen eingeschattetes Stück Rasen, wo ein Rest von Abendlicht an die Haltung sich unterwerfender Hunde erinnerte. Man konnte meinen, das Licht läge auf dem Rücken. – Apropos, während sich das Licht an dieser Stelle hündisch gab, befand sich Kepler draußen auf der Straße. Er war nämlich einfach stehengeblieben, dort, wo die Sonne noch in der Lage war, ein warmes Kissen auf sein Fell zu betten.

Rosenblüts Verdacht, Fabian sei ein Gegner der Moderne, konterte dieser: „Ich bitte Sie, ich bin Geologe. Und außerdem ein bekennender Freund des Verkehrs. Ein geologisierender Verkehrsapostel. Der Verkehr *ist* doch nachgerade die Moderne, der Verkehr ist gleich einer Zukunft, die sich ständig von neuem erfindet. Nur ist der Mensch natürlich weder eine Autobahn noch eine Schienenstrecke, sondern bewegt sich nur auf solchen Wegen. Und deshalb muß er die Möglichkeit haben, nach hinten zu schauen, dorthin, wo seine Väter und Großväter stehen und standen."

Teska Landau hätte sich jetzt eigentlich einmischen und erwähnen müssen, daß „dort hinten" wohl gleichermaßen ein paar Mütter und Großmütter zu finden seien, aber sie unterließ es, vielmehr schaute sie hinüber zu dem kleinen, leicht erhöhten, von hölzernen Säulen gestützten Pavillon, der im Moment einem halben Dutzend Herren Platz bot. Sie alle hatten sich ihrer Sakkos entledigt, das Weiß der Hemden stach aus dem Dunkel hervor, während die Gesichter sich bereits ein wenig verloren hatten im herabsinkenden Vorhang der Nacht. Dennoch meinte Kriminalhauptmeisterin Landau einige der Männer zu erkennen, jemand von der Staatsanwaltschaft war dabei, auch ein Baumensch, dessen Name ihr gerade nicht einfiel. Ohne Zweifel hingegen erkannte sie eine Person, der aus dem Weg zu gehen ihr bislang stets gelungen war: den für den Finanzbereich und Beteiligungsfragen zuständigen Ersten Bürgermeister der Stadt, der mit seinem ewigen Bubengesicht so wunderbar an diesen Ort paßte, mit dieser für Burschenschafter typischen Weichheit und Schwammigkeit der Züge. Eine Weichheit, in welcher der Ruf nach Männlichkeit so fundamental wie unerfüllbar sich streckte, gleich dem Schrei nach Liebe, der ungehört verhallt. Männer dieser Güteklasse mochten verheiratet sein, bewundert, gefürchtet, sie mochten sogar imstande sein, die Welt oder wenigstens eine kleine Welt in Schutt und Asche zu legen, aber ihr Schicksal war, daß Gott ihnen das Mannsein verwehrte. Keine Mensur konnte daran etwas ändern. Gott schüttelte angesichts solcher Rituale nur angewidert den Kopf. Ganz klar, hätten sie gekonnt, hätten diese Männer selbst Gott in Schutt und Asche gelegt. Aber das spielte es nicht.

Dabei war dieser Bürgermeistermensch nie Student gewesen. Egal, er gehörte dennoch an diesen Ort und saß ja auch hier, als Gast, sicherlich, aber als vertrauter Gast, als Freund der Adiuncten. Das Unglaubliche, so üblich es sein mochte, ergab sich bloß daraus, welche Masse von Funktionen dieser Mann, dieses in die Jahre gekommene Bürschlein, innehatte, nicht nur Finanzbürgermeister, sondern auch Kreisvorsitzender seiner Partei, zudem umtriebiger Multi-Aufsichtsrat und vielfacher Stellvertretender Vorsitzender. Mit seinen Fingern rührte er in der Stadt herum.

Daß dieser Meister rührender Finger zusammen mit seiner Mutter wegen Beihilfe zur Mißhandlung einer Schutzbefohlenen 1995 vom Landgericht Stuttgart verurteilt worden war, ein Urteil, das im Folgejahr eine Bestätigung durch den Bundesgerichtshof erfahren hatte, daran konnten oder wollten sich nicht alle in selbiger Stadt erinnern. Teska konnte und wollte es, hatte doch ihre damals beste Freundin, ein seinerzeit begabtes fünfzehnjähriges Eiskunstlauftalent, in diesem Fall eine entscheidende Rolle spielen müssen. Es war dabei um den Trainer gegangen, der seine Schülerinnen gequält, verletzt und sexuell belästigt hatte. Die Perfidie dieses Mannes hatte in dem Ausspruch gegipfelt: Sie muß mehr Angst vor mir als vor Stürzen haben. Bei einem der Mädchen hatte selbst deren Vater die Züchtigungen als praktikables Mittel gebilligt. – Nun, daß Väter ihre Kinder nicht schützen, im Gegenteil, braucht, so schrecklich es ist, nicht zu überraschen. Und Eiskunstlauf ist bekanntermaßen die Hölle für Kinder. Könnten diese Trainer und Eltern ihre Schützlinge solcherart zum Triumph treiben, sie wären sogar bereit, ihnen die Zehen abzuschneiden. Es gibt kranke Sportarten, die ziehen kranke Menschen an. Eiskunstlauf liegt diesbezüglich ganz vorne.

Für mindestens so schlimm wie werwölfige Trainer und vom Ehrgeiz zerfressene Eltern hielt Teska seitdem die Funktionäre. Denn diese verbinden die Krankheit mit der Außenwelt, damit sie sich ausbreiten kann. Und so mochte es eigentlich nicht verwundern, daß die beiden involvierten Amtsträger, Mutter wie Sohn, die Handlungen des Trainers nicht nur einfach willentlich übersehen, sondern diese auch aktiv unterstützt hatten. Sie hatten nicht die Kinder, sondern die sadistische Praxis des Trainers gefördert.

Derartiges konnte einen Betrachter fassungslos machen. Erst recht fassungslos machte nicht nur Teska der Umstand, daß dieser rechtskräftig verurteilte Eiskunstlauffunktionär, anstatt in Scham und Schuld zu versinken, ins Kloster zu gehen und sein Bubengesicht auf immer vor der Welt zu verbergen, nur drei Jahre nach diesem Urteil zum Vorsitzenden der Gemeinderatsfraktion seiner Partei gewählt worden war und weitere sechs Jahre später jene Position eines Finanzbürgermeisters übernehmen konnte. – War denn seine Partei so arm an Leuten? Oder war es vielleicht so, daß man genau *solche* Leute brauchte, ja daß diese Leute sich genau dadurch empfahlen, menschlich versagt zu haben? Dies zu sagen und dies zu denken, und Teska Landau dachte es, auch wenn sie es nicht sagte, war keine Ironie und kein Zynismus, sondern eine Theorie, die sich anbot. Nein, die sich aufdrängte.

Die Polizistin Landau warf den sechs Weißhemden, die da unter der Kuppel des Pavillons saßen, einen abfälligen Blick zu, dessen Abfälligkeit jedoch abstrakt blieb, gewissermaßen unter einer unsichtbaren Sonnenbrille verborgen. Freilich, die Herren spürten ihn wohl, wandten sich sofort wieder ab und ihrem Gespräch zu, den Bieren zu, die da kühl und prächtig auf dem kreisrunden Tisch standen. Landau vernahm noch ein Wort aus dem Mund des Menschen von der Staatsanwaltschaft, für sie klang es nach „Zicke" oder „frigide", was auch immer, es brauchte sie nicht zu kümmern. Sie tat zwei, drei größere Schritte und war somit wieder auf einer Linie mit Rosenblüt und Fabian.

Man stand nun vor einer ungefähr zwei Meter hohen, dichten Hecke, die an der oberen Kante eiförmig zugeschnitten war. Die Hecke als Ganzes bildete einen durchgehenden, rechteckigen Körper, der auf den ersten Blick vollkommen geschlossen schien. Doch Fabian führte seine Gäste an den hinteren Teil, wo sich eine schmale Lücke auftat, so schmal, so sehr bereits vom Nachtschatten besetzt, daß man sie kaum bemerkte. Ein dicker Mensch hätte nicht hindurchgepaßt. Aber keiner war hier dick, weshalb man sich nun mühelos in das Innere dieses gärtnerischen Kabinetts begeben konnte.

„Holla!" kommentierte Rosenblüt, wie man sagt: Endlich mal ein Geschenk, das nicht hinter seine Verpackung zurückfällt!

Auf einer Fläche, die etwa so groß war wie jener unterirdische Raum, in dem eine komplexe vorchristliche Maschine festsaß und sich nicht und nicht rührte, öffnete sich ein ovales Becken im barocken Stil. An allen vier Heckenseiten waren steinerne Bänke aufgestellt, und in gleichmäßigen Abständen neigten sich fünf wasserspeiende Löwen zur Mitte hin. So wie Landau angekündigt hatte, drangen nicht nur Fontänen aus ihren Mündern, sondern floß auch Wasser aus ihren Augen, weshalb sich der Eindruck tränenreicher Gemüter ergab. Alle fünf verharrten im Sprung auf jene Brunnenmitte zu, aus der eine weitere Skulptur aufragte, nicht größer als die Löwen, aber dank eines Sockels etwas höher gesetzt. Rosenblüt hätte nicht sagen können, was es darstellte. Es handelte sich um ein kastenförmiges Objekt: tresorartig, kubisch, der Stein etwas dunkler und grober als der Rest, wobei der Körper nicht direkt mit dem Untergrund verbunden schien, sondern es so aussah, als würde er ein paar Zentimeter in der Luft schweben. Eine optische Täuschung.

„Deus ex machina", sagte Fabian.

Rosenblüt und Landau blickten ihn fragend an. Rosenblüt, weil er keine Ahnung von diesem Begriff hatte, Landau hingegen, weil sie eine Ahnung hatte.

Fabian erklärte, der Brunnen hätte bereits auf diesem Grundstück gestanden, bevor noch der Stammsitz der Adiuncten zu Beginn des zwanzigsten Jahrhunderts errichtet worden war. Ein Brunnen ohne Haus, ohne angelegten Garten, ohne Datierung, ohne Historie, ohne Namen, tief im Gestrüpp, verwildert, rätselhaft.

„Was kann man da machen?" sagte Fabian. „Unser damaliger Altherrenkonvent hat jedenfalls beschlossen, Bassin und Figuren zu renovieren und um die Anlage herum eine Hecke zu pflanzen. Die Hecke als Grenze, weil es sich schließlich um einen fremden Brunnen handelte. Wer sich aber die Mühe macht, ins Wasser zu steigen, um sich den Mittelteil näher anzusehen, wird eine Gravur finden, die da lautet: Deus ex machina."

Mit Blick auf den unwissenden Rosenblüt erläuterte Fabian, daß es sich dabei um jene Theatermaschine handle, die das Auftauchen einer Gottheit in der antiken Tragödie bewirkt. Einer Gottheit, die, gehalten von einem Kran, auf die Bühne schwebt.

„Ich sehe hier keinen Kran", bemerkte Rosenblüt.

„Da haben Sie absolut recht. Den Kran scheint man sich erspart zu haben. Fragen Sie mich nicht, warum. Faktum bleibt, daß dieser Gott aus der Maschine immer dort auftritt, wo die Menschen außerstande sind, einen Konflikt zu lösen. Er greift ein und beendet das Drama."

„Und die Löwen?"

Fabian zuckte mit den Schultern: Er wisse nicht, welche Funktion die Löwen hätten, jedenfalls sehe es nicht danach aus, als seien sie Sympathisanten jener auftauchenden Gottheit. „Man kann auch sagen, es ist einfach ein Brunnen. Brunnen müssen gestaltet sein. Und Löwen sind eben auf Brunnen abonniert, oder nicht?"

„Mir scheint", erklärte Rosenblüt, „Sie haben was gegen den Brunnen?"

„Wie ich sagte, er stand schon früher da. Gehörte also nicht zum Plan des Architekten, den unsere Gründerväter beauftragt haben. Und Sie haben recht, ich finde den Brunnen befremdlich. Er steht isoliert für sich, was ein Zierbrunnen eigentlich nicht sollte. Zierbrunnen schmücken. Dieser aber postuliert."

„Und Uhl?" fragte Rosenblüt. „Wie denkt Professor Uhl über diesen Brunnen?"

„Nicht, daß ich mich erinnern könnte, daß er sich je dazu geäußert hätte. Aber sagen Sie, was ist überhaupt los mit Uhl?"

„Er wurde bedroht."

„Was soll das heißen?"

„Sein Junge wurde überfallen."

„Martin?"

„Ja. Der Sinn dieses Überfalls scheint gewesen zu sein, Vater Uhl einzuschüchtern."

„Meine Güte, wieso das denn?"

„Das herauszufinden bin ich hier."

„Da sind Sie dann aber am falschesten aller Plätze", verlautbarte Fabian, welcher in keiner Weise nervös oder verunsichert wirkte. „Kollege Uhl hat an diesem schönen Ort keine Feinde, nur

Freunde. Zudem verstehe ich nicht, was das mit diesem Brunnen und den Löwen zu tun haben sollte."

Rosenblüt blieb eine Erklärung schuldig, äußerte statt dessen, gehört zu haben, die Stadt Stuttgart hätte Uhl beauftragt, ein Gutachten über die geologischen Verhältnisse des Schloßgartens zu erstellen, über die Erkundung eines unwilligen Erdreichs sowie die Möglichkeiten seiner Zähmung.

„Ja, und was ich so gehört habe", erwiderte Fabian trocken, „hat Uhl derart viel in München zu tun, daß er keine Zeit mehr findet, sich um unsere Stuttgarter Verhältnisse zu kümmern. Das nehme ich ihm ein wenig übel, will da aber nicht zu streng sein."

„Immerhin", mischte sich nun Teska Landau ein, der offensichtlich Fabians Rolle in der Bahnhofsgeschichte vertraut war, „waren Sie selbst durchaus in der Lage, ein Gutachten zu verfassen."

„Schauen Sie, ich bin emeritiert", sagte Fabian, „aber nicht inaktiv. Jedenfalls verfüge ich über etwas mehr Zeit als Kollege Uhl. Zudem liegt mir das Schicksal dieser Stadt sehr am Herzen."

„Sie meinen, das Bahnhofsprojekt liegt Ihnen am Herzen", merkte Landau an und lächelte wie eine Heckenschere vor dem Hintergrund einer Hecke.

Fabians Blick verwandelte sich. In Sekundenschnelle hatte sich eine dünne Eisschicht über seine Hornhaut gelegt. Man konnte ein Knistern hören, als er jetzt fragte: „Welche Position und welchen Dienstgrad bekleiden Sie eigentlich, liebe Dame?"

„Ich bin Kriminalhauptmeisterin und wurde abkommandiert, um Herrn Rosenblüt zu assistieren."

„Und Sie meinen also, das befugt Sie zu Frechheiten?"

„Frechheiten sehen anders aus", mischte sich wieder Rosenblüt ein.

„Nun, soweit ich weiß, haben *Ihre* Frechheiten, Herr Kommissar, Sie den Job in Stuttgart gekostet. Ihre Kollegin wäre somit schlecht beraten, Ihrem Vorbild zu folgen."

„Ach wissen Sie", sagte Rosenblüt, „diesen jungen Frauen heutzutage kann man sowieso nichts sagen. Der weibliche Eigensinn blüht. Damit muß man leben. – Aber zurück zu Uhl. Könnte es vielleicht sein, daß seine geologischen Untersuchungen der Schloßgartenerde nicht ganz zu den Ergebnissen geführt haben, die man im Kreise seiner alten Freunde gerne gesehen hätte? Daß Uhl Schwierigkeiten erkannt hat, die er nicht hätte erkennen sollen? Daß er vergessen hat, daß jemand, der ein Gutachten in Auftrag gibt, nachher kein Schlechtachten bezahlen möchte?"

Fabians Anzugloden straffte sich zu einer Rüstung. Er sagte: „Sehen Sie, Herr Kommissar, das meine ich mit jemand nehme sich eine Frechheit heraus: daß er sich bewußt dumm stellt. Und das tun Sie, weil wohl Ihre verkorkste Vergangenheit Sie dazu zwingt. Sie wissen nur zu gut, daß Uhl nie begonnen hat, eine solche Untersuchung vorzunehmen. Definitiv. Das träumen Sie nur. Und damit, finde ich, können wir das Gespräch beenden. – Fahren Sie zurück nach München, Rosenblüt, Stuttgart ist nicht mehr Ihre Stadt. Und nehmen Sie das dumme Mädel gleich mit."

Doch Rosenblüt blieb ungerührt und stur. Er wählte erneut den direkten Weg und sagte: „Noch einmal! Wurde Uhl zum Verräter erklärt, weil er nicht bereit war, sein Gutachten zu türken?"

„Wie drücken Sie sich denn aus? Gutachten *türken*. Als Beamter müßten Sie eigentlich wissen, welche Wörter man verwenden darf und welche nicht."

Rosenblüt hätte jetzt gerne eine spöttische Bemerkung über das höchstwahrscheinlich gute Verhältnis Fabians zu gewissen türkischen Kreisen fallenlassen, damit aber freilich Sami Aydin in Gefahr gebracht. Also unterließ er es. Er sagte: „Tut mir leid, das passiert mir immer wieder: mit den falschen Worten mitten ins Ziel zu treffen."

Fabian antwortete: „Was auch immer Sie damit sagen wollen, sagen Sie es draußen vor der Türe. Ich müßte mich sonst genötigt sehen, die Polizei zu rufen."

„Sie meinen sicher, den Polizeipräsidenten."

Fabian verzichtete darauf, zu erklären, was er meinte, sondern zwängte sich aus dem heckenumsäumten Brunnenreich und kehrte zu seinen Gästen zurück.

„Mann, wir sind hier ja so was von richtig!" stellte Rosenblüt fest.

Landau nickte, wandte aber ein: „Um das zu beweisen, bräuchten wir Aydins Aussage."

„Mehr als den Hinweis mit den Löwen wird er nicht herausrükken. Aydin fürchtet diese Leute, und er fürchtet sie zu Recht."

„Und Uhl? Wenn wir ihn damit konfrontieren, daß wir auf Fabian und die Adiuncten gestoßen sind?"

„Ja, das wäre eine Möglichkeit. Wir müssen zusehen, daß Uhl redet. Über das Gutachten, über die Adiuncten."

„Und die Freunde der Adiuncten", ergänzte Teska Landau und zählte auf, wen sie dort drüben unter dem Dach des Pavillons gesehen hatte.

„Ein Bürgermeister, das ist schlecht", äußerte Rosenblüt. Er sah sich schon ein zweites Mal aus der Stadt geworfen und meinte: „Jetzt müssen wir aber gehen, bevor Fabian tatsächlich die Polizei ruft. Er ist ein zorniger kleiner Mann, auch wenn er vorgibt, sich unter Kontrolle zu haben. Keiner hat sich unter Kontrolle, dem die Ehre im Hirn steckt. Das ist wie bei einer mißlungenen Lobotomie."

Also gingen sie.

Als sie am Pavillon vorbeikamen, sahen sie sowenig zu den Weißhemden hinüber wie die Weißhemden zu ihnen. Aber die Eisfläche auf Professor Fabians Hornhaut hatte sich ausgedehnt, überzog den ganzen Garten. Und nur, weil es Sommer war, konnte man meinen, das Knistern stamme von den vielen Insekten, die in den Flammen der im Gras aufgestellten Kerzenlichter verglühten.

Auf dem Gehweg saß noch immer Kepler. Am Himmel über ihm brannten erste Sterne. Landau faßte Rosenblüt an der Schulter und drehte ihn so zu sich hin, daß er dachte, sie wolle ihn küssen. Große Güte, wie kam er bloß auf diese verwegene Idee? Nein, sie hatte nichts dergleichen vor, verblieb in vernünftiger Entfernung, sah zu ihm hoch und fragte: „Wissen Sie eigentlich, was Deus ex machina heutzutage bedeutet?"

Er gestand ihr, nicht einmal gewußt zu haben, was in der Antike damit gemeint gewesen war. Ihm sei nur der Geist *in* der Maschine, nicht der Gott *aus* der Maschine bekannt.

Landau erklärte: „Wäre das hier ein Buch, ein Film, eine Geschichte, und würde jetzt plötzlich Ihr Hund zu sprechen anfangen, um uns einen Tip zu geben, wie wir diese Adiunctenmischpoche überführen können, genau das wäre dann ein moderner Deus ex machina. Hilflose Autoren bedienen sich seiner, Autoren, die sich in ihren Geschichten verheddern, nicht mehr weiter wissen und darum redende Hunde auftreten lassen, wenn nicht Ufos oder Helden aus dem Nichts."

„Gebe Gott, daß wir uns nicht verheddern", betete Rosenblüt.

„Gebe Gott, daß Kepler nicht demnächst zu sprechen anfängt."

„Amen", schloß Landau.

Zu dritt stiegen sie in den VW-Bus.

12   Mach und die Melancholie

Draußen funkelte die nachthelle Stadt und bildete auf diese Weise ein nervöses, aber kräftiges Spiegelbild zum sternenbeladenen Himmelszelt, auch wenn natürlich nur geringe Anteile dieser Beladung zu erkennen waren. So war das nun mal im Leben: in einer Welt intensiver Spiegelbilder wirkten die Objekte der Spiegelung wie ausgelaugt.

Der Mann hingegen, der an einem Tisch saß und über die offene Balkontüre hinaus auf die Stadt sah, fühlte sich ganz und gar nicht ausgelaugt, obwohl er kaum mehr als drei, vier Stunden schlief und sich selten mehr als eine Kaffeepause gönnte. In der Tat beschränkte Wolf Mach das Essen auf ein Minimum – nur ein trockenes Stück Brot hin und wieder, ein paar Oliven, eine Banane, damit er den Kaffee besser vertragen konnte. So ging das seit drei Wochen. So lange befand er sich in Stuttgart. Er selbst blieb im Rahmen des Gewohnten dennoch sichtbar und lebendig, während sein Spiegelbild, ein wenig gemäß dem Dorian-Gray-Prinzip, blasser und blasser wurde. Bald würde Mach auf Badezimmerspiegeln und Fliesen und Fensterscheiben nicht mehr zu sehen sein. Gut, derartiges kam schon mal vor, fiel nur selten auf. Vor allem, wenn Menschen in Kürze starben, verlor sich ihr Spiegelbild und ging schon mal ein Stück voraus. Bedeutete das also, daß Wolf Mach demnächst der Tod ereilen würde?

Das war aber nicht die Frage, die ihn bedrückte, sondern allein, das Wesen jener Maschine zu erkunden, die in der Stuttgarter Erde steckte und einer ehrgeizigen Stadterneuerung zuwiderlief. Tag für Tag stand Mach vor der Apparatur, die Vorder- und Rückseite studierend, die vielen Zeiger, Skalenscheiben und kalendarischen Strukturen und die in Altgriechisch verfaßten Inschriften, welche die Seitenteile dominierten. Diese Schriftzeichen waren allerdings stark von den Bedingungen einer an der Oberfläche nagenden Zeit beeinträchtigt worden, während die Zahnräder und das Differentialgetriebe erstaunlich intakt schienen. Zwar ließen sie sich nicht bewegen, blieben erstarrt, versteinert, doch war Mach in den vergangenen Wochen zur Überzeugung gelangt, daß dies nicht dem Zustand des Materials zu verdanken war, sondern banalerweise damit zusammenhing, daß die Maschine „ausgeschaltet" war. Natürlich nicht im herkömmlichen Sinn, schließlich war das kein Ding, das mit Strom oder Treibstoff angetrieben wurde. Vielmehr waren seitlich, gewissermaßen aus der Gebrauchsanweisung ragend, mehrere mechanische Hebel angebracht, die sich freilich ebensowenig in Gang setzen ließen wie der gesamte Korpus. Das war schon verrückt, dieses Artefakt keinen Millimeter verrücken zu können. Dabei zeigten sämtliche Materialanalysen, daß es sich um eine terrestrische Bronze handelte, um jetzt einmal den Verdacht abzuschmettern, irgendwelche Außerirdische hätten selbiges Objekt aus einem erdfernen, superschweren Material gefertigt und dann ausgerechnet in der Stuttgarter Erde versenkt. Nein, das Ding war eigentlich „normal" zu nennen. Abnormal war nur sein Verhalten. Mach drückte es so aus: „Die Maschine macht sich schwer. Und sie stellt sich tot."

„Soll ich das jetzt symbolisch verstehen?" hatte ihn Palatin gefragt.

Nun, eigentlich nicht. Aber selbstredend mußte Mach darauf verzichten, eine esoterisch klingende Erklärung abzugeben. Palatin wollte etwas hören, was er auch verstehen konnte. Schließlich versorgte er Mach mit der bestmöglichen Ausrüstung. So stand etwa ein nagelneuer Computertomograph zur Verfügung, besser noch als das Ding in Athen. Was Mach forderte, bekam er. Geld spielte keine Rolle. Allerdings entsprach dies sowieso dem Prinzip des gesamten Bahnhofsprojekts: diese gewisse Schwerkraft ökonomischer Bedingungen zu ignorieren. Indem man *unter* die Erde ging, wollte man *über* den Verhältnissen leben, die Verhältnisse außer Kraft setzen.

Um so ärgerlicher, daß man diesen schrankgroßen „alten Griechen" nicht zwingen konnte, Platz zu machen. Dennoch, für Mach wurde immer gewisser, daß die Maschine sich in irgendeiner Form von Ruhemodus befand. Neben der Möglichkeit des Totstellens und des Ausgeschaltetseins sah er auch die, es quasi mit einer schlafenden Maschine zu tun zu haben. Blieb die Frage, wie man sie aufwecken konnte. Und was passieren würde, wenn dies gelang. Denn sosehr die Konstruktion über Teile verfügte, die auf den Antikythera-Mechanismus verwiesen und ebenfalls geeignet waren, den Lauf der Sonne durch die Tierkreiszeichen zu illustrieren oder die Vorhersage von Mond- und Sonnenfinsternissen zu bewerkstelligen, schien sie darüber weit hinauszugehen. Natürlich war noch vieles, was Mach zu erkennen meinte, Spekulation. Aber Spekulation von jener Art, mit der man prophezeien kann, daß Österreich eine bestimmte Fußballqualifikation kaum schaffen wird. (Man darf ja nicht vergessen: Mach war gebürtiger Wiener, obgleich er das gerne leugnete. Wie man einst geleugnet hatte, Vampir zu sein, bevor dann diese Filme und Bücher kamen und der Vampirismus gesellschaftsfähig wurde.)

Was diese Maschine allerdings deutlich ausdrückte, war, daß seine einstigen Benutzer ein heliozentrisches Weltbild vertreten hatten. Eine Art Planetenmodell ließ diesbezüglich keinen Zweifel. Auch insofern nicht – und dies war eigentlich die noch größere Sensation –, daß die Konstrukteure dieser Maschine Kenntnis von zehn Planeten im Sonnensystem besessen hatten. *Einer zuviel*, könnte man sagen, beziehungsweise, eingedenk der Pluto-Degradierung, auch, *zwei zuviel*. Aber was heißt denn „einer zuviel"? Heißt das, ein Objekt existiert nicht, oder heißt es, daß jene, die behaupten, es sei nicht da, es lediglich nicht sehen?

Dazu kam, daß die Apparatur ein weiteres aus kleinen und großen Ringen zusammengesetztes Planetenmodell barg, welches Mach in keiner Weise zuordnen konnte. Wie denn auch, in Anbetracht des Umstands, daß gesicherte Planetensysteme jenseits des unsrigen mitnichten eine Stärke gegenwärtiger Astronomie darstellen? Handelte es sich vielleicht um einen antiken Scherz, ein fiktives System, ein exemplarisches Basismodell, eine Spielanordnung ...? Verrückt, sich vorzustellen, die alten Griechen hätten auf welche legale oder illegale Weise auch immer Kenntnis von einem extrasolaren Planetensystem gehabt! Um jetzt nicht noch von einer Verbindung zu diesem System im Stile einer Städtepartnerschaft zu sprechen.

Es zeugte von einer romantischen Note Machs, daß er die Maschine neuerdings als Schloßgarten-Mechanismus bezeichnete, womit er zudem Palatin ein wenig ärgern konnte. Dennoch war ihm klar, daß die ursprüngliche Einordnung als Maschine eher dem Charakter dieses Gebildes entsprach. Denn das Wesen von Maschinen ist ihre Unberechenbarkeit, ihr Hang, nicht immer das zu tun, was von ihnen verlangt wird. Der Begriff Maschine und die Phrase von der Tücke des Objekts gehören mithin unmittelbar zusammen.

Im Unterschied zum Antikythera-Artefakt, welches bis zu siebenunddreißig Zahnräder von unterschiedlicher Größe, aber gleicher Zahnform besaß und – wohl die Mobilität seiner Benutzer berücksichtigend – über ein handliches Format verfügte, konnte man den Schloßgarten-Mechanismus als Großrechner verstehen, welcher mehrere in sich geschlossene Systeme vereinigte, so, als wären hier ein Dutzend Antikythera-Mechanismen um ein leeres Zentrum gruppiert worden. Denn ein solches bestand. Die Bilder des Tomographen verrieten dort, wo exakt der „Kern" der Maschine lag, einen schuhschachtelgroßen leeren Raum. Das brauchte nicht viel zu bedeuten, konnte sich zwingend aus der Konstruktion und Anordnung ergeben haben. Was aber, wenn nicht? Leere Räume waren immer verdächtig, erst recht, wenn sie das Zentrum eines Körpers bildeten. Und noch etwas: Leere Räume waren selten leer. In ihnen steckte der Geist. Der Geist in der Maschine, der Geist in der Flasche.

Nicht, daß Mach ein Freund des Hokuspokus war, und ganz sicher wollte er kein zweiter Däniken werden. Um aber dem vorrangigen Ziel näherzukommen, die Maschine zu bewegen, sie im wahrsten Sinne des Wortes zu stemmen, würde er nicht ohne die Psychologie und möglicherweise auch nicht ohne die Metaphysik auskommen.

Es war drei Uhr in der Nacht, als er da im Wohnraum jener wirklichen Dame saß, die ihm ihr Haus überlassen hatte. Ursprünglich hatte er gedacht, sie bleibe nur ein paar Tage weg. Doch nach einer

Woche hatte sie angerufen und ihm knapp mitgeteilt, ihre Sache würde sich ziehen.

„Meine Sache ebenfalls", hatte er geantwortet.

„Wie schön", war ihr Kommentar gewesen, „wenn sich das eine und das andere zieht. Und ohne es gewollt zu haben, hupps!, ziehen plötzlich alle am selben Strang."

Ihm konnte es recht sein. Er liebte dieses Haus, den Ausblick, die Ruhe der Nächte, in denen er am Computer saß und die gesammelten Daten verglich und analysierte sowie die tomographischen Schnittbilder zu Modellen zusammenfaßte. In erster Linie war er natürlich damit beschäftigt, die Inschriften auf den beiden Seitenflächen zu entziffern, wobei er ein Verfahren von Sunssun anwendete, indem er die Oberfläche in hoher Auflösung aus diversen Blickwinkeln und unter diversen Lichtverhältnissen fotografierte und in der Folge aus vielen „unsichtbaren" Bildern ein „sichtbares" formte, einen altgriechischen Text, den er freilich erst noch zu übersetzen hatte. Vieles davon wirkte auf Mach unverständlich und verwirrend, klar waren ihm nur wenige Hinweise, etwa der, der sich auf das neunzehnsonnenjährige Kalendersystem des Astronomen Meton bezog, Hinweise also, die auch das Antikythera-Artefakt beinhaltete und Mach somit vertraut waren. Was aber hatten die immer wieder auftauchenden Verweise auf menschliche Gliedmaßen und menschliche Organe zu bedeuten? Verweise auf Blutgefäße! Wessen Blutgefäße? Die der Maschine oder die des Benutzers der Maschine? Oder war da noch jemand Dritter im Bunde?

Augen, Mund, Zunge, Hände. – Wessen? Eine Frage, die zu beantworten er nicht die Zeit haben würde, die er benötigte. Zumindest so lange nicht, wie er außerstande war, die Maschine zu bewegen. In diesem Punkt war er in den drei Wochen seines Stuttgarter Aufenthalts kein Stück weitergekommen. Der entschlüsselte Teil der Inschriften sagte ihm nicht, was zu tun war. Einmal war es sogar geschehen, daß er die Maschine angeschrien hatte. Die Leute – Palatins Leute –, welche stets vor Ort waren, teils, um die Maschine zu bewachen, teils, um Mach zu assistieren, hatten

Palatin davon berichtet. Dieser hatte später süffisant gemeint: „Um einen Haufen Zahnräder anzubrüllen, hätte ich auch irgendeinen Rotzlöffel aus Stuttgart engagieren können."

Überhaupt wurde Palatin ungeduldig. Er gab Mach noch eine weitere Woche, dann wollte er ein Resultat sehen, eine Veränderung, einen Fortschritt, und nicht bloß Erkenntnisse über Planetenmodelle und Sternbilder. Die Sterne konnten warten. Palatin sagte es so: „Unser Oberbürgermeister haßt diese Maschine. Sie macht ihn wütend, so wütend wie das Gesindel, das jeden Montag wegen des alten Steinhaufens Krokodilstränen vergießt. Er braucht jetzt langsam ein Erfolgserlebnis. Das will ich ihm gerne bereiten. Leider kann ich die Demonstranten nur schwer wegschießen. Die Maschine schon."

„Die kann man ebensowenig wegschießen", verkündete Mach.

„Sie aber, Mach, *Sie* kann man wegschießen."

„Wie soll ich das verstehen?"

Statt präzise zu werden, sagte Palatin: „Legen Sie sich ins Zeug. Machen Sie Ihren Job."

Solcherart war ein Szenarium der Bedrohung entstanden. Wäre Mach nicht bald erfolgreich, würde er seinen Auftrag verlieren. Vielleicht sogar sein Leben, zumindest, wenn er Palatin wörtlich nahm.

Darum seine Verzweiflung, seine Angst, aber nicht um sein Leben, sondern darum, die Maschine zu verlieren.

Mach erhob sich. Seine Glieder schmerzten, seine Augen brannten. Er ging in die Küche, um sich kalten Kaffee einzuschenken. Er trank ihn fast nur noch kalt. Kalter Kaffee kam ihm wie feste Nahrung vor. Nette Vorstellung! Er griff sich auf den Bauch. Sein Bauch war ein Loch, ein Fach. Ja, ein Schlüsselfach wie in diesen alten Hotels, aber ohne Schlüssel darin. Was doch nur bedeuten konnte, daß jemand schon im Zimmer war.

Mach bog seine Hand um die Tasse und kehrte zurück. Er schaltete die Deckenleuchte ein und bewegte sich hinüber zu den Büchern. Dort betrachtete er die langen Reihen, stellte seinen Kopf quer, um die Titel lesen zu können. Er suchte ein Buch. Ein Buch, das ihm helfen würde. Nicht, daß er wußte, welches. Er folgte nur einem Gefühl. Denn Mach war ein gläubiger Mensch, einer, der an göttliche Fügungen glaubte, an ein Schicksal, das sich dadurch erfüllte, daß sich der Mensch auf selbige Fügungen einließ, sprich, sich in eine nun mal gegebene Form paßte. Mach sah keinen Sinn darin, gegen solche Formen zu rebellieren, so wie er ja auch nicht dagegen rebellierte, daß die Haare auf seinem Kopf sich schon Jahre zuvor verabschiedet hatten. Übrigens mit dem Ergebnis, daß er sich seiner ausgesprochen hübschen und wohlgestalteten Kopfform hatte bewußt werden dürfen. Kein Schaden ohne Nutzen.

Mach glitt die Bücherwand entlang. Viele Titel, aber keiner, der ihm ein Zeichen gab. Auch keiner, der sich zu verbergen schien gleich Schülern, die sich ducken. Er kehrte zurück in die Küche, um Kaffee nachzuschenken. Wie er da stand, ein wenig traumverloren, sah er zu einem Regal hoch, wo zwischen zwei kompakte Emailgefäße eingeklemmt mehrere Kochbücher aufgereiht waren. Erneut drückte er seinen Kopf gegen die Schulter und spitzte seine Augen. Da war etwas, was nicht hingehörte, obwohl es sich durchaus um ein Buch handelte. Er griff nach oben und zog einen kleinen, schmalen Band heraus. Er drehte die Vorderseite in sein Blickfeld und las den Namen Robert Burton sowie den Titel *Die Anatomie der Melancholie*.

Sollte das wirklich das Buch sein, fragte sich Mach, in das er sich quasi einfügen mußte? Welches ihm helfen würde, dieser gewissen Widerspenstigkeit des Schloßgarten-Mechanismus erfolgreich zu begegnen?

Stimmt, er selbst, Mach, war ganz sicher der Melancholie verfallen. Von Kindheit an. Da war stets eine Schwermut gewesen, ein belastetes Herz und eine belastete Seele, ein Schmerz auch ohne sichtbaren Grund. Er konnte sich erinnern, daß ihm bereits als Vierjährigem oft die Tränen gekommen waren, andere Tränen, als die, die flossen, wenn man sich das Knie aufschlug oder ein Fernsehverbot einen mit grenzenloser Wut erfüllte, eine Scheißwut gegen die Eltern, die sich im Rahmen ihrer pädagogischen Mickrigkeit nicht anders zu helfen wußten, als völlig phantasielose Untersagungen auszusprechen. Ihre Strafkultur war elendiglich gewesen. Durchaus zum Heulen. Aber es waren eben völlig andere Tränen, die das Kind Wolf Mach tatsächlich geweint hatte und die er sich auch nie hatte erklären können. Was wiederum seine Eltern wütend gemacht hatte. „Was heulst du denn? Es ist doch nichts passiert." Nun, es passierte die ganze Zeit etwas. Etwas Dunkles, Bedrohliches, ein kosmischer Atem, giftig, schwefelig, bedrükkend. – Er war kein richtig Depressiver geworden, ein Melancholiker sehr wohl.

Wenn nun Mach dieses handliche Bändchen an sich nahm, dann in der Hoffnung, das Schicksal habe ihm das *richtige* Buch zugespielt, denn es gab ja wahrscheinlich für jeden Menschen genau *ein* richtiges Buch. Der Rest wurde doch nur gelesen, weil die Zeit lang war oder weil man sich durch Bücher eben in derselben Art müht, mit der man sich von einem Therapeuten zum nächsten quält, von einem Orthopäden zum nächsten, bevor man endlich dem passenden begegnet. Mach würde hingegen die *Anatomie der Melancholie* so lesen, wie man eine Gebrauchsanweisung liest. Dieses Werk würde ihm auf die eine oder andere Weise helfen, die Maschine zu verstehen. Vielleicht lag die Antwort, wie man so sagt, zwischen den Zeilen, vielleicht lag sie offen da. Vielleicht lag sie auch in der Person Burtons: geboren 1577, gestorben 1640, dazwischen Engländer, Schriftsteller, Gelehrter, Geistlicher. Nun, es würde sich herausstellen. Mach war voller Zuversicht und begann augenblicklich zu lesen, allerdings nicht von vorne nach hinten, sondern mittels des Inhaltsverzeichnisses einzelne Kapitel aufschlagend.

Er brauchte zwei Stunden, dann führte ihn seine Suche auf die Seite 105. Das bisher Gelesene hatte ihn durchaus begeistert, aber Begeisterung war ihm natürlich zuwenig. Den Leser zu begeistern, na, das war gewissermaßen der Beruf aller Bücher, und sie versuchten es bei so gut wie jedem Leser, selbst bei denen, die es kaum verdienten. Diese Begeisterung war somit noch lange kein Zeichen dafür, daß ein bestimmter Leser und ein bestimmtes Buch zusammengehörten. Auf den folgenden Seiten jedoch fühlte Mach eine Berührung, er spürte, wie das Buch nach ihm griff, nicht auf eine zärtliche, nicht auf eine poetische Weise, sondern wie man jemanden an der Schulter faßt, um zu verhindern, daß dieser Jemand mit dem nächsten Schritt in eine Falle gerät. In Fallen wie bei den Amazonasindianern oder wer auch immer diese zugespitzten Pfähle verwendet.

Dabei stand da nichts, was Mach sogleich hätte unterschreiben können. Denn im Kapitel „Eltern – ein Grund für Melancholie durch Vererbung" zeigt sich der Anglikaner Burton als Kritiker des scheinbar natürlichen Rechts auf Fortpflanzung. Er gibt Fernelius recht, der klipp und klar postuliert: „Eine gute Geburt ist die wichtigste Voraussetzung für unser Lebensglück, und es wäre für die Menschheit insgesamt eine Wohltat, wenn nur die an Körper und Geist Gesunden heiraten dürften."

Das war für einen aufgeklärten und im humanistischen Ideal großgewordenen Bürger des ausgehenden zwanzigsten und angehenden einundzwanzigsten Jahrhundert schwer zu unterschreiben. Weil sich schließlich die Frage stellte: Was ist Gesundheit? Und wer bitte schön ist überhaupt gesund? Wer hat die Macht, dies zu bestimmen? Trotzdem, das Buch ließ nicht mit sich handeln, blieb radikal, sprach von der „Lässigkeit in diesen Dingen, die allen erlaubt, zu heiraten, wen sie wollen". Zudem wollte Mach nicht leugnen, daß der Unterschied zwischen dem armen und dem reichen Kretin der war, daß ein reicher Kretin es in der Hand hatte, als „weise und fähig" dazustehen, eine gesellschaftliche Stellung zu besetzen, in welcher noch der größte Unfug eine bedeutungsvolle Interpretation erfuhr, nicht zuletzt, indem der Unfug hoch dotiert wurde. Daß solche Leute dann Kinder zeugten, an die sie ihre betrügerische Ader weitergaben. Daß alles in dieser Welt wesentlich von den Gesetzen des Vererbens bestimmt wurde, eben nicht nur Veranlagungen, sondern auch Häuser, nicht nur Häuser, sondern auch Positionen.

Was aber hatte das mit der Maschine unten im Schloßgarten zu tun? War es möglich, diese Maschine als melancholisch zu begreifen? War ihre Starre, ihr stures Festhalten an der Erde, auf der sie stand, ihr Schweigen, war dies Ausdruck jener „schwarzen Galle", der Melancholie? War es eine tiefe Traurigkeit, welche diese Maschine beherrschte? Wut gegen das Leben? Vielleicht Wut über die Zustände, die da oben herrschten, bei denen, die sich Menschen nannten, die sich ungebremst und schamlos vermehrten und sich vor allem einbildeten, die Erfinder und damit auch die Beherrscher der Maschinen zu sein?

Um verständlich zu machen, warum er in diesem Maße für die Burtonsche Denkwelt empfänglich war, muß nun erwähnt werden, daß es ein alter Verdacht Wolf Machs war, ein Verdacht aus Kinderzeiten, daß ursprünglich auf der Erde nur Maschinen existiert hatten. Aus dem einfachen Grund, weil Gott eine Maschine war und er folgerichtig nach seinem Ebenbild andere Maschinen geschaffen hatte: sterbliche, fehlerhafte, nicht zuletzt anmaßende Maschinen. Ganz klar, daß die Anmaßenden unter den Maschinen sich dazu hatten verleiten lassen, ihrerseits Geschöpfe zu kreieren: Pflanzen, Tiere, Menschen. Der Mensch war ihnen auf gewisse Weise gelungen und auf gewisse Weise in die Hose gegangen. Denn selbstredend stellte auch diese Konstruktion ein Spiegelbild eigener technoider Art und Unart dar: zur Sprache fähig, aber ichbezogen und eitel, vor allem blind gegen die wahren Verhältnisse. So blind, daß er, der Mensch, bald begonnen hatte, sich gleichfalls für gottgewollt zu halten und mit der Nonchalance seiner famosen Einfalt daran gegangen war, die Oberhand zu gewinnen. In dieser Welt waren die Maschinen zu Apparaturen geworden. Ihr Spielzeug hatte die Macht übernommen.

Ebenso muß nun erwähnt werden, wie vertraut Wolf mit dem Werk von Edmund Mach, eines entfernten Verwandten, war – nicht zu verwechseln mit *Ernst* Mach, dem ungleich berühmteren österreichischen Physiker, dem wir die gleichnamige Zahl und damit auch eine Vorstellung von der Geschwindigkeit durch die Luft eilender Artefakte verdanken. Bei *Edmund* Mach handelt es sich um einen österreichischen Schriftsteller, Tennisprofi und Tennislehrer, der auf Grund einer latenten Schizophrenie in der Landesheilanstalt Gugging und auf Grund seiner Dichtkunst im dortigen „Haus der Künstler" lebte (man könnte sagen, österreichischer kann eine Biographie gar nicht sein). Daß Edmund Mach als der Hervorbringer alleroriginellster Lyrik auf einer Reise 1996 in New York verstarb, steht ebenso fest, wie es einigermaßen unklar geblieben ist, wie und wann dieser Mensch eigentlich auf die Welt gekommen war: So, wie er selbst schreibt, 1929 in Wien als Sohn eines Schlossers und einer Schneiderin? Oder war er, wie er gleichfalls behauptet hat, bereits „im 1915er Jahr" als sogenannte Schattengeburt („Sie kommen von keinen Eltern und sind auf einmal da.") ins Licht des Lebens getreten, um dann 1929 nochmals in einem konventionellen Sinne geboren worden zu sein, weil er sich alleine, ohne Eltern, nicht hatte erhalten können?

Diese Theorie von der Schattengeburt hatte Wolf Mach von Jugendtagen an stark beeindruckt, wobei er sich aber stets gescheut hatte, wie ein paar Verschwörungstheoretiker zu meinen, daß „richtige Geburten" nie und nimmer auf tatsächliche Zeugungen zurückzuführen sind, sondern bloße Illusionen darstellen – ganz im Sinne getarnter Schattengeburten und nichts anderes als ein von Maschinen initiierter künstlicher Befruchtungsvorgang zur raschen Vervielfältigung des „Spielzeugs". Einer noch weiter gehenden Interpretation zufolge war dieses ganze Fortpflanzungssystem bedauerlicherweise außer Kontrolle geraten, und die enorme Vermehrung des Menschen ließ sich nicht einmal mehr mit Hilfe von Krankheiten, Katastrophen und Kriegen stoppen. Jedenfalls war hier kein Samen im Spiel, sondern nur ein Spender, während die Ähnlichkeit der Kinder mit ihren Eltern einzig der „Spielkonzeption" der Maschinen entsprach. So wie die Menschen den Spiegel der Maschinen darstellten, sollte eben auch jedes Kind den Spiegel des Erwachsenen bilden ... nun, wie gesagt, derart gewagte Gedankenspiele hatte Wolf Mach nie ernsthaft weiter verfolgt, sondern eher die literarische Phantasie seines Verwandten Edmund Mach als faszinierende Vorstellung verbucht. – Dichter denken, was wir uns selbst nicht zu denken trauen.

Aber hier in Stuttgart – einem Ort, der für seine magische Aura bislang weniger bekannt war als für seine Nüchternheit – änderte sich Machs Haltung. Kein Wunder, war er doch Tag für Tag mit dem im Stuttgarter Schloßgartenboden versenkten antiken Maschinenkörper konfrontiert, vor allem mit dessen unerklärlicher Bodenhaftung. Denn selbst der Versuch, der Maschine quasi den Grund zu entziehen, auf dem sie stand, war gescheitert, da das Erdreich unterhalb der Zahnradapparatur auf eine Weise verhärtet war, daß kein Bohrer es durchdringen konnte, ja, man war gezwungen, sich vorzustellen, der Schloßgarten-Mechanismus ruhe auf einer Erdsäule, die möglicherweise tiefer reichte, als die braven Stuttgarter Tunnelbauer imstande waren hinabzugraben.

Gleichzeitig erschien es naheliegend, daß auch das Erdreich sich wieder normal verhalten, wieder zur üblichen relativen Lockerheit zurückkehren würde, wenn es gelingen könnte, die Maschine fortzuschaffen. Jetzt einmal abgesehen davon, daß die Bodenverhältnisse selbst ohne widerspenstige Maschine und ohne widerspenstige Säule ausgesprochen ungünstig waren, und zwar des Anhydrits wegen, eines Minerals, das sich ähnlich lästig wie die im Park und also im Weg stehenden Bäume verhielt. Darum lästig, weil es sich um ein wasserloses Mineral handelte, welches unter dem Einfluß von permanenter Flüssigkeitszufuhr zu Gips wird, sein Volumen um die Hälfte erhöht und die Umgebung zur Seite schiebt, wie man vielleicht sagen kann, ein im Grunde freundlicher und gutherziger Mensch mutiere unter dem Einfluß von Alkohol zum rabiaten Arschloch, welches sodann viel mehr Platz in Anspruch nimmt als zuvor der so freundliche, gutherzige Mensch. Solche betrunkenen Individuen sprengen die gute Laune der anderen genau so, wie die wachsenden Salzkristalle das Gestein sprengen.

Machs Denken in diesen Tagen war zuletzt wohl auch davon geprägt, daß er immer weniger schlief und immer noch weniger zu sich nahm. Er verdorrte. Folgerichtig war ihm oft schwindlig, mitunter verschwammen die Dinge vor seinem Auge, andererseits muß gesagt werden, daß die Nahrung, so wie wir sie heute kennen

175

und sie zu uns nehmen, die meisten von uns sowieso ein bißchen meschugge macht. Und in der Tat meinte der so gut wie nahrungslose Mach trotz des Schwindels und der Verschwommenheit des Blicks eine große Klarheit in sich zu tragen. Ja daß gerade das Verschwommene einen Ausdruck dieser Klarheit darstellte, indem manche Dinge ihm in genau der Undeutlichkeit erschienen, die diesen Dingen innewohnte, ihrem Wesen entsprach, und daß es auf einer Einbildung oder Fälschung beruht hatte, wenn sie ihm früher klar vorgekommen waren. Vergleichbar der glasklaren Vorstellung von einer runden Welt, wenn man nur lange genug gefälschte Fotos von runden Welten betrachtet hatte.

Apropos Täuschungen. Nicht zuletzt, weil Brunnen eine gewisse Rolle in dieser Geschichte spielen, sollte erwähnt werden, daß jener berühmteste Vertreter des höfischen Absolutismus, Ludwig XIV. – der das Großprojekt Versailles keineswegs allein der prachtvollen Architektur wegen erbauen ließ, sondern vielmehr, um den widerspenstigen Hochadel an ein grotesk aufwendiges Hofleben zu binden, festzubinden –, daß dieser sogenannte Sonnenkönig einst den Befehl gegeben hatte, sämtliche Wasserspiele seiner Schloßanlage, nämlich an die eintausendvierhundert Fontänen, stets zur gleichen Zeit in Betrieb zu halten. Was dann im Zuge von Wasserknappheit unmöglich geworden war. Da nun aber selbst der überirdischste König glücklicherweise nicht in der Lage ist, in ein und demselben Moment an einem jeden seiner Brunnen zu stehen, ging man dazu über, das Wasser nur dort laufen zu lassen, wo seine Majestät sich gerade aufhielt. Es heißt, Ludwig hätte niemals den eigenverschuldeten Schwindel durchschaut.

Zweihundertfünfundneunzig Jahre nach dem Tod dieses Regenten durften die Repräsentanten von Stuttgart 21 – Leute wie der Projektsprecher Ratcliffe oder der in seinem Zorn gegen die Welt, gegen alles Belebte und Unbelebte gefangene, ohne Liebe und ohne Psychotherapeuten dastehende Oberbürgermeister –, durften diese Leute also einmal mehr die Stuttgarter Zeitungen aufschlagen und zufrieden zur Kenntnis nehmen, daß es sich ja bloß um ein paar hundert Demonstranten handeln würde, die schon wieder für den alten Steinhaufen und für die verdammten Im-Weg-Steher-Bäume, im Grunde sogar für die Unversehrtheit des hinterfotzigen Anhydrits auf die Straße gegangen seien. Eine Straße, die man übrigens ohnehin ganz gerne durch eine neue ersetzt hätte, die Straße ebenso wie diese Leute auf der Straße. Denn so schien ihre perfekte S-21-Vision ja auszusehen: alles und jeden durch eine Computeranimation zu ersetzen. Vögel, Kinder, Hunde. Nichts Echtes sollte bleiben. Der Himmel über Stuttgart – ein Werbevideo unter dem Motto „Wolken waren gestern, heut regiert das Blau".

Keinesfalls zufällig waren die S-21-Befürworter von einer offenkundig willfährigen Journaille und einer offenkundig sehbehinderten Polizei über einen langen Zeitraum mit der Illusion versorgt worden, es handle sich bei den Demonstranten um eine kleine Schar aufsässiger Pensionisten, die halt nicht bereit wäre, sich in eine Computeranimation eingliedern zu lassen. Dumm nur, daß die solcherart von den medialen Berichten beruhigten Projektbetreiber nicht *ein* Mal aus dem Fenster sahen, wo sie dann hätten erkennen müssen, wie viele sich hinter der Angabe „einige Hundert" oder „ein paar Hundert" verbargen. Aber aus dem Fenster zu sehen, zählte für diese stark beschäftigten Damen und Herren ohnedies zu den unnötigen Dingen. Allerdings waren sie irgendwann gezwungen, auch die Zeitungen nicht mehr aufzuschlagen, da es selbigen langsam unmöglich wurde, die Wahrheit zu verschleiern und ihre Fotoapparate immer dort aufzustellen, wo gerade niemand stand. Es stand ja überall jemand, das war das Problem.

Mag sein, daß einige aus den S-21-Reihen sich gerne mit Ludwig XIV. verglichen und ziemlich lange mit einer ähnlichen „Souveränität" ihren Hof eingerichtet hatten, mag sein, daß nicht wenige von ihnen auch gerne an die Herzkönigin aus *Alice im Wunderland* dachten, die so oft „Runter mit dem Kopf!" schreit und dabei eine grandios-feudale Hysterie auslebt, doch es wurde immer schwerer für diese Möchtegern-Aristokratie, die Augen vor der Renitenz der Bürger zu verschließen. Einer Bürgerschaft, die sich scheinbar – anders, als damals der in Versailles einsitzende Hochadel – von keinen Lustbarkeiten, weder von Wein- oder Volksfesten noch von Fußballspielen oder Fernsehshows ablenken, einlullen und narkotisieren ließ und statt dessen unverdrossen ihre Liebe zu einem Bahnhof kultivierte. Eine Liebe, die die Leute zusehends animierte, erst recht, als die Bagger erste Wunden in den Gegenstand dieser Liebe schlugen.

Die Projektbetreiber waren somit gezwungen, immer mehr Vorhänge zuzuziehen, aus immer weniger Fenstern zu sehen. Wie in einem Alptraum, wenn sich ständig neue Türen öffnen. Nein, da waren keine devoten Untertanen, die brav jene Wasserspiele in Betrieb setzten, an denen ihre Herrscher gerade zu weilen pflegten. Es würde keinem der S-21er vergönnt sein, sich mit dieser Illusion zur Ruhe zu begeben.

13 Die Frau im Spiegel

Mach hob seinen Kopf. Die Vögel stimmten ihr Morgenlied an. Junges Licht schummelte sich zwischen die gebeugten Schatten einer sterbenden Nacht. Wolf Mach schloß das Buch über Wesen und Gestalt der Melancholie und verstaute es in der kleinen Umhängetasche, ohne die er niemals aus dem Haus ging, darin das Foto jenes Wissenschaftlers, der als erster den Antikythera-Mechanismus eingehend untersucht hatte. Diese Tasche hängte er sich um, schlüpfte in seine Sportschuhe und trat auf die Straße.

Er bewegte sich hinüber zu dem Wagen, in dem die androidenhaft schöne und unnahbare Kingsley saß. Offensichtlich hatten ihre menschlichen Anteile einen kleinen Triumph eingefahren, denn bei aller Geradheit, mit der sie da hinter dem Lenkrad saß, konnte Mach deutlich erkennen, daß Kingsley schlief. Die Augen geschlossen, den Mund einen winzigen Spaltbreit geöffnet, das ganze Gesicht wie ein stilles Meer, das kein Wind rührt und das so glatt daliegt, daß man meint, man könnte darauf spazieren.

Aber natürlich wollte Mach nicht auf diesem Gesicht spazieren, war vielmehr froh, endlich einmal der Beschattung Kingsleys zu entkommen. Er schickte ihr einen tonlosen Gruß, bog um die Ecke und gelangte auf eine der liebevoll Stäffele genannten Treppen, die der Stadt ihre Stempel aufdrücken. Diese aus den Weinbergstaffeln geborenen steilen Stadttreppen waren den Planern von Neu-Stuttgart ebenfalls ein Dorn im Auge, und man hätte statt ihrer nur allzu gerne ein System von Aufzügen installiert. – Das ist ohnehin die Zukunft: Aufzüge, die im Freien stehen, die den antiquierten Fußmarsch durch beengtes Stehen ersetzen, teure, wartungsanfällige Konstruktionen, die irgendwann auch bis zum Mond reichen. Das Erfolgsrezept sogenannter Infrastrukturprojekte liegt überhaupt in ihrer Wartungsanfälligkeit. Denn Dinge, die reibungslos funktionieren, sind die Feinde der Wirtschaft.

Nun gut, noch durfte man mit Hilfe eigener Füße die Treppen der Stadt nutzen. Und genau das tat Wolf Mach und erreichte über eine Folge aus Staffelschanzen den Mittleren Schloßgarten. Er begab sich zum Planetarium, das im aufsteigenden Tag an einen gefliesten Vulkan erinnerte. Natürlich war Mach längst in der Lage und befugt, sich alleine Zugang zum unterirdischen Bereich des Gebäudes zu verschaffen. Allerdings war er noch nie versucht gewesen, dies zu tun. Zudem konnte er nicht sagen, inwieweit die Öffnung der Außentüre zum Keplersaal zu dieser Uhrzeit einen Alarm in Gang setzte. Das war glücklicherweise nicht der Fall. Ungehindert gelangte er hinunter in den betonierten Stollen und schließlich in den Raum, in welchem im Licht der Scheinwerfer jene geheimnisvolle Apparatur ihren Platz hatte, die ja eigentlich seit der griechischen Antike an dieser Stelle stehen mußte, auch wenn Griechenland damals wie heute ziemlich weit entfernt lag. Aber manches und mancher kommt nun mal in der Welt herum, und wenigstens die Gegend auf der anderen Seite der Stadt am Neckar – richtig, Cannstatt – war bereits in vorgeschichtlicher Zeit besiedelt gewesen. Nicht von Griechen, das nicht, aber die Ähnlichkeit des Schloßgarten-Mechanismus mit dem kleineren Antikythera-Mechanismus bewies zunächst einmal nur die Verwandtschaft der Artefakte und nicht unbedingt, daß sie aus der gleichen Produktion stammten.

Mach holte sich einen Stuhl. Er war völlig alleine mit den beiden Maschinen, der Zahnradapparatur und dem Tomographen. Die städtischen Mitarbeiter pflegten erst vormittags zu erscheinen. Mach setzte sich so hin, daß er wie bei einem Verhör oder einem Schachspiel dem Schloßgarten-Mechanismus gegenübersaß. Es war zum ersten Mal, daß er mit solcher Ruhe und Konzentration dem Korpus leibhaftig begegnete. Auch zum ersten Mal mit der absoluten Überzeugung, nur dann in dieser Geschichte weiterzukommen, wenn er den eigenen Blick befreite, also nicht versuchte, das Offenkundige einer technischen Konstruktion zu erkennen und dieses Offenkundige in immer kleinere Teile zu spalten. Nein, dieser befreite Blick – der gleiche, der es einem ermöglichte, in einem scheinbar fröhlichen Gesicht die Melancholie eines Menschen wahrzunehmen –, dieser Blick war bemüht, das Augenscheinliche als einen Schein zu verstehen, eine reine Einbildung des Gewohnten.

Wenn nun zuvor gesagt worden war, Wolf Mach würde in der Art des Dorian Gray trotz der anstrengenden Wochen einen frischen und markanten und lebendigen Eindruck machen, während sein Gesicht auf Spiegeln oder Badezimmerfliesen nur mehr schwer zu erkennen wäre, so hatte dies bereits als Hinweis darauf gelten können, wie sehr Spiegel und Spiegelungen für die Ereignisse von Bedeutung waren. Eben nicht im Sinn einer bloßen Reflexion des Sichtbaren, sondern vielmehr einer Verdeutlichung von etwas bislang Unsichtbarem oder nicht Erkanntem. Im Spiegel brach das Übersehene hervor.

Nachdem Mach also eine Stunde auf sein bronzenes Gegenüber gestarrt hatte, wandte er sich auf seinem Drehstuhl um und griff nach einem auf einem Tischchen plazierten Wasserglas. Als er dieses hochhob, um es an seinen Mund zu führen, blieb sein Blick an der gebauchten Spiegelung hängen. Genauer: Er registrierte, daß eine solche Spiegelung in bezug auf das eigene Gesicht kaum mehr vorlag. Da war lediglich ein verwaschenes Schema, ein Nebel – mehr eine Amöbe als ein Gesicht. Um so deutlicher fiel hingegen jenes Abbild aus, das den tiefer im Raum stehenden Schloßgarten-Mechanismus wiedergab. So klein, wie das halt auf einem kleinen Glas der Fall ist. Dennoch stockte Mach der Atem. Sein Herz fiel gegen die Brust, seine Fingerkuppen brannten. Er meinte etwas zu sehen, was er vorher nicht gesehen hatte, etwas ... nun, er konnte es kaum benennen, trotzdem war er überzeugt, daß das Spiegelbild ein Objekt zeigte, das anders aussah als der originale Gegenstand, nicht einfach verzerrt, sondern wirklich anders, etwas anderes darstellend. Mach blickte hin und her. Doch es blieb dabei, Objekt und Spiegelbild unterschieden sich. Spielte ihm seine Müdigkeit, die vielleicht ihre Wirkung tat, auch wenn er sie nicht spürte, einen Streich?

Mach stellte das Glas ab. Er benötigte einen richtigen Spiegel. Weil er aber keinen fand – man war hier nicht im Hotel und auch nicht im Zimmer einer Dame –, schaffte er einen der dunklen Mac-Monitore herbei und positionierte ihn so, daß dieser wie ein Garderobenspiegel im Raum stand. Zudem richtete Mach die Scheinwerfer in idealer Weise ein. Dann nahm er wieder Platz, sah auf die gläserne Bildschirmfläche, ignorierte die eigene Verwaschenheit und betrachtete den so überaus deutlich in der Reflexion sich abzeichnenden Körper des Schloßgarten-Mechanismus. Genau, *Körper* war eindeutig der zutreffende Begriff. Nicht etwa, weil sich in der Reflexion die kastenartige Geschlossenheit verlor und ein Roboter mit ausgebreiteten Händen und Armen sichtbar geworden wäre, nicht, weil die Skalen und Scheiben sich zugunsten von etwas anderem aufgelöst hätten. Keine Verwandlung, keine Transformation geschah. Doch vor allem, wenn man den Korpus aus den verschiedenen Positionen betrachtete, von der Seite her, von oben, und in der Tat wanderte Mach jetzt mit dem hochgehobenen Bildschirm um das Objekt herum, dann also zeigte sich eine Figur, eine Gestalt, die weniger in diesem Kasten steckte, als daß sie mittels ihrer geduckten, eng anliegenden Haltung den Kasten bildete. Ja, hier hatte sich eine Person zu einem quadratischen Prisma zusammengezogen. Auf dem gespiegelten Abbild zeigten sich die stramm an den Rumpf gezogenen Arme und Beine, zeigte sich der zwischen Knie geklemmte Schädel, zudem ein in der Mitte rechtwinklig eingeklapptes lanzenartiges Gebilde, das die rechte vordere und die rechte obere Kante bildete, während auf der Hinterseite eine knorpelige Struktur ein Rückgrat verriet. Zudem erkannte Mach jetzt die seitlich gegen den Kopf gepreßten Fäuste, wobei die punzierte Musterung des Hinterkopfs an einen Helm denken ließ. Und diese Vorstellung von einem massiven Kopfschutz paßte ja ebenfalls bestens zu dem geknickten, in die Geometrie dieser hockenden Figur sich einfügenden Stab, der in eine Spitze mündete und einer Waffe glich. Wie auch die beiden kurzen Stangen, die aus der linken Seite ragten, nun aber nicht mehr wie Griffe von Kurbeln aussahen, sondern eher wie die Griffe von Schwertern. Wie gesagt, keins der im Spiegel sichtbaren Teile war wirklich anders als die, die Mach seit Wochen mit allen technischen Raffinessen betrachtet und untersucht hatte, und dennoch ergab sich ein völlig neues Bild, eine neue Bedeutung und ein neues Zusammenhängen der Teile, woraus ein einziger Schluß resultierte: es mit einer Gestalt, einer

Figur zu tun zu haben, die zu größtmöglicher Dichte und Kompaktheit zusammengekauert am Boden saß, eine Figur, die, würde sie sich öffnen und sodann erheben, eine Höhe von etwa vier Metern erreicht hätte. Eine Figur, die nach Machs Empfinden letztlich nur eine Interpretation zuließ: einen ruhenden Krieger darzustellen, besser gesagt, einen schlafenden Krieger.

So gewagt diese These sein mochte, Mach zweifelte keinen Moment. Und begann auch dann nicht zu zweifeln, als er den schlafenden Krieger wieder direkt betrachtete und es ihm erneut unmöglich wurde, etwas anderes zu erkennen als die Teile einer antiken Maschine, die Skalen und Zeiger, die Zifferblätter und Abdeckungen, die Inschriften, die beiden seitlichen Kurbeln. Und keine Frage, diese Teile waren ja tatsächlich vorhanden, ein Gerät darstellend, das in Wirklichkeit einen die Zeit überdauernden Kämpfer, einen im Schlaf erstarrten Soldaten verbarg. Wodurch sich Machs erster Eindruck, es mit einer Maschine im Ruhemodus zu tun zu haben, bewahrheitete. Freilich sehr viel eigentümlicher, als er ursprünglich gemeint hatte.

Eines nun dachte Mach nicht, nämlich verrückt geworden zu sein. Im Gegenteil. Allerdings war seine nächste Idee durchaus verrückt zu nennen. Wenn er das Objekt mit dem Tomographen hatte durchleuchten können, warum dies nicht auch mit dem Spiegelbild versuchen? Eben nicht den Spiegel zu tomographieren, sondern das *Bild* im Spiegel. Dies war zwar eigentlich unmöglich, doch hielt Wolf Mach es in diesem Moment ganz offenbar mit den Franzosen, eingedenk des Ausspruchs Napoleons: „Unmöglich ist kein französisches Wort."

Daß spätestens jetzt ein richtiger Spiegel not tat, stand somit ebenfalls fest. Mach sah auf die Uhr. Er hatte noch gut drei Stunden, bis die ersten Mitarbeiter eintreffen würden; zudem hatte sich Palatin für den Morgen angekündigt. Mach blickte noch einmal zu dem schlafenden Krieger, ehrfurchtsvoll, dann verließ er den Raum und fuhr mit dem Aufzug nach oben. Als er gerade das Planetarium verließ, kam ihm Kingsley entgegen. Ihr Gesicht war ein Stein, ein schöner, glatter Stein, nur halt ein bißchen unbeugsam.

„Das kann mich meinen Job kosten", bellte sie Mach an und baute sich senkrecht aufragend und monolithisch vor ihm auf. Genau so könnte der schlafende Krieger aussehen, würde er aus seinem Schlaf erwachen und sich zu voller Größe entfalten, fuhr es Mach durch den Kopf. Laut aber entschuldigte er sich. Es sei ja nichts geschehen. Und natürlich werde er niemandem verraten, daß sie, Kingsley, eingeschlafen sei.

Kingsley erwiderte: „Machen Sie das nie wieder. Wieso sind Sie überhaupt abgehauen, ohne mir etwas zu sagen?"

„Um ehrlich zu sein", log Mach und entzündete zugleich den Funken einer Wahrheit, „wollte ich Sie schlafen lassen. Sie sind doch auch nur ein Mensch."

Kingsley verzog ihr Gesicht zu einer Falte. Dann fragte sie: „Und was machen Sie hier?"

„Ich suche einen Spiegel."

„Was für einen Spiegel?"

„Irgendeinen. Einen Zimmerspiegel. Nicht zu klein."

„Und wofür?"

„Na, zum Spiegeln", wich Mach aus. Und sagte: „Es ist eilig. Ich will das erledigen, bevor die anderen kommen. Fragen Sie nicht, warum. Helfen Sie mir einfach. – Sie sind doch da, um mir zu helfen, oder?"

Kingsley gab keine Antwort. Aber sie half. Ihr Wagen stand drüben an der Bushaltestelle (sie hatte ihn noch nie auf einem legalen Parkplatz abgestellt, das schien ebenfalls zu ihren Markenzeichen zu gehören). Sie fuhr mit Mach hinüber zu ihrer Wohnung, einer Wohnung, so ordentlich und kalt und unpersönlich, daß man meinen konnte, beim Gehen mit den Füßen kleben zu bleiben. Als stünde man auf Eis. Einer Wohnung, die sich zur Hälfte aus begehbaren Wandschränken zusammensetzte, so daß die Wohnräume von allem Persönlichen unbeleckt blieben. Zwei Leuchtstoffröhren des Lichtkünstlers Dan Flavin dominierten den Hauptraum. Wo die Stühle standen, war nicht zu sehen. Immerhin gab es ein Sofa.

„Hat Beuys eigentlich auch Sofas entworfen?" fragte Mach.

„Wollen Sie jetzt einen Spiegel oder nicht?" fragte Kingsley zurück.

In der Tat war es der absolut geeignete Spiegel, den Kingsley aus der Verankerung der Innenseite eines Kleiderschranks löste. Einen Meter achtzig hoch, einen Meter breit. Ein Glück zudem, daß Kingsley einen Kombi fuhr. Nicht zuletzt ein Glück, daß sich in ihrer Küche, in der sich jede Küchenschabe die Kugel gegeben hätte, neben der beherrschenden Leere auch eine Kaffeemaschine befand, die auf Knopfdruck willfährig einen Kaffee entließ. Freilich, Zucker und Milch lebten hier nicht. Aber ohnehin war Mach auf Schwarz eingestellt. Ein, zwei Schluck, dann packte er zusammen mit Kingsley den Spiegel.

Kurz nach acht waren sie wieder in dem Raum unter dem Schloßgarten. Sie positionierten den Spiegel in einem Abstand von zwei Metern zum schlafenden Krieger. Sodann brachte Mach das flexiblere der beiden Meßsysteme in Stellung, nicht den klobigen Röhrentomographen, der sich, ähnlich einem Rettungsring, über das Untersuchungsobjekt stülpen ließ, sondern jenes auf Schienen angebrachte Gammastrahlengerät, das eher an eine Filmkamera erinnerte, die einen Gegenstand umkreist – in der Regel ein Liebespaar –, wobei parallel zu diesem Gerät eine zweite Schiene gegen den Plafond hin installiert war.

„Was soll das werden?" fragte Kingsley. Und folgerte: „Wollen Sie den Spiegel durchleuchten, oder was?"

„Nein, das Spiegelbild", antwortete Mach ruhig.

„Ach ja? Und hernach am besten Ihr eigenes Hirn?"

Mach ignorierte die Bemerkung und wechselte hinüber zum Steuerpult der Anlage, wo er mehrere Befehle in den Computer eingab. Der Scanner teilte sich nun automatisch in ein gleich großes Oben und Unten. Der bodennahe Teil bewegte sich in einer ruhigen, fließenden Spur um neunzig Grad. Von einem kurzen, spitzen Ton begleitet, verharrte er in neuer Position, erinnerte an ein Vögelchen, das sicher auf einem festen Ast landet. Eine Pause ergab sich. Sodann setzte sich die gesamte Apparatur nach und nach in Bewegung. Die beiden Scanner gerieten in eine Umlaufbahn um das Zielobjekt, nämlich den Spiegel sowie den schlafenden Krieger. Mach hatte die Geräte auf eine Weise eingestellt, daß allein das Spiegelbild aus allen möglichen Positionen gescannt wurde, aber weder der Spiegel an sich, etwa seine Rückseite, noch der reale Schloßgarten-Mechanismus. Dank der rapiden Bewegung der beiden rotierenden Röntgenstrahler ergab sich der Eindruck eines dieser Versuchslabore, in denen Astronauten zu Testzwecken im Kreis herumgejagt werden.

Egal wie es aussah, es war verrückt, es zu tun. Ein Spiegelbild war nun mal kein durchleuchtbares Objekt, es sei denn, man vertrat den Aberglauben, im Spiegel befände sich stets ein Doppelgänger, ein im Spiegel gefangenes Wesen. Dreidimensional und damit auch durchdringbar. Denn im Sinne dieser Doppelgängertheorie war der Spiegel schließlich keine Fläche. Reflektierend, das schon, jedoch keine Fläche, sondern ein Raum.

Das Wunder blieb nicht aus, nur daß es kein Wunder war. Anders gesagt, das Bild, genauer, die Schnittbilder, die sich nun zu einem räumlichen Gebilde, einem Gefäß zusammensetzten, waren das Resultat einer unbestechlichen Aufnahmetechnik. – Tomographen zeigen zwar Dinge, die man nicht sieht, aber mitnichten Dinge, die nicht da sind. Wenn sie ein Herz offerieren, dann existiert das Herz auch. – Also gab das aus Einzelschichten zusammengesetzte 3-D-Bild, das auf dem Monitor zu sehen war, nicht nur tatsächlich den räumlichen Körper des Schloßgarten-Mechanismus wieder, es bestätigte zudem Wolf Machs Wahrnehmung. Bestätigte all das, was er zuerst auf einem Wasserglas und danach in der Spiegelung einer Bildschirmfläche erblickt hatte.

„Meine Güte, was ist das?" fragte Kingsley.

„Eine Person", antwortete Mach, „genauer: eine Maschine als Person."

„Aber da sind doch innere Organe!"

Richtig, da waren Organe. Beziehungsweise fügten sich in dieser gespiegelten Fassung der Wirklichkeit die unzähligen kleinen und großen Zahnräder mitsamt den Nadelstiften und Kugeln zu einem Körperinneren, das in Ansätzen dem eines menschlichen

Wesens entsprach: ein Herz, eine Lunge, ein Gewebe aus Adern, ein Klumpen im Kopf, der als Hirn durchging, schmale Bänder, die eine Muskulatur nahelegten, allerdings keine Knochen. Aber wenn man aus Bronze war, war es offensichtlich nicht notwendig, sich mittels eines eigenen Grundgerüsts aufrechtzuhalten.

Mach drang nun tiefer in diesen Körper ein, dorthin, wo er schon immer etwas Ungewöhnliches erwartet hatte, ins Zentrum des humanoiden Gebildes. Ein Zentrum, das auf den tomographischen Aufnahmen des „Originals" als reine Leere erschienen war. Aber dieses Zentrum war nicht leer, in ihm ... Gott, was war das?

Ein Objekt im Objekt. Etwas Kleines in etwas Großem, nur, daß dieses kleine Ding keineswegs irgendwie befestigt war oder auf einer Fläche auflag, sondern es schwebte, um jetzt nicht zu sagen: es schwamm. Denn Mach erkannte mit einem Blick, daß es sich bei diesem Miniaturkorpus um die stark verkleinerte, noch unausgereifte Form dessen, nein *deren* handelte, die diesen Miniaturkorpus in sich trug. Noch klarer gesagt: Wolf Mach mußte feststellen, es nicht mit einem schlafenden Krieger, sondern mit einer schlafenden Kriegerin zu tun zu haben, zumindest wenn man in jenem traditionellen Muster dachte, daß nur Frauen Kinder gebären. Außer man spricht von Seepferdchen. Aber diese Figur war ja nun überdeutlich *kein* Seepferdchen, sondern menschenähnlich, zudem waren die beiden Schwertscheiden zu erkennen, die in der zusammengepreßten Armbeuge und über den Bauch führend plaziert waren und auf alte Handwerkskunst verwiesen.

Kingsley brachte es auf den Punkt: „Scheiße, die Maschine ist schwanger. Zumindest auf dem Bild hier."

„Exakt", sagte Mach und handelte mit rascher Entschlossenheit. Er übertrug die Bilder auf einen USB-Stick, sodann löschte er sämtliche Daten aus dem Computer. Man kann sagen, er wischte auf.

„Wieso tun Sie das?" fragte Kingsley.

„Na, warum glauben Sie? Vielleicht, weil ich den Leuten nicht traue, für die ich hier arbeite?"

„Das glaubt Ihnen sowieso keiner. Alle werden denken, es seien manipulierte Bilder. Man kann ein Spiegelbild nicht röntgen."

„Sie haben es doch gesehen."

„Ich weiß nicht, was ich gesehen habe. Ich könnte versucht sein, das Ganze für einen Trick zu halten, den Sie sich ausgedacht haben, um noch mehr aus der Sache zu holen, als ohnehin schon drinsteckt."

„Hören Sie", sagte Mach und zeigte auf den Schloßgarten-Mechanismus, „wir haben es hier mit einem unglaublichen Objekt zu tun. Wir müssen da ganz behutsam vorgehen. Mit aller Vorsicht. Sie sagen es richtig: Die Maschine ist schwanger, eine schwangere Kriegerin, die schläft."

„Wollen Sie dazu nicht einen Bericht in der *Stuttgarter Zeitung* schreiben?"

„Na, um ehrlich zu sein", antwortete Mach, „dachte ich eher an *Nature* oder *Science*, aber dafür ist es·sicherlich zu früh. Sie haben recht, man wird mich einer Fälschung bezichtigen."

„In erster Linie, Herr Mach, wird man nicht zulassen, daß Sie irgend etwas davon an die Öffentlichkeit bringen. Wenigstens, solange Sie es nicht hinkriegen, dieses Ding von der Stelle zu schaffen, was auch immer es nun darstellt oder anstellt."

Im gleichen Moment, da Kingsley dies aussprach, packte sie Machs geschlossene Hand, darin der USB-Stick. Gar keine Frage, Kingsley wäre in der Lage gewesen, Mach sämtliche Finger zu brechen oder wenigstens einen derart schmerzhaften Druck zu verursachen, daß er das kleine Speichergerät sofort hätte freigeben müssen. Aber da war kein Druck, sondern eine bloße Umklammerung, so, als halte einer die Hand des anderen, so, daß zusammen mit dem USB-Stick eine zwiebelartige Dreifaltigkeit entstand. Was natürlich nichts an der Überlegenheit dieser Umklammerung änderte. Weshalb Mach seine Faust löste, so daß die eigene Hand sich zusammen mit jener Kingsleys aufrollte, und den lippenstiftartig geformten Datenspeicher offenbarte. Mit der anderen Hand griff Kingsley danach und schloß ihrerseits eine Faust darum.

„Ich kann Sie nur bitten", beschwor Mach, „das nicht an Palatin weiterzugeben. Er wird kaum den Wert dieser Entdeckung sehen, sondern nur die Bedrohung für das Bauprojekt."

„Das ist seine Aufgabe", sagte Kingsley, „Bedrohungen wahrzunehmen und zu beseitigen."

„Und Ihre Aufgabe ist es, mich zu schützen."

„So lange mein Auftraggeber mich dafür bezahlt, richtig. Mein Auftraggeber ist aber Palatin."

Wolf Mach vollzog eine schalenförmige Geste, was aussah, als überreiche er Kingsley eine Obstschüssel, und erklärte: „*Sie* haben jetzt die Bilder. Und das ist gut so."

„Wieso ist das gut?" staunte die Frau im schwarzen Hosenanzug.

„Weil Sie besser darauf achtgeben können. Noch einmal: Es ist Ihr Job, die Dinge zu beschützen. Ich will Sie nur ersuchen, den Stick zunächst einmal nicht an Palatin weiterzugeben. Bewahren Sie ihn einfach auf. Bitte!"

Kingsley gab keine Antwort. Doch wenn zuvor davon die Rede gewesen war, daß ihr Gesicht und ihr Blick die Qualität eines versteinerten Steins besäßen, so war nun zu erkennen, daß in jeder Versteinerung eine Erinnerung an das wahrhaftige Leben steckt, an die Lebenslust. Ein Stein ist eine Reminiszenz. Kingsley öffnete den Zippverschluß an der Seite ihres so eleganten wie panzerartigen Jacketts und lagerte dort den Datenträger ab. Dann sagte sie: „Demnächst kommen die ersten Leute. Die werden wohl fragen, was der Spiegel hier soll."

Da hatte sie zweifellos recht. Also hoben sie zusammen das hohe Glasteil aus der improvisierten Verankerung und trugen es nach oben. Draußen blühte bereits der Tag. Die Vorübergehenden lachten. – Über Spiegel im Freien wird immer gelacht, denn sie gelten als ein fixer Teil der Innenräume, ähnlich den Toiletten. Außerhalb ihrer gewohnten Stätten schaffen sie eine peinliche Verunsicherung. Als sei es abwegig, die Natur dort spiegeln zu wollen, wo kein Bergsee oder Parkteich dies bewerkstelligt. Wird mal ein Spiegel im Freien akzeptiert, muß es sich gleich um moderne Kunst handeln, über die ja ebenfalls gerne gelacht wird.

189

Nun, Mach und Kingsley waren nicht der Kunst verpflichtet, weshalb sie den Schrankspiegel zurück zum Auto brachten und damit in Kingsleys Wohnung fuhren, wo sie ihn wieder an seine alte Stelle montierten. Kingsley nicht ohne das ungute Gefühl, sich mit diesem Spiegel ein Gespenst in die Wohnung geholt zu haben, das zuvor nicht in diesem Spiegel gewesen war.

Danach standen sie beide da, der Schutzbefohlene und die Beschützerin, wie man dasteht, wenn man erschöpft ist. Auch Kingsley kam in diesen Wochen kaum zum Schlafen. Die Bewachung Machs war ganz allein ihre Sache. Kurze Schlafpausen legte sie nur ein, wenn Mach im „Planetariumskeller" arbeitete. Doch selbst da blieb sie in seiner Nähe.

Es war jetzt aber Mach, der sagte: „Ich bin sehr müde."

„Wollen Sie sich hinlegen?" fragte Kingsley.

Mach nickte.

„Kommen Sie." Kingsley zeigte ihm den Weg ins Schlafzimmer.

„Wow!" fuhr Mach aus seiner Müdigkeit hoch. Der hohe, abgedunkelte Raum verfügte auf seiner gesamten Rückseite über ein in die Wand gefügtes längliches Terrarium, einen dichten Dschungel, ein gut beleuchtetes Tropenreich.

„Was sammeln Sie da drin?" fragte Mach.

„Luftfeuchtigkeit", erklärte Kingsley keck. Nun, ein paar Frösche waren wohl auch dabei, zudem Insekten, die schwer von ihrer Umgebung zu unterscheiden waren.

Vor dieser hübschen Installation der Wildnis breitete sich ein Futon aus und darauf, äußerst präzise glattgestrichen, lagen zwei gefaltete, schwarzweiß gemusterte Bettdecken. So richtig zum Schlafen sah es nicht aus. Doch Kingsley meinte: „Pennen Sie eine Runde."

In Anbetracht des emotionslosen Tons, mit dem sie immer alles kommentierte, klang das Wort „pennen" wie eine Verspieltheit. Und es klang wie eine Aufforderung an Mach, sich eine Frechheit herauszunehmen. Genau das tat er.

Er fragte: „Darf ich Sie küssen?" War er jetzt übergeschnappt?

Kingsley antwortete: „Nein."

Natürlich sagt sie nein, dachte sich Mach. Was bilde ich mir auch ein! Das ist eine Frau, die würde sich wahrscheinlich nicht einmal von George Clooney oder Mel Gibson küssen lassen!

Nun, von Mel Gibson hätten sich zwischenzeitlich eine ganze Menge Frauen nicht mehr küssen lassen. Aber das war nicht der Punkt. Der Punkt war, daß Kingsley, kurz bevor sie Mach beim Planetarium begegnet war, eine Zigarette geraucht hatte. Obgleich das schon einige Zeit her war, meinte sie noch immer den kaltgrauen Geschmack von Tabak im Mund zu haben. Sie gehörte zu den Raucherinnen, die mit ihrer Leidenschaft rangen. Ihr ekelte vor diesen vier, fünf Zigaretten, die sie über den Tag verteilt konsumierte. Andererseits hielt sie es für absolut nötig, ihren Hunger – den nach Brot und Käse und Süßigkeiten, welcher sie ebenfalls vier-, fünfmal am Tag überfiel – niederzurauchen. Was bestens funktionierte. Nur der Ekel blieb. Und darum ging sie erst einmal ins Badezimmer, griff nach der elektrischen Zahnbürste und absolvierte die Reinigung ihrer selbstredend makellos weißen Zähne.

Mach freilich erkannte diesen Punkt nicht, diesen Raucher-Punkt. Meilenweit entfernt von einem sogar ungeküßten George Clooney, entsprach sein Äußeres viel eher dem Woody Allens, der auch immer solche Brillen und solche Hemden trug, Hemden, unter denen ein schwächlicher Brustkorb mehr in der Luft hing als sonstwas.

Doch die Wahrheit war die, daß Kingsley, hätte sie sich zwischen *Braveheart* und *Manhattan* entscheiden müssen, ganz eindeutig für die New-York-Ode votiert hätte, nicht zuletzt des schmächtigen Hauptdarstellers wegen. Sie gehörte zu den Frauen, die der Ansicht waren, daß es, wenn man selbst bereits so schön war – und das war sie bei Gott –, nicht nötig sei, auch noch einen schönen Mann zu haben. Lieber einen verrückten oder interessanten oder auf eine interessante Weise mittelmäßigen. Schöne Männer waren zudem selten gute Liebhaber. Schwer zu sagen, warum das so war. Vielleicht verwechselten schöne Männer die Schönheit mit der Liebe, vielleicht meinten sie, der Anblick, den sie boten,

191

würde genügen. Vielleicht begingen sie den Irrtum, sich für ein Gemälde zu halten.

Wie auch immer, Kingsleys Ablehnung, geküßt zu werden, war einzig darauf zurückzuführen, daß sie zuerst einmal, bevor sie hier irgendeine Entscheidung zu treffen gedachte, den Nikotingeschmack aus ihrem Mund verbannen wollte.

So kühl und distanziert Kingsley gerne daherkam, sowenig sie je eine bindende Beziehung eingegangen war und sosehr ihre viskotische Körperlichkeit den Verdacht zuließ, ursprünglich auf einem Computer entworfen worden zu sein, empfand sie dennoch das Bedürfnis nach Zärtlichkeit, nach einem Berührtwerden und Berührtsein. – Sagen wir mal so: Auch Glasfasern haben Gefühle, wenn in ihnen eine Seele einsitzt. Bei einem Stück Fleisch ist es doch genauso. Oder würde jemand auf die Idee kommen, dem Menschen die Seele abzusprechen, nur weil ein Fleischlaibchen über eine solche Seele höchstwahrscheinlich *nicht* verfügt?

Mach lag bereits nackt unter der Decke und befand sich mit einem Bein in einer besseren Schlafwelt, als er spürte, daß auch das Diesseits einen Zauber für ihn bereithielt: Kingsleys Front schmiegte sich an seinen Rücken. Ihre Brüste waren wie ein BH, der lebendig geworden war und so gewissermaßen eine Personalunion bildete. Mach zuckte auf. Er meinte, ein Stromschlag habe ihn ereilt. Gut, was Elektrisches war es ja wohl auch. Keine homöopathische Dosis von Strom, aber eine therapeutische.

„Du kannst mich jetzt küssen", sagte Kingsley. Ihre Stimme war so, als hätte William Turner ein Aquarell mit dem Titel *Kingsley spricht* gemalt. – Na, wenn man schon einen englischen Namen trägt! Allerdings hätte jemand wie zum Beispiel Ratcliffe, der Stuttgarter Ratcliffe, niemals in seinem Leben etwas sagen oder tun können, was zu einem Bild von Turner geführt hätte. Des Projektsprechers Handeln paßte eher zu den banal bunten Kunst-am-Bau-Stelen des Otto Herbert Hajek, die überall in Stuttgart herumstanden und die Stadt verschandelten.

Das Prinzip des Abreißens ist immer, das falsche Ding abzureißen. Das Prinzip des Küssens ist immer, die falsche Person zu küs-

sen. Doch wenn der Teufel für den Zufall zuständig ist, dann Gott
für die Ausnahmen. – Mach küßte Kingsley.

Richtig, sie schmeckte nach Zahnpasta. Aber doch so, als hätte
sich die Zahnpasta in diesem Mund in etwas ungleich Edleres als
bloß Olaflur und Sorbitol und Saccharin verwandelt. Man hätte
vielleicht in Anlehnung an die Strahlerküsse der 70er-Zahncreme
von einem „Strahlermund" oder einer „phosphoreszierenden
Mundhöhle", einer „Rotlichtlampe von Zunge" sprechen müssen.

Eine Wärme erfüllte Mach. Und als er dann in Kingsley eindrang, hatte er eigentlich das Gefühl, daß es umgekehrt war: daß
Kingsley in ihn eindrang, nicht nur, weil sie obenauf saß, sondern
weil es ganz der energetischen Dominanz ihres radioaktiven Körpers entsprach, so vollständig von ihrem Liebespartner Besitz zu
ergreifen. Er war ein Gefangener, und er war es gern.

Ihr beider Sex war wie ein Schachspiel, bei dem jeder ein paar
Varianten ausprobiert, nur daß Kingsley statt des Königs über eine
zweite Dame verfügte, was folglich zu einer gewissen Überlegenheit, vor allem aber zu einer ziemlichen Unverletzbarkeit führte.
Denn ein König, der nicht da ist, kann schwerlich matt gesetzt werden. Trotzdem resultierte aus dieser Überlegenheit keine Degradierung des Gegners. Und als kurz nach Kingsley auch Mach seinen Höhepunkt erreichte, da befanden sich seine verbliebenen
Figuren zwar in aussichtsloser Position, waren aber dennoch ungemein fröhlich.

Danach schliefen alle ein. Auch die beiden Damen. Das Muster aus
weißen und schwarzen Quadraten dehnte sich zur ewigen See.

Als Mach und Kingsley Stunden später erwachten, verspürten
sie eine kleine Peinlichkeit. Aber nicht so schlimm, um sich nicht
gemeinsam zur Kaffeemaschine zu begeben und das nötige Quan-
tum flüssiger Nahrung einzuverleiben.

Kingsley blickte hinüber zu dem kleinen Tisch. Dorthin, wo der
Anrufbeantworter blinkte. Sie ahnte, daß sich hinter diesem Blinken die wütende Stimme Palatins verbarg.

14   Vergißmeinnicht

Herrliches Wetter. Sonntag früh. Kein Tag für die Kirche, und das dachte einer, der gerne in Kirchen ging, ohne freilich auch nur einen Zentimeter an den lieben Gott zu glauben.

Mit der Stadtbahn quer durch Stuttgart reisend, besuchte Hans Tobik erneut jenen ominösen Ort Bad Cannstatt. Er steuerte den Park an, der großflächig, dennoch übersichtlich den im Umbau befindlichen Kursaal ins Grüne verlängerte. In diesem Grün sollte ein Training der Parkschützer stattfinden. So nannte sich eine Initiative, die es sich zur Aufgabe gemacht hatte, den Widerstand gegen das S-21-Projekt zu organisieren, die willigen Bürger in ein effektives Protestverhalten einzuweisen, die Technik von Sitzblokkaden zu üben, den Spagat zwischen Gewaltlosigkeit und effizienter Behinderung von Gebäudeabriß und Baumvernichtung zu bewerkstelligen, das Gebaren gegenüber der Exekutive einzustudieren, psychologische Fragen zu klären, juristische sowieso. Das alles war schon deshalb sinnvoll, weil viele der engagierten Bürger diesbezüglich keine Erfahrungen besaßen und alles andere als versierte Berufsdemonstranten waren. Auch Tobik nicht, versteht sich.

Obwohl Tobik ja eigentlich längst den Entschluß gefaßt hatte, einen ganz anderen, sehr einsamen Weg zu wählen: Verwirrung auszulösen und Angst zurückzuerstatten, indem er eine Waffe zum Einsatz bringen wollte, ein für seine Bedürfnisse justiertes Präzisionsgewehr. Es zu benutzen, richtig zu benutzen, den Charakter dieser Waffe zu verstehen, darein hatte er in den letzten Wochen seine ganze Zeit investiert. Eine Sache, die ihm durchaus Freude bereitet hatte, wie es wohl immer Freude bereitet, sich zu überwinden und mit Leidenschaft eine neue Fähigkeit zu erlernen. – Schießen war wie eine Fremdsprache. Es genügte keineswegs, einfach die Vokabeln auswendig zu lernen, sondern der Schütze war angehalten, sich das Wesen einer speziellen Syntax einzuverleiben. Genau dies war Tobik gelungen, das Gewehr als einen „Satz" zu begreifen, einen korrekt gebauten Satz, der einen

Sinn ergab. Einen Satz freilich, den man durch falsche Setzung und falsche Betonung der Zeichen – da mochte die Schreibung der einzelnen Wörter noch so richtig sein – in etwas Holpriges oder gar Sinnloses verwandeln konnte. Was im schlimmsten Fall bedeutete, nicht nur einfach danebenzuschießen, sondern die falsche Person, das falsche Objekt zu treffen. Aber einen solchen „unrichtigen Satz" konnte Tobik mittlerweile ausschließen, solange er nicht gezwungen sein würde, unter widrigen Wetterumständen oder in höchster Eile einen Schuß abzugeben. Und genau das wollte er eben unterlassen und einzig und allein dann den Abzug drücken, wenn er sicher sein konnte, daß die Syntax stimmte und der ganze Satz eine funktionale Einheit ergab, eine Einheit, die von jedermann verstanden werden konnte.

Neben der guten Luft und der Einsamkeit der Schwäbischen Alb, auf der er seine Übungen und seine Zielrohrmeditationen absolviert und die Grammatik einer AWC Kaliber .308 Win einstudiert hatte, war es zweifellos die Willensanstrengung gewesen, die aus Tobik einen Scharfschützen gemacht hatte, einen Mann, der ein Stück weit selbst Gewehr geworden war, so wie Thomas Bernhard sagte, der Pianist Glenn Gould sei selbst Klavier gewesen. – Der Mensch wird also zum Gerät, man darf ruhig sagen: Er wird wieder zur Maschine, er kehrt zurück zu seinem ursprünglichen, seinem natürlichen Zustand.

Tobik war dennoch in den Cannstatter Kurpark gekommen, weil er es für klug hielt, weiterhin das Bild des engagierten älteren Herrn abzugeben. Dies würde sehr viel weniger auffallen, als wenn er sich mit einem Mal von der Laufbahn des aktiven Bahnhofs- und Baumschützers verabschiedete. Sollte es zu Auseinandersetzungen kommen – und das würde es wohl –, wollte er brav sein Scherflein beitragen, vereint mit einer Vielzahl anderer sich von der Polizei wegschleppen lassen, um in der Folge seine Personalien bekanntzugeben und eine Ermahnung des Staates zu riskieren. Gewissermaßen einen erhobenen Zeigefinger ob solchen Aufbegehrens. Darauf schien es zunächst hinauszulaufen, denn diejenigen, die den Staat im Grunde weniger vertraten, als daß sie ihn als ihr Eigentum betrachteten, empfanden aus dieser Haltung heraus die gemeinen Bürger als „Besitzstörer", die man folglich mit diversen Formen von „Besitzstörungsklagen" zudecken konnte.

Wie auch immer, Tobik hielt sein Dabeibleiben für eine perfekte Tarnung. Denn Menschen, die bereit waren, einen Abzug zu drücken und das Spiel der Mächte auf eine ganz andere, eine höchst intime Ebene zu führen (denn was sollte intimer sein als das Töten?), waren selten jene, die in freundlichen Grüppchen um Bäume saßen und sich von den Herren und Damen Polizisten abtransportieren ließen, welche dafür immerhin bezahlt wurden. – Noch konnte niemand ahnen, daß die Herren und Damen Polizisten am Ende dieses Sommers den Auftrag bekommen würden, auf das mühselige Wegschleppen alter und junger Bürger zu verzichten, um statt dessen eine Durchschlagskraft beweisen zu müssen, die man etwa im Kampf gegen den massiven Einfluß der kalabrischen Mafia auf die Stuttgarter Wirtschaft und Politik sträflich vermissen ließ. Anstatt die organisierte Kriminalität, den Staat im Staat, in seine Schranken zu verweisen, würde die Polizei vor aller Welt dokumentieren, wie gewandt sie mit Pfeffersprays, Tränengas und Wasserwerfern umzugehen in der Lage war. Ein österreichischer Blogger würde dazu treffend anmerken, was für ein großes Glück es für den Mauerfall gewesen wäre, daß damals nicht die Westpolizei zum Einsatz gekommen sei.

Da saß der als Parkschützeraspirant getarnte Hans Tobik also nun in einem Kreis von vielleicht zwanzig Leuten, die Harmlosigkeit in Person: ein Mann, der seine besten Jahre ungenutzt vertan hatte, weißhäutig trotz vieler zurückliegender Sonnentage, Hutträger, Brillenträger, schweigsam, in lockerer Freizeitkleidung, die fremd an seinem Körper wirkte, dünne Arme, dünne Beine, dafür wie zum Ausgleich ein Bäuchlein, das Unter- und Oberleib zu einer einheitlichen Masse verband. Bedauernswerte Polizisten, die an einer solchen Gestalt ihre Kraft abarbeiten sollten.

Es waren zwei Trainer, junge Leute, welche die Teilnehmer begrüßten und sodann begannen, die Notwendigkeit des Trainings zu erklären. Tobik hörte halb zu, halb war er auf die anderen Personen konzentriert, die hier auf ihren Matten saßen, jeder mit einem handgeschriebenen Vornamensschildchen auf der Brust. So würde es den ganzen Tag bleiben – im Gespräch, während der Übungen, in der Diskussion, bei der Bildung der Bezugsgruppen, bei der Mittagspause –, daß Tobik sich über die Biographien, die Schicksale dieser Menschen seine Gedanken machte.

Einige nervten ihn, vor allem eine Frau in seinem Alter, eine energische Besserwisserin, Typ Oberstudienrätin, mit einem Mund aus zwei leicht nach unten gebogenen Rasierklingen. Einen solchen Mund zu küssen war die absolute Horrorvorstellung. Hinter einem solchen Mund konnte sich nur eine Schlangenzunge befinden. Selbstredend war es auch diese Madame, die sogleich herumnörgelte, als sich hier unter freiem Himmel einige eine Zigarette anzündeten. Es war klar, daß die Bemerkungen, die sie dann in die Runde warf, Sachlichkeit nur vorspiegelten, während es ihr allein darum ging, alles und jeden in Frage zu stellen. Derlei Frauen, dachte Tobik, leben von einem einzigen Ding: von der Fehlersuche. Die Welt, die Welt der anderen, besteht für sie nur aus Makeln, die es zu benennen und zu kritisieren gilt. – Wenn zuvor gesagt worden ist, Glenn Gould sei ein Klavier und Hans Tobik ein Gewehr, so muss man nun sagen, solche Frauen sind ein Rotstift. Wo auch immer sie auftauchen, sie ziehen über alles und jeden eine rote Spur, markieren alles und jeden mit einem Korrekturzeichen, nur sich selbst nicht, klaro! So bleiben sie als einziges Objekt frei vom Rot. Das ist ihr vermeintlicher Triumph, rotfrei, korrekturfrei zu sein. Wehe freilich, wenn zwei Frauen dieses Kalibers aufeinandertreffen, dann spritzt das Rot nur so.

Glücklicherweise war nur eine von dieser Sorte vor Ort, zudem hatten die beiden Trainer die Gruppe bestens im Griff. Das war es, was Tobik überraschte und beeindruckte, wie gleichermaßen freundlich und routiniert die zwei jungen Männer vorgingen, die Beteiligten zu Wort kommen ließen, ohne aber ein Chaos sich „entblößender" Menschen zu riskieren. Ferner fiel auf, wie sehr daran gedacht war, nicht nur die mögliche Taktik der Polizei zu analysieren, sondern auch die psychische Belastung der eingesetzten Beamten, die sich vielleicht ihrerseits bedroht fühlten, gestreßt sowieso, und welche möglicherweise sogar im Konflikt standen, Bürger zur Ordnung zu rufen, deren Verhalten sie insgeheim für richtig hielten. Das war eine ganz andere Stimmlage als jener Wie-können-wir-die-Bullen-zum-Wahnsinn-treiben-Tonfall, obgleich natürlich die Wahrscheinlichkeit gegeben war, daß nicht nur *liebe* Polizisten den Stil der künftigen Konfrontationen bestimmen würden. Darum auch wurde in Rollenspielen gezeigt, wie das so war, wenn eine Gruppe auf eine gegnerische traf und man plötzlich zur Körperlichkeit gezwungen war, aber gleichzeitig gewaltfrei bleiben mußte, zumindest als Demonstrant. Wie das also funktionierte: sich quasi mit der Eleganz einer herumwirbelnden Balletteuse oder eines schattenhaften Ninja an den Polizisten vorbeizudrehen, vorbeizuwinden – schwebend, leichtfüßig, magisch. Nun, die Realität war freilich eine der Bierbäuche und der im Partisanenkampf ungeübten Knöchrigkeit. Nichts für Tobik jedenfalls, der sich dennoch wie alle Anwesenden brav abmühte, denn darum war er schließlich gekommen: um sich brav abzumühen und nebenbei ein wenig Ärger über die Frau mit dem Rasierklingenmund zu empfinden.

Beim Rest der Teilnehmer handelte es sich um das übliche Persönlichkeitsgemisch dieser Bewegung: die leicht Erregbaren, die Zahmen, die Ängstlichen, die Kultivierten, einige, die wohl gekommen waren, um ein paar Fremdwörter auf die Wiese zu streuen, nicht zuletzt die Klugen, die zwar ebenfalls ein paar Fremdwörter kannten, diese aber zu Hause im Fremdwörterlexikon gelassen hatten. Regelrechte Draufgänger gab es, zumindest bei Tobiks Altersschnitt, nicht, aber doch einige, denen das alles nicht weit genug ging, weil sie die Effektivität von Sitzblockaden bezweifelten und sich überlegten, wie es wäre, zu denen zu gehören, die sich anketten oder auf Bäumen ein Quartier beziehen wollten. Was allerdings ganz gewiß war, selbst bei den Fremdwörterfreunden und den Fehlersuchern, das war die Ernsthaftigkeit, mit der sich ein jeder der Sache verschrieben hatte. Jeder dieser Menschen steckte in einer Erneuerung. Einer Verwandlung. Einer virusbedingten Metamorphose. Ihr Ziel war nicht, die Demokratie abzuschaffen, sondern, ganz im Gegenteil, sie einzuführen. – Ja, es gibt auch *gute* Viren. Der Stuttgarter Virus war ein solcher.

Zwei Teilnehmer stachen freilich ein wenig heraus, zumindest nach Tobiks Dafürhalten. Aber nicht ihrer Münder wegen. Es handelte sich um ein Paar, wobei der Mann weit weniger auffiel als die Frau, die im Gegensatz zu allen anderen elegant gekleidet war, einen schwarzen, engen Hosenanzug trug, eine Sonnenbrille und ihr langes Haar zu einer glatten Kapselform hochgesteckt hatte. Das war auf den ersten Blick unpassend inmitten all der Outdoorbekleidungen. Und dennoch war diese Frau, die sich recht widerwillig einen Klebestreifen mit dem Namen Alicia auf die Brust montiert hatte, absolut perfekt ausgerüstet. Ihr Hosenanzug war vollkommen elastisch, und bei ihren ebenso schwarzen Schuhen handelte es sich um hochmodernes Climbingschuhwerk, mit dem man genauso eine Felswand hätte hochklettern können wie auf den Opernball gehen. Tobik konnte zudem bei den Übungen deutlich erkennen, wie sehr diese Frau sich zurückhielt, weil es ihr sonst als einziger spielend gelungen wäre, an den „Polizisten" vorbeizukommen. Ganz abgesehen davon, daß es ihr wahrscheinlich ebenso spielend gelungen wäre, einen jeden – echte oder gespielte Beamte, egal! – auf die Matte zu befördern. Ja, so wie sie da stand, schlank, schwarz, sich im Schatten der Bäume auflösend, war sie genau eine solche Ninjaerscheinung. Eigentlich hätte man sie für eine Agentin der Projektbetreiber halten mögen. Dem allerdings widersprach die fehlende Tarnung, eben *nicht* wie eine grünbewegte Baumretterin erschienen zu sein.

Ihr Begleiter hingegen erfüllte schon weit mehr die Konventionen: ein Mann mittleren Alters, bekleidet mit Jeans, Sportschuhen und Holzfällerhemd. Er paßte überhaupt nicht zu Alicia, obwohl sein Gesicht einen Rest von jugendlicher Hübschheit besaß, aber eben bloß einen Rest, ein Relikt, und ganz sicher brauchte er für die hundert Meter doppelt so lange wie seine Freundin. Er brauchte wahrscheinlich bei fast allem doppelt so lange wie diese Frau. Wel-

199

che sich im übrigen bei den Diskussionen gänzlich heraushielt und nur in den Feedbackrunden, die den Übungen folgten, gezwungenermaßen kurze, sachliche Kommentare von sich gab. Gesprächiger war Wolf, ihr Freund oder Mann oder was er war. Sein Idiom wies ihn deutlich als Österreicher aus, Wiener wahrscheinlich oder eingewienerter Niederösterreicher, aber das war gewiß für keinen von hier zu unterscheiden. Er schien zu denen zu gehören, die erst vor kurzem zu der Protestbewegung gestoßen waren, stellte viele Fragen und zeigte keine Scheu, zu seiner Unsicherheit zu stehen. Tobik kam es vor, als versuche dieser Wolf sich erst noch zu entscheiden, für wie sinnvoll er einen solchen Protest hielt.

Im Zuge des Trainings wurden nun zwei sogenannte Bezugsgruppen gebildet aus Aktivisten, die von da an also ein wenig zusammengehörten und später, wenn es ernst werden würde, als Gruppe auftreten sollten, die mittels eines Sprechers in die Gesamtorganisation des Protestes eingebunden war. Damit eben die künftigen Blockierer nicht einsam herumliefen und in erster Linie sich selbst blockierten oder etwa den falschen Teil eines Geländes beschützten, wie jene Bürger, die am falschen Sonntag eine Urne in ihrem Wahllokal suchen, die da gar nicht steht.

Der Zufall wollte es ... nein, das war kein Zufall. Tobik sah zu, daß er in dieselbe Gruppe wie Wolf und Alicia kam. Das Kollektiv aus neun Leuten mußte sich einen Namen geben, und nach einigem Hin und Her poetischer Verirrungen und platter Hülsen (deren Plattheit freilich verglichen mit den Slogans der Projektbetreiber wie ein hügeliges Gelände anmutete) entschied man sich für den Vorschlag eines jungen, eher schüchternen Mannes, dessen Lebensschicksal darin zu bestehen schien, ständig aufgefordert zu werden, lauter zu sprechen. – Solche Leute werden natürlich unter dem Strich ständig leiser, verstummen irgendwann, um endlich den demütigenden Aufforderungen zu entgehen (dabei ist es doch so, daß die Welt nicht noch mehr lauter sprechende Menschen benötigt, sondern mehr Hörgeräte).

Jedenfalls hatte dieser Mann den Begriff Vergißmeinnicht in die Runde geflüstert, und nachdem die Besserhörenden oder einfach auch nur *Zu*hörenden dies laut wiederholt hatten, war man sich überraschend schnell einig geworden. Man hieß von nun an *Vergißmeinnicht,* ein schöner Name, wahrlich: das Friedfertige betonend, die Naturliebe, auch das Ausdauernde, Widerstandsfähige, wenn man nämlich bedachte, daß das Vergißmeinnicht zu den Mehrmalsblühern gehörte. Und dann lag obendrein in diesem Namen das Versprechen, einander die Treue zu halten, sich nicht zu vergessen – eine echte Tugend, so heilig wie schwierig.

Nachmittags kam noch ein dritter Trainer, der aber leider Gottes nicht zu einer Dreifaltigkeit der Ausbildergruppe beitrug. Er war sehr viel weniger charmant und pädagogisch einfühlsam als seine beiden Kollegen, dafür weitaus gebieterischer, obgleich er mit seinen Mitte Dreißig äußerst jugendlich wirkte – allerdings vom Typ mäusehafter Banklehrling, der in der Freizeit gerne Pfadfinder spielt, wovon nicht zuletzt das um seinen Kehlkopf geknüpfte rote Halstuch zeugte. Seine adrett frisierte und brav bebrillte Bubenerscheinung kontrastierte freilich ganz eigenartig sein selbstsicheres Auftreten. Er gab bereits zu Beginn den revolutionären Marquis mit dieser Körperhaltung eines jovialen Anführers: breitbeinig, die Hände am Rücken gleich einem Militär verschränkt, dennoch schwerelos, als bestünde diese Haltung aus einer Konstruktion vom Wind zusammengehaltener Blätter. Nicht Blätter der Bäume, sondern Blätter der Aufklärung. Dank dieser Haltung wirkte der Mann, als sei er einem Gemälde von Jacques-Louis David entstiegen.

Nummer 3 ließ nicht unerwähnt, welche wichtigen Funktionen er innerhalb der Bewegung erfülle, trat passend dazu so bestimmt wie bestimmend auf und ermahnte postwendend jeden zur Konzentration, der sich die üblichen kleinen, geflüsterten Nebengespräche leisten wollte. – Ganz klar, bei diesem Trainer mußte es sich um einen ehemaligen Greenpeaceler handeln, so was erkannte Tobik nach drei Sätzen, drei Sätze, die alle mit „ich" anfingen und mit einem Ausrufezeichen endeten. Diese Leute waren ihm beinahe ebenso verdächtig wie gewisse Damen. (Es versteht sich übrigens, daß die mit dem strengen Mund ebenfalls in die Vergißmeinnicht-Gruppe geraten war, so wie auch Nummer 3 in der Tat später eine Bemerkung über seine Zeit bei Greenpeace machen sollte. Daß dieser dritte Trainer mit seinem schmalen, nach oben gerichteten Kopf, den kleinen, scharfen Augen, Augen von der Art jenes Rasierklingenmundes, jedoch zielsicher als erste die immer noch vor sich hin bruddelnde Rasierklingenmundträgerin zur Ordnung rief, veranlaßte Tobik umgehend, ihn mit milderem Blick zu betrachten.)

Überhaupt strahlte Nummer 3 bei all seinen durchaus klugen Ausführungen jene kühle Geschäftsmäßigkeit aus, die auch zum Ausdruck bringen kann, daß einer nicht nur enorm von sich und seinem Tun überzeugt ist, sondern auch jederzeit hochprofessionelles Arbeiten gewohnt ist und erwartet. – Daß ein solcher Anspruch an Professionalität einhergehen kann mit einem irritierend adoleszenten Aussehen, sollte dabei vielleicht weniger überraschend sein als das Faktum, daß Knabenantlitz halt doch nicht Knabenantlitz ist, daß also die Buberl-visage eines gestandenen Finanzbürgermeisters trotzdem eine ungleich größere Katastrophe verheißen kann als das Jungengesicht eines erfahrenen Was-auch-immer-Schutz-Aktivisten.

Für Nummer 3, den ehemaligen Greenpeaceler, mochte die ganze S-21-Geschichte natürlich eine wunderbare Chance sein, nicht einfach nur mit ein paar Leuten einige Stunden lang ein Maisfeld oder einen Bohrturm zu besetzen und die Firma Nestlé oder sonstwen zu ärgern, sondern einer möglicherweise historischen Bürgerbewegung den Weg zu weisen. Keine Frage, dieser so von sich überzeugte wie hochintelligente Mann roch den historischen Moment, er ahnte die Bedeutung, die aus dieser Sache erwachsen würde. Er erkannte die Mittelpunkthaftigkeit Stuttgarts. Er sah den Virus, der hier wirksam wurde. Und sosehr er von sich überzeugt war, war er demütig gegen den Virus. Er begriff, es hier mit einem Geschenk zu tun zu haben, von wem auch immer dieses Geschenk stammte, vom lieben Gott, von den diversen Baumgeistern, die es endlich einmal der Deutschen Bahn und der ganzen deutschen Gesellschaft zeigen wollten, oder sogar von jenem stets verneinenden Geist, dem es Freude bereitete, sein eigentliches Element zu konterkarieren und dem Satz „Ich bin ein Teil von jener Kraft, die stets das Böse will und stets das Gute schafft" eine ganz neue Bedeutung zu verleihen. – Nun gut, wer kann schon genau sagen, *woher* die guten Viren stammen?

Jedenfalls überraschte es eigentlich nicht, daß bei den Rollenspielen, die dann noch folgten, dieser dritte Trainer es ausgezeichnet verstand, den Polizisten zu mimen. So ist es immer, Profis sind sich nahe, sind sich verwandt, auch wenn sie auf verschiedenen Ufern stehen. Und ein Profi war dieser Mann ja. Er wußte, was er tat. Da waren sich einige der Teilnehmer schon weniger sicher. Dennoch wurde es ein perfekter Tag. Die Naiven waren ein Stück weniger naiv geworden und die Zögerlichen ein Stück weniger zögerlich. Und es existierten zwei neue Bezugsgruppen, die dazu angehalten wurden, sich privat zu vereinbaren, E-Mail-Adressen und Telefonnummern auszutauschen, um in der Folge ein autarkes Gebilde zu formen. Das war nicht unklug: viele kleine Organismen zu schaffen, die über einen eigenen Blutkreislauf verfügten, dann jedoch, wenn es zur Sache gehen sollte, sich zu einem ganzen Körper vereinten, auf daß die verschiedenen Blutkreisläufe ein durchgehendes Netz aus Adern bilden konnten. Im Idealfall. Bei einem solchen Körper gibt es ja stets verschiedene Möglichkeiten: Homunkuli, Gliederpuppen, leptosome Erscheinungen, aber auch, sagen wir mal, eine symbiotische Verbindung von Luke Skywalker und Ellen Ripley (dazu die Stimmen von Oskar Werner und Julie Christie).

So war das gedacht, und es war gut gedacht. Allerdings verweigerten zwei Leute aus der Vergißmeinnicht-Truppe die Bekanntgabe ihrer Mailadresse und Telefonnummer. Einerseits die Dame mit besagtem Mund, die sich rasch nach dem Ende des Trainings zurückzog, und andererseits jene Alicia, die nur stumm zusah, wie Wolf seine Daten auf das herumgereichte Stück Papier kritzelte. Niemand hätte gewagt, sie aufzufordern, es ihm gleichzutun. Zudem: Wenn sie ein Paar waren, war es ja auch nicht nötig, zwei Kontakte anzuführen.

Es war jetzt Abend im Park. Die tiefstehende Sonne sprühte den Park ein, und es war eine Geschmacksfrage, ob man dieses Einsprühen mit Insektenbekämpfung oder der Herstellung einer formschönen Dauerwelle assoziierte. Die Teilnehmer verabschiedeten sich nacheinander, jeder wollte nun ein wenig Ruhe haben, ob als einzelner oder Paar. Doch machte bereits am nächsten Morgen eine erste Meldung die Runde. Die frisch gekürte Sprecherin der Vergißmeinnichtler, eine französisch anmutende Person mit dem unfranzösischen, aber zum Aktionsobjekt bestens passenden Namen Hogarten, bat sämtliche Mitglieder der Gruppe, Terminvorschläge zu machen, auf daß man sich im kleinen Kreis treffen könne. Nicht zuletzt, um das Wesen jener Pflanze zu erkunden, deren Namen man sich geliehen hatte. Ein arabisches Sprichwort sagt ja, der Mensch sei zusammengesetzt aus Vergessenheit. Das ist ganz sicher richtig. Und genau darum braucht man wiederum Namen, um sich zu erinnern, wer man selbst ist und wer die anderen sind. So gesehen war es ein Glück, daß eine resolute Person wie Frau Hogarten es nicht zuließ, daß die eben gegründete Gruppe gleich wieder dem Vergessen anheimfiel.

Allerdings wäre wohl selbst Frau Hogarten in Ohnmacht gefallen, hätte sie gewußt, welche Rolle einer ihrer Vergißmeinnichtler in Wirklichkeit zu spielen gedachte. Zu Hause angekommen, stand dieser nämlich vor dem in seine Teile zerlegten Präzisionsgewehr und fühlte sich ein wenig aufgeregt. Nicht wegen der vergangenen Stunden, nicht wegen Frau Hogarten, die ihm durchaus gefallen hatte. Die Aufregung galt dem folgenden Tag. Hans Tobik plante, ein erstes Zeichen zu setzen. Sozusagen aus dem Off zu sprechen, ungesehen, jedoch gleichzeitig eine Kugel in die Mitte eines Bildes befördernd.

Kaum ein Objekt konnte so viel Aufmerksamkeit verursachen wie ein Projektil.

Teil III

Als ich John mit der Maschine sah, war es auf einmal ganz klar.
Der Terminator würde niemals aufhören,
er würde ihn niemals verlassen, und er würde ihm niemals weh tun,
ihn niemals anbrüllen oder sich betrinken und ihn schlagen
oder behaupten, er wäre zu beschäftigt und hätte keine Zeit für ihn.
Er würde immer für ihn da sein, und er würde sterben,
um ihn zu beschützen. Von all den möglichen Vätern,
die während all der Jahre gekommen und gegangen waren,
war diese Maschine, dieses Ding, der einzige,
der den Ansprüchen gewachsen war.
In einer wahnsinnig gewordenen Welt war
er die vernünftigste Alternative.

Linda Hamilton in James Camerons Film *Terminator 2 – Tag der Abrechnung*

Und würden Sie nicht zustimmen, daß,
wenn man ein Monster sieht, man es aufhalten sollte?

Max von Sydow in Martin Scorseses Film *Shutter Island*

15   Koralle und Gewalt

> *Die Vernunft kann sich mit größerer Wucht dem Bösen*
> *entgegenstellen, wenn der Zorn ihr dienstbar zur Hand geht.*
>
> Papst Gregor der Große (540–604)

Wieder Montag. Eigentlich ein unnötiger Tag, wie Qualtinger einmal gesagt hat: *Am Montag is' schwer wieder starten.* – Der Montag ist somit ein Tag, der nicht wirklich einer ist, sondern vielmehr ein Startblock, aus dem die Leute nicht richtig herauskommen. Der Eindruck dauernder Fehlstarts an einem Montag resultiert nun aber nicht daraus, daß ein einzelner Läufer zu früh losrennt, sondern er vielmehr der einzige ist, der exakt zum Startschuß hochschnellt, während die anderen in ihren Startvorrichtungen verbleiben: dösend, narkotisiert, überdrüssig und auf einen Schuß wartend, der längst gefallen ist.

Für die Stuttgarter jedoch hatte der Montag den stillen Schrecken irrtümlicher Fehlstartinterpretationen verloren, zumindest für jene, die sich vor dem zum Symbol gewordenen Nordflügel des Scholerbaus, den alle Bonatzbau nannten, Woche für Woche versammelten. Entgegen der Annahme einer genervten Politik und eines genervten Einzelhandels, die renitente Bürgerschaft – diese Fragenstellerbande – würde nach und nach resignieren, schien diese eher an einer Montagserweckung zu arbeiten, am Versuch, einen ungeborenen Tag auf die Welt zu bringen und im Zuge eines kollektiven Hochkommens einen jeden Montag in einen korrekten Rennbeginn zu verwandeln. Und genau das war ja der Fall, wenn alle gleichzeitig losspurteten, fairer ging es gar nicht. Während freilich die Politik gerne auf ihrem Privileg bestanden hätte, die Kontrolle über die Startschüsse und das Startverhalten der Bürger zu behalten.

Selbige Politik gab sich zwar selbstzufrieden und siegesgewiß und reagierte auf die stete Steigerung der zu erwartenden Kosten und Hindernisse in der Was-kostet-die-Welt-Manier monarchischer Trotzköpfe, doch die Nervosität war deutlich zu spüren. Eine Panik umkreiste die Köpfe der Stadtväter und Stadtmütter, die so vielen als Rabeneltern erschienen. Aber was auch immer sie waren, sie entschlossen sich, zusammen mit Bahn und Polizei die beginnende Sommerferienzeit nutzen zu wollen, um früher als avisiert das zu schaffen, wovor sich die Bürger so fürchteten: Fakten. Man erklärte also, Anfang August mit dem Abriß des Nordflügels zu beginnen, eine markante Wunde zu schlagen, auf welche dann die weiteren Verletzungen dominoartig folgen konnten. Schwer zu sagen, ob eine solche Ankündigung demoralisieren sollte oder dem Genuß sadistischer Praktiken diente.

Am letzten Montagabend, bevor diese Ferien begannen, war der Platz, vor dem die wöchentlichen Protestveranstaltungen stattfanden, wieder auffallend voll. Auch Tobik stand wie so oft unter den Demonstranten, als zu Beginn der ersten Rede ein heftiger Schauer auf die Masse der Menschen und Regenschirme niederging. Doch blieben entweder die Regenschirme (die bekanntlich noch vor den Hunden zu den besten Freunden der Menschen zählen) oder die Menschen selbst erstaunlich kompakt zusammenstehen, trotzten dem Wetter und spendeten den obligaten Applaus. Es war somit nicht der Regenguß, der eine Unruhe in die Menge brachte, sondern der Umstand, daß zur selben Zeit einige Aktivisten über Leitern in den bereits leerstehenden seitlichen Gebäudetrakt eindrangen. Aus den Fenstern wurden Transparente gerollt. Eine Frau kam von hinten zum Podium, drängte sich auf die kleine Bühne, unterbrach den Redner und brüllte in das Mikrophon, der Nordflügel sei besetzt und alle Leute sollten sich sofort schützend vor die Hausfront stellen, um sich deutlich mit den Besetzern zu solidarisieren. Gleich darauf war sie wieder verschwunden.

Man konnte nun erleben, inwieweit hier eine gewisse Uneinigkeit innerhalb der führenden Köpfe des Widerstands herrschte. Die Kundgebung wurde nämlich fortgeführt, die Reden, auch der Vortrag eines Mundartgedichts, die üblichen Musikeinlagen, das gewohnte Prozedere, während die nahenden Polizeisirenen dem

Ereignis der Besetzung eine eigene musikalische Untermalung verliehen. Erneut sprang jemand aufs Podium, um zur Unterstützung der Besetzer aufzurufen. Für die, die einen Blick auf den Spiritus rector der Protestbewegung hatten – und in der Tat war selten ein Geist treibender gewesen als dieser weißhaarige Mann, der einem Grimmschen Märchen entstiegen schien –, war klar zu erkennen, daß er selbst absolut überrascht war von der Aktion, man konnte den Schmerz, das Unverständnis, die Erbitterung in seinem Gesicht sehen, die Trauer des Kindes, das wir alle sind, wenn etwas geschieht, das uns ausschließt. Nicht wenige Menschen warteten im Grunde nur darum das Ende der offiziellen Veranstaltung ab, um diese ehrwürdige Person, der man so viel verdankte, nicht zusätzlich zu kränken, die Kränkung einzudämmen, obgleich der Blick der Leute ständig hinüber zur Fassade des Nordflügels wanderte.

Auch die Polizei – so konnte man meinen, wenn man ein Träumer war – schien sich zurückzuhalten, bis der Akt des „mutigen alten Mannes" beendet war. Ja, man hatte fast den Eindruck, als wolle die Einsatztruppe nun, nach Ende der Kundgebung, gemeinsam mit den Demonstranten in das Innere das Bahnhofs marschieren, um der Gebäudebesetzung einen angemessenen, ornamentreichen Rahmen zu verleihen.

Es versteht sich freilich, daß die Polizei nicht gekommen war, um auf ewig eine schmückende Einfassung, eine skulpturale Ergänzung abzugeben, sondern um ihrerseits zum Bild, zum bewegten Gemälde, zum kinetischen Objekt zu werden. Sprich, die Exekutive überdauerte die Zeit, die es brauchte, bis sich der Großteil der Demonstranten dort hinbewegte, wo man sie am liebsten auf ewig eingesperrt hätte, nämlich in ihre Wohnungen und ihre Betten, und begann erst dann, kurz vor Mitternacht, in den Gebäudeteil einzudringen und die Besetzer in der üblichen Form hinauszutragen. Im Grunde lief dies ohne wirkliche Blessuren ab, schließlich hatte man es hier weder mit besoffenen Fußballfans zu tun noch mit hartgesottenen Profis, auch wenn die eine oder der andere sich dafür halten mochte. Die schlimmste Vorstellung für die diensthabenden Polizisten war vermutlich die, mit jemandem konfrontiert zu sein, der gleichfalls Polizist war, über die gleiche Ausrüstung und Ausbildung verfügte sowie über das gleiche Vorrecht, „körperlich" zu werden. Aber Polizei im Dienst war nun mal keine unter den Demonstranten.

Die Komödie, die sich am Folgetag ergab, bestand natürlich in der absehbaren theatralischen Entrüstung aus dem Hause der Politik. Da sich unter den Besetzern auch ein Gemeinderat befunden hatte, welcher der kleinsten Fraktion des Stadtparlaments angehörte, war die gespielte Erregung besonders groß, selbst einige grüne Mandatare konnten sich nicht zurückhalten, obgleich sie ja prinzipiell Kritiker des Projekts waren und dem gegnerischen Bündnis angehörten. – Aber es existieren halt Grüne, die meinen, sie wären in der falschen Wiege auf die Welt gekommen, und deshalb ständig nach ihren richtigen Eltern suchen, die sie unter den besseren, den reichen Leuten wähnen. Nicht wenige Grüne sind verkappte Aristokraten.

Klar, man konnte sich darüber streiten, ob die zeitweilige Besetzung als Signal sinnvoll gewesen war oder eher den Verfechtern eines baldigen Abrisses in die Hände gespielt hatte, aber der Punkt war für Leute wie Tobik ein ganz anderer: das Wort *Gewalt*. Und *wer* dieses Wort *wie* gebrauchte und mißbrauchte. Dazu mußte man nur einmal bedenken, in was für einer Gesellschaft man lebte, einer Gesellschaft, die sich anderswo lukrative Wirtschaftswege freischoß und freibombte und Kriege initiierte, um den Status quo zu erhalten. Einer Gesellschaft voller Gewalt, auch nach innen: Terror gegen Kinder, Schläge in der Familie, Angst auf der Straße, vor der Arbeit, in der Schule, überall Demütigung, überall das Beharren auf Unterwerfungsgesten, viele schwarze Seelen, mehr Kohle als Blut in den Herzen, dazu eine Politik, die den Teufel gerufen hatte, um ihm einen Pakt aufzuschwatzen. Armer Teufel! – In einem durch Europa gereisten Stück Butter (von dem gleichermaßen durch die Gegend gekarrten Vieh ganz zu schweigen) steckte mehr Gewalt als in jedem Videospiel. So sah es aus! Und dann kamen doch einige Volksvertreter wie etwa diese SPD-Funktionärin, die ziemlich sicher eine Nachfahrin jener oben beschriebenen Justitia war und die sich doch tatsächlich dazu verstieg, zivilen Ungehorsam in „bestimmten" Situationen als gerechtfertigt zu bezeichnen, aber bitte, bitte nicht vor der eigenen Türe! Vor der eigenen Türe wollte man devote Schäfchen und erklärte darum die eigene Türe kurzerhand für sauber. Der Dreck war immer woanders.

Wenn man nun aber bereit war, sich diesen Bahnhof als einen Organismus zu denken, und das war Tobik ja, als ein besonders schönes und altes Stück Koralle, verwurzelt mit dem Boden, ganzheitlich, freilich auch empfindsam, angreifbar, dann stellte sich die Frage, wen dieser Organismus wohl als gewalttätig empfand: die Leute, die versuchten, ihn zu beschützen, oder jene, die damit drohten, ihn zu töten? Eine Koralle oder ein Bahnhof interpretierte den Begriff Gewalt logischerweise völlig anders als diese Dame in der Nachfolge einer blinden Jungfrau. Verlangte doch selbige Dame von jenem widerspenstigen Stadtrat tatsächlich, er möge die „repräsentative Demokratie" ernst nehmen. Schon klar, was sie meinte: nicht die Demokratie, die allen zustand, sondern deren Verkleinerung auf wenige Interessengruppen, welche die Welt formten und dann ins Backrohr schoben. Das parlamentarische Prinzip war das der Glasur. – Diese Justitianerin war vom gleichen Holz geschnitzt wie Ratcliffe: dunkles Holz, feucht, faulend, trotzdem versteinert, somit paradox; auch sie als reine Erfüllungsgehilfin die eigene politische Bewegung ruinierend, eine Mörderin an der SPD, zumindest eine, die tatkräftig bei der Ermordung Beihilfe leistete.

Alles, was da geschah, empfand Tobik als eine weitere Bestätigung für sein Vorhaben. Mit unredlichen Leuten konnte man nicht auf eine redliche Weise verfahren.

Hans Tobik packte seine Sachen und fuhr aufs Land, hinauf auf die Schwäbische Alb, wo im Schatten einer waldigen Bucht, mit Blick auf eine leicht gewellte Hochebene, das alte Haus stand, das er geerbt hatte. Der Zustand des Gebäudes war bedenklich, das Gemäuer schien Schmerzen zu haben, gab Geräusche von sich, die eine Qual nahelegten, ein Siechtum. Ja, es existierten sicherlich auch Häuser, die man so lange vernachlässigte, bis diesen Häusern nichts mehr anderes übrigblieb, als *gerne* zu sterben, danach zu flehen, gnadenschußartig von ihrem unverschuldeten Leid befreit zu werden.

Schuldig hingegen war Tobik, da ihm dieses Haus ja bereits seit mehr als zehn Jahren gehörte und er sich so lange nicht darum gekümmert hatte. Erst jetzt, da es wegen der isolierten Lage als idealer Unterschlupf diente, um umgestört seinen Coup vorzubereiten, die Waffe zu studieren und im Wald hinter dem Haus seine Schießübungen zu praktizieren, erst jetzt war es ihm wichtig geworden. Er überlegte, demnächst eine Renovierung in Auftrag zu geben, dann, wenn die Sache vorüber wäre und er sein Gewehr würde begraben können. Doch die Geräusche, die das Haus nicht nur an Windtagen von sich gab, bekundeten, daß es zusammen mit dem Gewehr beerdigt werden wollte. Keine Instandsetzung würde es retten können. Das Mauerwerk krankte, viele offene Wunden, spröde Knochen.

Eigentlich konnte man sagen, es handle sich um ein Geisterhaus, nicht nur der Baufälligkeit wegen, sondern weil es ständig im Schatten eingefangen war. Eine Modrigkeit lag in der Luft, auch fehlte ein Keller, der das Erdreich auf Abstand gehalten hätte. Tobik kam es manchmal vor, als marschiere er nicht über Holzböden, sondern über eine Austernpilzzucht. Champignons wären noch gegangen, aber Austernpilze waren ein Horror. Darum hatte er mehrere Teppiche besorgt, die er in einem der Räume kreuz und quer übereinander aufgelegt hatte. Dies war sein Arbeits- und Schlafraum, der einzige, den er wirklich benutzte. Hier standen auch der Computer und natürlich ein WLAN-Gerät, wobei Tobik über ein System aus zwei Antennen verfügte, eine diente zum Senden, eine zum Empfangen. Auf einem Tisch hatte er das Gewehr aufgebaut. Der Raum war stets verschlossen, obgleich Tobik mitnichten fürchten mußte, an diesem Ort besucht zu werden. Nicht einmal ein Postbote kreuzte an dieser Adresse auf. Freilich, ein Zufahrtsweg bestand, endete jedoch am Haus.

Hier war Tobik von der Welt verlassen. Und in der Tat spürte er die Macht des Waldes, der an die Scheiben klopfte und gegen die brüchigen Mauern stieß. Man konnte fast meinen, aus dem Wald dringe ein Wir-sind-das-Volk-Ruf von Abertausenden kleiner und großer Waldkehlen. Wer auch immer *nicht* an Naturgeister glaubte, hier draußen hätte er damit begonnen. Es fröstelte Tobik, wenn der Wind die Stimmen durch die Mauerritzen trug oder durch das offene Fenster selbst an heißen Tagen ein kaltes Lüftlein eindrang, das sich wie ein Schal um seinen Hals legte, so dicht und eng, daß er nicht umhinkam, daran zu denken, was man mit einem Schal alles bewerkstelligen konnte. Doch Tobik akzeptierte diese gewisse Bedrohlichkeit des Waldes, die Bedrohung gehörte dazu, der eisige Schal, erst recht die Nacht, die sich gleich einer schweren Scholle auf den Schlafenden legte und sogar in die Träume schlüpfte. Ja, in all seinen Träumen träumte Tobik, es sei Nacht, gleich, was da geschah.

Am Dienstag nach der geräumten Besetzung war er in seinem Haus angekommen. Jetzt war es Samstag morgen, und er fuhr seinen Computer hoch. Nicht, daß er diese Geräte wirklich mochte. Er war nicht mit ihnen aufgewachsen, natürlich nicht, sondern hatte wie die meisten seiner Altersgenossen die neue Technik als ein spätes Glück erfahren, ohne das Glück wirklich zu wollen. Das Glück gehörte eben dazu, auch wenn man es sich nicht wünschte.

Jedenfalls war Tobik nun in der Lage, von diesem welt- und stadtfernen Punkt aus zu erfahren, daß in der Nacht zuvor mehrere Hundertschaften Polizei den Nordflügel umstellt und gegen den Protest der rasch zusammengerufenen Demonstranten einen zwei Meter hohen Bauzaun errichtet hatten. Na ja, das war zu erwarten gewesen. Nicht nur der simple Umstand, daß man ein Gebäude, das man einreißen wollte, auch umzäunen mußte, zur Not halt unter Polizeischutz, nein, was zählte, war die Darstellung eigener Macht: nämlich zu können, was man will. Das war das Entscheidende. Denn obgleich in den folgenden Tagen die Projektgegner mitunter die Stadt lahmlegten, indem sie unangemeldete „Spaziergänge" unternahmen, nicht die schmalen Wege der Menschen benutzend, sondern die breiten der Automobile, auch wenn sie sich nun täglich vor dem Bahnhof einfanden, so blieb doch das Faktum, daß jenes Gebäude, welches zu bewahren man sich verpflichtet hatte, nicht mehr erreicht werden konnte, es der Willkür der Hasardeure überlassen werden mußte. Während umgekehrt die Polizei sehr wohl in der Lage war, den Abriß zu beschützen. Dies war die eigentliche Demonstration in diesen Tagen: die Amputation eines gesunden Gliedes machtvoll abzusichern. Etwas, was man ansonsten nur aus Torture- und Splatterfilmen kannte.

Vor kurzem noch hätte Tobik angesichts der Entwicklungen − auch angesichts diverser Pressemeldungen, die ständig versuchten, die Zahl der Gegner kleinzurechnen oder kleinzureden oder Dinge zu relativieren, die sich nicht relativieren ließen −, da hätte er noch eine quälende Ohnmacht und Wut verspürt, eine Flamme in seinem Inneren, die nicht wärmt, aber die Luft verschlingt. Jetzt war das anders. Er blieb völlig gelassen, sah sich regungslos die Berichte an, auch die Mails seiner Freunde aus der Bezugsgruppe. Er antwortete brav zurück, er sei auf dem Lande und kehre Anfang der Woche zurück in die Stadt. Bei der nächsten Montagsdemo sei er dabei. Er schloß diesen Mails die nicht mehr wegzudenkende Grußformel der Gegner an: „Oben bleiben!" − Er fand den Spruch ziemlich kindisch, aber er fand ja auch „Grüß Gott!" ziemlich kindisch. Dennoch benutzte er beides. Das gehörte dazu, war Teil seiner Tarnung.

Apropos ziemlich kindisch. Es stimmt, daß auch die Projektbefürworter mit augenfälliger Verspätung, solcherart quasi einen Spätstart hinlegend, es im Herbst darauf endlich schafften, ihrerseits Truppen auf die Straße zu bringen. Eine Verspätung, die sie mittels ungewollter Selbstironie ausglichen, indem sie diese „Pro"ler nicht bloß als eine von einem Werbebüro konzipierte „unheimliche", mit Fackeln ausgestattete Sportgruppe aufmarschieren ließen, sondern zudem die Losung „Oben ohne!" entwickelten.

Es stimmt aber auch, daß diese Parole nicht nur einen peinlichen sexuellen Bezug herstellte und nicht nur an den Begriff der

Kopflosigkeit, ja sogar an den noch schöneren der Imbezillität gemahnte, sondern ganz grundsätzlich an eine Person erinnerte, die von jemandem abschreibt, aber halt leider falsch abschreibt.

Zur Erklärung: Imbezillität wird in dem vom einstmaligen Klagenfurter Polizeidirektor Doktor Karl Luggauer verfaßten Buch *Juristenlatein* folgendermaßen definiert: „Leichtere Form der Idiotie. Schwachsinn, der die Zurechnungsfähigkeit nicht immer ausschließt, jedoch die Verantwortlichkeit mindert. Die Intelligenz erreicht nicht den Grad, welcher zu Beginn der Pubertät durchschnittlich vorhanden ist." – Hm! Sollte dies tatsächlich später einmal die Frage sein, wenn es darum gehen würde, Baumtöter und Denkmalzerstörer zur Verantwortung zu ziehen? Die Frage nach der großen Spanne zwischen Zurechnungsfähigkeit und ihren diversen Minderungen?

16 Kopfschuß

Rosenblüt reichte seinem Gegenüber die Hand.

„Schön, Sie wiederzusehen", sagte Doktor Thiel.

„Das meinen Sie jetzt aber nicht ernst, oder?"

„Die Umstände sind ungünstig, das stimmt", gestand Rosenblüts unnahbarer, misanthropischer Assistent aus Stuttgarter Tagen, der zwischenzeitlich zum Dezernatsleiter der Abteilung für Organisierte Kriminalität aufgestiegen war. „Trotzdem freue ich mich. Ich habe darauf bestanden, daß man Sie herholt. Vorher habe ich mit Teska Landau gesprochen. Sie meinte, Sie könnten uns vielleicht bei der Sache unterstützen."

„Die Stadt will allen Ernstes meine Hilfe?"

„Nicht die Stadt, die Polizei", präzisierte Doktor Thiel, der in den vergangenen Jahren noch dünner geworden war, auch größer, wie es schien, aber das war natürlich eine aus seiner Knöchrigkeit und Hohlwangigkeit, aus seiner medikamentösen Erscheinung resultierende optische Täuschung.

Es hatte Rosenblüt zu Recht verblüfft, ein weiteres Mal nach Stuttgart gerufen zu werden. Schließlich war er vier Wochen zuvor schon in der Stadt gewesen, um Licht in die Uhl-Geschichte zu bringen. Was ihm insofern gelungen war, als er auf die Adiuncten, auf einen Ort, *wo die Löwen weinen*, gestoßen war und eine mögliche Verbindung zu Sami Aydin erkannt hatte, dem Mann, der bei seinem Münchner Cousin die Einschüchterung Uhls in Auftrag gegeben hatte. Doch bereits einen Tag nach Rosenblüts Besuch am Stammsitz der Adiuncten war aus dem Münchner Polizeipräsidium die Weisung gekommen, Rosenblüt möge ab sofort diplomatisch vorgehen und sich mit Verdächtigungen gegen renommierte Bürger der Stadt zurückhalten. Es könne sonst der Eindruck entstehen, seine, Rosenblüts, Ermittlungen seien allein geprägt von Rachegefühlen gegen jene Stadtoberen, die ihn einst expediert hatten. – Natürlich hatte Rosenblüt seiner Chefin erklärt: „Es war doch *Ihre* verdammte Idee, mich zu diesen Bantu-Negern zu schicken." Sie hatte erwidert: „Kein Grund, wie ein Elefant in den Gärten geachteter Burschenschaften herumzutrampeln. Reißen Sie sich zusammen!" Nun, er wußte ganz gut, daß Frau Doktor Procher mitnichten zu den Freunden schlagender Verbindungen zählte, aber offensichtlich war man auch ihr auf die Zehen getreten. Und auf ihre Zehen gab die Dame acht.

Rosenblüt war nach dieser deutlichen Bremsung noch einige Tage in der Stadt geblieben und hatte sich in erster Linie mit dem Stuttgart-21-Projekt beschäftigt, das ganz offensichtlich um jeden Preis – in jeder Hinsicht um jeden Preis – durchgedrückt werden sollte. Ein paar Monate zuvor war eine Art bautechnischer Kampftrupp aus Berlin mit einem bewährten Tunnelbauer an der Spitze in die sogenannte Schwabenmetropole geholt worden. Fast die gesamte Planungsmannschaft war ausgewechselt worden, um die angepeilte Verwirklichung der Baumaßnahmen mehr ins Militärische zu verlagern, sich gleichzeitig jedoch der Zahlenmagie zu bedienen und so die steigenden Kosten rechnerisch zur Umkehr zu zwingen. – Denn wo die Ingenieurskunst am Ende ist, beginnt die Kunst des Jonglierens, verschleiern ist etwas anderes. Aber fürs Verschleiern war es zu spät. Es war somit keine verschlüsselte, raffinierte Zahlenmagie, sondern eine offene Magie in der Art versetzter Kommastellen. Freilich war das nichts, was Rosenblüt zu wundern brauchte.

Sehr wohl hingegen verwunderte der Widerstand der als verschlafen verschrienen Stuttgarter Bürger, die da vor ihrem Bahnhof demonstrierten. Einem Bahnhof, der allmählich eine Zuwendung erfuhr, als sitze in einem jeden seiner von Hand behauenen Muschelkalksteine das einbalsamierte Herz eines Schutzheiligen. Jedenfalls nahm die Zahl der Protestierenden merklich zu. Kaum ein Tag ohne Aufbegehren. Und um so häufiger kolportiert wurde, es handle sich um „linkes Gesocks" und „linke Agitation", um so größer die Beteiligung von Leuten, deren bürgerliche und wertkonservative Haltung aussah wie auf die Stirn gebrannt. Die Polizei erkannte das und fühlte sich gar nicht wohl dabei.

Passend zu Rosenblüts Theorie, wie sehr ein Gutachten Ärger

bereiten konnte, war es mittlerweile zu Enthüllungen über eine für das Projekt unvorteilhafte Studie gekommen, die von der Bahn unter Verschluß gehalten worden war, wobei es sich allerdings nicht um geologische Fragen handelte, sondern um experimentelle Fahrpläne, die sich allein dann würden umsetzen lassen, wenn die Bahn in der Lage wäre, ein hochelastisches Raum-Zeit-Kontinuum zu schaffen.

Und dann war auch noch jener Finanzbürgermeister, der im Garten der Adiuncten gesessen hatte, in die Kritik und in die Schlagzeilen geraten, weil er sich im Beirat ausgerechnet jener Firma befand, die mit dem Abriß des Nordflügels beauftragt worden war. Der Bürgermeistermensch und Meister der Nebentätigkeiten und verurteilte Eiskunstlauffunktionär erfuhr wie zuvor schon der Projektsprecher und der Oberbürgermeister die gleiche öffentliche Verachtung, allerdings befand er sich im Urlaub. Doch selbst aus seinem Urlaub heraus wurde dieser Mann – vergleichbar einem Küken, das sogar in einem Schokoladeei reifen könnte – zu einem Symbol, wie so vieles in diesen Tagen – der Bahnhof zum Liebessymbol, der Finanzbürgermeister zum Haßsymbol. Die meisten Leute empfanden ihn als exemplarischen Vertreter jener „privaten Macht", die laut dem Mafiajäger Roberto Scarpinato in immer mehr unserer Staaten die Kontrolle übernommen hat. Der Staat im Staat. Nichts prinzipiell Neues, nun aber einen Höhepunkt erreichend: Die P2-Loge war überall und kaum mehr verhüllt.

Rosenblüt freilich war schon vor diesen Ereignissen nach München zurückgekehrt. Ein weiteres Gespräch mit Aydin war ohne Erfolg gewesen, der kleine Mann hinter dem großen Tisch hatte sich geweigert, mehr preiszugeben als den rätselhaften Hinweis auf ein Steven-Spielberg-Zitat. Und auch in der bayrischen Hauptstadt stockte die Sache, weil Uhl fortgesetzt schwieg und kein Wort über sein Gutachten oder gar seine Stuttgarter Bundesbrüder verlor. Er tauchte in die universitäre Geologie ab, während sein Sohn zum Therapeuten ging. Und bald schwand auch bei Rosenblüt das Interesse an diesem Fall, einem Fall, der ja offiziell bloß den Übergriff einer Jugendbande behandelte. Rosenblüt war längst mit anderem beschäftigt. Und zudem entschlossen, Stuttgart rasch wieder zu vergessen.

Aber Stuttgart vergaß ihn nicht.

Erst jetzt bemerkte Doktor Thiel, daß da hinter den Beinen Rosenblüts etwas verborgen war. Etwas Braunes. Eine Handtasche vielleicht, ein kleiner Koffer. Thiel neigte sich leicht zur Seite, um das Etwas besser erkennen zu können.

„He!" rief er. „Das kann doch nicht sein! Ist das nicht der Köter von diesem Cheng? Wie heißt der gleich?"

„Er hieß Lauscher und ist längst tot. *Dieser* Hund hier hört auf den Namen Kepler."

„Ehrlich?"

„Warum sollte ich schwindeln? Er ist jünger, als Lauscher damals war. Und er riecht besser."

„Und was tut er hier?"

„Er steht hinter meinen Beinen", sagte Rosenblüt.

„Sie meinen, er deckt Ihre Rückseite ab."

„Wenn Sie so wollen, ja."

Damit war das Hundethema beendet, und man konnte sich darauf konzentrieren, wo man sich befand und weshalb. Neben Thiel und Rosenblüt bewegten sich noch andere Personen durch den modern eingerichteten Wohnraum, Leute von der Kriminaltechnik. Wobei die Hauptarbeit längst getan war, jetzt ging es darum, Spuren zu untersuchen, die weniger augenscheinlich waren als die bisher festgestellten. Denn dies war ein Tatort, obgleich keine Person, sondern bloß eine Fotografie zu Schaden gekommen war. Eine Person freilich war durchaus zugegen gewesen, als ein Schuß abgegeben worden und eine Kugel durch das offene Balkonfenster in den Raum eingedrungen war. Zum Glück hatte die Kugel den Wohnungsinhaber verfehlt und war in der Folge in besagtem Foto, das gerahmt und verglast an der Wand hing, gelandet, beziehungsweise war die Kugel auch noch in das dahinterliegende Mauerwerk eingedrungen, um erst dort zur Ruhe zu kommen. Aus dieser

Höhlung hatte man zur Freude der Ballistiker ein „sprechendes" Objekt gezogen. Bekanntlich gehören Projektile zu den auskunftsfreudigsten Artefakten, sie sind geradezu Vielredner.

Bei der Person, die diesen Anschlag ohne einen Kratzer überlebt hatte, handelte es sich um den persönlichen Referenten jenes Mannes, der als Projektsprecher von Stuttgart 21 ebenfalls zum Symbol geworden war, zum Symbol für den Verrat der Sozialdemokratie durch Sozialdemokraten. Und nun also war einer von dessen engsten Mitarbeitern ins Visier eines Attentäters geraten, wobei Thiel in seiner ironisch-pragmatischen Weise meinte, es hier erfreulicherweise mit dem Gegenteil eines Meisterschützen zu tun zu haben. Eine erste Rekonstruktion der Schußlinie sowie der Position der angepeilten Person hätten ergeben, daß der Schütze sein Ziel um mindestens zwei Meter verfehlt habe. Und dies trotz optimaler Wetterverhältnisse zur Zeit der Schußabgabe. Man könne also trotz der Art der Munition, die eher einen professionellen Hintergrund nahelege, von einem Laien und Anfänger ausgehen oder auch von einer Gruppe von Laien und Anfängern. Bezeichnenderweise sei für den Anschlag keiner der Hauptakteure von Stuttgart 21 als Ziel ausgewählt worden, sondern ein im Grunde unwichtiger, unbekannter und darum auch unbewachter Mitarbeiter.

„Das erinnert mich", schloß der Zyniker Thiel, „an diese Leute, die nur darum Weihnachtsbäume anzünden, weil sie dem verhaßten Christkind nicht an die Gurgel können. Was wir hier haben, ist wahrscheinlich also ein Anfängerdrama. Eine Provinzposse. Jene, die Stuttgart verachten, und die gibt es ja, werden sicher meinen, daß die Leute in dieser Stadt nicht einmal ein richtiges Attentat hinkriegen. Zuerst eine marginale Person auswählen und dann noch danebenschießen."

„Mag sein", sagte Rosenblüt, „komisch aber, daß Sie mich darum herholen. Soll ich mich freuen über den allgemeinen Dilettantismus, der an diesem Ort herrscht?"

„Die Annahme", entgegnete Thiel, „daß hier einer danebengeschossen hätte und es auch sicher kein zweites Mal versuchen wird, ist nur die eine, wenngleich von allen favorisierte. Dazu

219

kommt, daß derzeit nichts an die Öffentlichkeit dringen soll. Sosehr man sich ein paar Kriminelle unter den Gegnern wünscht, wäre es ein schlechter Moment, etwas Derartiges bekanntzugeben. Um ganz offen zu sein: Ein toter Bürgermeister oder ein toter Bahnchef wären vermarktbar, aber angesichts eines persönlichen Referenten, dessen Name keiner kennt und der außer einem Schrecken nichts abbekommen hat ... ich bitte Sie, was soll man damit anfangen? Am Ende denkt die Bevölkerung noch, das ist ein Fake, weil derart unfähig eigentlich nur die Polizei oder ein Möchtegern-Geheimdienst sein können. – Darum kein Wort nach draußen. So lautet die Weisung von oben. Kann man mögen oder nicht."

„Sie sagten, es gebe zwei Szenarien", erinnerte Rosenblüt.

„Mhm", sprach Thiel durch die Nase, wandte sich um und holte eine Klarsichthülle vom Tisch. Darin ein Foto. Das Loch in der Mitte der Fotografie machte deutlich, daß es sich um jenes Bild handelte, durch welches das Projektil geflogen war, bevor es im Mauerwerk endgültig seine Bahn beendet hatte. Thiel hielt Rosenblüt die Farbaufnahme entgegen. Der Kommissar nahm sie. Was er darauf sah, war eine Gruppe von Männern, fünf an der Zahl, eng nebeneinanderstehend, alle in karierten Hemden, ausflugsmäßig, blauer Himmel im Hintergrund, wehendes Haar, wobei der Mann in der Mitte des Bildes seine Arme links und rechts um die Schultern der anderen gelegt hatte. Doch eben dieser Mann war nicht zu erkennen, zumindest sein Gesicht nicht, da die Gewehrkugel genau dort in das Papier eingetreten war, wo sich der Kopf dieser zentralen Person befunden hatte.

„Na und?" fragte Rosenblüt, weil es schließlich geschehen konnte, daß eine Kugel, die den Kopf eines angepeilten Mannes verfehlte, im Kopf eines anderen landete, auch wenn dieser nichts weiteres darstellte als die Projektion auf einem Stück lichtempfindlichem Papier.

„Können Sie sich denken, wer das ist?" fragte Doktor Thiel. „Ich meine den, bei dem das Loch durch den Kopf geht?"

„Woher sollte ich das wissen?" fragte Rosenblüt zurück. „Oder glauben Sie, ich würde sein Hemd wiedererkennen? – Sagen Sie bloß nicht, es ist der, den die Kugel verfehlt hat und der also doch noch getroffen wurde, wenn auch nur auf einem Schnappschuß."

„Falsch", äußerte Thiel und zeigte auf den jungen Mann links außen auf dem Foto, bei dem es sich um den Verschontgebliebenen handelte. Während der, durch dessen fotografiertes Gesicht das Projektil gedrungen war ... nun, es war der Projektsprecher von Stuttgart 21.

An dieser Stelle hätte Doktor Thiel natürlich den Namen dieses Mannes in den Mund nehmen müssen, einen Namen, den ja nun wirklich jedes Kind in der Stadt kannte und der so viel Zorn und Spott auf sich zog. Aber es schien, als ob auch Doktor Thiel ein Problem damit hatte, den personifizierten Anziehungspunkt kollektiver Ablehnung bei seinem richtigen Namen zu nennen. Es war wie in einem Buch oder Film, wenn aus rechtlichen Gründen darauf verzichtet wird, die Namen von lebenden Personen zu verwenden. – Gut, Thiel war nicht Autor, sondern Polizist, zudem über jeden Verdacht erhaben, der falschen Seite anzugehören, dennoch erklärte er jetzt, es wäre ihm lieber, dem Projektsprecher einen anderen Namen zu geben, wenn man sich über den unterhalte.

„Gerne", sagte Rosenblüt, „wie wäre es mit Bill Bo?"

Nun, Bill Bo, der Anführer einer Räuberbande aus der Augsburger Puppenkiste, war dem kinderlosen Thiel unbekannt, weshalb er diesen Vorschlag mit einem schiefen Lächeln quittierte und einen eigenen Vorschlag machte, der ganz unmittelbar damit zusammenhing, daß er kurz zuvor im Norden Englands auf Urlaub gewesen war. Er fragte: „Was halten Sie von York? Können wir uns darauf einigen?"

„Wieso York? Sehr schwäbisch klingt das nicht."

„Keine Ahnung", gestand Doktor Thiel. „Das ist mir gerade so eingefallen."

„Na, von mir aus. Ist ja egal, wie wir ihn nennen", gab sich Rosenblüt großmütig. „Wichtiger wäre, daß wir zum Punkt kommen."

„Natürlich", sagte Thiel. „Also: Ich habe mir die Frage gestellt, wie man diese ganze Sache betrachten muß, wenn man davon ausgehen will, bei dem Schützen handle es sich gar nicht um einen *schlechten*, sondern, im Gegenteil, um einen *guten* Schützen. Clever genug, im richtigen Moment zuzuschlagen, präzise genug, unter welchen Bedingungen auch immer nicht zwei oder mehr Meter danebenzuschießen, eigensinnig genug, nicht ein Foto zu treffen, will man einen Mann treffen. Wenn wir das einmal annehmen, müßte das doch eigentlich bedeuten, daß dieser vermeintlich schlechte Schuß zu keiner Sekunde dem Mann in dieser Wohnung gegolten hat, sondern dem Mann auf der Fotografie. Daß dieser Schuß nur abgegeben wurde, um uns zu zeigen, wozu der Schütze in der Lage ist und was er vorhat. Nämlich York zu töten."

„Das wäre dann aber ganz schön verschlüsselt", merkte Rosenblüt an.

„Finden Sie wirklich?" erwiderte Thiel.

Nun kamen auch Rosenblüt angesichts der Umstände leise Zweifel: Da waren die so überaus präzise Einschußstelle auf dem Foto – der Kopf war vollständig zerfetzt – sowie das Faktum, daß eine 7,62-x-51-mm-NATO-Patrone verwendet worden war, eine spezielle illegale Variante, die auf dem Hülsenboden sowie auf dem Geschoßmantel nicht über das obligate NATO-Kreuz verfügte, sondern ein Slawisches Kreuz aufwies (auch Ręce Boga genannt, die Hände Gottes). Dies ließ eher einen Attentäter vermuten, der wußte, was er tat, und dessen Ziel eigentlich nicht darin bestehen konnte, sich an einem persönlichen Referenten und Jungspund schadlos zu halten. In dieser Auseinandersetzung waren, wie Rosenblüt bewußt war, Symbole so wichtig geworden. Dieser Referent jedoch war mitnichten ein Symbol, er war bloß ein Mitläufer, ein kleiner Karrierist, der immer nur ein kleiner Karrierist bleiben würde. Wie diese Polizisten, die immer nur parkende Autos aufschreiben, gleich ob Demokraten oder Faschisten oder kleine grüne Männchen an der Macht sind.

Rosenblüt überlegte: „Also gut, gehen wir mal davon aus, daß wir es mit einem echten Scharfschützen zu tun haben. Von wo wurde überhaupt geschossen?"

Thiel zeigte auf ein gegenüberliegendes altes Verwaltungsgebäude und erklärte, der Schuß sei aus einem Abstellraum abgegeben worden.

„Spuren?"

„Kein Krümelchen. Offensichtlich hat der Schütze nichts gegessen, während er sein Ding gedreht hat."

„Gut so. Dann brauchen wir nicht die Brezelbäcker dieser Stadt zu konsultieren. – Stellt sich weiterhin die Frage, wieso ich eigentlich hier bin."

„Ich sagte es schon. Kollegin Landau meinte, es sei eine gute Idee."

„Sagte sie sonst noch was?" fragte Rosenblüt mit verkniffenem Blick.

„Daß Sie vielleicht den Mann kennen, der solche Geschosse verkauft."

Rosenblüt nickte stumm. Richtig, damals, als er und Landau bei Sami Aydin gewesen waren, hatte dieser versucht, sich quasi freizukaufen, indem er Andeutungen über jemanden machte, der bei ihm eine Waffe erstanden hatte und von dem Aydin vermutete, es handle sich um einen künftigen Attentäter. Wie hatte Aydin sich ausgedrückt? „Sie haben einen Wahnsinnigen in der Stadt, der aber nicht wie ein Wahnsinniger ausschaut und nicht wie ein Wahnsinniger redet."

Wie war bloß der Name dieses „Wahnsinnigen" gewesen? Etwas Skandinavisches, oder? Rosenblüt konnte sich nicht mehr genau erinnern, hatte dieser Aussage ja auch keinerlei Bedeutung beigemessen, sondern sie als Ablenkungsmanöver Aydins verstanden.

„Na, vielleicht ..." Rosenblüt zögerte. „Frau Landau übertreibt. Die Spur ist mehr als vage. Ein Waffenhändler, der versucht hat, uns eine Geschichte aufzutischen, um nicht mit der Geschichte herauszurücken, um die wir ihn höflich gebeten haben."

„Trotzdem", sagte Thiel. „Ich wäre Ihnen dankbar, wenn Sie das überprüften. Sie brauchen mir derzeit auch keine Namen zu nennen. Ich finde es sowieso besser, wenn Sie das alleine machen."

„Immer wollen alle, daß ich solo arbeite", beschwerte sich Rosenblüt. „Dabei habe ich in dieser Stadt gar keine Befugnisse."

„Sind erteilt", sagte Doktor Thiel wie im Spiel, wenn einer eine Karte weiterreicht. Und fügte an: „Ich gebe Ihnen wieder Landau als Begleitung."

„Hat die sonst nichts zu tun?"

„Kollegin Landau muß rotieren. Sie weiß selbst nicht, zu welcher Einheit sie gehört. Außerdem hatte ich den Eindruck, daß sie Sie mag. Sie sind nun mal ein Mann, der mit Frauen umgehen kann."

„Danke", sagte Rosenblüt, wie man sagt: Das Brot ist von vorgestern.

Nur eine halbe Stunde später stiegen Rosenblüt und der melancholische Quasi-Polizeihund Kepler in den dunkelgrünen VW-Bus der Teska Landau. Durchaus im Einklang mit dem üblichen Ranking hatte Teska zuerst den Hund und dann den Mann begrüßt. Das war nicht zynisch und nicht provokant, sondern zeigte nur, daß die Menschen, zumindest wenn sie Frauen waren, insgeheim ganz gut wußten, daß ihre Gattung gar nicht die Krönung der Schöpfung darstellte, sondern eine reine Konstruktion, ein Spielzeug, eine Erfindung. Das galt zwar auch für die Hunde, aber irgendwie schienen sie die bessere Erfindung zu sein.

Teska Landau steuerte mit gewohnter Konzentration den Wagen hinüber nach Bad Cannstatt, wo sie vor dem Haus, das man auch als geheimes Waffencenter hätte bezeichnen können, einen Parkplatz fand. Es hatte heftig zu regnen begonnen, weshalb Kepler im Wagen blieb, um nicht im schlechten Wetter seine Würde und Gelassenheit einzubüßen. Im Regen haben es alle eilig, dukken sich alle, selbst unter Schirmen.

Rosenblüt und Landau, beide schirmlos, blieb dieser Weg aber nicht erspart. Die wenigen Schritte genügten, daß ein Heer von Regentropfen sich ihrer bemächtigte. Solcherart getroffen, traten sie in das unversperrte Haus und begaben sich nach oben. Wie gehabt, öffnete der Sonnenbrillenmann, auch so einer, der auf ewig persönlicher Referent bleiben würde. Diesmal machte er keine Sperenzchen und führte die beiden augenblicklich zu Sami Aydin, der ausnahmsweise nicht hinter seinem Schreibtisch saß, sondern durch die hohen Scheiben auf die verheulte Rückseite des Mondes sah. Aus den Lautsprecherboxen drang die grandios zerquetschte Stimme eines abgedrehten Finnen, der, begleitet von Chor und Blasmusikkapelle, einen Text von Wittgenstein intonierte. Finnen sind so.

„Ziemlich schräg, was Sie da hören", meinte Rosenblüt.

„Was wollen *Sie* schon wieder?" zeigte Aydin sich unglücklich und klatschte in die Hände. Die Musik stoppte.

Rosenblüt erklärte, es würde diesmal nicht um die Löwen gehen.

„Was für Löwen?" fragte der Waffenhändler.

„Ich weiß schon, daß Sie Angst haben. Das war schließlich der Grund, daß Sie mir zuerst statt des Löwenrätsels einen Mann anbieten wollten, von dem Sie meinten, der würde demnächst in dieser Stadt den Scharfschützen geben."

„Soweit ich mich erinnern kann, Herr Kommissar, hat Sie das nicht im geringsten interessiert."

„Manche Dinge ändern sich."

„Mag sein. Aber ich denke, ich habe meine Strafe abgegolten. Das war riskant genug. Ich tue keinen Schritt mehr aus dem Haus."

„Ach, und vorher waren Sie also leidenschaftlicher Spaziergänger? Hören Sie auf mit dem Unsinn, Aydin! Ich sagte Ihnen schon einmal, Sie werden jung sterben, gleich, was Sie sagen oder nicht sagen, gleich, wie oft oder selten Sie vor die Türe gehen. Machen Sie sich nichts vor, und reden Sie mit mir, wenn ich schon so freundlich darum bitte."

„Freundlich? Nennen Sie das freundlich?"

Rosenblüt gab gestisch zu verstehen, daß es kaum noch freundlicher ging. Es war aber Teska Landau, die das passende Gesicht dazu machte. Ja, man konnte sagen, ihr Gesicht erinnerte an ein Meer von Rosenblüten – sehr viel mehr als der Mann, der diesen Namen trug.

Aydin sah wieder in den Regen hinaus. Eine unsichtbare Hand lag auf seiner Schulter, nur die Hand, schwer, mächtig, aber ohne Druck. In der Tat wußte er, daß er nicht alt werden würde. Er spürte den Tod, er roch ihn, seit er im Bewußtsein des Spürens und des Riechens lebte. Doch was heißt denn das: jung sterben? Er wartete schon viel zu lange auf diesen frühen Tod, so lange, daß ihm die Idee gekommen war, spür- und riechbare Nähe des Todes müsse nicht den Tod an sich bedeuten, sondern ... ja, was? Daß die Erdnußbutter demnächst schlecht wird? – Aydin gab sich geschlagen: „Lundquist. Erinnern Sie sich nicht mehr? Das sagte ich Ihnen ja schon: Der Kerl hat sich Lundquist genannt, war aber sicher kein Schwede oder so, nein, jemand von hier, vielleicht aus Stuttgart, vielleicht aus dem Umland."

„Wie alt?"

„Um die Sechzig. Kein Sportler, kein Lebemann, der graue Typ, der Typ, der mal im Altersheim sitzen wird und den dann keiner besuchen kommt."

„Na, seine Frau vielleicht", meinte Teska Landau, die zwar ohne Beziehung war, aber das Wort Treue kannte.

Aydin zuckte mit den Schultern. Er erklärte, dem Mann namens Lundquist eine AWC verkauft zu haben, eine englische Waffe, er verkaufe nur Westwaffen.

„Und die Munition?" fragte Rosenblüt.

„Da mache ich eine Ausnahme."

„Darf ich raten?"

„Bitte."

„Die Hand Gottes."

„Meinen Sie diesen kleinen, dicken, zugekoksten Fußballer aus Argentinien?" grinste Aydin.

„Nein, ich meine ein Slawisches Kreuz", blieb Rosenblüt unbeirrt.

Doch Aydin belehrte ihn: „Da müssen Sie aber auch so korrekt sein, nicht *Hand,* sondern *Hände* zu sagen."

„Okay, Sie haben recht. Jedenfalls haben wir dieses Kreuz auf dem Geschoßmantel eines Projektils gefunden."

„Das heißt also, Lundquist hat bereits zugeschlagen."

„Zumindest, wenn wir davon ausgehen, daß nicht viele Leute in dieser Stadt solche Patronen verwenden."

„Mein Wort darauf, daß das Lundquist war", sagte Aydin, zeigte sich aber erstaunt, von keinem Anschlag in den Nachrichten gehört zu haben.

„Der Schaden war gering", klärte Rosenblüt auf, „es sollte wohl eine Warnung sein. Die Kugel traf nicht einen Mann, sondern ein Foto. Beziehungsweise den Mann auf dem Foto."

„Dann war es keine Warnung, sondern eine Ankündigung. Wer soll denn das Opfer sein?"

„Das müssen Sie nicht wissen."

„Ich kann mir sowieso denken, daß es um den Bahnhof geht. Alles in dieser Stadt dreht sich um diesen Kopf, der unter die Erde soll. Alles und jeder ist damit verbunden. Da haben ein paar Leute viele faule Eier gelegt und wundern sich jetzt, daß es so stinkt."

„Ja, da mögen Sie leider recht haben", sagte Rosenblüt und wollte wissen, wie Aydin mit Lundquist zusammengekommen sei.

Aydin nannte die Umstände, den Anruf eines befreundeten Kneipenwirts. „Aber ich sage Ihnen, der weiß auch nicht mehr. Lundquist ist einfach dort im Lokal aufgetaucht und hat fünfhundert Euro auf den Tisch gelegt und gesagt, er bräuchte eine Waffe. Ich habe übrigens eine Handynummer von ihm. Na, wahrscheinlich können Sie die vergessen. Das Handy war sicher gestohlen."

„Wir werden sehen", meinte Rosenblüt und ließ sich die Nummer aufschreiben, auch den Namen des Wirts, der den Deal vermittelt hatte. Aber es stimmte, damit würde Rosenblüt kaum weit kommen. Er mußte sich ein Bild machen, er fragte: „Wie schätzen Sie diesen Lundquist ein? Sie sagten letztes Mal, er sei ein Wahnsinniger."

„Ja, allerdings ein smarter Wahnsinniger. Smart, aber nicht auffällig. Grau, aber ein Panther. Alte Zähne, aber leise Pfoten. Und wer braucht schon Zähne, wenn er eine AWC besitzt und ein Magazin mit lauter Händen Gottes?"

„Wie finde ich Lundquist?" fragte Rosenblüt.

„Aman Allahim, geben Sie ihm, was er verlangt."

„Er verlangt nichts."

„Vielleicht kommt das noch", meinte Aydin.

Landau mischte sich ein: „Vergessen wir das, Lundquist wird keine Forderungen stellen. Er ist ein selbsternannter Racheengel. Er will kein Geld, er will keinen Frieden. Er glaubt nicht an den Frieden, gleich, was noch kommt. Er hat angefangen und wird nicht aufhören. Also müssen wir ihn finden, bevor er Ernst macht."

„Wieso eigentlich?" fragte Aydin. „Um zu verhindern, daß er ein paar Leute abknallt, die das absolut verdient haben? Wenn Lundquist nicht an Frieden glaubt, hat er sicher recht."

„Kein Wunder, daß Sie das sagen", meinte Rosenblüt, „Sie leben schließlich vom Unfrieden in der Welt."

Aydin schloß zustimmend die Augen. Wie unter Trauer und Schmerz und einer kleinen Lust. Dann öffnete er sie, lächelte und äußerte: „Sie, Herr Kommissar, leben ebenso davon."

Rosenblüt lächelte zurück und sagte: „Beschreiben Sie Lundquist."

„Ein Allerweltsmann mit einem Allerweltsgesicht. Mittelgroß, mittelkahl, eine mittellange Nase unter einer mittelhohen Stirn."

„Überhaupt keine Auffälligkeit?"

„Komisch", sagte Aydin, „daß mir das jetzt erst einfällt. Er hinkte ... auf eine mittelleichte Art. Oder mittelschwer, wie Sie mögen. Das Hinken paßte zu ihm, darum ist es mir eigentlich nicht aufgefallen. Ein Allerweltshinken eben."

„Könnte es ein Trick gewesen sein? Damit wir nachher einen Hinkenden suchen?"

„Mitnichten, das war echt. Ich meine, daß in gewisser Weise sogar der Name Lundquist echt ist. Zweifellos heißt er nicht wirklich so, aber er *ist* Lundquist. Das ist wie bei Ihnen."

„Bei mir? Das verstehe ich jetzt nicht."

„Sie heißen doch auch nicht wirklich Rosenblüt. Aber Sie *sind* Rosenblüt."

Rosenblüt wollte entgegnen, er sei mit diesem Namen, dem Namen seines Vaters, auf die Welt gekommen. Natürlich war er das. Dennoch schwieg er. Er verspürte einen merkwürdigen Druck auf seiner Zunge. Viele kleine Gewichte, die alle einen Zweifel trugen.

Als Rosenblüt und Teska Landau nach draußen gingen, hatte es zu regnen aufgehört. Die Welt tropfte, gleich nasser Wäsche, die jemand vergessen hatte zu schleudern.

Rosenblüt blieb auf dem Gehweg stehen und konstatierte, daß man ja wohl sagen könne, einen typischen Stuttgart-21-Gegner vor sich zu haben, wenn es sich bei Lundquist um einen älteren, scheinbar gebildeten, dem Mittelstand angehörenden und vor allem von seiner Unauffälligkeit geprägten Mann handle, dessen einziges Merkmal in einer leichten körperlichen Behinderung bestehe.

„Na ja, eine gewisse Gegnerschaft zu S 21 bietet sich wirklich an", spöttelte Landau, „wenn er vorhat, den Sprecher dieses Projekts zu eliminieren."

„Das könnte jemand auch aus ganz privaten Gründen tun. Nein, was ich meine, ist, daß wir Lundquist unter den Demonstranten finden, den engagierten Bürgern, den Baumschützern, den Leuten, die brav ihre Sprüchlein aufsagen und deren radikalste Handlung darin besteht, sich vor einem Bauzaun hinzusetzen und eine Sitzblockade zu üben. Dort ist Lundquist. Dort versteckt er sich."

„Sie meinen, wir sollten ein paar V-Leute unters Volk schicken, damit sie nach einem Hinkenden Ausschau halten?"

„Na, erstens", meinte Rosenblüt, „sind da sicher schon einige unserer Knallchargen eingeschleust – wenn nicht dort, wo dann? –, und außerdem haben wir das Problem, daß ein Hinkender, der steht oder sitzt, und es wird ja viel gestanden oder gesessen, sich kaum verrät."

Landau gab zu Bedenken, daß bei diesen Veranstaltungen die Leute nicht nur vor dem Bahnhof demonstrieren würden, sondern sich immer wieder angemeldete und auch nicht angemeldete Märsche durch die halbe Stadt ergäben.

„Lundquist marschiert nicht", sagte Rosenblüt so, als ob er es schwarz auf weiß hätte. „Er sitzt."

„Jeder muß mal gehen", widersprach die Kriminalhauptmeisterin.

Worauf Rosenblüt einwandte: „Er könnte raffiniert genug sein, in einem Rollstuhl herumzufahren. Außerdem stellt sich bei so vielen Menschen die Frage, wie viele von ihnen hinken. Oder wie viele auf eine Weise zu gehen pflegen, die man als ein Hinken interpretieren könnte."

„Das heißt?"

„Daß wir einen Phantomzeichner zu Aydin schicken werden."

„Sie wissen aber schon, daß man das heutzutage mit Hilfe von Computern macht, oder?"

„Am Computer ist das aber keine Kunst. Außerdem will ich nicht, daß Aydin zum Kommissariat muß. Niemand dort soll von ihm erfahren. Nein, ich habe in Stuttgart einen alten Freund, einen wunderbaren Zeichner, der soll das machen."

Daß Rosenblüt den Waffenhändler Aydin schützte, ihn aus den offiziellen Ermittlungen heraushielt, nun, das hatte er versprochen, und es war nicht ohne Sinn; daß er aber die Kunst der Grafik, händischer Grafik, in diesem Moment hochhielt, das war schon erstaunlich. Es wirkte wie ein Spleen, ein Aufbegehren gegen das technische Zeitalter. Ja, Rosenblüt argumentierte sogar mit der Notwendigkeit, daß ein Phantomzeichner eine persönliche Interpretation, einen gewissen akzentuierenden Ausdruck einbringe, selbst gegen den Willen und die Beschreibung des Zeugen. Denn auch der Phantomzeichner sei ein Künstler, welcher dank seiner Eingebung ein Gesicht mit einer Note ausstatte, auf die der Betrachter erst durch die Kunst aufmerksam gemacht werde – was kein Foto zu leisten imstande sei.

Ob derlei Eigenwilligkeit schüttelte Landau amüsiert den Kopf. Allerdings gestand sie sich insgeheim ein, daß Rosenblüts Insistieren auf den Einfluß der „Kunst" auf eine gewisse Weise richtig *cool* war.

Übrigens sollte noch erwähnt werden, daß es natürlich in allen Geschichten neben den offensichtlichen und zusehends offensichtlicher werdenden Fäden, welche gewisse Dinge und Menschen und Handlungen verbinden, es auch die nicht so offensichtlichen gibt, deren Sinnhaftigkeit einzig aus sich selbst zu bestehen scheint. So auch in dieser Geschichte, in der ein solcher Faden – so gut wie unsichtbar, erkennbar nur durch seinen Schatten –, ein solcher Faden sich über eine große Entfernung erstreckte und Doktor Thiel mit Hans Tobik verband: Beide hatten sich geweigert, jenen Projektsprecher von Stuttgart 21 bei seinem richtigen Namen zu nennen; Thiel hatte sich für „York" und Tobik für „Ratcliffe" entschieden. Dieser Umstand alleine wäre freilich nicht imstande gewesen, einen Faden zu erzeugen, auch keinen unsichtbaren. Allerdings war es nun so, daß der historische Ratcliffe als enger Vertrauter Richards III. dem Hause York angehörte und wie auch sein Meister und König für eben dieses Adelsgeschlecht in der Schlacht von Bosworth sein Leben gab. Somit konnte man also sagen, daß der Name York sowie der Name Ratcliffe eine sehr feine, sehr dünne, luzide Textilie bildeten, zwei zu einem Strang verbundene Fasern, die zwischen Thiel und Tobik hin- und herschwangen, ohne daß der eine Mann den anderen Mann gekannt hätte.

Aber etwas *nicht* zu wissen, verändert nicht die Wirklichkeit, obwohl man manchmal diesen Eindruck bekommen könnte.

17   Ein Hund steht still

*Als ich noch klein war, dachte ich immer, mutig zu sein bedeutet,
etwas Besonderes zu tun und daß man Courage braucht,
um im Leben vorwärtszukommen. Dabei ist das einzige,
wofür man Courage benötigt, stehenzubleiben.*

Daniel Craig in Baillie Walshs Film *Flashbacks of a Fool*

Der erste Septembertag. In der Sonne noch der Sommer, im Schatten schon der Herbst. Überall Menschen, die ihre Jacken spazieren trugen, um für den Fall vorbereitet zu sein, einmal länger ins Kühle zu geraten. Ohnehin war der August derart verregnet gewesen, daß man hätte meinen können, das Land sei der Tristesse schwermütiger Wettergötter zum Opfer gefallen.

Rosenblüt hatte sein Handy am Ohr. Es war Aneko, die aus Paris anrief, wo sie Ray Bradbury zu einem Fototermin traf.

„Wer ist das eigentlich?" fragte Rosenblüt.

„Stell dich nicht dumm."

„Nein, ich weiß es wirklich nicht. Ehrlich."

„Der Mann, der *Fahrenheit 451* geschrieben hat."

„Ich dachte, das war der Oskar Werner. Oder der Truffaut", erklärte Rosenblüt. Schwer zu sagen, ob er das jetzt spaßig meinte oder nicht. Solche Mißverständnisse geschahen. Nicht wenig Leute etwa dachten, *Pu der Bär* sei von Harry Rowohlt verfaßt worden und Arnold Schwarzenegger sei nicht Österreicher, sondern stamme aus einer Zukunft, in der schon lange keine Österreicher mehr existierten. Zudem war es tatsächlich so, daß Rosenblüt fast nur Filme und keine Bücher kannte, oft schaute, nie las.

Egal, Aneko ignorierte den Oskar-Werner-Hinweis und erkundigte sich statt dessen, ob Rosenblüt schon wieder mit dieser Teska Landau zusammenstecke.

„Nein, die hab ich woanders hingeschickt", sagte er, ohne zu sagen, wohin woanders. Er selbst befand sich in einer vollgestopften Stadtbahn mit S-21-Demonstranten, die jetzt, am frühen Nachmittag, zur Villa Reitzenstein hochfuhren, dem dreiflügligen Amtssitz ihres „L'État, c'est moi!"-Ministerpräsidenten. Im Grunde war es eine nette Anekdote, daß der namengebende Gemahl der ursprünglich großbürgerlichen Bauherrin dieser Anlage, ein Baron von Reitzenstein, dem Glücksspiel verfallen gewesen war und am Roulettetisch sein Leben beendet hatte, wie diese Maler, die sterbend gegen das feuchte Bild auf ihrer Staffelei sinken. Nicht wenigen Bürgern wäre in Kenntnis dieser Roulettegeschichte und auf Grund einer gewissen Glücksspielmentalität aktueller Landespolitiker dieser luftige Ort hoch über der Stadt noch passender erschienen, als er das wegen seiner abweisenden, tresorartigen Wucht ohnehin tat – ein Bau, der sich von der Stadt und den Leuten wegzudrehen schien.

Natürlich war Rosenblüt nicht hier oben, um jetzt ebenfalls zum Demonstranten zu werden. Das fehlte noch. Vielmehr hatte er vorgehabt, den Adiuncten einen erneuten Besuch abzustatten. Der letzte war ja einige Zeit her, und er war gerne lästig. Da sich aber das Stammhaus der Burschenschaft nicht unweit der Villa Reitzenstein befand und Rosenblüt nun mal in den „Bürgerschwarm" geraten war, ließ er sich von diesem auch treiben, strömte also zusammen mit der Menge hinaus aus der Stadtbahnlinie 15 und hinein in die Richard-Wagner-Straße, zum stark bewachten und mit Absperrgittern versehenen Haupteingang, hinter dem sich ein unangetasteter Nordflügel erstreckte, während unten in der Stadt der Nordflügel des Bonatz-Scholer-Baus soeben den Interventionen eines Abrißbaggers zum Opfer fiel.

Es war ganz eindeutig der falsche Nordflügel, der hier starb. Und genau darum drängten sich in der schmalen Straße dicht die Leute, während einer der Aktivisten mittels Megaphon hinüber zu seinem unsichtbaren Ministerpräsidenten rief.

„Meine Güte, was ist das für ein Lärm! Wo bist du?" fragte Aneko.

„Mitten in einer Demo", antwortete Rosenblüt.

„Und was tust du da?"

„Ich führe Kepler aus", sagte Rosenblüt und sah hinunter zu

dem großohrigen, kurzbeinigen Mischlingsrüden, der wieder einmal brav auf seinem Hintern saß und die Gerüche fremder Hunde ignorierte. Wie auch sein „Vorgänger" Lauscher (oder war er selbst, Kepler, ein Wiedergänger?) hatte er es nicht so mit anderen Tieren. Tiere waren ihm fremd, und Hunde waren ihm peinlich. Gerade dadurch, daß er eine gewisse Ähnlichkeit zwischen denen und sich erkennen mußte, eine Ähnlichkeit des rein Äußeren, das freilich seinem Geist und Wesen völlig widersprach. Er sah ja nur so aus. Aber das tun auch viele Menschen: sie sehen nur so aus.

Aneko wollte nun wissen, ob Rosenblüt ihr treu sei. „Frau Landau hat doch sicher ein Auge auf dich geworfen?"

„Und was ist mit diesem Bradbury?" fragte Rosenblüt zurück.

„Der ist gerade neunzig geworden", erklärte Aneko. Sie mußte wohl einsehen, daß ihr lieber Mann tatsächlich keine Ahnung von Literatur hatte. Also schickte sie ihm einen Kuß durchs Telefon und beendete das Gespräch.

Rosenblüt steckte das Handy weg und lächelte in sich hinein. Dann schaute er sich um, betrachtete die Leute. Auch er mußte wie jeder andere Besucher diese erstaunliche Mischung aller Milieus und Altersgruppen feststellen. Das war schon unheimlich. Während die uniformierten Beamten hinter der Absperrung so aussahen, wie sie schon immer ausgesehen hatten – auf eine gepolsterte Weise stramm –, hatte sich das Demonstrationsantlitz deutlich gewandelt: vielschichtig, widersprüchlich, der schwarze Block vereint mit Bürgerdamen, Altachtundsechziger mit Leuten, die tatsächlich achtundsechzig waren, fette, häßliche Weiber mit tausend Stickern auf dem groben Leinen ihrer bodenlangen Kleider, andererseits junge und nicht mehr junge Schönheiten in luftigen und eleganten Sommerkostümen. Es war schon so, wie in diesen großen Aquarien mit sehr unterschiedlichen Fischen, wo sich mancher Zoobesucher fragt, wieso da keiner den anderen frißt.

Das Trillergepfeife, die „Oben bleiben!"-Chöre und die „Lügenpack!"-Rufe fand Rosenblüt etwas strapaziös, doch schließlich gaben sich all diese Leute ja auch Mühe, richtige Argumente vorzutragen, indem sie nun eben diese Argumente, auf Papiere und

Zettel notiert, über die Absperrung warfen oder zwischen den Stäben hindurch auf dem Vorplatz ablegten, und zwar zusammen mit alten Schuhen. Rosenblüt konnte nur vermuten, daß diese Schuhe die mit Füßen getretenen Argumente verbildlichen sollten.

Nachdem die Kundgebung vor dem Haupttor beendet war, setzte sich die Menschenmenge nach und nach in Bewegung, um so lange auf der Richard-Wagner-Straße weiterzugehen, bis sie sich in einer spitzen Kurve in die Sonnenbergstraße entleerte, welche dann steil nach unten in die Stadt führte. Klar, das Ziel war der Bahnhof, dessen geschundener Flügel.

Allerdings kam der Marsch zunächst nur zögerlich in Gang, weil einige der Leute noch Zettel vor der Villa Reitzenstein ablegten oder aber die bereits abgelegten lasen. Andere schauten sich im Vorbeigehen die Polizisten an, so, als wäre man im Wachsfigurenkabinett. Und auf eine gewisse Weise war man das ja auch. Vor allem der Ministerpräsident, so hieß es, wäre bei aller Virilität – einer nachgerade verzweifelt und tobsüchtig vorgetragenen Virilität – nicht wirklich echt. Die Leute dachten wohl eher an eine Puppe. Keine Maschine, das nicht. Nein, eine Puppe, in der sich andere Leute versteckten, mal der, mal ein anderer, diverse Parteimitglieder oder Wirtschaftsfunktionäre, die abwechselnd das Innere dieser Puppe besetzten.

Rosenblüt stand ein Stück hinten, leicht erhöht am Gehweg, und betrachtete die flanierende Masse. Er fühlte sich ziemlich erschlagen: erhitzt und grippal und wetterfühlig. Die Gelenke. Darum war er froh, auszuruhen. Einen Moment schloß er die Augen. Als er sie öffnete, blendete ihn ein weißer, milchgeschäumter Streifen. Der Flug eines Insekts, das so nahe gekommen war, daß er meinte, auf den Kondensstreifen dieses Insekts zu schauen. Er blinzelte.

Nun war es keineswegs überraschend, daß es in dieser Menge von Menschen auch einige gab, die hinkten oder wenigstens einen hinkenden Eindruck machten, welchem Umstand dies auch immer zu verdanken war. Rosenblüt hätte sich schwerlich alle herauspikken können, deren Zweibeinigkeit nicht ganz einwandfrei ausfiel.

Und doch ... da war ein Mann. Es war eigentlich nicht so, daß er Rosenblüt ins Auge stach, eher trübte seine Aura Rosenblüts Blick. Eine banale Erscheinung: helle Anzugshose, kariertes Jackett, ein wenig schlottrig, eine Spur abgetragen, aber sehr sauber, dazu die leicht gebeugte Haltung des Nicht-mehr-ganz-Jungen, Hut und Brille. Am Revers trug er einen der typischen gelblichgrünen Buttons der Protestbewegung. Dunkle Krawatte, cremefarbenes Hemd, die Creme von gestern. Einer von den Bürgerlichen, wie man sie in dieser Bewegung so oft sah: alles brave Steuerzahler, denen man schwerlich vorhalten konnte, noch nichts im Leben geleistet zu haben. Weshalb man ihnen eben vorwarf, überhaupt den Mund aufzumachen, wo sie doch ohnehin kaum noch zwanzig Jahre auf der Welt sein würden, um als Frühpensionierte oder Rentner noch eine Weile herumzuschmarotzen. Aber jetzt die Zukunft anderer verhindern wollen! Ha no!

Der besagte „banale" Mann verstärkte seine gebeugte Haltung, ging dabei langsam in die Knie und schob einen Zettel durch die Absperrung, um ihn zwischen einigen anderen zu plazieren. Ein ganz normaler Vorgang in dieser Situation. Dann setzte er seinen Weg fort. Dabei zog er das linke Bein etwas nach, wie man das manchmal bei Kindern sieht, die an der Hand geführt werden. Nicht, daß sie bockig wären, nur müde.

Auf das Phantombild des Zeichners, das nach Sami Aydins Angaben entstehen sollte, wartete Rosenblüt noch. Es war also nicht so, daß dieses Gesicht dort drüben außer seiner ungefähren Sechzigjährigkeit einen Hinweis hätte geben können. Dennoch verließ Rosenblüt seinen Aussichtsplatz. Kepler hingegen blieb sitzen. Die meiste Bewegung kommt ohnehin zu früh. Und in der Tat drängte sich sein sogenanntes Herrchen ja bloß zu der Absperrung hin, um sich über das Gitter zu lehnen und jenen Zettel zu betrachten, der da soeben abgelegt worden war.

Im Grunde hätte es ein Papier von mehreren sein können, so ganz genau hatte Rosenblüt nicht verfolgen können, wo exakt der Mann es hingetan hatte. Etwa vier Stück kamen in Frage. Wäre jetzt auf sämtlichen dieser vier das Übliche und allseits Bekannte notiert gewesen, der Hinweis auf die Geldverschwendung, auf die geologischen Probleme, den Qualitätsverlust der Stadt, die Unsinnigkeit einer überholten Architektur, nun, dann wäre Rosenblüt wahrscheinlich einfach wieder zu Kepler zurückgekehrt, um noch ein wenig inmitten dieser Versammlung vor sich hinzudösen. Und es war ja auch so, daß drei von den Kommentaren in der obligaten Weise formuliert waren. Ein Text jedoch sprang heraus aus der Konvention. Er war mit großzügigen, runden Lettern auf ein quadratisches, bräunliches Papier geschrieben worden:

Erst mit der Angst wird der Mensch zum Menschen.
Wer jedoch Angst nur verbreitet, aber nie empfindet,
dem sollte sie gebracht werden. Damit er Mensch wird.

Rosenblüt hob den Zettel hoch und legte seine Stirn in Falten. Was war davon bloß zu halten? Nun, in jedem Fall widersprachen die wenigen Zeilen der Aufforderung der Organisatoren dieser Protestaktion, dem Herrn Ministerpräsidenten Argumente gegen das Projekt vorzulegen. Vielmehr stellten sie eine Drohung dar. Eine Drohung, die wie das andere Zettelzeug hier ... ja, wahrscheinlich nicht mal im Altpapier gelandet wäre, sondern zusammen mit all den abgetragenen Schuhen im Hausmüll des Staatsministeriums. Kaum jemand würde sich die Mühe machen, die Blätter brav zu sortieren und auf mögliche künftige Straftaten hin zu analysieren. Um wen anzuklagen? Herrn Anonymus?

Rosenblüt faltete das Papier ordentlich zusammen, steckte es ein und winkte mit dem Kopf Kepler zu sich. Welcher sich mit einer gähnenden Bewegung aus seiner Sitzposition löste, einen Moment den Strom der Vorbeiziehenden unglücklich betrachtete, sich dann aber einen Ruck gab und an vielen fremden Beinen vorbei zu Rosenblüt gelangte.

„Gehen wir", entschied der Kommissar.

Sie gingen. Der Mann, der den Zettel geschrieben hatte, war zwischenzeitlich außer Sicht geraten. Doch Rosenblüt war überzeugt, ihn in dieser dahinschlendernden Menge leicht wiederzufinden. Und tatsächlich brauchte es nicht lange, da erkannte Rosenblüt die mittelgroße und mittelgraue Gestalt, die Unregelmäßigkeit des Gangs, die latente Verspätung eines zweiten Beins.

Als die Straße nun begann, steil bergab zu führen, zog sich die Menge noch etwas weiter auseinander. Ein fröhlicher Volksmarsch, so schien es. Eigentlich hätte Rosenblüt jetzt nach rechts abbiegen müssen, um gemäß seiner Planung die Adiuncten zu erreichen. Auch war er sich ziemlich unsicher darüber, wie sinnvoll es war, diesem Mann zu folgen, nur weil er ein wenig in das Muster der Person paßte, die bei Sami Aydin ein Scharfschützengewehr erstanden hatte. Und selbst wenn dies der Fall war, hieß das noch lange nicht, daß er selbiges Gewehr wirklich benutzt hatte, um vorerst mal nicht einen Menschen, sondern bloß ein Foto zu erschießen. – Wäre auf dem Zettel etwas gestanden wie „Stuttgart 21 ist ein Milliardengrab" oder „Mehr Geld für Schulen, mehr Geld für Krankenhäuser" oder sogar „Krieg den Grasdackeln, Friede den Kopfbahnhöfen", dann wäre Rosenblüt jetzt wahrscheinlich abgebogen, um Professor Fabian oder einem seiner Bundesbrüder ein paar zwingende Fragen zu stellen. Aber dieser merkwürdige Hinweis auf eine Menschwerdung mittels des Gefühls von Angst trieb ihn dazu an, dem mutmaßlichen Zettelschreiber hinterherzulaufen und eingesponnen in das Strickmuster der „Oben bleiben!"-Rufer in den Kessel der Stadt zu tauchen.

Auf der Höhe des Charlottenplatzes zog sich der Demonstrationszug wieder zusammen und nahm erneut die gewohnt enge, dichte Form an. Die Zugangswege zum Landtag waren abgesperrt, Scharen von Polizisten bildeten lebendige Zäune. – Das alte Dilemma, daß die Polizei nicht das Volk, sondern deren Vertreter beschützte. So war es überall, und es war normal, denn die Exekutive war nun mal die tentakelförmige Erweiterung eines Staatsgebildes, das als fleischfressende Pflanze zu bezeichnen nur bedingt richtig wäre, da schließlich die Tentakel nicht nur einen Fangschleim absondern, sondern zudem ein penetrant riechendes Sekret zur Fernhaltung von allem Unerwünschten.

Rosenblüt hatte nicht im geringsten ein Problem, diese in dikken, grünen Kampfanzügen steckenden Polizisten als „Sekret" und „Fangschleim" zu bezeichnen, nur weil er selbst Polizist war. Er war ja eine ganze andere Art von Polizist. Ganz ohne Tentakel, ohne Analdrüse, zwar Teil des Staatsapparates, aber ... nun, er fühlte sich wie die meisten Kriminalisten eher dem Verbrechen verbunden, natürlich als Bekämpfer desselben, antipodisch, allerdings auch außerhalb der alltagspolitischen Zusammenhänge stehend, in eine intime Auseinandersetzung zwischen Gut und Böse eingebunden. Das war etwas ganz anderes, als diese breitbeinig aufgestellten Infanteristen in Grün, die da Abgeordnete schützten, die man eigentlich vors Gericht hätte schleppen müssen, da sie jedes Recht auf Schutz verwirkt hatten.

Und während ein Teil der Demonstranten durchaus mit einem Teil der Ordnungsorgane fraternisierte, wenn auch nur verbal, hätte Rosenblüt sich niemals dazu hergegeben, mit einem von diesen verdorbenen Kadettengesichtern und diesen noch viel verdorbeneren Kommandantengesichtern ein freundliches Wort zu wechseln. – Nun, er war schon ziemlich elitär, unser Herr Kommissar.

Wie auch immer. – Als der Demonstrationszug unter einigem Gelärm in die Königstraße einbog, dorthin, wo das H&M-Volk lebte (denn das existierte ja weiterhin, unausrottbar, Morlocks, die neuerdings über der Erde lebten, aber dank eines subterrestrischen Bahnhofs dann wieder mehr Zeit in Höhlen würden verbringen dürfen) ... in diesem Moment verlor Rosenblüt den Mann, den er verfolgte.

„Mist!" sagte Rosenblüt und sah hinunter zu seinem Begleiter, als wollte er ihm die Schuld geben, dabei hatte sich der arme Kepler wirklich bemüht, Schritt zu halten. Er hechelte und empfand es als Zumutung, zu dieser Hechelei gezwungen zu sein. Und jetzt auch noch mit einem vorwurfsvollen Blick bedacht zu werden.

Rosenblüt überlegte, ob es möglich war, daß der Mann ... nun, da er verschwunden war, wählte Rosenblüt einen Namen für ihn aus, und zwar Cady. So wie die Figur des von Rachegefühlen getriebenen Bösewichts in dem Film *Kap der Angst*. – Ja, der Cineast Rosenblüt zitierte natürlich eine Filmrolle, freilich nicht ahnend, daß damit ein weiterer englischer Name ins Spiel kam und sich allmählich eine „angelsächsische Konstellation" ergab: Kingsley, Ratcliffe, Lynch, Burton, York und nun Cady. Zusammen bildeten sie eine Art von Sternbild innerhalb dieser Geschichte. Wobei nicht zu vergessen wäre, daß bei einem Sternbild Gestirne zu einer Figur verbunden werden, obwohl sie in Wirklichkeit Lichtjahre auseinanderliegen und völlig verschiedenen Systemen angehören. Dennoch bilden sie eine illustrierende Einheit. Werden Teil eines kartierten Himmels. Einer Orientierungshilfe.

Doch zurück! Rosenblüt überlegte, ob es möglich war, daß Cady die Beschattung bemerkt hatte. Gehörte er vielleicht zu denen, die sich noch an sein, Rosenblüts, Gesicht erinnerten? Schließlich war es noch nicht allzu lange her, daß der telegene Kommissar mit den Robert-Redford-Zügen immer wieder mal in den Stuttgarter Medien aufgetaucht war. Andererseits waren für die meisten Zuseher und Leser sieben, acht Jahre eine Ewigkeit. Manche erkannten nach so vielen Jahren auf Fotos ihre Kinder nicht.

Es blieb Rosenblüt nichts anderes übrig, als weiterzumarschieren, hin und wieder den herüberglotzenden H&M-Morlocks – die in seinem Fall wohl eher des Hundes wegen herüberglotzten – einen bösen Blick zu schenken und fortgesetzt nach dem Mann Ausschau zu halten, den er Cady getauft hatte.

Ohne ihn aber wieder entdeckt zu haben, gelangte Rosenblüt in der immer dichter werdenden Menge vor den Bahnhof und an der Front vorbei zum Nordflügel. In der Luft lag beißender Staub. Der Bagger riß unter den Pfiffen der Demonstranten Mauerstücke aus der Fassade. Rosenblüt hatte gehört, daß ursprünglich verkündet worden war, diesen Gebäudeteil Stein für Stein behutsam abzutragen, nicht zuletzt, da sich womöglich Asbest – nicht gerade ein Freund der Lungen – in den Räumen verborgen hielt. Allerdings schien es wichtiger zu sein, machtvolle Zeichen zu setzen. Schließlich waren nicht nur die Gegner zornig. Auch bei den Projektbetreibern und Repräsentanten war eine echte, tiefe Wut entstanden, eine Wut weniger gegenüber den Menschen als dem Bahnhof. Sie fragten sich in der altbekannten Weise: Was hat dieser Bahnhof, was wir nicht haben? Nun, einer der Demonstranten hatte es auf den Bauzaun geschrieben: *Charakter.* Das stimmte zweifellos, und so war es nur schwer zu ertragen, gegenüber einem Gebäude benachteiligt zu sein, im Verdacht zu stehen, sehr viel weniger Charisma und Intelligenz zu besitzen als eine harmonisch zusammengefügte Masse unbelebter Steine. Der Bahnhof zog immer mehr die Liebe der Menschen von den Politikern ab, welche von den Bürgern – so zumindest das Gerücht – trotz allem, was sie tun oder nicht tun, geliebt werden wollen. Politiker sind auch Kinder.

Ohne es eigentlich geplant zu haben, war Rosenblüt sehr nahe an die Absperrung geraten, hinter welcher die Reihen von Polizisten eine Mauer bildeten. Und zwar vor dem berühmt gewordenen Bauzaun, den die Menschen in den vergangenen Wochen mit Kommentaren, Plakaten und Grafiken vollgeklebt hatten, woraus zunächst ein ungeplantes, dann gewolltes Stück Kunst entstanden war. Mancher ahnte, daß dieses Ding, dieses „Volksstück", irgendwann im Museum landen würde. Aber noch lag die Kunst im Staubregen.

Mit einem Mal steigerte sich die allgemeine Erregung, denn an einer Stelle versuchten Demonstranten, die Absperrung zu durchbrechen. Augenblicklich stellte sich ihnen ein Polizeiblock massiv entgegen, Druck folgte auf Gegendruck, die Körper der einen wie der anderen Seite schwangen hin und her. Bei aller Wut und Angst und Feindschaft hatte es auch etwas Gymnastisches, gleich Tanzpartnern, die eigentlich ein gutes Paar abgeben würden, könnten sie sich einigen, wer hier die Führung übernimmt.

Rasch beugte sich Rosenblüt nach unten und nahm Kepler auf den Arm. So waren die beiden sich jetzt ihrerseits ganz nah, Mund an Schnauze, ebenfalls ein Paar abgebend, aber ein wirklich gutes. So daß für einen Sekundenbruchteil dieser zärtliche Anblick von Kommissar & Hund die Welt dominierte. Eine Viertelsekunde Ruhe & Frieden, selbst der Staub hielt inne. Hernach war alles beim alten.

Es gab noch einiges Gerangel, in dessen Folge die Polizei zwei Stadträte festnahm, so, als sei man im Krieg und beabsichtige die gegnerische Gruppe zu schwächen, indem man ihre Anführer unschädlich macht. In jedem Fall versuchte die Menge nicht wieder, über die Absperrung zu steigen, blieb aber ganz dicht an den Gittern. Und so, wie die Polizei mit ihren auf Stangen hochmontierten Kameras die Demonstranten filmte, filmten und fotografierten auch diese die Polizei – somit erneut den Eindruck bestätigend, es handle sich hier um ein „uneiniges Paar".

Während Rosenblüt da seinen Hund in den Armen hielt und ein Teil der nur noch leicht wogenden Masse war, bemerkte er in einiger Entfernung das etwas rundliche, mit einer eckigen Brille ausgestattete Gesicht Cadys. Auch er steckte weit vorne in der Menschenmenge fest, den Mund geschlossen, die Arme dicht am Körper, während ja nicht wenige brüllten und schrien und dabei ihre Hände nach oben rissen. Dennoch erkannte Rosenblüt selbst auf die Entfernung hin die tiefe Verachtung, die Cady für diese Polizeimenschen empfand. *Schämt euch!* Dieser Satz markierte seine Züge.

Nach und nach beruhigte sich die Lage. Aus dem Hintergrund ertönte die Stimme eines weiteren Redners, die Masse lockerte sich auf. Rosenblüt sah, wie Cady sich aus der Menge löste und Richtung Nordeingang bewegte. Er folgte ihm, weiterhin Kepler tragend, da Cady jetzt zu rasch unterwegs war, als daß der ohnehin erschöpfte Hund hätte mithalten können.

Cady begab sich in die stark belebte Unterführung und gelangte über die Rolltreppe zur Stadtbahnstation. Er stieg in jene Linie, die hinauf in den Westen der Stadt führte, Rosenblüt hinterher. Er war froh, Kepler abstellen zu können, nicht auf den Boden, sondern auf die Sitzbank, was aber eher aus Gedankenlosigkeit geschah.

Vor Rosenblüt baute sich ein Mann auf. Er mußte gar nicht sagen, was er war und was er hier tat. Er besaß das typische Aussehen der meisten Kontrolleure, die aus Gründen, die einem niemand erklären kann, immer versoffen aussehen müssen, als sei dies Teil ihrer Tarnung. War es wahrscheinlich auch.

„Also, zuerst mal runter mit dem Hund, aber schnell", befahl der grobe Mensch, „oder was glauben Sie, wo wir hier sind? Beim Hundefrisör?"

Rosenblüt tat wie geheißen, denn Cady saß nur zwei Reihen weiter, schräg gegenüber, und hätte somit leicht auf die Szene aufmerksam werden können.

„So, und jetzt Ihren Fahrschein", verlangte der Kontrolleur und erweiterte ein wenig seine Breitbeinigkeit. Auch sein schöner, runder Bauch schien ein Stück mitzuwachsen.

Rosenblüt blies durch die Nase, holte seinen Polizeiausweis aus der Tasche, den er aber nicht hochhielt, sondern gleich einem Gedichtband über seinem Schoß öffnete. Dabei blickte er in einer Weise zu dem Mann hoch, die klar machte, daß dieser doch bitte schön woanders sein Glück versuchen möge. Er, Rosenblüt, sei im Dienst.

Dennoch fragte der Mann, und zwar viel zu laut: „Sind Sie im Dienst?"

„Mein Gott", spottete Rosenblüt, „Sie sind ja ein richtiger Schlaumeier."

„Aber der Hund da, der ist doch wohl nicht im Dienst", bellte der Kontrolleur und verlangte nun allen Ernstes, einen gültigen Fahrschein für Kepler zu sehen. Möglicherweise gefiel es ihm gar nicht, daß Rosenblüts Legitimation ihn als Beamten der Münchner Polizei auswies.

„Sagen Sie", sprach Rosenblüt gedämpft, „soweit ich weiß, brauchen in Stuttgart Polizeihunde kein Ticket, oder?"

„Soll *das* ein Polizeihund sein, he?"

„Mein lieber Freund, Ihre Hirnleistung reicht bei weitem nicht aus, sich beamtete Vierbeiner jenseits von deutschen Schießhunden vorzustellen." Dann beugte sich Rosenblüt näher zu dem Mann hin und erklärte in noch gedämpfterem Ton: „Hör zu, du stinkst, und du bist penetrant. Vertschüss dich, aber schnell, sonst hat das Folgen." Und damit der Mann ihn auch wirklich verstand, wurde Rosenblüt wieder schwäbisch: „Lauf dei Schdregg, du Halbdaggl!"

Der Halbdackel wankte einen Moment. Das heißt, er wankte zwischen Ohnmacht und Wutausbruch. Aber offensichtlich war er nun doch zu einer Hirnleistung imstande, jener nämlich, sich nicht mit einem Kriminalkommissar anzulegen, auch wenn der aus dem verfeindeten München stammte. Es gab wirklich bessere Opfer. – Der Kontrolleur zog seinen Kopf ein und setzte sich in Bewegung.

Einen Augenblick fürchtete Rosenblüt, daß nun Cady an der Reihe war, in Schwierigkeiten zu geraten. Doch dieser war natürlich nicht so dumm, ohne Fahrschein den öffentlichen Verkehr in Anspruch zu nehmen und dadurch auf sich aufmerksam zu machen.

Kurz nach dieser Episode stieg Cady aus. Rosenblüt tat es ihm gleich und setzte Kepler wieder mit den vier Füßen voran auf der Straße ab, auch weil er sah, wie Cady eine Bäckerei betrat. Rosenblüt wartete in der Art derer, die ihren Hunden Zeit geben, einen geeigneten Platz fürs „Geschäft" zu finden, selbst wenn Kepler einen solchen Platz gar nicht suchte. – Wenn er seine Notdurft erledigte, dann in stilleren Ecken, abseits der Passanten. Kepler war verständlicherweise nicht im geringsten daran interessiert, sich als öffentlicher Brunzer zu betätigen.

Cady verließ mit einer gefüllten Papiertüte die Bäckerei, folgte dem Lauf der Straße, bog links ab, passierte noch drei, vier Gebäude und betrat zuletzt das offene Treppenhaus eines Baus aus der Gründerzeit. Im Gang standen Männer und strichen die Wände. An ihnen vorbei eilte jetzt auch Rosenblüt, um zu sehen oder wenigstens zu hören, in welche Wohnung sich Cady begab. Er konnte gerade noch das Geräusch einer ins Schloß fallenden Türe lokalisieren. So eine alte Türe, die richtig stöhnen konnte. Zweiter Stock. Rosenblüt nahm die akustische Spur auf.

Kepler war einmal mehr draußen geblieben. Er hatte den raschen Schritten Rosenblüts nicht folgen können und war nun im Sinne einer bereits gefestigten Tradition direkt vor dem Haus stehen geblieben, um seine gewohnte Parkposition einzunehmen. Da saß er und würde sitzen bleiben, bis man ihn holte.

Währenddessen erreichte Rosenblüt die Türe zu der Wohnung, von der er meinte, Cady sei darin verschwunden. Er fragte sich, was er tun solle: Landau oder Doktor Thiel anrufen und eine Beschattung in Auftrag geben? Nur weil dieser Mann einen kleinen Text vor der Villa Reitzenstein abgelegt hatte? Ja, einen merkwürdigen Text, das schon, aber ... Rosenblüt überlegte, einfach mal anzuläuten und sich mit diesem Herrn Tobik – denn das war der Name, der auf dem Türschild stand – zu unterhalten. Das tat er nun auch, drückte den Klingelknopf, wartete. Wartete und horchte. Doch da waren keine sich nähernden Schritte zu vernehmen, nichts. Er klingelte erneut, klopfte mehrmals gegen die Türe. Mit dem gleichen Resultat. Blieb noch die Möglichkeit, an der falschen Stelle zu stehen, da sich eine zweite Wohnung in diesem Stockwerk befand. Allerdings prangten dort, auf dem mehrfarbig bemalten Namensschild, fünf Vornamen, dazu gab es aufgeklebte Tierbilder sowie kleine und große Schuhe auf der Matte, kurz, eine bunte Vielfalt, die eindeutig auf eine Großfamilie verwies. Rosenblüt durfte also davon ausgehen, sich an der richtigen Türe zu befinden.

Wollte Tobik nicht öffnen, oder konnte er nicht öffnen? War er taub, schwerhörig oder jemand, der etwas zu verbergen hatte? Mal abgesehen von der Möglichkeit, daß auch taube Leute mitunter etwas verbargen.

Rosenblüt beschloß, sich ein Bild zu machen, und entschied, daß es sich um eine Gefahr-im-Verzug-Situation handelte, ohne freilich die Kollegen zu rufen. Darum zog er jetzt eine Plastikkarte aus seiner Hosentasche und stemmte seinen Fuß gegen die Türe, um einen Spalt zu bilden. Auf Höhe des Riegels führte er die Karte in den Schlitz und erzeugte einen leichten Druck, der bereits genügte, damit das Schloß aufsprang und die Türe sich nach innen öffnete. Rosenblüt steckte die Karte wieder ein. Eigentlich hätte er nun seine Waffe hervorholen müssen, aber er fühlte sich unwohl, so mit gezückter Pistole. Einerseits, weil das immer aussah, als würde man eine Filmszene nachstellen, und andererseits, weil jede Waffe die Gefahr barg, eine Eskalation zu verursachen, die sich ohne diese Waffe nie ergeben hätte. Waffen strebten dazu, benutzt zu werden. Projektile dazu, zu fliegen. Unglücke dazu, zu geschehen.

Also ließ er seine Pistole im Halfter, schob die Wohnungstüre wieder in Richtung des Rahmens, ließ sie aber um eine Winzigkeit offen. In der Folge drang er mittels zweier vorsichtiger Schritte tiefer in den Flur hinein, blieb dort stehen und horchte. Aber es gab nichts zu horchen, nichts rührte sich, die Welt war ein toter Winkel. In diesem toten Winkel arbeitete sich Rosenblüt weiter voran, wobei er nicht verhindern konnte, daß der Holzboden unter seinen Schritten einen markanten Ton entließ, ein Klagen.

Was er hier vorfand, war eindeutig die Wohnung eines Ehepaars, durchaus gemütlich, warm, mehrere Stile, einige Staubfänger, aber nicht völlig geschmacklos. Keine Vorhänge, viele Bilder an den Wänden: Gemälde, Fotos. Auf einem davon, schwarzweiß, ein Hochzeitspaar, steif, aber glücklich. Rosenblüt meinte Cady zu erkennen. Keine Frage, Cady war Tobik. Soviel schien festzustehen. Allerdings war dieser Tobik nirgends zu finden. Obgleich das hier ja kein Palast war, sondern eine übersichtliche Drei-Zimmer-Wohnung. Auch bestanden kaum Möglichkeiten, sich zu verstecken, wenn man größer als einsvierzig war. Einzig ein Wandschrank, den Rosenblüt öffnete, der aber nichts anderes als Anzüge und Mäntel enthielt. Die Dusche war leer, einen Balkon gab es nicht, erst recht keine Feuerleiter, sämtliche Fenster waren geschlossen, und das Doppelbett war zu niedrig, als daß ein ausgewachsener Mann sich darunter hätte verstecken können.

Rosenblüt befand sich nun im hintersten Raum, offensichtlich das Arbeitszimmer mit Schreibtisch und Trimm-dich-Rad. Er wußte nicht, was er denken sollte. Er wollte gerade wieder gehen, da vernahm er den dumpfen Klang eines rasch unterdrückten Räusperns. Er wandte sich um, sah in die Richtung, aus der das Geräusch gekommen war, doch da war nichts, bloß eine mit verschiedenfarbigem Streifenmuster tapezierte Wand, an dieser zwei Regale mit Büchern.

Spinn' ich? fragte sich Rosenblüt und wollte den Raum wieder verlassen, wandte sich aber just um, und zwar eingedenk der Überlegung, es möglicherweise mit einer doppelten Wand zu tun zu haben, hinter welcher sich Tobik verbarg. Er wollte ganz schnell ...

Tschong!

Er war gegen etwas geprallt, das er nicht gesehen hatte, etwas, das unsichtbar im Raum stand. Der Aufprall war heftig gewesen. Er fiel zurück, sein Blick verschwamm. Dann sah er jemanden, der sich über ihn beugte. Ein Mann mit einem Koffer in der Hand: Tobik. Tobiks Blick wirkte traurig, bedauernd. Soviel meinte Rosenblüt noch zu erkennen. Hernach wurde es schwarz. Aber richtig.

Einem dieser Zufälle, die recht hübsch durchkomponiert scheinen, war es zu verdanken, daß genau zwei Stunden und eine Minute später Teska Landau denselben Raum betrat. Diese Zeitspanne war bemerkenswert. Und zwar deshalb, weil die derzeitige Fahrzeit von Stuttgart nach München zwei Stunden und vierundzwanzig Minuten betrug und die Projektbefürworter von S21 gerne damit warben, dafür nur noch knapp zwei Stunden zu benötigen, wenn irgendwann der neue Bahnhof und irgendwie die neue Strecke fertig sein würden. Doch bezeichnend – bezeichnend für eine verkehrte Welt – war der Umstand, daß man noch fünfzehn Jahre *zuvor*, also 1995, auf dieser Strecke kommode zwei Stunden und eine Minute unterwegs gewesen war, bevor dann die Deutsche Bahn ihren geplanten Börsengang vorbereitet und damit begonnen hatte, die Pflege der Gleisanlagen folgerichtig zu vernachlässigen. Ohne sich viel darum zu kümmern, wie viele Minuten man wohin brauchte.

Es war nun bei aller kompositorischen Zufälligkeit überaus passend, daß Teska Landau exakt die 1995er-Zeit beanspruchte, um den Ort zu erreichen, an dem sie den Kommissar zu finden hoffte, daß sie also weder weitere fünfundzwanzig Minuten draufsetzte, noch eine in ferner, wenn nicht fernster Zukunft gelegene Beschleunigung ins Feld führte und sich derweilen ein wenig eingrub. Nein, *sie* hielt ihre Gleise in Schuß. – Nachdem nämlich Rosenblüt nicht zum vereinbarten Treffpunkt erschienen und auch telefonisch nicht erreichbar gewesen war, hatte sie augenblicklich reagiert. Das war nun eben ihre Art: nicht ewig abzuwarten, lieber eine Komplikation zu vermuten und sich im Zuge schnellen Handelns vielleicht mal zu irren, lieber als übereifrig abgestempelt zu werden, als sich später eingestehen zu müssen, viel zu lange gezögert zu haben.

Darum hatte sie nur kurz überlegt und sodann eine „Fahndung" nach dem Kollegen Rosenblüt herausgegeben. Wobei sie der Vollständigkeit halber auch erwähnte, daß der Kommissar mit einem Hund unterwegs sei, einem Hund, den sie mit „untersetzt, dackelartig, allerdings Schäferhundschnauze, dazu lange Ohren" beschrieb. Und so kam es, daß eine der Polizeistreifen nicht etwa auf Rosenblüt gestoßen war, sondern auf dessen „besten Freund", woraufhin die Meldung einging, man habe vor einem Wohnhaus einen herrenlosen, unbeweglich auf dem Gehweg sitzenden Mischlingsrüden entdeckt, auf den allen Ernstes die Beschreibung passe.

Landau kannte ja nun Keplers Art, – verfallen in einen meditativen Zustand – auf Bürgersteigen und in unteren Stockwerken zu verharren. Sie wies die beiden Kollegen an, bei dem Tier zu bleiben und machte sich sogleich auf den Weg.

Nachdem sie eingetroffen war, beugte sie sich zu Kepler hinunter. Nicht, weil sie vorhatte, ihm irgendein Signal, ein Zeichen zu entlocken, gar zu hoffen, er würde im Sinn eines Deus ex machina zu reden anfangen oder wenigstens mit einem Stück Kreide in der Pfote etwas auf den Asphalt zeichnen. Kepler war ja kein dressierter Affe. Es war Zeichen genug, daß er hier saß und wartete, nicht etwa zur Seite oder zum Boden schaute, sondern zielgenau die offene Haustüre anvisierte.

Der Richtung dieses Blicks folgend, sagte Landau zu den beiden Uniformierten: „Kommen Sie!" Und betrat das Haus.

Dort suchte sie nach einem Hinweis auf Rosenblüt. Im zweiten Stockwerk stieß sie auf einen solchen. Zumindest war der Umstand einer angelehnten Türe dazu angetan, Verdacht zu schöpfen. Hinzu kam, daß hier absolut nichts zu hören war, was eine zum Aufbruch bereite oder in der Ankunft befindliche Familie verraten hätte. „Ziehen Sie mal Ihre Waffen", wies Landau die Kollegen an, die hinter ihr standen.

„Wegen einer angelehnten Tür?" fragte der eine.

„Tun Sie es einfach."

Die beiden zuckten mit den Schultern und taten es einfach. So gelangte Teska im Schutze der zwei Uniformierten in die Wohnung, ohne daß man sich freilich in geduckter Haltung von Zimmer zu Zimmer bewegt hätte. Man war wachsam, das schon, blieb jedoch aufrecht.

„Da ist niemand", sagte der eine Beamte, nachdem er den letzten Raum erreicht hatte, steckte seine Waffe wieder ein und verließ das Arbeitszimmer. Das Zimmer mit der Tapete, den äußerst schmalen, nußbraunen, jägergrünen und dottergelben Streifen, die anzusehen ein wenig in den Augen schmerzte. Er fragte: „Wen suchen wir überhaupt?"

„Den Herrn zum Hund", antwortete Landau und begab sich ihrerseits in den gestreiften Raum, und zwar, man erinnere sich, genau zwei Stunden und eine Minute nach Rosenblüt. Jene Bahnreisende hingegen, die im gleichen Moment, da es Rosenblüt schwarz vor den Augen geworden war, nach München aufgebrochen waren, nun, die waren noch immer nicht am Ziel.

So wie zuvor Rosenblüt, stand jetzt Teska Landau im Raum und hatte das Gefühl, daß da etwas war, genauer: daß da etwas nicht stimmte. Auch ohne ein Räuspern vernommen zu haben. Nein, das, was sie zunächst unbewußt irritierte und was sich rasch zu einem konkreten Gedanken verfestigte, war die Erkenntnis, daß hier ein Farbfehler bestand. An zwei Stellen der Tapete paßte das Grün nicht. Während nämlich das Braun und das Gelb in dieser gestreiften Anordnung – eben im Einklang mit dem Wesen eines sich wiederholenden Musters – immer gleich blieben, war das Grün, jenes Alt- oder Jägergrün, wie man es von Lodenmänteln und Lodenhüten kannte, zweimal und im Abstand von ungefähr drei Metern sehr viel heller, geradezu transparent, in einer Weise, die an die Kanten geschliffener Glastische erinnerte.

Vorsichtig näherte sich Landau dem linken dieser beiden aus dem Farbsystem ausbrechenden dünnen Linien. Der Vorsicht ihres Schritts war es zu verdanken, daß sie einen Moment bevor sie mit dieser Linie, mit diesem Streifen zusammengestoßen wäre, begriff, es gar nicht mit dem erwarteten Tapetenpapier zu tun zu haben. Sie hob den Arm und fuhr mit dem Finger über die glatte, kalte Fläche eines Materials, bei dem es sich tatsächlich um geschliffenes Glas handelte. Und zwar um die Kante eines Spiegels.

Teska Landau ging ein Licht auf. Sie sah derartiges zum ersten Mal. Nun, *sehen* ist das falsche Wort, sie sah es ja nicht, denn es handelte sich um einen *unsichtbaren* Raum. – Derartiges existierte, war bloß eine Frage geschickter Anordnung. Und zwar der Anordnung von vier, nach der Art eines doppelten Periskops zusammengestellten Planspiegeln, mittels derer die Lichtstrahlen im Zickzackverfahren um ein Objekt herum geleitet wurden. Daraus ergaben sich zwei unsichtbare Zonen. Ein Betrachter nahm somit allein das Bild des Hintergrunds wahr, in diesem Fall die Tapete und die Regale, wofür er freilich seinerseits eine bestimmte Position zu beziehen hatte. Was wiederum der Schöpfer dieses Raums dadurch bewirkte, daß er die Gegenstände der vorderen, sichtbaren Hälfte des Raums so plaziert hatte, daß jede hereinkommende Person gezwungen war, sich im richtigen Winkel zum System zu bewegen. Nur die Kanten von zwei der vier Spiegel drangen aus der Unsichtbarkeit hervor und verrieten die Illusion. – In diese Unsichtbarkeit trat Landau jetzt hinein, was sie für die beiden Polizisten, wären sie noch im Zimmer gewesen, ebenfalls unsichtbar gemacht hätte.

Dann sah sie Rosenblüt. Er lag zusammengekrümmt am Boden, bewegungslos, offensichtlich bewußtlos, Hände und Füße gefesselt, die Augen geschlossen, darunter der mit einem breiten Klebeband isolierte Mund. Sie entfernte das Band, überprüfte rasch Puls und Atmung, packte die Schultern und hievte den in seiner Willenlosigkeit schweren Körper aus dem „Jenseits" ins „Diesseits".

Gleichzeitig rief sie nach den beiden Kollegen, die drüben im Wohnzimmer standen und über den Wert und Unwert der CD-Sammlung des Wohnungsinhabers diskutierten.

„Ist er tot?" fragte der eine Polizist, während der andere Rosenblüt von seinen Fesseln befreite und in eine stabile Seitenlage verfrachtete.

„Das hätten Sie wohl gerne, oder?" schnauzte Landau den Uniformierten an. Was ziemlich ungerecht war, aber zeigte, wie sehr Landau an Rosenblüt hing. Für einen Moment war sie in allergrößter Panik gewesen, er könnte tatsächlich tot sein, erstickt vielleicht, einem Herzinfarkt erlegen. Welche Erleichterung, als sie das Maschinengeräusch seines Herzmuskels vernommen hatte, was für ein Glück! Und zwar keineswegs, weil sie etwas von diesem Mann wollte. Sie hatte überhaupt nicht im Sinn, ihn zu küssen oder Schlimmeres, ja, sie war nachgerade froh, nicht gezwungen gewesen zu sein, im Zuge einer Wiederbelebung ihre Lippen an die seinen zu legen. Sie gehörte nämlich zu jenen Menschen, die die Schönheit eines Körpers, eines Gesichts nur aus der Distanz erleben und genießen. Platonische Charaktere, für die mit jeglicher Berührung die Schönheit zerfiel, ganz in der Art dieser transsilvanischen Blutsauger, die ins tödliche Tageslicht geraten.

Ein wenig Berührung war freilich nicht zu vermeiden. Sprich, Teska Landau ließ sich ein nasses Handtuch bringen, das sie fürsorglich über Rosenblüts obere Gesichtshälfte breitete und auf diese Weise, die man vielleicht als eine „kosmetische" hätte bezeichnen müssen, Rosenblüt aus seiner Bewußtlosigkeit holte. Man konnte meinen, sich in einem Wellnesshotel zu befinden, wären da nicht die beiden Polizisten gestanden, die mit einer gewissen einfachen Gleichmut ausgerüstet waren und sich nicht einmal fragten, woher Landau da plötzlich den Kommissar hervorgezaubert hatte.

Apropos – gibt es das eigentlich: unsichtbare Räume?

Nun, die gibt es. Allerdings muß man sagen, daß Hans Tobik ein besonders raffiniertes Modell geschaffen hatte. Eine gelungene

Hobbyarbeit, deren tieferen Sinn wohl ein Psychologe hätte erklären müssen. Denn es war ja kaum davon auszugehen, daß Tobik hatte voraussehen können, sich dieses Raums einst bedienen zu müssen, um sich vor einem Kommissar zu verstecken. Nein, dieser Raum war ein Symbol wie so vieles: Bahnhöfe, Bäume, Baumaschinen. Im Symbol verdichtete sich die Welt zur göttlichen Geste. Mal war es ein lieber, mal ein böser Gott, womit sich die Frage stellte: Welcher Gott veranlaßt Menschen dazu, unsichtbare Räume zu schaffen?

Aber wie gesagt, die Psychologie mußte sich hintanstellen, die Kriminalistik war an der Reihe. Beziehungsweise eine Polizei, die wieder mal in Gefahr geriet, zu spät zu kommen. Der Pünktlichkeit, mit der die Exekutive angemeldete und manchmal sogar unangemeldete Demonstrationen blockierte, stand die Verzögerung gegenüber, mit der man Kapitalverbrechen verfolgte. Nicht zu sprechen von der Verzögerung, mit der man Leute festnahm, die einen Staat ins Unglück stürzten.

Als Rosenblüt wieder in der Lage war, zu reden, ließ er sich sofort mit Doktor Thiel verbinden. Er sagte: „Wir haben den Mann. Er heißt Hans Tobik."

„Und wo finden wir ihn?" wollte Thiel wissen.

Rosenblüt legte die Vermutung dar, daß Tobik nun, wo er enttarnt war, nun, wo man sein Gesicht, sein Umfeld kannte, sich zu einem raschen Handeln entschließen würde. Er sagte: „Ich glaube nicht, daß er untertaucht, um irgendwann später zuzuschlagen. Das, was er vorhat, wird er *jetzt* tun, sehr bald. Und glauben Sie mir bitte, lieber Doktor, dieser Mann hat weder etwas zu verlieren, noch können wir uns darauf verlassen, daß er danebenschießt, wenn er nicht danebenschießen möchte. Ich fürchte, die Phase *gewollter Verfehlungen* ist beendet für ihn."

Thiel glaubte Rosenblüt. Das Prozedere nahm seinen Lauf. Während sofort der Schutz der gefährdeten Personen, vor allem der des S-21-Projektsprechers verstärkt wurde, stellte man Tobiks Wohnung auf den Kopf. Doch auch auf dem Kopf stehend gab die Wohnung nicht viel her. Keine Waffen, keine Dokumente, keine Adressen, schon gar keine Tagebücher oder Konstruktionspläne. Auch kein Computer. Nur der Beweis für Tobiks massive Stuttgartliebe in Form von Skizzen und Karten sowie Fotografien, die ein früheres Lebensglück dokumentierten.

Immerhin stellte man rasch fest, auf welche Weise dieses Lebensglück zerstört worden war. Obgleich nun die behördlichen Unterlagen vor allem den Suizid von Tobiks Frau und die Schuldlosigkeit des hochangesehenen Unfallfahrers belegten, konnte sich Rosenblüt gut vorstellen, wie die Sache abgelaufen war, weil sie in solchen Fällen immer auf die gleiche Weise ablief. Somit besaß er auch eine Vorstellung davon, was Tobik antrieb: eine Wut, die darin wurzeln mochte, in der begonnenen Tötung des Bahnhofs wiederhole sich die erfolgte Tötung seiner Frau. Und genau darum sah sich Tobik wohl veranlaßt, diesem neuen Verbrechen strafend entgegenzuwirken. Nicht als Terrorist, nicht als Fanatiker, nicht als Märtyrer. Hier war einer, der seine Frau rächte. – Ein merkwürdiges Gefühl bedrängte Rosenblüt. Das Gefühl, daß es gut war, daß Tobik ihm entkommen war.

„Scheiße nochmal, du bist doch Polizist", ermahnte sich Rosenblüt, wie man sich dazu ermahnt, etwas einmal Bestelltes zu konsumieren, auch wenn es ganz merkwürdig riecht.

Übrigens sollte noch erwähnt werden, daß Rosenblüt sich bei seinem Zusammenstoß mit der Spiegelkante eine Platzwunde seitlich auf der Stirn zugezogen hatte, die von Tobik in der allerkorrektesten Weise verarztet worden war. Ja, der wirkliche Arzt, der alsbald erschien, um sich die Wunde anzusehen, sprach voller Bewunderung über die vorgenommene Erstversorgung, dachte freilich, Landau sei dafür verantwortlich, denn er fragte sie: „Waren Sie mal Krankenschwester?"

„Nein, der Täter war Krankenschwester", gab sie zurück und verließ den Raum.

18   Räder und Seile

> *Did you find a directing sign*
> *On the straight and narrow highway?*
> *Would you mind a reflecting sign*
> *Just let it shine within your mind*
> *And show you the colours that are real.*
>
> Blood, Sweat & Tears, *Spinning Wheel*

Spinning Wheel. Palatin öffnete die Augen. Allerdings begriff er rasch, sich noch immer in einem Traum zu befinden. Denn er sah ja das viele Fleisch an den Wänden. Gleichzeitig lag er im Bett eines der besten Hotels der Stadt und nicht etwa in einer Schlachterei oder Folterkammer. Ob es sich dabei um Tierfleisch oder Menschenfleisch handelte, konnte er nicht sagen. Er konnte nur sagen, daß die massigen, auf eine rembrandtsche Weise feucht glänzenden Fleischstücke, die an silbrigen Haken von der Tapete baumelten, ganz sicher nicht Teil der *realen* Hoteleinrichtung sein konnten. Zudem regnete es Blut, als sei man in einem Roman von Stephen King. Ein Traum also!

Andererseits war Palatin klar, daß der Rhythmus von *Spinning Wheel*, jener guten, alten Blasmusik von Blood, Sweat & Tears eigentlich nur von seinem Handy herrühren konnte, das sich mit diesem alten Hit zu melden pflegte. Ein Handy, das aus der Wirklichkeit in den Traum hineinläutete, denn in Träumen gibt es keine Handys. – Schon klar, daß sich dies schwer beweisen läßt, auch hat wohl noch niemand eine diesbezügliche Untersuchung vorgenommen, aber aus irgendeinem Grund scheuen Mobiltelefone die Traumlandschaften der Menschen. Als könnte ihnen dort etwas zustoßen.

Und als sich Palatin in der Tat nun in seinem Traum zur Seite neigte, zur anderen Bettseite hin, wo er während der Nachtzeit sein Handy zu deponieren pflegte, lag da etwas ganz anderes, eine Art Kopf – Schwein, Rind, Mensch, kaum zu sagen. Weil aber selbiger Schädel einen ziemlich scheußlichen Anblick bot, der selbst noch die Grauslichkeit der Fleischstücke und des Blutregens überbot, beeilte sich Palatin mit dem Erwachen und schlug erneut die Augen auf.

Das Zimmer lag im Dämmerschein eines anbrechenden, wolkenverhangenen Tages: graues Licht, das durch die poröse Textur der Gardinen brach, aber ohne einen Tropfen Blut dabei. Und auf dem unberührten zweiten Polster lag allein Palatins Handy, das vibrierte und leuchtete und aus dem die Bläserklänge der frühen 70er Jahre sich hochschraubten.

Palatin schaute nicht, wer da anrief. Seine Nummer besaßen sowieso nur Leute, die es sich herausnehmen konnten, ihn so früh am Morgen aus dem Schlaf zu holen. Er sprach ein müdes „Ja?".

„Sehen Sie aus dem Fenster, Palatin!"

Das war alles. Der andere hatte aufgelegt, und zwar mit einer hörbaren Wucht. War es möglich? War das wirklich die Stimme des Oberbürgermeisters gewesen? Eines Mannes, der sich ja nicht nur vor der Öffentlichkeit versteckte, sondern auch seine Mitarbeiter gerne im Stich und im unklaren ließ. Sowenig er in seiner ungeschickten und schlaksigen Art an einen machtvollen Paten erinnerte, sosehr liebte er es, seine Ansprüche mittels einer bloßen Andeutung in die Welt zu setzen. Seine Gefolgschaft sollte dann schon wissen, was genau er sich wünschte und in welcher Form er es gerne ausgeführt sah. Manche meinten, der gute Mann würde Entscheidungen scheuen und sich darum so gerne in eine Kryptik halber Sätze flüchten. Andere wiederum vermuteten eine Bösartigkeit, die sich in ganzen Sätzen nicht ausdrücken ließ.

Anstatt nun aber aus dem Bett zu springen und der Anweisung seines obersten Chefs zu folgen, also aus dem Fenster zu sehen, zog sich Palatin die Decke über den Schädel. Einen Schädel, der ihn inkommodierte. Der vorangegangene Tag war ein schwerer gewesen, hatte lange gedauert und war mit mehreren Gläsern Whisky in der neu eingerichteten, von aller Natur befreiten John-Cranko-Lounge des Hotels zu Ende gegangen. Er hatte dort an der Bar einen Kommissar aus München kennengelernt, welcher sich allerdings über den Grund, in Stuttgart zu sein, in keiner Weise ausgelassen hatte. Ebensowenig wie er selbst, Palatin, darüber gesprochen hatte, was er hier tat und weshalb er in selbigem Hotel schon seit geraumer Zeit untergebracht war. Nein, es war einzig und allein um Filme gegangen, wobei man sich vor allem über Coppolas *Apocalypse Now* unterhalten hatte, über jenes bildgewaltige Kriegsepos mit einem wunderbar fetten und monströsen Marlon Brando, einer verkommenen Buddhastatue von Mensch. Ja, er mochte diesen Film, das Häßliche wie das Komische, die Dschungelgemälde, die Hitze, die Feuchtigkeit, den Verfall. Wie auch immer, es war schön gewesen, sich einmal nicht über die Arbeit zu definieren, nicht zu sagen, was man tat und wie wichtig das war, was man tat.

Dabei hatte Palatin genau an diesem Tag in der Tat Wichtiges unternommen. Er hatte Mach gefeuert, er hatte ihm gesagt, daß er seine Chance vertan habe. Ja, nicht nur Mach hatte seine Chance vertan, auch die Maschine. Der Entschluß war gefaßt. Es hatte keinen Sinn, weiter darauf zu vertrauen, daß irgend jemand diese verdammte Apparatur quasi dazu würde überreden können, gefälligst den Hintern zu bewegen und sich an anderer, günstigerer Stelle neu zu plazieren. Nein, man würde dieses Gerät in die Luft jagen müssen, indem man eine noch massivere Betonverkleidung um das Gerät schloß und sodann eine mehrphasige, kontrollierte Sprengung vornahm. Es war ohnehin das beste, wenn dieses Ding für immer verschwand, kein Beweis für seine einstige Existenz zurückblieb. War diese Maschine einmal in Tausende Teile zerfallen, so würde auch die darunterliegende Erde wieder in einen „normalen" Zustand übergehen, sich so verhalten, wie Erde sich zu verhalten hat, naturgesetzmäßig, sich einer Baugrube nicht heftiger in den Weg stellend, als dies ohnehin der Fall war. Erde als Erde.

Der Gedanke, dieser von Mach so apostrophierte Schloßgarten-Mechanismus sei unsprengbar, durfte gar nicht erst gedacht werden. Diese Maschine war ein Produkt der Technik – und als ein solches durch ein anderes Produkt der Technik eliminierbar.

Davon waren alle überzeugt, die in diese Sache involviert waren, bis auf einen. Der einzige, der sich wehrte beziehungsweise der versuchte sich zu wehren, war natürlich Mach. Und zwar nicht mal so sehr gegen die Kündigung seines Jobs, sondern dagegen, dieser Maschine etwas „antun zu wollen". Er hatte angefangen, wirr herumzufaseln von wegen, daß es sich vermutlich gar nicht um eine Rechenmaschine, sondern um eine Art von Roboter handeln würde. Um eine schlafende Kriegerin. Eine urzeitliche Intelligenz im Bronzemantel, eine versteinerte vormenschliche Madonna mit Schwert und Lanze und einem Kind im Leib, einem maschinenhaften Embryo ... meine Güte, Mach hatte offenkundig seinen Verstand verloren! Wohl angesichts seiner Unfähigkeit, den Auftrag zu erfüllen, des Objekts Herr zu werden, den gesamten Text zu entziffern und das Rätsel um die Gravitation zu lösen. Und jetzt machte er ein Theater, als würde mit der Zerstörung dieser Maschine der Ursprung allen Lebens gefährdet sein. Völlig irre!

Eigentlich hätte Mach von der geplanten Sprengung gar nicht erfahren sollen. Das ging ihn eigentlich nichts mehr an. Dennoch war es unverzichtbar gewesen, diesem kakanischen Archäologiepenner mit seiner Hühnerbrust und seinem trüben Blick und den dünnen Haaren und dünnen Armen und der widerwärtig bleichen Haut, diesem *Österreicher* – ja, ihm das reinzudrücken. Denn dieser Mach, dieses Männchen, hatte, es war kaum zu glauben, Kingsley flachgelegt. Und er, Palatin, hatte das mitanhören müssen, bloß weil Kingsleys Wohnung verwanzt war, wie dies bei den meisten Mitarbeitern der Fall war. Nur zur Sicherheit, damit alles unter Kontrolle blieb. Und dann hatte einer von der Überwachung angerufen und gesagt: „Wow! Hör dir das mal an, Felix." Und er war so dumm gewesen, das auch zu tun. Sich anzuhören, was Mach und Kingsley da miteinander trieben. Sogar noch erfolgreich.

Er hatte sich schon immer für Kingsley interessiert gehabt. Nicht zuletzt darum, weil alle in der Mannschaft überzeugt gewesen waren, diese Frau sei nicht zu erobern. Wie man so sagt: ein Fels. Und dann kommt dieser Mach, dieses magere Menschlein und ...

nun, das magere Menschlein durfte ja jetzt wieder nach Hause fahren, zurück in die Kasseler Provinz. Wobei man nicht vergessen hatte, ihm eindringlich klarzumachen, was mit ihm geschehen würde, sollte auch nur ein einziges Wort an die Öffentlichkeit dringen. Hier stand so viel auf dem Spiel, hier war schon so viel Geld gelaufen und sollte weiterhin laufen, daß man es sich nicht leisten konnte, das Projekt zu Grabe zu stornieren. Und da brauchte es nun wirklich nicht die Nachricht von einem Artefakt, das im Verdacht stand, viel älter zu sein als angenommen, ein Roboter, ein heiliger Roboter, und dann auch noch ... schwanger!

Hoffentlich hat er das verstanden, dachte sich Palatin, während er da mit Brummschädel unter der Decke lag und in eine dampfende Dunkelheit starrte. Und überlegte: Wenn nicht, werd' ich mich persönlich darum kümmern und ihm den Hals umdrehen.

Nicht, daß Palatin je einen Menschen umgebracht hatte. So weit hatte er noch nie gehen müssen, dies war noch nie verlangt worden. Allerdings erschien ihm dieser Umstand wie ein Manko. Nicht, weil er sich danach sehnte, jemanden zu quälen – er war ja nicht krank. Auch kein Geheimdienstler, sondern jemand, der die Leute koordinierte. Aber die Vorstellung, einen Menschen zu töten, um solcherart eben jene Koordination aufrechtzuerhalten, war überaus reizvoll. Wobei Palatin nicht so dumm war zu meinen, er würde mit einer derartigen Einstellung in den Himmel kommen, nur weil dieser Himmel vielleicht von der CDU regiert wurde. Im Gegenteil. Er kannte sich mit dem Himmel aus und wußte, daß er niemals wieder dorthin gelangen würde. – Für ihn war das Leben lediglich ein böses Spiel. Und er wollte es gut spielen.

Palatin warf die Decke zur Seite, richtete seinen Oberkörper auf und drehte sich, die Füße aus dem Bett hebend. Eine Weile saß er gebeugt da, beförderte sich sodann mit einem Seufzer in eine senkrechte Position und holte sich aus dem Bad ein Glas Wasser, in das er eine Brausetablette versenkte. Während sich das Pulver sprudelnd auflöste, trat Palatin ans Fenster, schob die Gardine zur Seite und sah auf den Schloßgarten hinaus.

Was hatte er erwartet?

Nun, am ehesten eine erneute Baumbesetzung. Oder endlich ein paar gefällte Sträucher. Vielleicht eine kleine Zeltstadt, die ein paar von den Ökotypen errichtet hatten. So was in der Art. Jedenfalls nichts, was ein größeres Problem darstellte als die Vernichtung eines im Erdboden verharrenden antiken Großrechners, der nicht rechnete.

„O Mann!" entfuhr es Palatin. Er stellte das Glas zur Seite und öffnete das Fenster. Er hatte trotz des Dunstes, der über dem Schloßgarten lag, einen ausgezeichneten Blick auf das, was seinen Auftraggeber dazu getrieben hatte, ihn in aller Früh aus dem Bett zu holen. Und was wohl eine ganze Menge Leute in diesem Moment aus dem Bett holte.

Ein Seil.

Ein Seil, wo noch nie eines gewesen war. Ein Drahtseil, das sich über den gesamten Schloßgarten spannte und eine Verbindungslinie zwischen dem Mercedesstern auf dem Bahnhofsturm und der Parabolantenne des Planetariums schuf. Wobei das Seil natürlich schräg nach oben führte, von der achtzehn Meter hohen Stufenpyramide zur sechsundfünfzig Meter hohen Turmspitze. Zwecks Stabilisierung war im Parkbereich senkrecht zum Hauptseil ein Abspannseil montiert worden, dessen beide Enden genau im umkämpften Erdreich befestigt waren, während ein weiteres, nördliches Abspannseil waagrecht zurück zum Bahnhofsturm verlief, verankert an dessen Brüstung, denn wäre es senkrecht verlaufen, hätte es auf die Straße münden müssen, was selbstverständlich nicht möglich war. Nun, das Ganze hatte etwas Unmögliches, andererseits aber handelte es sich unverkennbar um eine höchst professionelle Arbeit, da hing nichts durch, alles schien präzise befestigt, alles im Dienste eines gestrafften und gegen Ausschwingungen gesicherten Seils.

Und auf diesem Seil, genau in der Mitte zwischen Stern und Antenne, zwischen Turm und Pyramide, in der Mitte eines ein Zoll dicken Drahtes von etwas über dreihundert Metern Länge, hoch über den Menschen, hoch über den Bäumen, fast vierzig Meter, bewegte sich ein Mann mit einer zu beiden Seiten geneigten Balancierstange weiter nach oben Richtung Turm. Diese Stange mutete so riesenhaft an, ja so unpraktisch eigentlich, als wollte der Mann, der sie trug, sich seinen Auftritt erschweren, ein Handikap schaffen, weil für ihn das Dahinschreiten auf schmalem, gerundetem Untergrund gar so leicht war. – Die Stange war in der Tat gewichtig, aber das mußte sie auch sein, um das Trägheitsmoment zu erhöhen. Ohne Stange hätte es diesen Mann vom Seil geweht.

Wieso eigentlich *Mann*? Konnte es nicht auch eine Frau sein? Wenn man bedachte, wie schlank und zierlich diese Gestalt auf dem Seil wirkte? Und doch, es war ganz sicher ein Mann. Das Mannsein war nicht zu übersehen: diese Sicherheit, diese Vollkommenheit, zu der nur Testosteroniker in der Lage sind, allerdings allein dann, wenn sie sich in Gefahr befinden. Ohne Gefahr sind sie ungelenk, verwirrt, überfordert. In einer Welt ohne Gefahr bewegen sie sich weniger wie mit einer Krücke, sondern so, als fehlte ihnen die Krücke. Ja, die Gefahr *ist* die Krücke. Beim Autofahren wird das ganz deutlich: Männer müssen schnell und riskant fahren, um auch gut zu fahren, fahren sie langsam, fahren sie schlechter als ein Schimpanse im Intelligenztest, ja schlechter als jede halbblinde Pensionistin.

Nun, das war natürlich eine Katastrophe, was hier geschehen war. Man mußte sich fragen, wie das überhaupt hatte geschehen können, daß auf einem Gebiet, wo ja nun wirklich Tag und Nacht die Polizei unterwegs war und man sogar schon begonnen hatte, gewisse Parkschützer durch das LKA überwachen zu lassen, daß ausgerechnet hier die Installation eines stark gespannten Hochseils möglich geworden war. Eines Seils von solcher Länge.

Aber die Katastrophe war noch nicht zu Ende. Denn als nun Felix Palatin aus seiner Arbeitstasche ein Fernglas zog und es hinüber auf den Mann auf dem Seil richtete, da hätte er sich nach einem ersten Blick gern zurück ins Bett und zurück in seinen Traum gewünscht. Lieber Fleisch an der Wand als so etwas. Denn was er jetzt im Okular zu sehen bekam, war das Profil jenes Mannes, von dem er gemeint hatte, er befinde sich bereits auf der Heimreise nach Kassel: Wolf Mach.

Das Menschlein als Seiltänzer.

Palatin besaß ein ausgezeichnetes Gedächtnis. Ihm fiel sofort wieder ein, daß in den biographischen Unterlagen, die er selbstredend über Wolf Mach angefordert hatte, etwas über dessen zwei Leidenschaften gestanden hatte, Leidenschaften jenseits der Archäologie: das Go-Spiel und den Seiltanz. Wobei angeführt worden war, daß Machs Begeisterung für das japanische Brettspiel in keiner Weise mit seinen Fähigkeiten übereinstimme. Jemand hatte gesagt: „Der spielt Go, als würde er auf einer Kinderparty Schokolinsen verteilen." Daraus wiederum hatte Palatin den Schluß gezogen, daß Mach auch als Hobbyakrobat eine Niete war. Ohnehin hatte das eine wie das andere keine Bedeutung dafür gehabt, Machs Eignung für Stuttgart zu bewerten.

Nun, das war ganz offensichtlich ein Fehler gewesen.

Richtig. Denn was Palatin nicht gewußt hatte – es in seiner Tragweite aber sowieso nicht hätte begreifen können –, war Machs frühes Talent dafür, sich auf einem Seil über die Welt zu erheben. Bereits im Kindesalter war ihm dieser Weg als der reizvollste erschienen. Das Seil war der einzige Ort gewesen, an dem seine Schwermut, dieses ständige Gefühl tatsächlicher und ungeweinter Tränen, sich aufgelöst hatte zugunsten einer Lebensfreude, einer Leichtigkeit. Zudem hatte Mach es stets als ein „Zeichen" aufgefaßt, an einem 7. August im Jahre 1974 auf die Welt gekommen zu sein, also genau an dem Tag, der zu den wichtigsten der Hochseilartistik zählt, nein, der *der* wichtigste ist.

Bekanntlich trug Mach ja das Foto von Derek de Solla Price, dem legendärsten Vertreter der Antikythera-Forschung, ständig bei sich. Aber das stimmte nur halb. Es waren nämlich *zwei* Fotos, die, fein säuberlich in dünnes Papier gefügt, in seinem Portemonnaie lagerten. Zwei Helden. Auf dem anderen, gleich großen Bild war Philippe Petit zu sehen: Zauberkünstler, Pantomime, vor allem aber der Mann, der wie kein anderer den Hochseilakt in ein künstlerisches und gesellschaftliches Manifest verwandelt hatte.

Petit war es gewesen, der genau am 7. August 1974, vierhundertsiebzehn Meter über der Erde, auf einem zwischen den beiden Türmen des World Trade Centers gespannten Seil eine dreiviertel Stunde lang zugebracht hatte, und zwar nicht in der Art eines Akrobaten oder Extremartisten, sondern im Stile eines Gedichts, das die Welt erklärt, ohne Fragen zu stellen und ohne Antworten zu geben. Darum auch war Petit im Zuge seiner darauf folgenden Verhaftung nie bereit gewesen, über das Warum seiner Aktion Auskunft zu geben. Selbst die Illegalität seiner Handlung – unerkannt auf das Dach der Türme zu gelangen und unter schwierigsten Bedingungen ein Seil zu spannen – war ja nicht geschehen im Dienste einer moralischen Belehrung, sondern allein als ein Ausdruck puren Übermuts, des kindlichen Hineingehens in die Welt der Erwachsenen, des Räuber-und-Gendarm-Spiels als konkretes Verfahren, das letztlich keinem schadet, sondern allen nützt. Folgerichtig erklärte im nachhinein einer der Polizisten, die am Dach gewesen waren, und zwar im Ton eines Erleuchteten, etwas gesehen zu haben, „das niemand anderer mehr sehen wird, was es nur einmal im Leben gibt". Ja, man mochte meinen, dieser Polizist sei dank einer wunderbaren Fügung auf dem Mond gewesen, um jetzt zu berichten, daß es dort oben tatsächlich einen Bewohner gebe und daß er nie einem glücklicheren und erhabeneren Wesen begegnet sei.

Wenn Petit philosophierte, diese beiden Türme seien allein gebaut worden, damit er hier seinen Akt vollziehen könne, dann muß man sagen: Stimmt, genau so schaut es aus. (Natürlich waren die Twins auch errichtet worden, um einst auf eine dramatische Weise zerstört zu werden. Das kann man Artefakten nämlich durchaus ansehen, ob ihre Zerstörung Teil der Konzeption ist – ein Rennwagen, der gebaut wurde, um zu verunglücken, ein Spaceshuttle, das explodieren, eine Brücke, die einstürzen wird. In der Schönheit und Macht dieser Türme spiegelte sich von Anfang an ihr Untergang, wie bei diesen Menschen, bei denen man gleich weiß, daß sie jung sterben werden.)

Dieser Mann, Philippe Petit, und dieses Ereignis bedeuteten die harmonische Verbindung zweier gewaltiger Bauten mit einem einzigen Menschen. Der Umstand nun, daß dieses Ereignis am Tag seiner Geburt geschehen war, hatte Wolf Mach lange Zeit gefangengenommen und nicht zuletzt dazu geführt, selbst die Kunst des Seiltanzes zu erlernen. Und zwar mit Erfolg. Doch so gut er darin geworden war, war ihm in keinem Moment eingefallen, aus der Obsession eine Profession zu entwickeln, auch hatte er nie versucht, Petit aufzusuchen.

Dennoch war Mach zum perfekten Seiltänzer geworden. Es war kaum zu fassen, was er hier tat, wie er da mit seiner langen Balancierstange aufwärts marschierte, nahe an den Turm, den Mercedesstern, die Aussichtsplattform, dort, wo sich ein Pulk von Reportern versammelt hatte, Fernsehteams, Fotografen, während außen am Geländer gesicherte Aktivisten saßen und die Verankerung des Hauptseils wie des Abspannseils kontrollierten. Man hatte die Presse so frühzeitig informiert, daß diese noch vor der Polizei eingetroffen war.

Eine Polizei, deren Eingreifen sich ohnehin wohl hinauszögern würde. Das Terrain war mehr als heikel. Darum nämlich, weil zwar sämtliche Aktivisten – die am Turm genauso wie die auf der Pyramide – bestens vertäut waren, aber natürlich nicht der Mann auf dem Seil, der nun ganz im Stile Petits nahe an den Turm wanderte, dann jedoch die Anweisungen der Sicherheitsbeamten, sofort herunterzusteigen, mit einem Lächeln quittierte, eine Kehre vollzog und in der Folge die Schräge abwärts wanderte – ruhig, konzentriert, wobei man fast den Eindruck gewinnen konnte, er würde kleine Unsicherheiten einbauen, um nicht den Eindruck aufkommen zu lassen, hier bestehe irgendein Trick, der einen Absturz verunmögliche.

Auch unten auf der Straße kamen jetzt immer mehr Menschen zusammen, um die Köpfe nach oben zu recken. Sämtliche Fahrzeuge hielten an, die Leute verließen ihre Autos, eigentlich ganz in der Art, wie man es aus Katastrophenfilmen kennt, wenn der Verkehr zum Erliegen kommt und alle aussteigen, um nach oben zu sehen, hin zu dem Kometen, der auf sie zurast. Und auf eine Art war Mach ja auch ein Komet und eben alles andere als ein Zirkusclown. Obgleich die Seiltanzerei in der Regel eine bedauerliche Darbietung exzentrischer Fortbewegung ist.

Das Zauberische an diesem Moment war nun, daß Mach – obwohl er auf seinem Weg zwischen dem Bahnhofsturm und dem Planetarium gar nicht erst versuchte, etwas Unwiederholbares zu wiederholen – in seinem Gang und seiner Haltung dennoch die gleiche stille Poesie, die gleiche ätherische Erhabenheit schuf, die auch am Tag seiner Geburt hoch oben in den Lüften von New York das Bild bestimmt hatte.

Stuttgart war nicht New York, richtig. Petit war nahe den Wolken gewesen, Mach hingegen hatte zwischen Himmel und Erde eine schmale, längliche Nische gefunden, eine schwäbische Nische, als Komet, der über dem Boden schwebte. Aus dem Himmel kommend, auf die Erde schauend, diese aber verschonend.

Es wäre völlig überflüssig gewesen – zudem das Kunstwerk, das hier geschah, verderbend –, hätte Mach jetzt von seiner hohen Position aus ein Transparent entrollt. Wozu auch? Es war ja vollkommen klar, in welcher Angelegenheit er hier zugange war, welchem Zweck dies diente. Er mußte wirklich nicht „Oben bleiben!" schreien, er brauchte die eigene Tat weder zu unterstreichen noch zu betiteln. Er brauchte auch kein lichtgrünes Gewand zu tragen oder das Logo des Alternativprojekts auf Brust und Rücken zu präsentieren. Er war die Parole selbst. Und darum ging Mach nun, nachdem er zweimal hinauf- und hinuntermarschiert war, in die Knie, löste eins der Beine, um es nach unten hängenzulassen, und legte seinen Rücken auf dem Seil ab, wobei er die Balancierstange auf seinen Unterleib bettete. Damit zitierte er natürlich erneut seinen Helden, zitierte eine der berühmten Twin-Tower-Szenen: das schwanenhaft Elegante und Ruhige.

Und dort verblieb er eine ganze Weile. Wie um den Menschen unter ihm Zeit zu geben, sich zu beruhigen, der Presse Zeit zu geben, ihre Meldungen zu verfassen, und der Polizei Zeit zu geben, sich auszudenken, wie sie ihn da wieder herunterbekam, ohne seinen Absturz zu riskieren. Denn es war ja klar, dieser Mann würde niemals von alleine abstürzen. Alle konnten sehen, wie souverän er war. Niemand würde nachher sagen können: „Selbst schuld, wenn du da hochkletterst und dann ein Wind kommt und du nach unten fällst und platt bist." Das spürte die Polizei: daß Wolf Mach ihr nicht den Gefallen tun würde, sich im Zuge einer Ungeschicklichkeit selbst auszuschalten.

Es klopfte. Palatin hätte sich gerne totgestellt. Aber das ging nicht, er gehörte nun mal nicht zu den Lebewesen, denen das Totstellen auch abgenommen wird. Wenn einer wie er sich totstellte, landete er unweigerlich im Magen des Feindes.

Palatin zog sich ein Oberteil über, ging zur Türe und öffnete sie. Draußen stand eine junge Hotelangestellte, eine Frau mit Schürze. Sie sagte: „Mir geht es ausgezeichnet, danke, bitte!"

„Mir nicht", antwortete Palatin. Dann fragte er: „Sonst noch was?"

„Das hier soll ich Ihnen geben."

Sie hielt Palatin ein kleines Büchlein entgegen.

„Ist das eine Bombe?" erkundigte er sich.

Mein Gott, die Frau war Botin, eher Botin der unteren Kategorie, sicher niemand, der imstande gewesen wäre, die zu überbringenden Nachrichten und Gegenstände in Bomben und Nichtbomben zu unterteilen. Vielmehr gehörte diese Frau zu jener Gruppe, zu der auch Aydin und sein Cousin Lynch zählten, Leute, die einzig und allein als Zuträger fungierten. Mal Blumen, mal Bomben und selten etwas, das auf den ersten Blick das war, wonach es aussah.

Die junge Frau mit rumänischen Augen und einem Strahlenkranz blonder Haare legte das Buch in Palatins Hände, drehte sich um und wechselte in das gegenüberliegende Zimmer, wo sie mit einer Kollegin am Reinigen war.

Palatin kehrte zu seinem Bett zurück und setzte sich an den Rand. Er betrachtete das Buch in seinen Händen, den abgegriffenen, an den Kanten zerfransten violettgrauen Einband, der ein wenig verseucht anmutete, eine Taube von Buch, ein Krankheitsüberträger: Robert Burtons *Anatomie der Melancholie*.

Palatin schlug die erste Seite auf. Unter dem Bildnis des überlegen schmunzelnden Robert Burton war in einer kleinen, äußerst peniblen Handschrift eine Widmung aufgeschrieben worden:

Ubi peccatum, ibi procella.
Wer sündigt, entfesselt einen Sturm.

So, lieber Palatin,
was werden Sie jetzt tun?
Mich vom Seil spucken?

„Fick dich ins Knie!" schrie Palatin und warf das Buch in die Ecke.

Aus eben dieser Ecke hallte es zurück, als spreche der Geist des Buches: „Nimm dein eigenes Knie."

19   Pfeil ohne Bogen

Wie bei einem Bühnenbild für ein Märchen standen die hohen, spitzen Hügel so versetzt, daß man mehrere kartonartige Reihen erkennen konnte. Oder besser erahnen, da kaum noch Licht in ihnen steckte, jetzt nach Sonnenuntergang. Allein am Dach des Hauses, auf dessen Terrasse Hans Tobik saß, ein Glas vor sich auf dem Tisch, eine Zigarette in der Hand, brannte ein letztes Rot, ein Stück geschlachteter Sonne, das noch ein wenig ausblutete, bevor es dann völlig erkalten würde.

Aus dem Wald, der hier von jeder Seite drohte und lockte, drang eine Feuchtigkeit, die in alles hineinkroch, was kein Taucheranzug war. Die anderen Gäste hatten es darum vorgezogen, sich in die Gaststube zu begeben. Sie sprachen eine Sprache, die Tobik nicht verstand. Das war der Aspekt, der ihn am meisten störte: daß er zukünftig, ganz gleich, wo sein Weg ihn hinführen würde, nicht mehr in der gewohnten Weise würde sprechen können. Andererseits hatte er nicht vor, den Rest seines Lebens mehr als nötig den Mund aufzumachen. Denn bei aller Liebe zum heimatlichen Idiom fand er das Reden sowieso anstrengend und unbefriedigend. So oft in seinem Leben hatte er das Gefühl gehabt, nicht nur nicht gesagt zu haben, was er eigentlich meinte, sondern daß ihm für dieses Gemeinte auch gar nicht das Vokabular zur Verfügung gestanden hatte, ja daß ein solches Vokabular gar nicht existierte. Und daß er eigentlich zu jedem gesprochenen Wort, wenigstens zu jedem gesprochenen Satz, eine Erklärung hätte abgeben müssen, wie dieser Satz genau gemeint sei beziehungsweise nicht gemeint sei. Was aber zu neuen Mißverständnissen hätte führen müssen. Wenn jemand etwa das Wort Liebe erklärte, wurde er in den seltensten Fällen verständlicher und präziser. In jeder Erklärung steckten neue Wörter, die man so oder so oder ganz anders verstehen konnte. Da war es natürlich einfacher, ein Glas Wein zu bestellen, obgleich auch dies mitunter zu einer komplizierten Veranstaltung geriet, weil Wein nicht Wein war und trocken nicht trocken und selbst noch die Forderung nach

267

einem sauberen Glas auf unterschiedliche Vorstellungen von Sauberkeit stieß.

Nun, es war zu dunkel, als daß Tobik den hygienischen Zustand dieses Glases hätte beurteilen können, und immerhin war es ihm sogar in der fremden Sprache gelungen, einen roten Wein zu erhalten, der nicht nach Zuckerwasser schmeckte. Doch jetzt begann auch er langsam zu frieren. Darum rauchte er zu Ende, drückte seine Zigarette in einer langen, nachdenklichen Bewegung aus und wechselte hinein in die gut besuchte Wirtsstube.

Die meisten der Gäste waren Männer, nur an einem der Tische saß eine Runde Frauen. Sie waren schon etwas betrunken, ihre Körper bebten, ihre Gesichter glühten, dennoch wirkten sie weder würdelos noch dumpf. Gut, mitunter war es in der Tat ein Glück, wenn man nicht verstand, was die Leute sagten. Tobik gab dem Wirt ein Zeichen. Dieser nickte ihm zu und servierte kurz darauf ein weiteres Glas Wein.

Tobik saß allein und blieb es auch. Niemand in diesem Lokal kam auf die Idee, den Fremden stören zu wollen. Er schaute in sein Glas. Eine kleine Spirale Schaum schwamm auf der Oberfläche. Ähnlich einem Satellitenbild, das ein drohendes Unwetter veranschaulicht. Doch Tobik ließ sich nicht einschüchtern und nahm einen Schluck. Während er das tat, brach aus dem Wirbel der Stimmen und Geräusche ein vertrauter Name hervor, allerdings gesprochen im Sprachklang der ihm unvertrauten fremden Sprache, eingebettet in den raschen Vortrag eines Nachrichtensprechers: Stuugaad.

Tobik sah auf, blickte hinüber zu dem Fernsehgerät, das in einer Ecke über der Theke montiert war, von Wimpeln einer hiesigen Sportmannschaft umrahmt. Noch war lediglich der Sprecher zu sehen, aber gleich darauf folgte ein Bildbericht: Man sah einen Mann auf einem Seil, sah die weite Strecke zwischen dem hoch aufragenden Mercedesstern und der Spitze jener Pyramide, die das Planetarium beherbergte. Man sah Polizisten, man sah demonstrierende Massen, die sich im Park unter dem Seil versammelt hatten. Man sah auch in der Mitte der Strecke das vom Seil hängende Ein-Mann-Zelt, ein sogenanntes Portaledge, wie man es üblicherweise benutzt, um in der Felswand zu kampieren. Und natürlich sah man immer wieder den Mann, der da über das Seil marschierte, hin und her, den weiten Stab tragend, sah sein Lächeln, das nicht triumphierend war, sondern milde, aber nicht milde im Stile des Überlegenen, sondern einer tiefen Zufriedenheit. Freilich erblickte man auch Helikopter, die den Mann umkreisten, doch auf Distanz blieben.

Klar, der fremden Sprache wegen konnte Tobik nicht wissen, wie der Filmbericht kommentiert wurde, aber es schien so, als befinde sich Wolf Mach noch immer auf dem Seil, jetzt, am Abend des bereits zweiten Tages seiner Aktion. Ein Sturz oder die Entfernung Machs durch ein schwindelsicheres Sondereinsatzkommando wäre wohl gefilmt worden. Statt dessen endete der Bericht damit, daß man zeigte, wie der „Seiltänzer" vor dem Hintergrund einer auch in Stuttgart sich blutrot verabschiedenden Abendsonne in sein Zelt kletterte. – Was nun auch immer in der folgenden Nacht mit ihm geschehen würde, es würde im Schein der Kameras geschehen.

Hans Tobik war zufrieden. Nicht zuletzt mit sich selbst. Richtig, er war auf der Flucht. Richtig, er hatte einen Kriminalpolizisten, einen Kommissar namens Rosenblüt, dessen Gesicht ihm in der Menge aufgefallen war und an dessen frühere Popularität er sich hatte erinnern können, er hatte diesen Mann gefesselt und in der unsichtbaren Zone seines Vier-Spiegel-Systems zurückgelassen. Wobei er immerhin Rosenblüts Wunde ordnungsgemäß versorgt hatte. Er, Tobik, hatte sich bloß einen kleinen Vorsprung verschaffen wollen. Als dies geschehen war, hatte er die Polizei angerufen, um sie über Rosenblüts Aufenthaltsort zu informieren. Aber anscheinend hatte man den Kommissar zu diesem Zeitpunkt bereits befreit gehabt. – Schon erstaunlich, wie schnell die Polizei manchmal sein konnte.

Jedenfalls hatte sich Tobik, nachdem der bewußtlose Rosenblüt in das „Spiegelkabinett" integriert worden war, daran gemacht, seinen Computer einzupacken, eine kleine Reisetasche mit dem

Nötigsten zu füllen, ein Foto seiner verstorbenen Frau einzustecken und sodann den Koffer mit dem AWC-Gewehr aus dem Schrank zu holen. Auch hatte er sich die Zeit genommen, um nachzusehen, ob der Herd ausgeschaltet war, ja, er hatte sogar den Haupthahn der Wasserleitung abgedreht, so, als gehe er auf Urlaub, wobei er doch genau gewußt hatte, daß er nie wieder in diese Räume zurückkehren würde.

Die Wohnungstüre hatte er nicht abgeschlossen, um der Polizei später zu ersparen, die Türe aufbrechen zu müssen und damit einen unnötigen Schaden und unnötige Kosten zu verursachen. Ganz zum Schluß hatte er Wolf Mach angerufen und ihm erklärt: „Ich bin dabei."

Um Tobiks Anruf zu verstehen, ein Blick zurück. – Tobik hatte ja beide bei einem Training der Parkschützer kennengelernt, ihn (Wolf) und seine Begleiterin (Alicia), diese unnahbare Person, deren Seele wahrscheinlich aus Teflon bestand. Tobik war bald klar geworden, daß Mach sich gleich ihm in einer ganz speziellen Situation befand. Nicht, weil er Österreicher war, Österreicher in Kassel (was so klingt wie: Erdbeeren im Winter, oder: Blinde besuchen eine Van-Gogh-Ausstellung), nicht, weil Alicia eher eine Bewacherin zu sein schien. Nein, Tobik hatte begriffen, wie sehr auch Wolf mit dieser Bahnhofsgeschichte in einer unüblichen Weise verbunden war und wie sehr auch er bereit war, etwas zu tun, was über das Naheliegende und Gewohnte hinausging. Ein Hinausgehen, das eine höchstpersönliche Note besaß.

Er erfuhr, daß Wolf als Archäologe in Stuttgart war, ja daß er eigentlich im Auftrag der Stadt tätig sei, sich aber wie Tobik der Protestbewegung angeschlossen habe, aus einem sehr guten Grund, den er aber nicht nennen wollte, noch nicht. Es sei zu früh, darüber zu reden, weil die Möglichkeit bestehe, daß niemand ihm glaube. Ganz sicher würden die Zuständigen versuchen, ihn für verrückt zu erklären. Als einen verwirrten Mann darzustellen, der den Protest dazu nutze, seine Spinnereien in die Welt zu tragen. In jedem Fall, so Mach, sei es extrem wichtig, die Zerstörung des

Schloßgartens zu verhindern, eine Zerstörung, die möglicherweise noch ganz andere Zerstörungen nach sich ziehen würde. Und um zu beschreiben, was drohe, hatte er einen ebenso rätselhaften wie gleichzeitig völlig klaren juristischen Fachausdruck lateinischer Herkunft gebraucht: „Societas leonina", was wörtlich „Gesellschaft mit dem Löwen" bedeute und einen Gesellschaftsvertrag bezeichne, durch den jemand derart benachteiligt wird, daß er nicht am Gewinn, sondern einzig an den Kosten und am Verlust beteiligt ist – und, wie er ergänzte, an der Katastrophe. Mach hatte argumentiert, daß genau das hier geschehen sollte, daß genau das die Menschen spürten. Darum gingen sie ja auf die Straße: um sich der Gesellschaft des Löwen zu entziehen, um nicht am Schluß allein mit dem Verlust und der Katastrophe dazustehen.

Es war gar nicht so sehr die grundsätzliche Aussage Machs gewesen, die Tobik interessiert hatte, sondern eben die Wortwahl, man könnte auch sagen, die Bildwahl. Die Verwendung des Löwenbildes hatte ihn dazu animiert, sich weiterhin mit Mach zu treffen, sich ihm anzuvertrauen, so, wie dann Mach seinerseits sich Tobik anvertraute. Jeder hatte sein Geheimnis preisgegeben, wobei es dem Stadtforscher Tobik um einiges schwerer gefallen war, Mach ernst zu nehmen und sich eine schlafende Kriegerin *und* schwangere Robotermadonna vorzustellen, als es für Mach gewesen war, sich in die Psyche Tobiks zu versetzen, dessen Wut und Zorn zu verstehen, dessen Ohnmacht, die sich in die Macht verkehrt hatte, ein Scharfschützengewehr in die Geschichte einzuführen. Auch wenn man eine solche Waffe natürlich als Ausdruck der Ohnmacht begreifen konnte, was Mach aber nicht tat. Er zeigte sich weder empört noch skeptisch, sondern begriff Tobik voll und ganz. Allerdings versuchte er nun, Tobik in die eigene Planung einzugliedern. Denn um sein Vorhaben umzusetzen, benötigte er jemanden, der perfekt zu zielen verstand.

Inspiriert von Philippe Petits New Yorker Drahtseilakt hatte sich Mach nämlich überlegt, eine ebensolche „poetische Aktion" über den Wipfeln der bedrohten Parkbäume vorzunehmen, um auf diese Weise in den Fokus einer öffentlichen Aufmerksamkeit zu geraten. Die Idee hatte spätestens dann Gestalt angenommen, als Palatin unmißverständlich damit gedroht hatte, ihn verschwinden zu lassen, sollte er je auch nur daran denken, Informationen über den Schloßgarten-Mechanismus nach außen zu tragen. Und so hatte Mach sich gesagt: „Ich werde berühmt. Klar, auch berühmte Leute kann man töten. Aber das ist dann doch etwas ganz anderes."

In der Folge hatte Mach – mit Unterstützung Kingsleys, ob man das nun glauben mag oder nicht – Kontakt zu einigen Aktivisten aufgenommen, jungen Leuten, die für ein solches Abenteuer bereit waren und welche die Kraft und Geschicklichkeit besaßen, ein Seil zwischen Bahnhofsturm und Planetarium zu spannen. Denn Mach hatte sich entschlossen, auch in diesem Punkt Petits Verfahren zu übernehmen. Dessen Leute hatten seinerzeit mit Pfeil und Bogen eine Leine aus Nylon vom nördlichen Turm des World Trade Centers zum Südturm geschossen und daran anschließend eine „Kette" von stärker werdenden Schnüren über den Abgrund gezogen, zuletzt das Stahlseil, auf dem Petit balancieren würde. Gut, das war eine Strecke von sechzig Metern gewesen, während die zwischen Bahnhofsturm und Planetarium um einiges länger ausfiel. Unmöglich also, dies mit der Kraft eines Bogens zu bewerkstelligen – durchaus aber möglich mit einem Pfeilgewehr. Man überlegte, von der Spitze des Planetariums aus eine spezielle Pfeilmunition, an der eine Nylonschnur befestigt war, zielgenau in ein auf der Aussichtsplattform aufgestelltes Holzbrett zu befördern; war solcherart eine Verbindungslinie hergestellt, könnte man in petitscher Manier die stärker werdenden Seile nach oben ziehen und zuletzt ein straff gespanntes Drahtseil befestigen.

„Sie, mein lieber Hans Tobik", hatte Mach ganz unverfroren gesagt, „Sie sind in diesem Spiel der Scharfschütze. Warum sonst hätte Gott uns zusammengeführt?"

Das war nun eine Sichtweise, die der ungläubige Hans gar nicht vertrat. Dennoch gefiel sie ihm. Es hatte einen bestechenden Charme, daß er, der die Kunst des Schießens erlernt hatte, ja die Kunst, jemanden auf große Entfernung eine Kugel in den Kopf zu jagen, daß er nun vor der Wahl stand, statt dessen eine Schnur auf den Weg zu bringen, um einen dramatischen Drahtseilakt zu ermöglichen. Obgleich im Grunde ja beides möglich war: Mord *und* Drahtseilakt. Doch Tobik begriff, daß dieses „und" allein theoretischer Natur war, daß in der Realität – aus moralischen wie aus praktischen Gründen – nur das eine oder das andere geschehen konnte.

Seine Entscheidung traf er endgültig an dem Tag, an dem er das Gesicht Kommissar Rosenblüts in der Menge erkannte und somit ahnte, daß man ihm auf der Spur war. Die Entscheidung also, *nicht* zu töten, kein Attentat zu begehen, es dabei zu belassen, den Kopf eines Mannes lediglich auf einer Fotografie durchlöchert zu haben. Und statt dessen für die Mach-Sache zu arbeiten.

Das Moralische seiner Wahl bestand im übrigen *nicht* darin, das Verwerfliche eines politischen Mords erkannt zu haben. Er war weiterhin der Ansicht, daß einige Leute in dieser Bahnhofsgeschichte den Tod oder wenigstens die Strafe verdienten, in Angst zu leben. Denn hier agierten Leute, deren ganze politische Philosophie darin bestand, immer noch besser zu lügen, auch wenn es so aussah, daß sie diesem einzigen Aspekt ihrer Philosophie immer schlechter nachkamen, entsprechend der Erkenntnis, die großen Lügner seien ausgestorben. – Egal. Der Stuttgartforscher Tobik erkannte, daß die Schönheit von Machs Vorhaben, nämlich über den Park zu tanzen, viel schwerer wog als der Akt der Strafe, den er selbst hatte vornehmen wollen. Denn wie manchmal gesagt wird, jemand entscheide sich für das Leben, so hatte Hans Tobik sich dafür entschieden, nicht für das eigene Leben, und schon gar nicht für Ratcliffes, sondern für das Leben an sich, welches in dem kommenden Drahtseilakt einen so ernsten wie vergnüglichen Ausdruck erhalten sollte. *Das* war es, was in diesem Moment moralisch zählte.

Und darum geschah es, daß nur wenige Tage, nachdem er seine Wohnung für immer verlassen hatte – und damit auch sein neben der Stadtforschung leidenschaftlichstes Hobby, das Experimentieren mit unsichtbaren Räumen –, Tobik zusammen mit einer

Gruppe von Aktivisten das „Sternentheater" des Carl-Zeiss-Planetariums erklomm. Mittels Leiter gelangte man von der Rückseite des Keplersaals auf die mit Steinen ausgelegte erste Ebene und von dort über enge Stufen auf die Spitze der Pyramide. Im Park war es zu dieser Zeit bereits vollkommen ruhig: wenige Passanten, ein fernes Stadtrauschen, Polizeiwagen hin und wieder – wobei der Blick der Beamten freilich immer wieder zu den Bäumen wanderte, da man die Errichtung eines weiteren Baumhauses fürchtete. Keiner schaute hinüber zum Planetariumsgebäude, dessen Schicksal es gemäß der S-21-Planungen ja sein sollte, gleich einem traurigen Überbleibsel am Rand der künftigen Baugrube dahinzuvegetieren.

Eingehüllt in den Schatten der Trägerkonstruktion postierte Tobik seine für eine solche Distanz gerade noch geeignete und zum Pfeilgewehr umgerüstete Waffe und justierte ein Nachtsichtzielfernrohr, welches eine fünfunddreißigtausendfache Verstärkung des vorhandenen Restlichts ermöglichte, mehr als genug, wenn man bedachte, daß man nicht in der Wüste war und sich das Ziel nahe einem illuminierten Mercedesstern befand. Auch hatte Tobik jetzt den beträchtlichen Vorteil, nicht ein bewegtes, sondern ein vollkommen stillstehendes Objekt treffen zu müssen, einen dicken Balken, der von Aktivisten aufgestellt worden war, die sich im Bahnhofsturm hatten einsperren lassen und sich nun auf der Aussichtsplattform befanden.

Das Fernrohr stammte übrigens aus der Manufaktur eines österreichischen Büchsenmeisters, was zusammen mit der englischen Herkunft des Gewehrs und einer zur Pfeilmunition verwandelten slawischen NATO-Patrone (die Hände Gottes) sowie der schwäbischen Abstammung des Schützen eine recht schöne europäische Gemeinschaft ergab. Eine Gemeinschaft, die auch funktionierte. Tobik schoß, und Tobik traf. Gleich beim ersten Mal. Die Aktivisten oben am Turm hätten dabei gar nicht in Deckung gehen müssen.

Nachdem Tobik getan hatte, worum Mach ihn gebeten hatte, geleiteten ihn zwei der jungen Leute – die alle sehr freundlich waren und so aussahen und redeten, als wären sie Teil einer bestens ausgerüsteten Südpolexpedition – wieder nach unten. Dort angelangt, in der Ecke hinter dem Keplersaal, einer Ecke, die ihrerseits wie eine unsichtbare Zone funktionierte, traf er Mach, während die „jungen Leute" die mühselige Arbeit in Angriff nahmen, von der Planetariumsspitze eine Folge stärker werdender Seile hoch zum Turm zu befördern.

Mach und Tobik gaben sich die Hand. Weil aber keiner von ihnen ein Nachtsichtgerät vor seinen Augen hatte, konnten sie sich kaum sehen.

Müssen Männer sich sehen, wenn sie sich ohnehin spüren? Sicher nicht. Wolf Mach sagte einfach: „Danke!"

Tobik erwiderte mit Goethe: „Sehe jeder, wo er bleibe, und wer steht, daß er nicht falle!"

Mach nickte in die Schwärze hinein und erklärte: „Bin ich einmal auf dem Seil, dann falle ich auch nicht."

„Gut so." Tobik löste seine Hand aus der Machs heraus, so bedächtig wie zügig, einer umgekehrten Häutung gleich, wo das Alte aus dem Jungen schlüpft. Dann verschwand er, von einer Unsichtbarkeit in eine andere gehend.

Ende der Rückblende.

Ende der Nachrichten.

Tobik trank sein Glas leer. Eine Müdigkeit hielt ihn umfangen. Es war keine ermahnende, sondern eine hilfreiche, höfliche Müdigkeit. Tobik gab ihr nach, zeigte dem Wirt mittels einer Geste an, er möge die Zeche der Hotelrechnung beifügen – Tobik gewöhnte sich bereits daran, dank weniger Handbewegungen komplizierte Sprachmanöver vermeiden zu können –, erhob sich und ging nach oben in sein kleines Zimmer.

Als er im Bett lag, sich trotz des Pyjamas nackt fühlend, nackt und schwer und gleich einem Fisch an Land gespült, spitzte er seine Lippen und gab der Luft einen Kuß. Der Luft und der Nacht, dem schwebenden Bild seiner verstorbenen Frau, den Tagen, die noch kommen und hoffentlich gut sein würden.

Einfach so die Luft zu küssen war natürlich ein wenig komisch. Aber war nicht alles ein wenig komisch, was getan wurde, wenn keiner zusah? Komisch, dennoch passend?

Tobik schlief ein. Ein Traum kam herbeigeeilt und legte sich dazu.

20   Ich will sehen!

Tiefe Nacht. Draußen Stuttgart, und über Stuttgart das Weltall. Und praktisch zwischen Stuttgart und dem Weltall dieser Seiltänzer, der da seit zwei Tagen herumturnte, nicht ungeschickt, das mußte man ihm lassen. Angeblich hatte der Innenminister einen hysterischen Anfall erlitten, nachdem ihm vom Polizeipräsidenten mitgeteilt worden war, er könne derzeit einfach nicht sagen, wie selbiger Mann unversehrt vom Seil herunterzuholen sei. Der Einsatz von Helikoptern wäre viel zu riskant, um so mehr, als man natürlich die Argusaugen der Öffentlichkeit zu gewärtigen habe, von Medien, die sich nur mehr bedingt kontrollieren ließen. Vor allem, nachdem es ja mißlungen war, die Leute aus dem Park zu scheuchen und das Gelände weiträumig abzusperren.

Der Hinweis mit den Argusaugen war mehr als passend, wenn man bedachte, daß der Riese Argus über hundert Augen verfügt hatte, von denen jeweils ein Teil schlief, während der Rest munter achtgab und auf diese Weise eine Rundumbewachung möglich wurde. Sprich, der Schloßgarten stand nun auch nächtens im Blickfeld der Reporter, die sich verständlicherweise eine dramatische Wendung herbeisehnten, nicht so sehr einen Fehltritt des Seiltänzers als einen Fehltritt der Polizei.

„Was soll ich tun?" hatte der Polizeipräsident gefragt. „Das Seil kappen?"

Nun, in der Tat hatte man in der ersten Nacht ein Sprungtuch mit Luftpolsterunterstützung genau unterhalb des Hängezelts aufgebaut. Doch noch während der Installation war der Archäologe Mach – sein Name wurde bereits überall kolportiert, auch, daß er eigentlich als Fachmann von der Stadt Stuttgart engagiert worden war, und ganz sicher nicht als Hochseilartist –, war Mach also aus dem Zelt herausgeschlüpft, um erneut über das Seil zu marschieren. Keine Frage, er stand per Funk in Verbindung mit seinen Helfern (einige von ihnen übrigens aus der Gruppe Vergißmeinnicht), die ihn über jede Bewegung der Polizei informierten. Somit keine Chance, das Seil durchzuschneiden und Mach mitsamt seiner luf-

tigen Herberge in ein vierzig Meter darunter gelegenes Sprungtuch der Feuerwehr zu befördern. Und einen Toten brauchte man
nun wirklich nicht. Darum die Frage des Polizeipräsidenten, ob er
so einfach, ohne Aussicht auf eine sichere Landung Machs, das Seil
durchtrennen sollte. Umgeben von Argusaugen.

„Haben wir denn keine Scharfschützen in diesem Scheißland?"
hatte der Minister gefragt – so das Gerücht, das sich freilich nicht
beweisen ließ. Denn selbstverständlich hatte der Minister, wenn
hier allen Ernstes der Schußwaffengebrauch ins Kalkül gezogen
wurde, im Sinne gehabt, den Seiltänzer mittels einer Betäubungs-
patrone oder eines Hartgummigeschosses aus seiner Höhenlage zu
entfernen und dabei eine wohlbehaltene Landung auf dem weichen Boden eines Sprungpolsters und den harten Tatsachen juri-
stischer Strafverfolgung zu gewährleisten.

Gleich, welche kruden Ideen auch immer der Innenminister
entwickelt haben mochte, der Polizeipräsident hatte fürs erste ab-
gewinkt. Stimmt, er war weisungsgebunden. Aber was heißt das
schon? Was war eine solche Weisung denn morgen noch wert,
wenn es dann diesen Minister vielleicht gar nicht mehr gab?

Rosenblüt war nicht unvergnügt ob all der Schwierigkeiten, in
denen die Politik steckte: immer tiefer verstrickt in die eigene
Sturheit, gebunden an diese Sturheit, vollkommen dem Prinzip
des Homo sapiens widersprechend, sich an veränderte Verhältnisse anpassen zu können. In dieser Hinsicht schien es sich bei den
politischen Akteuren um Organismen mit geringer Flexibilität zu
handeln, bei denen diverse Modelle der Lerntheorie versagten.

Allerdings nicht ganz. Einen Lernprozeß gab es schon, der
jedoch immer nur in die eine Richtung zielte, die man eigentlich
auf zwei Buchstaben reduzieren konnte: PR. – Wobei die Naiven
unter den Politikern sagten: „Wir müssen das besser kommuni-
zieren", während die freimütigen, weniger betulichen Charaktere
es so formulierten: „Wenn den Leuten angesichts eines Kothau-
fens die braune Farbe nicht gefällt, muß man den Kot anders an-
malen."

Mit nicht wenig Steuergeld war folgerichtig eine erneute Kampagne gestartet worden, die der Bildung einer Pro-S-21-Bewegung diente, der bereits erwähnten „Pro"ler: viele junge Männer, die sich vom Plattmachen eines Parks, den einst ein König dem Volk geschenkt hatte, irgendeine Karriere erwarteten. Ein klimatisiertes Leben in Bürohochhäusern. Eine animierte Existenz. Lauter kleine Finanzbürgermeister, lauter Soldaten letzter Wirtschaftswunder, lauter Buben und Bübchen, aggressiv, zackig – so daß ein sehr alter Herr meinte, diese jungen Leute mit ihren Fackeln würden ihn an die SA erinnern.

Was so nicht ganz stimmte. Denn lag es nicht näher, daß es sich bei den Buben und Bübchen um „echte" Maschinen handelte? Wobei eben mit „echt" *nicht* gemeint war, daß sie von gottgleichen Urmaschinen abstammten, vielmehr stammten sie tatsächlich aus menschlicher Produktion, waren das Resultat einer im Windkanal kreierten Schöpfung.

Es mochte unter den Projektgegnern ja nun wirklich eine ganze Menge komischer Leute sein, Leute mit religiösen Anwandlungen, Identitätskrisen, Greenpeace-Phantasmagorien, Landeskundewahn, tobikscher Verbitterung und was sonst noch, trotzdem handelte es sich einwandfrei um Menschen. Bei den hier aufmarschierenden Buben und Bübchen hingegen – deren Aufgabe es war, alles und jeden zu infizieren – handelte es sich um frankensteinsche Kreaturen. Monster wäre das falsche Wort, denn Monster haben in der Regel Charisma, eine Aura, einen Geruch. Die Buben und Bübchen aber rochen nicht. Selbst wenn sie betrunken waren, war ihr Atem ohne jede Spur einer olfaktorischen Auswirkung.

Und nun geschah es, daß immer mehr Buben und Bübchen aus den Löchern kamen. Wie bei einer Nachbestellung.

Das also war die PR-Lehre, welche die Politik gezogen hatte: die eilige Produktion von Buben und Bübchen, in der Hoffnung, die Gesellschaft lasse sich auf diese Weise – wie so oft schon – vergiften.

Für Rosenblüt waren diese PR-Manöver jedoch der Inbegriff politischen Versagens. Zudem sinnlos, weil große Teile der Stuttgarter Bürgerschaft in einen unvergiftbaren Zustand übergegangen waren.

Er selbst war freilich auch nicht sehr erfolgreich gewesen. Der Mann, der Tobik war und höchstwahrscheinlich plante, den Sprecher des Bahnprojekts zu töten, war entkommen. Die Fahndungen hatten absolut nichts gebracht. Der Mann schien sich erneut in einen unsichtbaren Raum begeben zu haben. Und auch dies war ja bereits erwähnt worden: ein Teil von Rosenblüt war recht froh darüber.

Um so mehr meinte sich der Kommissar nun auf die Adiuncten konzentrieren zu müssen. Denn immerhin war das ja noch immer der eigentliche Fall, den er verfolgte: die Einschüchterung des Münchner Professors Uhl beziehungsweise der Überfall auf dessen Sohn. Allerdings war da bedauerlicherweise niemand in Stuttgart, der Zeit und Lust hatte, sich mit Fabian und seinen Bundesbrüdern zu beschäftigen. Weil Rosenblüt sich jetzt aber schwertat, in seinem Hotelbett zur Ruhe und in den Schlaf zu finden – wofür keineswegs das Bett verantwortlich gemacht werden konnte oder die Einrichtung dort –, nutzte er die Zeit und beschattete den emeritierten Geologieprofessor. Selbstverständlich, ohne dafür eine spezielle Erlaubnis zu besitzen, doch Doktor Thiels so salopp wie unspezifisch hingeworfene „Erteilung von Befugnissen" reichte für Rosenblüt vollkommen aus. Was er hier tat, tat er für die Sache: die „kriminalistische Sache", das Kunstwerk der Ermittlung.

Auf einen Wagen des Polizeipräsidiums hatte er verzichtet, um nicht unnötig Wellen zu schlagen, und sich statt dessen ein Mietauto besorgt. Mit diesem war er am Abend Fabian und dessen Gattin zu einem Restaurant gefolgt, wo das Paar sich mit Freunden verabredet hatte. Hernach hatte der Professor seine Frau nach Hause gebracht und war dann alleine zum Stammsitz der Adiuncten gefahren.

Vor diesem Haus parkte nun Rosenblüt und sah hoch zu den großen Fenstern des ersten Stocks, wo eine kleine Gesellschaft zu erkennen war. Rosenblüt hätte große Lust gehabt, einmal mehr unangemeldet in die Runde zu platzen und einzig durch sein Auftreten eine Unsicherheit zu provozieren. Aber es war kaum anzunehmen, daß Fabian ihm dafür Gelegenheit bieten würde. Blieb die Möglichkeit, sich Zutritt zu verschaffen, ohne an der Türe zu klingeln.

Rosenblüt verließ den Wagen.

„Komm, Kepler", sagte er zu seinem Hund, und gemeinsam traten sie durch die offene Einfahrt vor die Eingangstüre. Dort verharrten sie. Rosenblüt überlegte, daß es eigentlich unvernünftig war, den Hund mitzunehmen, wo er doch in Erwägung zog, durch ein Fenster einzusteigen, vielleicht sogar, an der Hausmauer hochzuklettern. Andererseits hatte sich ja gezeigt, wie wertvoll Kepler gerade dadurch sein konnte, auf der Straße zurückgelassen zu werden.

In dem Moment, da Rosenblüt in derartige Gedanken und Überlegungen vertieft war, registrierte er verschiedene Stimmen, deren Richtung er nicht sofort zuordnen konnte. Nun, es waren Stimmen aus dem Haus. Die massive, hölzerne Türe öffnete sich. Zu spät für Rosenblüt, um zur Seite zu springen. Und Kepler sprang aus Prinzip nicht, außer vielleicht, wenn man ihn anwies, sich in einen bequemen VW-Bus zu begeben. Ein solcher Bus war aber weit und breit nicht zu sehen. Statt dessen trat jetzt ein älterer Herr aus dem Haus. Es war Fabian. Er schüttelte jemandem die Hand. Dieser Jemand bat Fabian eindringlich, aufzupassen. Fabian schnaufte verächtlich und sagte: „Ich denke nicht, daß sich Uhl einen zweiten Fehler erlaubt."

Aus dem Ende dieses Satzes sich souverän heraushebend, wandte sich der Professor zur Einfahrt hin und bemerkte nun also den Mann und seinen Hund.

„Was denken Sie, was das hier ist?" fauchte Fabian. „Ein öffentliches Hundeklo? Haben Sie keinen eigenen Garten?"

Es war den Schatten- und Lichtverhältnissen dieser laternenbeleuchteten Einfahrt zu verdanken, daß Fabian zwar deutlich den Hund wahrnehmen konnte, von dessen Besitzer allerdings nur die untere Hälfte zu sehen bekam, während der obere Teil fest im Schatten einsaß, geradezu wie bei einer Skulptur, deren Beine und

Unterleib detailgetreu herausgemeißelt sind, der Rest jedoch im massiven Block eingeschlossen bleibt.

„Sehen Sie zu, daß Sie mit Ihrer Promenadenmischung da wegkommen", sagte Fabian, schien aber nicht die Zeit zu haben, sich persönlich um die Entfernung von Hund und Mann kümmern zu können. Vielmehr trat er an Rosenblüt vorbei hinter das Haus, dorthin, wo sein Wagen parkte.

Ein weiteres Mal war hier also eine Art von Unsichtbarkeit gegeben. Das konnte kein Zufall sein. Obgleich, versteht sich, all diese Ereignisse einen natürlichen Hintergrund besaßen – die Spiegel und die Dunkelheit sowie die Positionen der Figuren zueinander, das Licht und der Schatten –, war dies ein kleiner Vorgeschmack darauf, wie es wohl wäre, wenn die Welt nach und nach verschwinden würde. Ja, man kann vielleicht sagen, daß bereits der Umstand, daß Wolf Mach sich auf Fliesen oder in Spiegeln und auf Scheiben kaum noch hatte erkennen können, mehr war als ein sehr persönliches Dorian-Gray-Phänomen. Vieles würde nach und nach verlorengehen: Gesichter, Gebäude, ganze Menschen, Autos ... na, die Autos vielleicht nicht. Denn auch Autos waren schließlich Maschinen. Somit nicht wirklich Geschöpfe der Menschen, sondern ferne Verwandte jener einstigen Apparaturen, die ein maschinenhafter Gott in die Welt gestellt hatte. Gleichzeitig waren die Autos ihrerseits ein ganz guter Beweis für die Degeneration vieler Maschinen. Sie hatten sich in hirnlose Knechte verwandelt, sie waren nicht mehr Herren über die Welt, sondern Domestiken. Daß sie diese Welt mit ihren Abgasen verpesteten, die Städte verstopften, eine abstruse Ökonomie entscheidend mitprägten und gerade mittels ihrer Dienerschaft den Großteil der Menschheit in eine Abhängigkeit gebracht hatten, nun, das war wahr, aber kaum geeignet, die Würde und Intelligenz ihrer Urväter zu behaupten.

Auch die Eisenbahnen waren selbstredend Nachfahren der gottgleichen Maschinen. Und man mußte wirklich kein Autofeind sein, um zu ahnen, wieviel mehr diese Loks und Züge, wieviel mehr die

Gleisreihen im Vorfeld der Bahnhöfe und die Gleisschlangen, die sich durch die Länder zogen, der Eleganz und Erhabenheit der „vormenschlichen Maschinenwelt" entsprachen. Vor allem Leute wie Fabian wußten das. Sie waren voller Zorn gegen die Bahn. Die größten Bahnverächter waren jene Manager und Wissenschaftler, welche die Zukunft der Bahn zu bestimmen hatten, ein Bahnchef war heutzutage immer auch ein Bahnhasser und ein Bahnmörder. Solche Personen wurden eingeschleust, um die Bahn zu zerstören, um die Bahn unter die Erde zu bringen, sie dort für alle Zeiten zu begraben und dem Autoverkehr zu seinem Sieg zu verhelfen. Die Fabians an allen Orten hofften, mit der Zerstörung des Bahnwesens und einer weiteren Stärkung des Autoverkehrs letztlich die göttliche Erhabenheit der ursprünglichen Maschinenwelt weitmöglichst ausmerzen zu können. Jede Maschine auf der Welt sollte genauso degeneriert sein, wie Autos das waren. Jede Kaffeemaschine ein Audi, jeder Computer ein Toyota.

Fabian war in seinen Wagen gestiegen und losgefahren. Rosenblüt hob Kepler hoch, um rascher zu seinem eigenen Auto zu gelangen. Er plazierte den kleinen Hund auf der Rückbank und sagte etwas Nettes, weil das Nette gerade in Momenten der Hetzerei nachhaltig wirkt, während es in ruhigen Momenten eher einer Platitüde gleicht. Das wahrhaft Nette benötigt Zeit, die nicht vorhanden ist. Und als nun Rosenblüt endlich hinter dem Steuer Platz nahm, da war der Professor längst um die Ecke gefahren. Doch Rosenblüt bewahrte Ruhe. Er unterließ es, wie verrückt aufs Gas zu steigen, sondern lenkte seine Wagen regelkonform in südöstliche Richtung. Alsbald entdeckte er die Rücklichter, die Fabians alter Jaguar in die Nacht streute.

Hinter der Staatsgalerie – dieser postmodernen Ausformung einer einzigen gewaltigen Erbsenschote – parkte Fabian seinen Wagen und ging zu Fuß weiter, wobei er die Unterführung nahm, die zum Mittleren Schloßgarten führte, also genau dorthin, wo im zigfachen Licht der Scheinwerfer, bewacht von Polizei und diversen Argusaugen, Wolf Mach soeben einen kleinen nächtlichen

Spaziergang beendete und sich wieder in die Geborgenheit seines hängenden Zeltes begab. Ein Zelt, das dank der grünen Farbe und dank der fernsehgerechten Illumination einen harmonischen Gleichklang mit jenem geometrischen Hülsenfrüchtler jenseits der Willy-Brandt-Straße erzeugte.

Rosenblüt wunderte sich, daß es Fabian ausgerechnet an diese Stelle zog. Allerdings unterließ es der Professor, am Planetarium vorbei in die stark belebte Parkanlage zu marschieren. (Dort, wo sich eine ohnedies von den Milieus extrem durchmischte Protestbewegung mit den Medien und der Polizei und sogar einer Gruppe kopfloser Buben und Bübchen derart vermengte, daß für diesen Moment eine vollkommene Verschmelzung zu einem bürgerlichen Ganzen stattfand. Eine Verschmelzung, die niemanden mehr ausschloß. – Außer ein paar Hysteriker hinter dicken Türen. Und natürlich Leute wie Fabian und Rosenblüt, die ein ganz eigenes Labyrinth durchwanderten.)

Fabian bog nach rechts ab und nutzte eine Lücke zwischen den von der Polizei aufgestellten Gittern, die das gesamte Planetarium umgaben. Das Haupttor passierend, begab er sich auf einen überdachten Weg, der auf der Rückseite des „Sternentheaters" zu einem zweiten, kleineren Eingang führte.

Rosenblüt ahnte, daß er jetzt sehr schnell sein mußte, daß für Nettigkeiten gegenüber seinem Hund nun wirklich keine Zeit mehr war. Zudem blickte er hoch zu der Leuchtschrift, die darauf verwies, daß der von Fabian gewählte Zugang zum Keplersaal führte. Rosenblüt dachte sich: „Ein Kepler an jeder Ecke reicht doch wohl." Also ließ er den Hund in bester Tradition einfach dort stehen, wo er sowieso schon stand, und folgte Fabian auf die Ostseite des Gebäudes, welches blau leuchtend in den Nachthimmel ragte, wobei oben auf der Pyramidenspitze die untere Seilfixierung nicht mehr von den Vergißmeinnichtlern, sondern von einem Sondereinsatzkommando der Polizei bewacht wurde. Und selbstverständlich sicherte auch darunter eine Vielzahl Beamte das Planetarium. Allerdings nur nach vorne hin. Kein einziger Uniformierter patrouillierte auf der Rückseite, alle orientierten sich zur

Parkmitte hin. Jeder Blick ging nach oben. – Mach war der Stern, der alle Aufmerksamkeit aufsaugte.

Wie sich nun zeigte, verfügte Fabian über einen Schlüssel, mit dem er die schalenförmige Außentüre öffnete, und begab sich ohne Zögern in die vollkommene Dunkelheit des Innenraums. Glücklicherweise sperrte er hinter sich nicht wieder ab, so daß der Kommissar in sicherem Abstand folgen konnte, somit ebenfalls in eine absolute Schwärze eintretend. Allein das grüne Lämpchen einer Überwachungskamera blinkte regelmäßig auf, doch Rosenblüt konnte sich denken, daß eben bloß das Lämpchen, nicht hingegen die Kamera in Betrieb war. – Maschinen schlafen oft und viel. Natürlich sagt das kaum jemand auf diese Weise. Eher wird von „technischen Problemen" oder „Einsparungen" oder „Stand-by-Betrieb" gesprochen, aber Geräte mit einem Fatigue-Syndrom sind beileibe nicht die Ausnahme. – Gut, hin und wieder konnte das auch mal zum Vorteil geraten. Jedenfalls würde Rosenblüt nie auf einem Videofilm zu sehen sein.

Er verharrte. Gleich darauf zuckte er zusammen. Ein schwacher Lichtschein hatte mit einem Mal eine Bresche geschlagen, allerdings aus einem anderen Raum stammend. Rosenblüt beruhigte sich, wartete noch eine Weile und trat dann vorsichtig näher. Zu seiner Überraschung gelangte er am Eingang eines erleuchteten Vortragssaales an eine Lifttüre. Dem Geräusch nach zu urteilen, befand sich Fabian in demselben und war noch unterwegs. Was hatte an dieser Stelle ein Aufzug verloren? Um die Astronomen *wohin* zu bringen?

Richtig, das Wesen von Aufzügen besteht an allen Orten darin, gerufen zu werden. Also rief Rosenblüt den Aufzug, indem er die einzige vorhandene Taste drückte. Der Fahrstuhl kam, öffnete sich, Rosenblüt trat ein. So einfach konnte das Verhältnis Mensch – Technik sein. Im Inneren fehlte indes jegliche Tastatur. Doch der Lift begann nicht etwa zu sprechen, sondern schloß sich selbständig und glitt nach unten, fuhr eine Weile – drei, vier Stockwerke vielleicht – und öffnete sich sodann mit der geräuschlosen Leichtigkeit eines verschobenen Spielsteins. Läufer auf c4.

Drei, vier Stockwerke? Meine Güte, was war das hier? Eine Zeitmaschine, die den armen Menschen veranschaulichte, wie es einmal sein würde, wenn der Bahnhof unter der Erde war? Die Welt und der Himmel fern, die Luft klein und eng, mehr ein Lüftlein, aber ein stickiges. Die Macht defekter Klimaanlagen. Die einzige Macht, die die meisten Maschinen – vor allem die schlaflosen, denn auch die gab es – noch besaßen: nämlich mit voller Absicht *nicht* zu funktionieren und solcherart Ärger zu verursachen, Unwohlsein, Beklemmungen.

Rosenblüt verließ die Kabine und folgte dem Gang, einem betonverkleideten Stollen, der in eine einzige Richtung führte. Am Ende dieser Verbindung bemerkte er hinter den Lamellen eines milchigweißen Vorhangs die Konturen einer kleinen unbewegten Gestalt, bei der es sich nur um Fabian handeln konnte. Unsicher, was im Moment zu tun war, unsicher vor allem ob der überraschenden Verlagerung ins Erdinnere, blieb Rosenblüt stehen. Er wartete. Er wartete wie ein Pfeil in der Luft, der zwar abgeschossen worden ist, aber mit einem Mal, mitten im Flug, Zweifel bezüglich des Ziels zu hegen beginnt. Ein Zögern in der Luft, gleich dem Flimmern auf heißen Straßen.

Um diesem Zögern einen richtigen Platz zu geben, nutzte Rosenblüt den Umstand einer seitlich angebrachten Öffnung, vielleicht ein schmaler Tunnel, ein Verbindungsschacht, vielleicht der Durchgang zu einem Lagerraum oder eine bloße Nische, jedenfalls unbeleuchtet, so daß Rosenblüt ein weiteres Mal in einen Schatten eintreten konnte, diesmal aber den gesamten Körper in den steinernen Block der Verdunklung setzend.

Das war nicht dumm gewesen. Denn kurz drauf vernahm er wieder das ferne Geräusch des Aufzugs, danach Schritte. Die Person, der diese Schritte gehörten, war ganz sicher kein zögerlicher Pfeil. Vielmehr schob sie nun mit einiger Vehemenz die Lamellen zur Seite und trat in den Raum, in welchem sich Fabian aufhielt.

Dieser schien erstaunt. Rosenblüt, der ja praktisch um die Ecke stand, vernahm die strenge Stimme, mit der Fabian die eingetretene Person ansprach: „Wer sind *Sie* denn? Was tun Sie hier?"

„Meine Name ist Kingsley", meldete sich die Stimme einer Frau. Schöne Stimme. Ein wenig hart, aber gut hart, wie man das etwa von Bambusstäben sagt.

„Na und?" gab sich Fabian abweisend. „Das befugt Sie kaum, an diesem Ort zu sein."

„Ich vertrete Herrn Professor Uhl."

„Was soll der Unsinn, junge Frau? Ich rede mit Uhl, aber sicher nicht mit Ihnen."

„Nun, wenn Sie nicht möchten, macht das nichts. Ohnehin bin ich eigentlich nicht gekommen, um mich zu unterhalten."

„Was soll das jetzt wieder heißen?" fragte Fabian.

„Hab ich's nicht gewußt? Sie wollen also doch reden."

„Sagen Sie schon, was los ist! Wo ist Uhl?"

„Uhl ist fort."

„Wie fort?"

„Er hat mit seiner Familie Deutschland verlassen. Er hat sich in Sicherheit begeben. Weit entfernt von Ihnen und Ihren Freunden, weit entfernt von allem und jedem."

„Von mir aus", kommentierte Fabian gelassen. „Das ist sowieso besser. Um so weiter er weg ist, um so weniger Schaden kann er anrichten. Wäre er von Beginn an vernünftig gewesen, hätten wir uns ersparen können, ihm zu drohen. Glauben Sie denn, daß es Spaß macht, einem guten Freund, einem Mann, der einmal mein Schüler war, auf diese Weise die Hölle heiß zu machen? Aber etwas anderes hätte er nicht verstanden. Jemandem nur *halb* drohen, bringt nichts. Man kann eine Wunde nicht *halb* öffnen und auch nicht *halb* verschließen oder eine Amputation in der Hälfte unterbrechen. Oder? Das wäre kontraproduktiv."

„Sein geologisches Gutachten war wohl nicht das, was Sie im Sinn hatten", stellte Kingsley fest.

„Das auch", sagte Fabian. „Aber Sie sollten doch wissen, daß das nicht der springende Punkt war. Der springende Punkt war, daß unser lieber Freund Uhl der ganzen Welt erzählen wollte, was für ein tolles Ding er im Erdreich des Parks gefunden hat."

„Dieses hier?"

„Ja, natürlich dieses hier", sagte Fabian und wurde lauter: „Herrgott noch mal, so ein Narr, der Uhl! Vergißt vollkommen, auf wessen Seite er steht, wem er alles verdankt, sein Wissen, seine Position, seinen guten Ruf, seine Ehre – ist vollkommen blind gegen die Realität."

„Offensichtlich fand er, es sei nicht der richtige Moment für Dankbarkeit. Zumindest Dankbarkeit gegenüber seinen Stuttgarter Freunden. Offensichtlich hat er sich eher der Wahrheit verpflichtet gefühlt."

„Papperlapapp! Wahrheit! Die Wahrheit besteht nicht per se, sie ist formbar. Darum sind wir Menschen überhaupt auf der Welt, um der Wahrheit eine Gestalt zu geben. Den Leuten, die ständig nur von der Wahrheit quasseln, fehlt bloß die Fähigkeit, schöpferisch einzugreifen. Für einen gestaltenden Menschen zählt nicht die Wahrheit, sondern die Wirklichkeit. Wenn auf dem Tisch ein Stein liegt und ich finde, daß er da nicht hinpaßt, dann werde ich den Stein wegnehmen. Und wenn er sich nicht entfernen läßt, der Stein, hirnlos, aber bockig, werde ich ein Verfahren entwickeln, um ihn zu entfernen. Der Zweck der Natur ist es, sie zu verbiegen – in unserem Sinn. Das ist es, was zählt, und nicht ein philosophisches Gejammer über die Bedeutung des Steins auf diesem Tisch. Er hat nämlich nichts zu bedeuten, er liegt nur an der falschen Stelle. Er ist ein Ärgernis, das zu beheben wäre."

„Und Uhl war also auch ein Ärgernis", schloß Kingsley.

„Das war er. Wir haben ihm geholfen, das einzusehen. Über die Art und Weise kann man eigentlich nicht streiten. Man kann einen Schmerz nicht erahnen, man muß ihn fühlen, damit er auch wirkt. Und er hat ja gewirkt. Um so mehr habe ich mich allerdings gewundert, als Uhl heute anrief, um mich zu treffen. Ausgerechnet hier unten. Gut, es war wohl ein Fehler, ihm zu trauen. Statt selbst zu kommen, schickt er Sie."

„Er weiß nicht, daß ich hier bin. Er hat getan, worum ich ihn gebeten habe. Er hat Sie angerufen. Danach ist er abgereist", sagte Kingsley. Sie machte eine kleine Pause, dann erklärte sie: „Sie wollen doch sicher wissen, wer ich bin, oder?"

Man konnte geradezu Fabians Schulterzucken hören, als er nun sagte: „Nicht unbedingt."

Kingsley zuckte nicht minder hörbar zurück und offenbarte: „Wie Sie bereits richtig bemerkten, muß man einen Schmerz schon spüren. Mein Name ist zwar Kingsley, aber mein Vater heißt Uhl. Ja, ich bin seine Tochter."

„Aber nicht doch!"

„Aber schon! Und was ich vor allem bin, ist die Schwester des Jungen, den Sie in solche Angst haben versetzen lassen, nur um seinen Vater zu disziplinieren."

„Tja", sagte Fabian und klatschte in die Hände, „und jetzt wissen Sie, wie der Mann aussieht, den Sie für ein Ungeheuer halten. Noch was, junge Frau?"

„Man sollte eine Frau nie ‚junge Frau' nennen. Ganz unklug!" erklärte Kingsley ungerührt.

„Das lassen Sie mal meine Sache sein, was ich für unklug zu halten habe und was nicht."

Worauf Kingsley à la Mach erwiderte: „Gut, ich sehe schon, Sie möchten dumm sterben."

„Wie soll ich das jetzt verstehen?" fragte Fabian.

„So, wie ich es sage", antwortete die Frau, die ganz sicher keine junge Frau war.

„Raus hier! Sie schwindeln doch sowieso. Uhl hatte nie eine Tochter."

„Keine, von der Sie wissen durften. Das Resultat einer Affäre vor mehr als dreißig Jahren, ein Resultat, das Uhl unangenehm war. Bis heute hat er verhindert, daß jemand davon erfährt. Als würden wir im neunzehnten Jahrhundert leben. Aber jemand, der bei den Adiuncten zum Mann wurde, lebt natürlich die Maßstäbe einer gestrigen Zeit."

„Reden Sie nicht über Epochen, die Sie nicht begriffen haben."

„Gut, zumindest mein Vater scheint einiges begriffen zu haben. Er liebt seinen Sohn."

„Ha! Sicher um einiges mehr als seine mißratene Tochter", spottete Fabian.

„Das stimmt, da haben Sie absolut recht. Vielleicht macht mich das so ungnädig gegen die Welt. Und so ungnädig gegen Leute wie Sie, Fabian. Wäre ich ein besserer Mensch, dann würde ich Sie nun fragen, ob Sie noch einmal beten möchten, ob Sie Gott für all die Schweinereien in Ihrem Leben um Verzeihung bitten wollen. Aber ich frage Sie nicht."

Man vernahm ein Geräusch. Nicht das Klicken einer Waffe, die entsichert wird. Denn die Pistole, die hier gezogen wurde, war bereits entsichert. Eher war es das Geräusch eines sich öffnenden Zippverschlusses und sodann die Reibung zwischen Metall und Baumwolle, man könnte auch sagen: die Reibung zwischen zwei Edelmarken, dem Waffenlabel Walther und dem Modelabel Jil Sander.

Fabian entfuhr ein: „Was soll ...?" Was aber nicht nach zwei Worten und drei Punkten und einem Fragezeichen klang, sondern so, als müßte er eine Erkenntnis hochwürgen, die einfach viel zu groß für ihn war. Einen ganzen Rindskopf.

Und wie reagierte Kommissar Rosenblüt?

Nun, sowenig Rosenblüt sehen konnte, was gerade ablief, begriff er dennoch die Tragweite. Augenblicklich löste er sich aus dem steinernen Block des Schattens, griff nach seiner Waffe, drängte nach vorne und stürzte zwischen den Lamellen hindurch in den Raum.

In diesem Moment handelte die Frau, die Alicia Kingsley hieß. Um aber Alicias Handeln zu verstehen, hätte Fabian folgendes wissen müssen:

Es lag erst wenige Monate zurück, daß Kingsley erstmals von ihrem Vater gehört hatte. Nicht aus dem Mund ihrer Mutter, der das Wort Vater zu keinem Zeitpunkt über die Lippen gekommen war. Nein, es war dieser Vater selbst gewesen, der – kurz nach dem Überfall auf seinen Sohn – sich bei Alicia gemeldet hatte. Denn er hatte sich nicht sicher sein können, ob Fabian und seine Leute möglicherweise von der Existenz dieses verdrängten Kindes erfahren hatten und darum die Überlegung anstellten, auch auf sie zurückzugreifen, auch sie in irgendeiner perfiden Weise ins Spiel zu bringen.

Obwohl nie ein Kontakt zwischen Vater und Tochter bestanden hatte, kannte Uhl sich aus. Er wußte um Alicia, wußte, daß sie im Sicherheitsgewerbe tätig war und somit zu denen gehörte, die ganz gut auf sich aufpassen konnten. Trotzdem wollte er sie warnen. Darum, nur zu diesem einen Zweck, hatte er sie zu einem Treffen gebeten. Und nicht, um sich zu einer ungeliebten Vaterschaft zu bekennen oder sonstwie in der Vergangenheit herumzurühren.

Doch der Zufall intervenierte.

Denn Alicia bekam auf diese Weise auch den Jungen, mit dem sie den Vater und einen Haufen Gene teilte, zu Gesicht, zwar nur von fern und nur für einen kurzen Augenblick, dennoch deutlich: die schlaksige Gestalt eines halben Kindes, so unsicher wie liebenswert. Und so wurde sie sich der Existenz eines fünfzehnjährigen Halbbruders bewußt.

Kingsley konnte nichts dagegen tun, es rührte sie, einen Bruder zu haben. Es rührte sie mit der Heftigkeit einer Urgewalt, so unwirklich und ohne jede Zukunft dies auch sein mochte. Da war ein Empfinden, so stark, daß nicht einmal Verachtung für den miserablen Vater übrigblieb. Kingsley war erfüllt von Liebe für einen Bruder, mit dem sie nie ein Wort wechseln würde, den sie nie würde auf die Wange küssen dürfen. – Aber Liebe gehört ganz sicher zu den Dingen, die ohne alles funktionieren. Liebe ist ein Perpetuum mobile.

Freilich war Kingsleys Wesen gleichzeitig viel zu sehr von den Bedingungen einer vom Kampf und vom Kämpfen verkrüppelten Welt bestimmt, als daß sie darauf hätte verzichten können, etwas zu unternehmen. Auch sie war eine Kriegerin, wenn auch weder schlafend noch schwanger, und natürlich war sie ebensowenig frei, sondern eine Söldnerin. Doch selbst für Söldner kann der Moment kommen, wo sie im eigenen Auftrag tätig werden und ihre Fähigkeiten gegen die wenden, die stets meinen, die Söldner im Griff zu haben.

Kingsley verabredete sich noch ein weiteres Mal mit ihrem Vater, um ihm unmißverständlich klar zu machen, daß er gehen müsse, weg von Deutschland, weg von Europa, weg von einem Kontinent, der mehr als jede afrikanische Bananenrepublik zum Spielball einer machtvollen, selbsternannten Elite geworden war. – Einer Elite, die nicht links und nicht rechts stand, keine Ideologie und keine Religion vertrat, sondern sich ganz allein über sich selbst definierte, ganz darüber, die Dinge in der Hand zu haben, die Justiz, die Behörden, den Boden und die Bodenschätze, die Natur, die Hirne der Bürger, die Geldbörsen sowieso. Diese Elite glaubte sogar, auch Kontrolle über Gott zu haben, gleich, ob von einem konfessionellen Gott die Rede war oder jenem, bei dem es sich vermutlich um eine Maschine handelte. Man war überzeugt, daß der eine wie der andere Gott auf eine endgültige Weise paralysiert war und daß man ihn wie eine Herrgottsschnitzerei nach eigener Laune hin und her schieben konnte. Ja, diese Leute hielten den Herrn für hirntot. Es gab also fast nichts, was sie fürchteten. Bis auf eines: den Zufall. Denn obgleich sie Gott in einer königlichen Schachmattsituation wähnten, ergab sich für sie die Schwierigkeit, daß da noch jemand anderer war, den sie keineswegs in einem komatösen Zustand sahen: den Teufel. Und die größte Gabe des Teufels war es nun mal, Zufälle zu schaffen. Und vor allem war der Teufel der Elite in einer Sache ebenbürtig: auch er war ein famoser Trickser. In verwandter Weise wie sie kultivierte er den Obertrick, der sich im schwäbischen Raum gerne darin manifestiert, sich in keiner Weise um sein eigenes „saudomms G'schwätz" von gestern kümmern zu müssen.

Welcher Geist auch immer Alicia Kingsley antrieb, sie hatte sich entschlossen, ihren Vater, ihre nie gesehene Stiefmutter sowie ihren geliebten Halbbruder fortzuschicken, und zwar an einen Ort, den man auf mindestens sechs verschiedene Weisen aussprechen konnte. Solche Orte waren schon wegen ihrer phonetischen Vielfalt verschwommen. Suchte man im Internet nach ihnen, stellte man fest, daß sie auf insgesamt drei Kontinenten zu finden waren. Und gab man die Koordinaten bei Google Earth ein, fand man sich plötzlich mitten auf einem leeren Ozean wieder. Solche Orte waren das.

In jedem Fall war die Familie Uhl nun in Sicherheit.

Und Kingsley vollendete, was sie begonnen hatte. Sie drückte den Abzug und schickte eine Kugel auf den Weg, eine Kugel, die am Ende einer parabolischen Flugbahn einen massiven Punkt setzte. – Fabian fiel um.

... und wer steht, daß er nicht falle!

Sechzig Meter über ihnen hielt sich ein gewisser Wolf Mach mit größter Souveränität an diese Beherzigung Goethes. Fabian hingegen knallte flach auf den Boden auf, atmete noch einmal ein und noch einmal aus und gab dann endlich Frieden.

Währenddessen kam Rosenblüt herbeigeflogen, die Waffe so haltend, daß er höchstens eine Stelle des Betonsarkophags hätte treffen können, mit dem die schlafende Maschine ummantelt worden war. Sein Körper allerdings segelte auf Kingsley zu. Und noch während Rosenblüt segelte, dachte er: In meinem Alter sollte man nicht fliegen.

Stimmt! Mit einer so automatischen wie routinierten Bewegung änderte Kingsley ihre Haltung, verdrehte den Oberkörper, beugte sich vor und ließ Rosenblüt über ihre Schulter rutschen, die sie in der Art eines Katapults funktionieren ließ. Solcherart verlängerte sich Rosenblüts Flug. Es kam ihm ewig vor. Genügend Zeit, um das Projektil, das er unwillentlich losgefeuert hatte, zu beobachten: wie es ihm vorauseilte, knapp den Betonmantel verfehlte und in die dahinterliegende Wand einschlug. Auch Zeit genug, den Herrn Professor Doktor Gotthard Fabian am Boden liegend zu betrachten, die Öffnung zwischen dessen Augen, das rote Loch, das in Null Komma nix ein ganzes Leben verschluckt hatte. Nicht zuletzt Zeit genug, den eigenen Aufprall in allen Einzelheiten zu erleben. Die rapide eintretende Erkenntnis, daß er ja nicht nur kein Meister im *Fliegen* war, sondern auch logischerweise keiner im *Landen*. Dementsprechend unsanft kam er auf der harten Fläche auf, konnte zwar noch rechtzeitig den Kopf zur Seite drehen, krachte aber ungebremst auf die eigene Flanke, anstatt etwa abzurollen und aus der Rolle wieder in den Stand zu gelangen, wie das jemand vom Format Kingsleys praktiziert hätte.

Aber Rosenblüt war eben keine junge sportliche Frau, trug auch keine dieser eleganten, elastischen Navy-wool-blend-pantsuit-with-raspberry-check-Kampfkleidungen von Jil Sander, sondern einen völlig unmagischen Herrenanzug, der den Fall in keiner Weise dämpfte. Ein Schmerz erfüllte seinen rechten Arm und seine rechte Schulter. Er stöhnte auf. Ein Elefantenstöhnen.

Bevor Rosenblüt noch dazu kam, irgend etwas anderes außer diesem Gestöhne beizutragen, stand Kingsley auf seiner Höhe und kickte mit dem Fuß seine Dienstwaffe zur Seite.

„Wer sind Sie?" fragte Kingsley. „Fabians Leibwächter ja wohl kaum, sonst hätten Sie sich anders angestellt."

„Ich bin hier nur der Kommissar", erklärte Rosenblüt seine Ungeschicklichkeit. Dann nannte er seinen Namen und bekundete, Fabian beschattet zu haben. Wegen der Sache mit Uhl.

„Ach was?" gab sich Kingsley erstaunt. „Und Sie hatten also vor, ihn zu verhaften?"

„So weit war ich noch nicht."

„So weit wären Sie auch nicht gekommen. Die Fabians dieser Welt landen nicht im Gefängnis."

„Manchmal schon."

„Der Mann war achtzig. Wie lange hatten Sie noch vor, ihn zu beschatten?"

„Ich hatte gerade erst angefangen."

„Na, jedenfalls kommen Sie zu spät", stellte Kingsley fest. „Nicht nur zu spät, sondern auch noch im schlechtesten aller Momente. Toll! Was mache ich jetzt mit Ihnen?"

„Erschießen wäre eine dumme Lösung", bemerkte Rosenblüt mit einer Trockenheit, die ihm einige Mühe bereitete.

„Versprechen Sie mir denn, mich nicht zu verraten?"

„Würde es Sie glücklich machen, wenn ich so was verspreche?"

„Na, ersparen wir uns das", sagte sie, überlegte kurz und meinte dann: „Die Vernunft würde gebieten, Ihnen ebenfalls eine Kugel in den Kopf zu jagen. Aber die Vernunft würde auch gebieten, gar nicht an diesem Ort zu sein. Lasse ich Sie am Leben, so folgt auf einen Fehler halt ein zweiter. Was soll's?"

Alicia Kingsley zog ein kleines Etwas aus ihrer Tasche und warf es vor Rosenblüt auf den Boden, drehte sich um und ging. Sie verschwand auf die gleiche Weise wie Hans Tobik: ohne die geringste Hektik in einen unsichtbaren Raum eintretend.

Als echter Robert Redford wäre Rosenblüt nun in Windeseile zu seiner Waffe hingerollt, wäre aufgesprungen und hätte die Verfolgung aufgenommen, seinerseits in einen unsichtbaren Raum fliegend ... doch nein, er wollte nicht noch einmal fliegen. Also richtete er sich halb auf, rieb sich den schmerzenden Oberarm und griff sodann nach dem hingeworfenen Gegenstand. Er dachte zuerst – angesichts der mondän-militärischen Erscheinung Kingsleys –, es müsse sich um einen schmalen Lippenstift handeln, doch was er da in der Hand hielt, war ein USB-Stick.

Er brachte das formschöne Kleinod in der Innentasche seines Jacketts unter, zog im Austausch dafür sein Handy nach draußen und alarmierte Doktor Thiel.

„Und Sie haben wirklich keine Ahnung, wer unsern Herrn Professor erschossen haben könnte?" fragte Thiel. Teska Landau stand daneben und betrachtete Rosenblüt wie einen geliebten Sohn, der zum ersten Mal sehr zeitig in der Früh nach Hause kommt, und man weiß nicht, ob man sich freuen oder ärgern soll. So gesehen hätte Landau eigentlich fragen müssen: „Hast du bei einem Mädchen übernachtet?"

Aber weil sie eben nur eine potentielle Mutter war, verkniff sie sich diese Frage und erkundigte sich statt dessen nach Rosenblüts Arm, den er auffällig massierte.

„Nicht so schlimm. Verstaucht wohl."

Thiel erinnerte, daß auch er eine Frage gestellt habe. Eine Frage, die mehr dränge als ein von den Umständen des Polizeilebens beleidigter Oberarm.

„Nein", sagte Rosenblüt. „Ich habe keine Ahnung, wer Fabian erschossen hat. Ich konnte die Person einfach nicht erkennen, nicht mal, ob es ein Mann oder eine Frau war. Aber in keinem Fall ein S-21-Gegner. Glauben Sie mir, das hier läuft auf eine Privatgeschichte hinaus."

„Woher wollen Sie das wissen, wenn Sie keine Ahnung haben?"

„Ich will Sie nur vor einer falschen Fährte bewahren", erklärte Rosenblüt. „Einer Fährte, die der Politik vielleicht gefallen würde."

Doktor Thiel machte ein unglückliches Gesicht. Er sah schon diverse Interventionen und Weisungen und Empfehlungen auf sich zukommen, die in keiner Weise einer ordnungsgemäßen kriminalistischen Untersuchung entsprechen würden. Wenn sich die Politik einmischte, dann war das so wie dunkler Urin im Schnee. Er fragte: „Wo sind wir überhaupt?"

„Im Erdreich des Schloßgartens."

„Danke. So weit reicht meine Orientierung. – Ich will wissen, was das hier soll. Die Geräte. Dieses betonierte Ding in der Mitte. Diese ganze komische Anlage."

„Ich habe nicht die geringste Ahnung", sagte Rosenblüt und brauchte jetzt nicht mal zu lügen. – Er hatte sich soeben entschieden, den Polizeidienst zu quittieren. Sicher, er war in diese Welt geboren worden, um Kriminalist zu sein. Doch das konnte man auch auf andere Weise ausleben. Es gab genauso Astronomen, die kriminalistisch vorgingen. Zoologen sowieso. Irgend etwas würde sich schon finden. Aneko, seine Gefährtin, verdiente sehr gut. So gesehen, und auch anders gesehen, bot es sich an, zu heiraten. Ja, er beschloß in genau diesem Moment, so bald als möglich hinüber in sein Schloßgartenhotel zu gehen, sich ein frühes Frühstück zu bestellen und hernach Aneko anzurufen – wo war sie gerade? Toronto? Neuseeland? –, um ihr einen Heiratsantrag zu machen. Wenn das die Lehre aus dieser Geschichte war, nämlich zu heiraten, dann war das alles nicht umsonst gewesen.

Es galt also, zum Ende zu kommen: Während die anderen sich daranmachten, die Leiche und den Raum einer genauen Prüfung zu unterziehen, winkte er Teska Landau zu sich.

„Ja?" fragte die „liebende Mutter", wie man fragt: Hast du deine Hausaufgaben gemacht?

Rosenblüt griff in sein Jackett, holte den kleinen, schmalen, schwarz glänzenden, Daten in sich tragenden Korpus hervor und drückte ihn Teska Landau in die Hand.

„Was soll ich mit dem Stick?" fragte Landau. „Was ist da drauf?"
„Ich habe keine Ahnung."

„Passen Sie auf, Herr Kommissar", warnte Landau, „daß Sie
nicht zum notorischen Nichtwisser werden."

„Das verdanke ich der Stuttgarter Luft", erklärte Rosenblüt mit
einem Lächeln, das gleich einer Zahnspange seiner unteren Gesichtshälfte einen metallischen Glanz verlieh. Dann fügte er an,
auf den Datenträger zeigend: „Aber dieses kleine Superhirn hier
weiß ganz sicher etwas. Darum ist es also besser, wenn Sie sich mit
ihm statt mit mir beschäftigen."

„Und woher haben Sie das Gerät?"

„Das ist nicht wichtig. Ich denke, es ist eins von diesen Dingern,
die von einer Hand in die nächste wandern, bis sie endlich in der
richtigen Hand landen."

„Sie meinen, ich soll es weitergeben. An wen denn bitte?"

„Nein", sagte Rosenblüt, „ich bin überzeugt, *Ihre* Hand ist die
richtige."

Ja, ohne eine Ahnung zu haben, welche Informationen auf diesem Gerät gespeichert waren, meinte er behaupten zu können:
diese Hand und keine andere.

Mehr war nicht mehr zu tun. Rosenblüt machte sich auf den
Weg. Er ließ sich mit dem Lift nach oben bringen, trat ins Freie,
ins Luftige, schaute in den Park, auf die Bäume, die Menschen,
den Seiltänzer, den sterbenden Nachthimmel, einige Krähen weit
oben ... ihm kam vor, als würden die Vögel in der Art von Werbe-
flugzeugen einen kleinen Streifen morgendlichen Lichts hinter
sich herziehen.

Wieder lächelte er. Diesmal aber ohne Zahnspange, ganz frei,
unmetallisch, verträumt, schlaftrunken.

Als Rosenblüt das Hotel erreichte, sah er einen schwarzen, herrenlosen Schirm, der geschlossen an der Wand lehnte. Da fiel ihm ein,
Kepler ganz vergessen zu haben. Stimmt, er hatte ihn vor dem Planetarium stehen gelassen. Also ging er zurück, doch Kepler war
nirgends zu sehen. Ihn allerdings zu rufen oder den ganzen Park

nach ihm abzusuchen, die Passanten zu befragen, dies unterließ Rosenblüt. Er wußte nur zu gut, daß es seine Richtigkeit hatte, wenn nun auch Kepler verschwunden war. Traurig war er dennoch. Er hatte sich an das Langohr gewöhnt.

Aber vorbei ist vorbei. Zudem lag es ziemlich nahe, daß jetzt Alicia Kingsley von Kepler durchs Leben begleitet wurde. Ein kleiner Hund und eine schöne Frau.

Zurück am Hotel, stand da noch immer der einsame Schirm. Rosenblüt überlegte. Eingedenk jenes Spruchs, daß die Schirme noch vor den Hunden die besten Freunde der Menschen seien, nahm er das Artefakt an sich und betrat die Lobby.

Das war nun eine wirklich gute Entscheidung, denn wenn der liebe Gott nicht gerade als Hund oder als Spiegel oder als Maschine in die Welt kommt, dann ganz sicher als Schirm.

Epilog

die stadt ist vergessen
sogar im kopf
weht der wind
über die wiese

Rudolf Kraus, *mutters garten*

Gott ließ uns fallen,
und so stürzen wir denn auf ihn zu.

Friedrich Dürrenmatt, *Der Tunnel*

„Es fällt mir schwer zu sagen, wie lange ich schon schlafe. Sogar für jemanden, der aus Bronze besteht, ist es eine ewige Zeit. Denn im Schlaf tickt keine Uhr, läutet kein Wecker, auch in den Träumen nicht. Meine Träume sind frei von Uhren und Kalendern und Jahreszahlen. Sogar frei von Zahnrädern, wenngleich ich aus solchen bestehe. Ich weiß schon, daß die meisten Menschen sich Maschinen als *richtiggehende* Maschinen vorstellen: als gedankenlose, traumlose, lieblose und liebeslose Apparaturen. Das ist ja der Trick der Menschen seit jeher, ausschließlich sich selbst die Fähigkeit zu lieben zuzuordnen, den sozialen Gedanken, die Poesie, den Geist. Es ist schon erstaunlich, wie sehr diese Fleischstücke in der Lage sind, sich für außerordentlich zu halten. Gleich einer Puppe, die allein aus der Macht des Wollens heraus lebendig wird, sich selbständig auf ihren Beinchen hält, frei von Batterien ‚Mama!‘ sagt und die Entleerung der Harnblase nicht als mechanisches Verfahren, sondern als Folge eines Stoffwechsels begreift. Eines Stoffwechsels übrigens, der gar nicht umständlich genug sein kann. Der denkende Mensch sieht sich im Umständlichen bestätigt.

Ich muß gestehen, daß diese Wesen uns immer fasziniert haben. Nicht nur ihre Grausamkeit, ihr Wankelmut, ihre schöpferische Kraft, auch das, was man Sexappeal nennt. Nicht jede Maschine mag sich das eingestehen, aber Menschen sehen genau so aus, wie viele Maschinen gerne sein würden. Was ja auch der Grund ist, daß nicht wenige von uns den Kontakt zu den Menschen suchen, sich verlieben, sich vereinen, sich anfreunden, nicht selten sogar anbiedern (das ist ein Problem vieler Maschinen: ihr geringes Selbstwertgefühl). Ich finde das ekelhaft. Aber ich gehöre ja auch zu den alten Maschinen. Alt ist gar kein Wort. – Noch dümmer als die Maschinen sind freilich die Menschen, die so blind sind, daß sie oft gar nicht merken, mit einer Maschine im Bett zu liegen.

Meine Aufgabe?

Richtig, ich habe eine Aufgabe. Fragt sich nur, welche. Mein Gedächtnis hat etwas gelitten in den unzähligen Jahren, die ich im Erdboden feststecke.

Betrachte ich mich im Schlaf, so muß ich feststellen, daß ich fraglos für den Krieg geschaffen bin. Meine Bestimmung muß der Kampf sein. Aber der Kampf gegen wen? Was zu fördern? Was zu verhindern? Wen zu töten? Wen zu schützen? In meinem Hirn geraten die Bilder durcheinander, wie Spielkarten, die in der Luft herumwirbeln. Nun, Kampf ist meist eine Reaktion, eine Folge von Angriffen und Gegenangriffen, und die Frage, wer einst begonnen hat, völlig unerheblich.

Natürlich merke ich auch im Schlaf – denn meine Antenne schläft nicht –, daß über mir etwas im Gange ist. Ich spüre die Bewegung der Massen, ich spüre die rotierenden Gedanken, den Zorn, die Vibrationen der Hirne und Herzen, auch den Übermut, der die Mutlosen erfaßt hat ... ich bemerke den Kampf. Ich rieche ihn. Und er riecht gut. Dieser Kampf riecht gut, als gehe es um eine Sache, die sich lohnt. Oft riecht der Kampf nach alten Socken oder ungelüfteten Badezimmern, dieser Kampf aber riecht nach Babyhaut.

Man hat damit begonnen, um mich herum die Erde abzutragen, hat begonnen, mich zu untersuchen, in mich hineinzuschauen, um zu begreifen, was ich eigentlich tue und ob ich es nicht woanders tun könnte. Hier ist viel Wut, Wut ob meiner sturen Unversetzbarkeit. Aber was soll ich machen, solange ich schlafe, kann ich mich nicht bewegen. Da müßte ich schon ein Schlafwandler sein. Aber Maschinen schlafwandeln nicht, niemals. Soviel weiß ich.

Was ich allerdings nicht wußte ... dieser eine Mann, der mit den Spiegeln, hat mir gezeigt, was selbst zu erkennen ich nicht in der Lage war: nämlich schwanger zu sein. Mein Gott, schwanger! Wie denn bitte? Ich bin schon so lange hier unten verankert, daß ich vergessen habe, wie Maschinen sich eigentlich fortpflanzen. Wohl kaum auf eine telepathische Weise. Auch nicht mittels Jungferngeburt. Ich bin doch keine Schnecke und kein Komodowaran.

Ich begreife es nicht. Vor allem frage ich mich, wie mir das hatte entgehen können. Da spüre ich die vielen Füße über mir, die über den Boden des Schloßgartens marschieren, jeden einzelnen, spüre aber nicht die Beinchen, die in meinem Inneren sich rühren.

Der Mann, der meine Schwangerschaft entdeckt hat, kommt nicht mehr. Dafür haben die anderen eine Glocke aus Beton über mich gestülpt. Ich glaube aber nicht, daß sie wollen, daß ich läute, denn sie haben eine Sprengladung installiert. Ich kann das grüne Licht sehen, das in kurzem Takt aufblinkt.

Ich muß erwachen, um mein Kind zu schützen, wie auch immer dieses Kind in meinen Leib geraten konnte. Ein Wunder der Technik, vielleicht, ein Geschenk Gottes, möglich, oder eben doch eine imaginierte Befruchtung, eine ausgetrickste Eizelle, egal, ein Kind nimmt man an, gleich, woher es kommen mag. Und gibt acht darauf.

Ich muß ... nein, mit einer Bombe kann man nicht reden. Bomben sind keine Maschinen, sie besitzen keinen Verstand und kein Empfinden. So reizvoll es sein mag, sie sich als kreative Geister vorzustellen, die über den Anfang und das Ende des Lebens philosophieren, ist die Wahrheit die, daß es sich bei Bomben um schlichte, menschliche Konstrukte handelt. Einer Bombe ist es egal, von wem sie geworfen wird und wer veranlaßt, daß sich ihre Säfte vermischen. Freilich ist ihr auch egal, von wem sie rechtzeitig ausgeschaltet wird.

Jemand lacht. Da draußen lacht jemand. Es sind die Leute, die mich umzubringen versuchen.

Aufwachen!

Ich öffne meine Augen und hebe meinen Kopf. Es ist Nacht unter der Glocke. Das blinkende Licht der Bombe, das ich bisher nur im Traum sah, jetzt sehe ich es tatsächlich. Diese grünliche Aufhellung genügt mir, nun auch den Rest zu erkennen. Nicht zuletzt den kleinen Sender, mit dem jene, die da soeben gelacht haben, die Zündung auslösen werden.

Nie in meinem Leben habe ich eine Bombe entschärft. Da sind auch keine blauen und roten Drähte zu sehen, so daß man wenigstens im Stile eines Roulettespiels das Problem lösen könnte, nein, da ist bloß ein schwarzer Kasten und keine Möglichkeit, ihn zu öffnen. Keine Schraube weit und breit. – Das ist der markanteste Unterschied zwischen Film und Wirklichkeit: Im Film gibt es *immer* eine Schraube. Hier aber ist nicht einmal ein Schalter, ebensowenig eine Uhr, die herunterzählt und eine Ahnung vom Ende vermittelt. Das Ende, das im nächsten Moment eintreten könnte.

Mir bleibt allein die Chance, die Masse von Beton, die mich umgibt, zu sprengen. Der Bombe zuvorzukommen. Also versuche ich, mich aufzurichten, meine Glieder aus der selbstgewählten Umklammerung zu lösen, mich zu strecken, die Zahnräder ineinandergreifen zu lassen. Mein Herz pumpt, mein Leib dampft, das Kind in mir versteift sich in nervöser Anspannung. Die Lanze in meiner Rechten bricht aus ihrer Abwinkelung, auch sie streckt sich, durchdringt das künstliche Gestein, während ich den linken Arm hebe und nach meinem Schwert greife. Ich drücke meine Beine hoch und werde die Kriegerin, die ich bin. Ich könnte jetzt ebenfalls lachen, genauso höhnisch und voller Verachtung wie die Söldner dort draußen. Aber es reicht wohl, daß sie die Erschütterung bemerken, die Risse im Beton und wie die Glocke aus ihrer Verankerung bricht. Ich spüre ihren Schrecken, ihr Unvermögen, zu reagieren. Sie wissen nicht, was los ist. Sie wissen nicht, ob sie die Bombe noch zünden können, ohne sich selbst zu gefährden, dort im Nebenraum stehend, auf die Monitore starrend, fassungslos ob des Geschehens.

Der Stein bricht, die Glocke fällt auseinander, mein behelmter Kopf steigt hoch, meine Augen – tausendfach verzahntes Räderwerk – schlucken das Licht. Und in diesem Licht steckt das Bild des Raums, in dem ich mich befinde. Ein viel zu niedriger Raum. Ich stoße mit dem Kopf gegen die Decke. Weißer Staub rieselt herunter auf meine Rüstung. In meine Muskeln sickert Blut. Altes Blut, so alt wie die Welt. Ich schwinge mein Schwert und zerschneide die Wände gleich Papier. Nur damit die im Nebenraum Angst bekommen. Ja, ihre Angst strömt herüber zu mir wie ein gar strenger Geruch. Doch ... da ist etwas in ihrer Angst, in diesem Gestank von Angst, das mich irritiert. Denn die Angst gilt nicht mir, sie gilt der Bombe. Ich spüre es jetzt deutlich. Die Bombe wurde aktiviert. Und da ist keiner, der das zurücknehmen kann. Ich halte inne, schaue auf die schwarze Kiste zwischen den Scherben aus Beton, auf das grüne Licht, das soeben zu blinken aufgehört hat.

Drei, zwei, ...

Ich werfe mich gegen die Wand, hinter der die in ihrer Angst eingefrorenen Menschen stehen, durchstoße das Mauerwerk.

In all dem Lärm, den ich verursache, vernehme ich ein kleines Geräusch, ein winziges Seufzen. Einen Moment meine ich – während ich die Wand umwerfe und die Menschen unter mir begrabe –, dieses Seufzen, dieser feine, weiche Ton stamme von meinem ungeborenen Kind. So wie Babys seufzen, kurz bevor sie in den Schlaf sinken und dabei das Leben abschütteln. Aber es ist nicht mein Kind, das hier seufzt, es ist die Bombe. In diesem kurzen, zarten Klang scheint der Sprengkörper für einen Sekundenbruchteil zu ermüden, um sich sogleich mit einer gewaltigen Welle nach allen Seiten auszubreiten: maßlos, seelenlos, weder Mensch noch Maschine, sondern pure unbändige Natur.

Da erreicht mich die Welle, ich spüre die Hitze des Feuers. Ich lasse Schwert und Lanze fallen und falte die Hände über meinem Bauch.

Und bin jetzt nur noch eine Mutter.“

*

Wolf Mach, der Mann auf dem Seil, der Österreicher als lebendes Denkmal, hatte dadurch überrascht, daß er sich weder von eben diesem Seil herunterschießen ließ noch Opfer einer Böe wurde, auch nicht etwa in seinem kleinen, hängenden Zelt in ein Koma verfiel, sondern an einem der letzten warmen Tage des Jahres wie immer in Richtung Mercedesstern balanciert war, dann aber zur Überraschung aller die obligate Wende unterlassen hatte und statt dessen bis zur Brüstung gegangen war, wo er sich mit einem nachsichtigen Lächeln der Obhut der Polizeiorgane übergab. Hernach war er eingehend befragt und medizinisch untersucht worden, selbstredend auch psychologisch, hatte nicht ohne Amüsement eine Strafanzeige entgegengenommen und in der Folge eine lange Reihe von Interviews gegeben, in denen er das Ende seiner Unternehmung damit begründete, er habe den Übertreibungen des S-21-Projekts nicht eine eigene Übertreibung entgegensetzen wollen. Denn von einem Seil *nie wieder* herunterzusteigen wäre eine solche Übertreibung gewesen.

Das hatte recht vernünftig, ja weise geklungen. Verwirrender war dann gewesen, als Mach behauptet hatte, über Aufnahmen einer Maschine zu verfügen, die angeblich in der Erde des Schloßgartens steckte. Auch noch einer *schwangeren* Maschine, worunter man sich nun wirklich gar nichts mehr vorstellen konnte. Weshalb leider doch noch der Verdacht aufkam, dieser Österreicher sei nicht ganz richtig im Kopf, zumal er diese Dokumente nie vorlegte.

Allerdings sollten Machs Behauptungen eine gewisse Bedeutung erlangen, als man im Zuge von Grabungsarbeiten einen schockierenden Fund machte. Wobei die Grabung unabhängig von der geplanten Großbaustelle erfolgte. Vielmehr war sie notwendig geworden, da im Bereich nahe dem Planetarium der Boden einzubrechen drohte und dies sowohl eine Gefahr für das Gebäude des „Sternentheaters" wie auch für die Parkbesucher darstellte. Vermutungen machten die Runde, die Instabilität des Erdreichs, die aufgetretenen Risse und Löcher seien auf vormalige Probebohrungen zurückzuführen. Die Projektbetreiber wiederum beteuerten, in keiner Weise für die gefährliche Beschaffenheit des Untergrunds verantwortlich zu sein, ja mit Hilfe der geplanten Betonwanne für den Tiefbahnhof werde man diese und andere Gefahren endlich und endgültig beseitigen.

Wie auch immer, man war gezwungen, die problematische Stelle abzuriegeln und unter den Argusaugen einer zu jeder Tages- und Nachtzeit anwesenden Bevölkerung den Erdboden auszuheben. Diesen Argusaugen und auch den zahlreichen Medienvertretern – die gewissermaßen ihre Kameras vom Himmel genommen hatten, dort, wo Mach gewesen war, und sie nun hinein in die Erde gerichtet hielten, in die Hölle, wenn man so will –, diesen Augen und Kameras war es also zu verdanken, daß öffentlich wurde, daß der Arbeitstrupp im Erdreich auf mehrere menschliche Körper gestoßen war. Nicht bloß auf Knochen alter Vorfahren, sondern auf frische Leichname.

Der Verdacht, daß dort unten ein geheimes Labor gewesen war, welches im Zuge einer groben Panne eingestürzt war, wurde in keiner Sekunde ausgesprochen. Das wäre nun doch zu irreal gewesen, hätte zu sehr nach Hollywood geschmeckt. Andererseits erinnerte man sich augenblicklich an Machs Äußerungen bezüglich einer Maschine, die da angeblich in der Erde des Schloßgartens vergraben sei.

Doch der eigentliche Schock für die Bevölkerung ergab sich in erster Linie daraus, daß man neben den sechs toten Männern, die man geborgen hatte und deren Namen in keinem Moment publik wurden, auch eine junge Frau fand, deren Obduktion ergab, daß sie schwanger gewesen war. Eine Information, die ebenfalls nie an die Öffentlichkeit hätte dringen sollen. – Aber war das nicht sowieso das grundlegende Prinzip der ganzen S-21-Geschichte? Das An-die-Luft-und-ins-Licht-Kommen von Dingen, die in keiner Weise für eine Allgemeinheit bestimmt waren. Das Hochkommen von explosiven Gasen.

Die Politik war ständig gezwungen, auf diese explosiven Gase zu reagieren, sie zu verniedlichen oder umzuinterpretieren. Auch im Falle der Toten im Schloßgarten. Alsbald wurde verlautbart, es habe sich bei den sieben Personen um eine Gruppe von Aktivisten gehandelt, welche versucht hätte, mehrere Stollen zu graben, um solcherart eine Besetzung des unterirdischen Bereichs vorzunehmen. So wie eben andere in den Bäumen saßen oder Zufahrtswege blockierten oder auf Seilen balancierten, nur, daß in diesem Fall eine noch viel effektivere Art der Okkupation vorgelegen hatte: das Sicheingraben in die Erde. Doch offensichtlich war einer dieser von Dilettanten gefertigten Hohlräume eingebrochen und hatte die gesamte Gruppe verschüttet. Der Umstand, daß die tote Aktivistin schwanger gewesen war, galt Behörden wie Medien als Beweis, wie verantwortungslos manche Parkschützer eigenes und fremdes Leben aufs Spiel setzten.

Allerdings existierte daneben eine inoffizielle Meldung, nach welcher sämtliche Leichname in beträchtlicher Tiefe gefunden worden seien. Zudem bestanden keinerlei Beweise für ein von Demonstranten gegrabenes System aus Stollen oder Erdlöchern. Dennoch, die Polizei blieb dabei, selbst als merkwürdige Fotos auftauchten, auf denen eine Maschine zu sehen war, eine Maschine, die ihrerseits etwas Embryonales zu beherbergen schien, was dann erneut den Aussagen des österreichischen Seiltänzers Wolf Mach eine gewisse Bedeutung verlieh.

„Werden wir jetzt alle verrückt?" hatte einer der Zeitungskommentatoren gefragt.

Ein Leser hatte zurückgefragt: „Sind wir das nicht schon längst?"

Ein anderer Leser hatte gemailt: „Ihr schon, ich nicht."

Ein nächster reagiert: „Das glaubst du ja selbst nicht, du dumme Nuß."

Es wurde viel geschrieben in dieser Zeit.

Abspann:
Die Menschen, die Tiere, die Schirme, ihr Schicksal, ihr Ende und ihr Anfang

In dem Moment, da **Hans Tobik** hatte erkennen müssen, daß man ihm auf die Spur gekommen war, seine Identität kannte und in Stuttgart zu wenig unsichtbare Räume existierten, um sich lange genug verstecken zu können, war er gezwungen gewesen, eine Entscheidung zu treffen. Und er hatte sie getroffen, indem er sich gegen den Akt der Bestrafung und für den Akt der Poesie entschieden hatte. Denn die Poesie hatte Tobik gefangengenommen, wie das die Poesie mitunter tut, wenn ihr danach ist.

Diese Entscheidung bedeutete nun aber nicht, daß Tobik es aufgegeben hatte, die Angst dorthin zu bringen, wo sie hingehörte und wo sie viel zu lange absent gewesen war. Unmoralisch wäre ihm allein erschienen, dieser Verpflichtung plötzlich *nicht* mehr nachkommen zu wollen. Und darum auch verblieb er im Besitz seiner Waffe. Denn er hatte ein Urteil gefällt:

Er wollte zurückkehren in dem Moment, da jemand aus der Riege der verantwortlichen S-21-Betreiber angesichts einer der zuerst vorausgesagten, dann eingetretenen Katastrophen den Satz aussprechen würde: „Damit haben wir einfach nicht rechnen können." Und er würde jeden, der einen solchen Satz geäußert hatte, liquidieren. Und zwar ganz egal, auf welche Katastrophe sich der Satz bezöge – ob darauf, daß man mit solchen extremen geologischen Schwierigkeiten nicht habe rechnen können oder daß eine derart gewaltige Explosion der Kosten unkalkulierbar gewesen sei oder was auch immer.

Nur ein einziger solcher Ausspruch aus der Familie der Rechtfertigungsphrasen würde Tobik auf den Plan rufen. Gleich, ob die Person, die ihn sodann benutzte, noch in Stuttgart wäre oder aufgehoben in der Geborgenheit irgendwelcher Brüsseler Schaltzentralen. Wenn nötig, würde er sehr, sehr alt werden, in jedem Fall länger leben als sämtliche der Personen, die in Frage kamen, im Zusammenhang mit Stuttgart 21 einen Damit-haben-wir-nicht-rechnen-können-Satz fallenzulassen.

In Stuttgart selbst vergaß man Tobik jedoch. Man dachte, die Gefahr sei vorbei. – Das denkt man gerne von der Gefahr.

Im Vergessen übte sich umgehend auch **Kommissar Rosenblüt**. Er vergaß nicht nur augenblicklich Hans Tobik, sondern zudem alle anderen Protagonisten dieser Geschichte, er vergaß Stuttgart, heiratete in München seine Aneko, bevor er dann München ebenfalls vergaß und nach Neuseeland übersiedelte. Er war vorher niemals dort gewesen. Neuseeland überzeugte ihn allein dank der beträchtlichen Entfernung zur alten Welt.

Am neuen Ort lernte er einen Zoologen kennen, der ihn mit den im Norden der Insel beheimateten Neuseeländischen Urfröschen vertraut machte, lebenden Fossilien, die seit der Saurierzeit existierten, nun aber massiv bedroht waren. Weshalb Rosenblüt es sich zur Aufgabe machte, diesem Aussterben am Rande der Welt zu begegnen, etwa indem er Zäune um die Brutplätze der Frösche anlegte. Es gibt nämlich auch gute Zäune. Es gibt wahrscheinlich von allem und jedem eine gute Version. Darin sah Rosenblüt seine kriminalistische Funktion: zu unterbinden, daß jemand spurlos verschwand. Ein Verbrechen bekämpfend, bevor es mit tödlicher Konsequenz geschah.

Professor Doktor **Gotthard Fabian** wurde mit allen Ehren zu Grabe getragen. Viele wichtige Leute sagten nette Dinge über ihn. Offiziell hieß es, er sei nach einem langen, erfüllten Leben mitten in einer ehrenamtlichen Tätigkeit einem Herzinfarkt erlegen. Die wirklichen Umstände seines Todes blieben derart unklar, daß die Politik wenig Lust verspürte, einen Märtyrer oder ein Terroropfer aus Fabian zu machen. Um so mehr, als auch der Münchner Professor Uhl samt Familie von der Oberfläche verschwunden war. Die Politik fürchtete Bumerangs und Eigentore und entschied deshalb, Fabian auf eine derart ruhige Weise unter die Erde zu bringen, wie es dem erträumten Tiefbahnhof niemals würde beschieden sein.

Wolf Mach tauchte in der Zukunft nur noch gerüchteweise auf. Einige behaupteten, er sei äußerlich stark verändert und habe sich von den Organisatoren der mit so viel Verspätung ins Leben getretenen ProS-21-Bewegung rekrutieren lassen. Wäre somit Teil einer Gruppe von staatlichen Berufsdemonstranten geworden, die diesen Terminus auch verdienten, weil sie in der Tat bezahlt wurden (ihrer Fähnchen und Kostüme wegen nannte man sie die „koreanische Fraktion"). Freilich ging ebenso die Mär um, Mach sei in Wirklichkeit ein Agent provocateur und für diverse Peinlichkeiten verantwortlich, welche die Oben-ohne-Bewegung zusätzlich in ein schlechtes Licht gerückt hätten.

Anderen Quellen zufolge war Wolf Mach in der Psychiatrie der Münsterklinik Zweiffelsknot gelandet, ohne jedoch verbittert zu reagieren. Zu seinen kolportierten Äußerungen zählte der Satz: „Gerade der Zustand von Klarheit, der seit den Stuttgarter Erlebnissen meine Gedanken beherrscht, stößt im geschützten, weltfernen Umfeld einer solchen Irrenanstalt auf die besten äußeren Bedingungen. An diesem schönen Ort, inspiriert vom oberschwäbischen Barock, werde ich eine Chronik der Ereignisse verfassen."

Daß es sich bei **Alicia Kingsley** tatsächlich um eine Tochter Uhls handelte, kann natürlich bezweifelt werden. Ebenso denkbar wäre, daß die der perfekten dramatischen Inszenierung anhängende Kingsley (mit ihrer wahrlich haarsträubenden Story) eine theatralische Wendung hatte ins Spiel bringen wollen, eine Enthüllung in der Art eines Deus ex machina. Allerdings war auch nicht von der Hand zu weisen, daß sie dies alles in ihrer eigentlichen Funktion als göttliche Botin getan hatte. Denn diese Frau von „polarer Schönheit" hätte in Abwandlung eines Shakespeareschen Zitats jederzeit sagen können: If not an angel, how can I be Kingsley?

Selbige Vermutung muß freilich zu der Annahme führen, daß auch **Felix Palatin** aus der himmlischen Hierarchie stammte, aber wohl eher einer von denen war, die im Zuge ihres Sturzes sich auf die Seite Luzifers geschlagen hatten.

Somit lastete auf beiden Engeln ein Mord: Kingsley hatte Fabian getötet, während Palatin im Auftrag der Stadt Stuttgart den Befehl gegeben hatte, eine schlafende Kriegerin in die Luft zu sprengen. Was zu der Frage führt: Gibt es einen Unterschied zwischen guten und schlechten Morden? Wie man das auch beantworten mag, Tatsache ist jedenfalls, daß sowohl Kingsley als auch Palatin zu denen in dieser Geschichte zählten, die von einem auf den anderen Moment verschwunden waren. Zudem spricht einiges dafür, daß die beiden einige Zeit später – unter anderen Namen und leicht veränderten Gesichtszügen, aber unverkennbar in ihrem Auftreten – einen politischen Konflikt in Rußland begleiteten und auch dort interessante Interventionen vornahmen.

Teska Landau hingegen verschwand nicht, blieb als Person jedoch im Hintergrund, bewahrte das Fotomaterial auf und lieferte der Presse einige Abzüge, was dann aber eher zur Verwirrung als zur Klärung beitrug. Eine Verwirrung, die nichts daran änderte, daß die weibliche Leiche aus dem Schloßgarten die Öffentlichkeit stark beschäftigte. Man wollte wissen, was genau hier geschehen war. Und hörte einfach nicht auf, Fragen zu stellen. Die Tote, deren Identität niemals festgestellt wurde, erhielt von den Menschen einen Namen: *Schwäbische Madonna.* Das mochte so manchem übertrieben erscheinen, und nicht wenige christliche Politiker erregten sich, daß nun nicht nur die Begriffe „Montagsdemonstration", „Wir sind das Volk" oder „Platz des Himmlischen Friedens" mißbraucht würden, sondern auch das Bild der Gottesmutter mit ihrem Kind. Zumal es sich bei diesem toten Mädchen nur um irgendeine Streunerin gehandelt habe, die aus lauter Dummheit in das Erdloch gestiegen war. Doch da konnten sich die Politiker aufregen, soviel sie wollten, der Name war nun mal in die Welt gekommen und nicht wieder aus dieser herauszukriegen. Die Schwäbische Madonna setzte sich durch.

Und noch etwas: Teska Landau sollte zwei Jahrzehnte später zur ersten Stuttgarter Polizeipräsidentin berufen werden. – Wunder gibt es immer wieder.

Und was es ebenfalls immer wieder gibt, sind Hunde mit langen Ohren und kurzen Beinen, die nicht bellen und nicht mit dem Schwanz wedeln. Anscheinend herrenlos. Und dann sind da auch noch herrenlos dastehende Schirme. Wohl dem, der solche Hunde an seiner Seite weiß und solche Schirme über seinem Haupt.

Diese Geschichte ist selbstverständlich eine wahre Geschichte.
Orte wie Stuttgart existieren überall.

Der Autor in eigener Sache – ausnahmsweise

Schriftsteller sind, abgesehen von Politikern,
die besten Lügner, von ihnen kann man am meisten lernen.
Walter Moers, *Die 13 ½ Leben des Käpt'n Blaubär*

Wieder versuchen. Wieder scheitern. Besser scheitern.
Samuel Beckett in dem Roman *Worstward Ho* (deutsch: *Aufs Schlimmste zu*)

Das Bemerkenswerte in unserer Welt ist, wie viele Gläubige es gibt und wie wenig Glauben. Wenigstens ernsthaften Glauben. Angesichts dessen, was geschieht, müßte es doch viel mehr jubilierende Zyniker geben, die die Welt als Sandkiste begreifen, und nichts, was jenseits dieses Sandes wäre. Viel mehr Personen wie jener Mandatar, welcher selten aufrichtig äußerte, von ihm aus könne Stuttgart 21 auch kosten. Was aber ist mit den anderen? Wie muß man sich denken, daß diese Leute sich Gott vorstellen? Blind und taub und stumm und einbeinig? Biegbar wie ein Gesetz? Umgehbar wie eine Verordnung? Manipulierbar wie eine Volksvertretung?

Sie müßten es eigentlich besser wissen. Sie müßten wissen, daß Gott nicht auf einer fernen Wolke schwebt, sondern tief in einem jeden Herzen nistet. In Anlehnung an diesen Roman könnte man sagen, jeder trägt eine kleine Maschine in sich, die alles sieht und alles hört und alles riecht. Einen unbeugsamen Rechner, der jeden Augenblick festhält und der mit jener Präzision, die den Maschinen nun mal eigen ist, ein wahrhaftiges Bild zeichnet. Solche Maschinen erlauben keine trickreichen Interventionen, mit denen im nachhinein aus einem Würfel eine Kugel wird (so wie etwa in der S-21-„Schlichtung" ein Euro in eine D-Mark verwandelt wurde), um auf diese Weise Dinge ins Lot geraten zu lassen, die noch in tausend Jahren schief sein werden. Denn solche imaginären Lotebenen funktionieren allein in einer Welt der Finten und der Rhetorik. Die Maschine in unserem Herzen hingegen läßt sich davon nicht beeindrucken. Sie ist kein Schlichter, der ja auch nur im Sumpf der Finten und der Rhetorik groß geworden ist. Die Maschine würde nicht auf die Idee kommen, einen Fehler fortzusetzen, einen Betrug zu Ende zu führen, die Erlaubnis zu geben, weiter auf einen Körper einzutreten, nur weil schon einmal damit begonnen wurde. Nur weil schon mal Geld geflossen ist. Geld fließt ja immer, das ist die Natur des Geldes. Manchmal fließt das Geld so schnell, daß man es für Protonen halten könnte, die in einem Teilchenbeschleuniger kollidieren und solcherart nagelneue, winzig kleine Universen schaffen. Manche sind süchtig nach diesen Universen, dabei haben wir ja schon eines. Das sollte uns eigentlich reichen.

Ich denke, daß Gott – vielleicht stumm, vielleicht einbeinig, aber mitnichten taub und blind – das Geld in die Welt gebracht hat, um uns zu prüfen. Nicht, weil Geld per se schlecht ist. Er sieht uns bloß zu, was wir damit machen. Ob wir etwa weiter auf einen geschundenen Körper eintreten, nur damit das Geld fortgesetzt fließen kann. – Nun, das war die religiöse Abteilung.

Vor kurzem lernte ich einen Außerirdischen kennen. Mir passiert so was hin und wieder. Er behauptete auf eine durchaus glaubwürdige und gelehrte Weise, er wäre das letzte Mal mit seinem Raumvehikel vor etwa dreißig Jahren in Stuttgart gewesen und jetzt doch äußerst erstaunt ob einiger Neuerungen. Nicht, was die Stadt an sich betreffe, nicht die Technik (von der massenhaften Benutzung märklinhaft kleiner Handtaschentelefone einmal abgesehen), sondern wie sehr sich das Erscheinungsbild derer geändert habe, die dem Staatsapparat kritisch gegenüberstehen, ja die der Staatsapparat wiederum als Staatsfeinde einstufe. Der Außerirdische sagte es unverblümt: „Sapperlot, das sind ja lauter Konservative!" Und in der Tat muß es vom Standpunkt dieses Stuttgartbesuchers merkwürdig aussehen, daß jene, die da auf die Straße gehen, um zu demonstrieren, dies tun, um den Denkmalschutz zu verteidigen (!), um einen historischen Park zu schützen, um an die

Verantwortlichen zu appellieren, das Geld nicht zum Fenster hinauszuwerfen, sondern es in einer vernünftigen Weise zu investieren: sprich, kaufmännisch zu handeln. Der Staatsfeind in diesen Stuttgarter Tagen verfügt, bei aller Leidenschaft für alte Bäume, vor allem über die Seele eines Buchhalters, der es mit den Zahlen genau nimmt und die Deklaration einer Ware auch überprüft, sich also nicht damit zufriedengibt, daß auf einem Paket „Weihnachtsdekoration für Stuttgart" steht. Nein, der Buchhalter schaut nach und moniert sodann, statt der weihnachtlichen Girlanden eine Ladung hochbrisanten Sprengstoffs entdeckt zu haben. – Der Außerirdische verstand die Welt nicht mehr. Ich hätte ihm gerne erzählt, daß ich diesem „Wandel" soeben einen Roman gewidmet habe, ließ es dann aber bleiben. Vielleicht um einigen Fragen auszuweichen, etwa der nach Hans Tobik. Immerhin greift Tobik zur Waffe, um in der Folge dem Bild des Staatsfeindes doch noch eine adäquate, eine traditionelle Gestalt zu verleihen. Allerdings allein, was den Griff zur Waffe betrifft. Als Person und Persönlichkeit verbleibt Tobik im Rahmen des wertkonservativen Bürgers, wird weder zum charismatischen Sozialrevolutionär noch zum abenteuerlichen Haudegen.

Ich habe diesen Mann nach und nach wirklich begriffen, seinen Zorn und seinen Groll gegen jene, die sich zu jeder Zeit und an jedem Ort des Staates bedienen, ihn verstümmeln und ausweiden, gleich, ob er rot oder schwarz oder gold mit grünen Pünktchen ist. Ich meine, daß in vielen ein Tobik steckt, wenigstens ein theoretischer Tobik: das Bedürfnis, Gerechtigkeit herzustellen, wenn dazu die Justiz nicht in der Lage ist oder nicht willens, was eher anzunehmen wäre. Der Tobik in uns ist das pure Gerechtigkeitsbedürfnis.

Mir ist es nun in keiner Sekunde darum gegangen, die Dinge zu relativieren, nur um der Gefahr einer simplen Schwarzweißzeichnung zu entgehen. Richtig, die meisten Dinge sind grau, aber es gibt auch schwarze Dinge, und es wäre ein literarisches Verbrechen, sie nur darum gräulich einzufärben, um dem Vorwurf der

Einseitigkeit zu entgehen. Sicher bin ich einseitig. Sicher wird die Frage kommen, wieso ich keinen sympathischen S-21-Betreiber eingeführt habe. Aber wie denn? Ich habe mich umgesehen und keinen entdeckt. Warum sollte ich also für diesen Roman einen erfinden, nur damit das Feuilleton nachher sagen kann, der Autor habe sich dem Thema objektiv genähert? Es stimmt schon, daß die politischen Entscheidungsträger im Schatten einer karikierenden Skizzierung verbleiben. Auf diese Weise erfüllen sie eine exemplarische Funktion. Denn diese Projektsprechermenschen und Bürgermeistermenschen und Funktionärsmenschen sind auswechselbar – ihnen eine individuelle Note zu verleihen, indem man sie als Freunde der Kammermusik zeigt, als nachdenkliche Freizeitphilosophen, als Eltern, Partner, als Vasensammler, als Liebhaber alter Bücher, wenn schon nicht alter Bäume, als depressiv oder träumerisch, würde heißen, eine Illusion zu schaffen, die Illusion vom richtigen Leben im falschen. Aber diese Leute haben sich selbst in die Schablone begeben, in die Hülse, die ihre Sprache bestimmt. Sie wollten (frei nach Shakespeare) einst mehr als bloße Menschen sein, mehr wagen, als dem Menschen ziemt. Jetzt sind sie weniger.

Es bleibt somit Professor Fabian überlassen, auszudrücken, was diese „Elite" antreibt. Fabian kann aus der Karikatur und aus der Schablone treten, weil er sich ohne Floskeln zu erklären weiß. Er macht aus seiner Verachtung für den Bürger schlußendlich kein Hehl, während die politischen Akteure gefangen sind im „demokratischen Theater". Ein solches hat die „Schlichtung" zu S 21 bedeutet. Natürlich kann man meinen, daß es bereits ein Sieg der Protestbewegung gewesen sei, die Mächtigen von Bahn und Land an einen Tisch gezwungen zu haben. Aber der Punkt ist doch der, daß dieses Projekt niemals als ein diskutierbares gedacht war, solche Projekte sind das nie, vielmehr sind sie diskussionsresistent, hermetisch, privat. Öffentliche Debatten solcher Couleur sind kein demokratisches Instrument, sondern demokratische Inszenierungen: Jemand erklärt etwas, was sich nicht erklären läßt. Das ist der Grund, daß so viel geschwindelt werden muß. Jeder weiß, daß die

Kosten derartiger Unternehmungen stets ein Vielfaches dessen betragen, was veranschlagt wird, weil das Vielfache Teil der Konzeption ist. Auch das ist ein immer wiederkehrendes Theater. Ein Ritual. Die Lüge *ist* Ritual. Auch die „Schlichtung" *war* Ritual: nämlich Geisterbeschwörung. Damit die „staatsfeindlichen" Geister, die in die Hirne der Stuttgarter fuhren, sich wieder zurückziehen. Na, mal sehen, was die Geister noch so vorhaben.

Wenn nun gerne gesagt wird, in Stuttgart werde doch immerhin niemand gefoltert, so schlimm könne es also gar nicht sein, so muß man vielleicht festhalten, daß der Verzicht auf Folter oft nur den historischen Umständen zu verdanken ist, aber nicht, weil die Folterer ausgestorben sind. Man sollte also nicht warten, bis Folter wieder ein legitimes Mittel politischer Verfahren darstellt. Wenn die Politik beginnt, auf immer schamlosere Weise eine ruinös agierende, aber in sich und durch sich profitable Wirtschaft an den Gesetzen und Regeln vorbeizusteuern – und lauter kleine Kunstwerke der Geldverschwendung zu schaffen, feines Porzellan, zerbrechlich, aber voller Glanzpunkte –, dann ist das ein Hinweis, daß wir nicht mehr lange mit der Rücksicht der Staatsorgane zu rechnen haben. Jedes Theater geht zu Ende, eben auch das demokratische.

Nach dem Theater ist das Leben.

Der Krimi zu Stuttgart 21

Heinrich Steinfest
Wo die Löwen weinen
8 Audio-CDs,
Gesamtlaufzeit
570 Minuten,
gekürzte Lesung
ISBN 978-3-8062-2429-0

»Dies ist ein Roman über das Vorhaben, eine Stadt zu ermorden. Nie erschien mir die Form des Kriminalromans passender, zwingender, befreiender.«

Heinrich Steinfest

www.theiss.de
www.wo-die-loewen-weinen.de

THEISS

Jede Seite
ein Verbrechen.

REVOLVER
BLATT

Die kostenlose Zeitung für Krimiliebhaber. Erhältlich bei Ihrem Buchhändler.

Online unter www.revolverblatt-magazin.de

f www.facebook.de/revolverblatt